SOMERSET

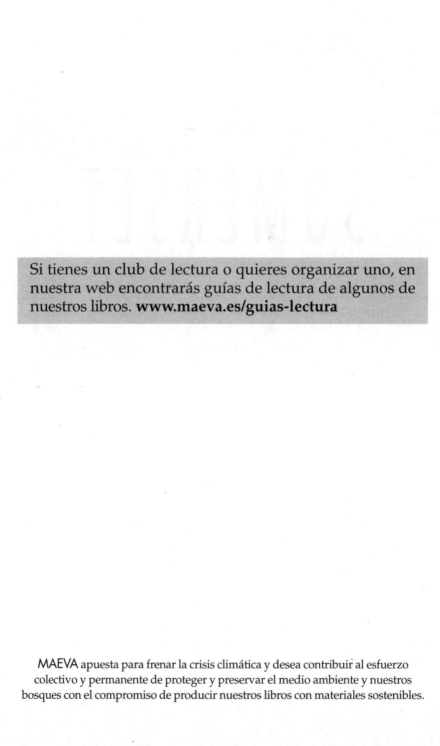

Si tienes un club de lectura o quieres organizar uno, en nuestra web encontrarás guías de lectura de algunos de nuestros libros. **www.maeva.es/guias-lectura**

MAEVA apuesta para frenar la crisis climática y desea contribuir al esfuerzo colectivo y permanente de proteger y preservar el medio ambiente y nuestros bosques con el compromiso de producir nuestros libros con materiales sostenibles.

EMMA HUNTER

SOMERSET

No hay nada más excitante que un buen escándalo

Traducción de:
ANA GUELBENZU

MAEVA

Título original:
SOMERSET. SEHNSUCHT UND SKANDAL by EMMA HUNTER

© 2022 PENGUIN VERLAG, una división de PENGUIN RANDOM HOUSE
VERLAGS-GRUPPE GMBH, MÜNCHEN, GERMANY
www.penguinrandomhouse.de
Derechos negociados a través de UTE KÖRNER LITERARY AGENT
www. uklitag.com
© de la traducción: ANA GUELBENZU, 2023

© MAEVA EDICIONES, 2023
Benito Castro, 6
28028 MADRID
www.maeva.es

ISBN: 978-84-19638-09-0
Depósito legal: M-7060-2023

Diseño de cubierta: www.buerosued.de sobre imagen de
© TREVILLION IMAGES / ILINA SIMEONOVA
Adaptación de cubierta: Gráficas 4, S.A.
Fotografía de la autora: © FRANK BAUER
Preimpresión: MCF Textos, S.A.
Impresión y encuadernación: Huertas, S.A.
Impreso en España / Printed in Spain

1

—¿CARTA? ¿QUÉ CARTA?

Isabella sintió la mirada inflexible, casi airada, de la vizcondesa Alice Parker clavada en ella y notó que se acaloraba bajo la manteleta de seda. Era un calor desagradable.

Se encogió de hombros.

—Mamá te escribió hace más de una semana —mintió con una naturalidad que le sorprendió incluso a ella, porque no había ninguna carta. Isabella había salido a hurtadillas de casa para marcharse a Bath sin previo aviso.

En el rostro de su tía asomó un rastro de confusión. Sin embargo, justo cuando el silencio entre ellas empezaba a resultar incómodo, por fin *lady* Alice abrió los brazos, se acercó a ella y le dio un abrazo. Isabella notó los enormes pechos de su tía, que el corpiño empujaba hacia arriba, y olió el perfume húmedo y dulzón.

—Pero ahora estás aquí, niña. Qué sorpresa tu visita. —El pesado vestido de seda violeta oscuro de su tía crujía y susurraba con cada movimiento. *Lady* Alice dirigió un gesto impaciente a uno de los criados para que cerrara la puerta de la entrada. Para entonces, además del joven mayordomo que le había abierto la puerta, habían acudido dos criadas más. ¿Cuántas personas trabajaban para la vizcondesa en esa casa?

Isabella miró alrededor con disimulo mientras recorrían el ancho pasillo, todo decorado en blanco y dorado. Lo dominaba una escalera de mármol, flanqueada por dos columnas de estilo griego de media altura. Encima había sendos jarrones con saúcos blancos recién cortados. Isabella sintió la tentación de olisquearlos, pero prefirió no hacerlo. De todos modos, aún notaba el perfume de *lady* Alice en la nariz; seguro que se le había adherido a su nuevo vestido de viaje color turquesa.

En realidad no era suyo, sino de Elizabeth, que se lo había prestado en un raro acto de lealtad fraternal. «Es tu última oportunidad, no la desaproveches», la había advertido su hermana, y le había colocado la montaña de tafetán verde azulado en los brazos con una mirada de reprobación. Como si Isabella no lo tuviera claro…

—Qué raro que la carta aún no haya llegado —repitió Isabella, y se preguntó si no estaría cargando demasiado las tintas.

—Durante los últimos meses el correo en Somerset se ha vuelto poco fiable. Seguramente los carteros hayan caído de nuevo en manos de algún forajido —protestó su tía mientras atravesaban el vestíbulo.

—Eso debe de ser, exacto. —Isabella relajó las manos, las tenía agarrotadas alrededor del mango del parasol en un gesto muy poco femenino, enfundadas en unos guantes blancos de piel curtida—. Perdona, tía Alice. No quería que mi visita te cogiera por sorpresa. —Puso su mejor cara de culpabilidad.

«Por supuesto que querías, justo ese era el plan.»

—¡Pero tú siempre eres bienvenida en esta casa, mi niña! —*Lady* Alice la obsequió por encima del hombro con una sonrisa que parecía cordial y afectuosa. De todos modos, al volverse, Isabella vio por el rabillo del ojo que era demasiado rígida para ser sincera.

En realidad, ¿qué sabía ella de la expresividad de la vizcondesa Parker? De hecho, no la conocía en absoluto. Los padres de Isabella vivían con sus dos hijas en el campo, en Devonshire, y habían pasado varios años desde la última vez que *lady* Alice los había visitado con su marido y sus tres hijos. Isabella debía de tener catorce o quince años. La estancia fue breve y forzada, y las conversaciones no iban más allá de las palabras de cortesía vacías y los rituales protocolarios. Desde entonces no había vuelto a ver a su tía. Isabella nunca había estado en la finca de los Parker al norte de Londres ni en la casa de Bath. En general nunca había salido de los límites de Devonshire ni había estado en una gran ciudad como Bath o Londres. *Lady* Alice era la hermana de la madre de Isabella y había conseguido un muy buen partido al casarse con el vizconde John Parker. Se fue de Devonshire y no parecía muy ansiosa por mantener el contacto con la familia de Isabella. Los círculos en los que se movían los Parker eran cultos, ricos y, según la sensación que se fue apoderando poco a poco de Isabella, se cuidaban mucho de no mezclarse con otros.

Sin embargo, ahora la joven no podía tenerlo en cuenta.

Su tía se había parado delante de una estancia con las puertas de dos hojas abiertas de par en par. Debía de ser el salón, y puede que fuera solo uno de tantos. Era el hábitat natural de las damas de un hogar distinguido. Allí solían pasar la tarde tomando té, bordando o incluso leyendo; eso sí, no demasiado y nada de lecturas muy exigentes, ni mucho menos políticas o académicas. Podían desequilibrar el ánimo apacible de las damas respetables y, en el peor de los casos, desembocar en una dolencia nerviosa, tal y como había explicado el pastor Williamson en su última visita a Roswell Park, el hogar paterno de Isabella. Lo dijo con una mirada acusatoria clavada en la tapa del libro que ella tenía en el regazo. Era *Sobre las localizaciones y las causas de las enfermedades, investigadas desde el punto de vista anatómico*, de Giovanni Battista Morgagni y, en aras de la paz y por proteger los nervios de su madre, Isabella se apresuró a cambiar la obra por un número antiguo y manoseado de *Ladies' Magazine*.

Por supuesto, el pastor Williamson sabía qué hacía Isabella en su tiempo libre, y, como eclesiástico, era una espina que tenía clavada hacía años. Isabella no bordaba, apenas pintaba y solo practicaba con el clavicémbalo cuando la obligaban.

Tenía otro interés, incluso una pasión.

El padre de Isabella era cirujano, y siempre que podía lo acompañaba en sus visitas médicas, incluso lo ayudaba en las operaciones. A su madre le parecía muy poco apropiado para una mujer, pero para ella la imagen de la más mínima herida ya era un horror, y le daba igual lo que hiciera su marido durante la larga jornada laboral. El único vínculo que tenía la madre de Isabella con la medicina era el de gastar el dinero que su padre ganaba gracias a ella.

«Las mujeres acaban embrutecidas con esas actividades —adoctrinó el pastor a su padre—. Les hacen perder todo el sentido de la decencia y la moral y merman su sensibilidad, el mayor don que poseen.»

Bueno, en vista de la metedura de pata de Isabella en el baile de la duquesa de Devonshire, puede que al pastor Williamson no le faltara razón.

—¿Y quién te acompaña? —preguntó *lady* Alice, mirando a la mujer joven que las seguía. Sin duda, quería averiguar si debía invitarla también a pasar al salón.

—Es Betty, mi compañera de viaje. —Vaciló—. Y también mi criada.

«Eso ha sido bastante absurdo.»

O estabas ante una criada o ante una dama de compañía, nunca eran la misma persona. Seguro que poco a poco *lady* Alice iría captando que allí algo no cuadraba.

Betty hizo un gesto educado con la cabeza, pero la mantuvo baja, recatada. A Isabella le sorprendió la timidez de Betty, y pensó que no tenía modo de saber cómo debía comportarse una sirvienta en una casa tan distinguida. *Lady* Alice la escudriñó con la mirada, solo durante unos segundos. Tampoco hacía falta más. El vestido y el abrigo de Betty eran de un tosco tejido de algodón marrón y, en vez de sombrero, como correspondía a una dama de categoría, llevaba solo una cofia blanca; además, un llamativo ribete de mugre le decoraba los zapatos. Con una sonrisa forzada, *lady* Alice dirigió las siguientes palabras a una de las dos criadas:

—Rose, ocúpese de nuestra otra invitada. —Remarcó esta última palabra, y a Isabella no le pasó por alto el tono de desaprobación.

Por supuesto, Betty no era una acompañante de su nivel social, eso ya lo sabía Isabella. Era la hija soltera del arrendatario de su finca agrícola, y solo era unos años mayor que Isabella. En el fondo, Betty ni siquiera la conocía bien. De vez en cuando intercambiaba unas palabras con ella cuando se encontraban por ahí. Isabella había estado presente varias veces cuando su padre curaba a uno de los hermanos de Betty, que se rompían huesos con una frecuencia pasmosa. Isabella estaba tan desesperada como para pedirle a una mujer casi desconocida que fuera con ella. No podía ofrecerle mucho dinero, pero necesitaba encontrar a toda costa una dama de compañía. Cualquiera. Una joven dama no podía irse de casa así, sin más, ni mucho menos viajar, si no contaba con compañía a su lado. Por lo general era una mujer de mediana edad, no muy atractiva, pero de firmes convicciones.

Las malas lenguas dirían incluso que las damas de compañía eran conservadoras y chapadas a la antigua, sobre todo en la mentalidad y los modales.

Viejas solteronas, vamos: pobretonas, solas y amargadas.

«Es lo que te pasará a ti si no te controlas ahora.»

Al ver que la mirada de su tía se enfriaba, Isabella comprendió que poco a poco iba entendiendo qué hacía allí su sobrina. Nadie se llevaba a una criada cuando viajaba para una visita breve, sino solo si tenía pensado quedarse más tiempo: varias semanas, o meses. Isabella le dio las gracias moviendo los labios, Betty le contestó con un gesto de asentimiento apenas perceptible, y de algún modo tuvo la sensación de que ya era su aliada. Se alejó con la criada llamada Rose, probablemente a la cocina del servicio en la parte trasera o en el sótano.

—¿A qué se debe la gran alegría de tu visita? —preguntó *lady* Alice como si nada, mientras la segunda criada, una chica flaca de mirada triste con una cofia sobre el pelo castaño mate, le quitaba a Isabella la manteleta y el parasol.

Isabella se fijó en la mano de la empleada: en la piel cubierta por la manga asomaba una mancha de color granate. Miró a la chica a la cara, intrigada: ¿no se había estremecido también cuando ella le había dado la capa?

—Estaba todo en la carta que no te ha llegado, claro. Mamá preguntó...

«No, no puede ser.»

—¿Se ha escaldado? —preguntó Isabella, al tiempo que señalaba la herida.

La joven la observó con creciente horror antes de lanzar una mirada insegura a la vizcondesa.

—Enséñemela. —Isabella le agarró la mano antes de que la criada pudiera esconderla detrás de la espalda. Ocurría a menudo que los pacientes de su padre ocultaran sus heridas, ya fuera porque no tenían dinero para pagar el tratamiento o porque les daba vergüenza. El ser humano encontraba miles de buenos motivos para no dejarse ayudar.

—Fue hace unos días, ¿me equivoco?

—Isabella, me sorprende mucho… —Era evidente el tono enojado en la voz de *lady* Alice.

No era en absoluto lo que Isabella necesitaba en ese momento.

Se quitó también el sombrero para ganar tiempo y, cuando se lo puso en la mano a la criada, le explicó, en voz baja pero rápido:

—Vaya a ver a la cocinera y pídale clara de huevo para untársela en la herida. O hágase compresas con tila.

La chica se despidió con una reverencia, pero a Isabella le pareció ver que asentía un momento, agradecida.

Lady Alice la miraba ahora un tanto atónita.

—Perdona, tía Alice.

«No es tu deber ocuparte del servicio de la vizcondesa. Tu objetivo es salvarte el pellejo, así que hazlo.»

—Por cierto, mamá quería pedirte algo —retomó Isabella la conversación, y se permitió echar un vistazo al espejo con marco de oro, mayor que el tamaño natural de una persona, situado detrás de su tía. Con un gesto hábil, se sujetó mejor en el recogido alto uno de los rizos rubios que se le había soltado al quitarse el sombrero. Como si la conversación que estaba iniciando y aquello que iba a pedir fueran una minucia, incluso una obviedad.

Sin embargo, no lo era, Isabella estaba tan alterada que notaba el latido del corazón en el cuello.

—Quería pedirte si cabría la posibilidad de que yo pasara toda la temporada con vosotros —terminó, y desvió la mirada de nuevo hacia su tía, a la expectativa, escudriñándola y un poco suplicante. Cuando Isabella fue consciente de esto último, procuró recuperar la sonrisa triunfal. Su tía no podía notar que tenía miedo o se sentía culpable, no podía pensarlo bajo ningún concepto. Tampoco podía llegar a saber jamás que Isabella, como toda explicación, solo había dejado una carta en la almohada antes de huir a Bath sin decírselo a sus padres. No se podía definir de otra manera su precipitada marcha de Lydford: Una huida.

Isabella necesitaba marido, lo antes posible. De lo contrario su reputación y la de su hermana se verían muy perjudicadas. Todo dependía de que su tía la acogiera bajo su ala y la ayudara a conseguir un partido adecuado.

Lady Alice no dijo nada, pero indicó a Isabella que la siguiera al salón. Los techos estucados eran tan altos como en el vestíbulo, la decoración combinaba con armonía el amarillo y el verde claro. Isabella procuró no quedarse boquiabierta. Su familia pertenecía a la baja nobleza provincial de Devonshire. Además de la consulta quirúrgica, su padre se dedicaba también a una modesta explotación de cría de ovejas. No eran pobres ni mucho menos, pero la mansión de Roswell Park y las estancias de su familia se le antojaban rústicas y humildes en comparación con la pompa y el esplendor que predominaban en casa del tío John y la tía Alice en Royal Crescent.

Los distintos edificios conformaban una suntuosa construcción gigantesca, terminada pocos años antes para las docenas de familias nobles y ricas que querían pasar la temporada en Bath. Incluso *The Gentleman's Magazine* se había hecho eco de la noticia, y como Isabella solía robarle la revista del regazo a su padre cuando este echaba una cabezada por las tardes, ya lo había leído. A su llegada, cuando el carruaje se acercaba, la construcción le había recordado a Isabella más a los dibujos del Coliseo de Roma que a una vivienda. Saltaba a la vista que era uno de los domicilios más ansiados de la ciudad; además de recursos económicos suficientes, para ocupar una de las numerosas viviendas de Royal Crescent había que contar también con los contactos adecuados. Sin duda, al vizconde John y la vizcondesa Alice Parker no les faltaban.

Lady Alice se acomodó con elegancia en el sofá tapizado con seda amarilla y le indicó con un ademán a Isabella que se sentara enfrente. En la mesita que quedaba en el medio ya había una jarra y varias tazas de una finísima porcelana con unas delicadas rosas pintadas.

—Debo decirte, hija, que no puede ser.

La muchacha notó una punzada de pánico y reprimió un carraspeo nervioso.

—¿Sabes, tía Alice? Ya tengo casi veintiún años, y en el campo hay tan pocas opciones de salir y…

No le resultaba fácil pronunciar aquellas palabras. Lo que acababa de afirmar no era del todo cierto. En realidad, no lo era en absoluto, porque desde luego que había bailes y veladas, y un montón de caballeros en Devonshire.

—… conocer a un joven caballero. —Isabella concluyó la frase con esfuerzo, aceptó agradecida la taza de té que le ofrecía y bebió varios sorbos largos.

Cuando su tía levantó las cejas, Isabella dejó enseguida la taza. Tenía sed, una sed increíble tras el largo trayecto en coche de caballos, pero sobre todo sentía un gran alivio por haber expuesto su deseo de una vez, y por un momento había perdido el control. Notó que se le sonrojaban las mejillas.

Una joven damisela no bebía varios tragos de una taza así. Le daba un sorbito y a continuación volvía a dejar la taza sin hacer ruido y con movimientos garbosos. Por no hablar de las pastitas que tenía delante en una bandeja con el borde dorado, con ese olor tan tentador. Seguro que estaban recién salidas del horno. Una dama ni las tocaba. No solo era poco elegante comerlas porque se desmigajaban y podían incluso dejar manchas de grasa en los finos vestidos de seda. Sobre todo era por el corpiño, que Isabella llevaba como toda mujer de categoría; le apretaba la cintura y no le dejaría aire para respirar si comía demasiadas.

—¿Entonces cuál sería tu acompañante si te quedaras aquí, en Bath? —reflexionó su tía—. Yo no tengo tiempo para prestarte la debida atención y acompañarte.

—Por supuesto que no, tía Alice, pero tengo a Betty. —Era un lamentable intento, Isabella lo sabía.

—¿Tu criada? Sin duda no es una compañía adecuada. Puede que sí en el campo, de donde vienes.

No, en el campo tampoco lo era, pero Betty era la única mujer soltera que se le ocurrió a Isabella con las prisas. Además, le había prometido no contar a nadie sus planes de huida, que era el requisito más importante. Isabella tampoco le había ido con muchas exigencias.

—Aquí, en Bath, la etiqueta es de vital importancia. —*Lady* Alice bebió un pequeño y silencioso sorbo de su taza de té, volvió a colocarla en el platito con mucha calma y dejó todo en la mesita que tenía delante. Isabella la siguió con la mirada, fascinada. Cada movimiento de su tía y todo lo que hacía parecía premeditado, como una ceremonia, Isabella no osó tomar la palabra mientras lo hacía.

—Entonces solo saldré cuando estén también mis primos —propuso Isabella. En ese preciso instante cayó en la cuenta de lo precipitada que era la idea. Apenas conocía a sus primos. ¿Y si dejaban que se pudriera allí? ¿Y si ahora Isabella pasaba semanas en una de las numerosas habitaciones de invitados y de algún modo salía a la luz lo sucedido en aquel funesto baile de la duquesa de Devonshire? Entonces jamás encontraría marido.

—Además, al vizconde no le hará mucha gracia que se presente aquí una sobrina suya sin avisar —añadió su tía.

«¿Al vizconde? ¿O a ti?»

Lady Alice se avergonzaba de su familia. No en vano, casi no había visto a sus parientes durante los últimos años, aunque Bath estuviera a solo unas horas en coche de Lydford, la población junto a la cual se encontraba Roswell Park. Pese a todo, Isabella se había jurado convencer a su tía. Quizá su padre era menos rico que los Parker. Puede que a Isabella le pareciera más emocionante leer sobre anatomía humana que adornar su multitud de capotas con plumas y nuevos ribetes de encaje, pero tanto ella como su hermana habían recibido una buena educación. Isabella sabía comportarse y conocía los códigos de la etiqueta. Tampoco eran muy complicadas para las jóvenes damiselas. La regla de oro era la discreción. Servía para las conversaciones de cortesía carentes de contenido que solían limitarse al tiempo y a la selección cromática del propio vestido, pero también para los bailes en las veladas en las que una no podía divertirse demasiado. Por supuesto, la discreción también se aplicaba a la sonrisa. Solo se podían enseñar un poco los dientes para luego bajar la vista, con recato. Lo ideal era ruborizarse también un poco. Eso sí, una señorita no se reía de verdad.

—¿No crees que tus tres hijos llamarían más la atención si se presentaran en los actos sociales de Bath en compañía de una joven dama? —Isabella sabía que llevaba razón. En los bailes las damas solían atraer toda la atención y, si Isabella deslumbraba lo suficiente con su vestido, con ella a su lado sus tres primos también causarían mucha más sensación. Despertarían el interés de otras damas, y ese era el deseo de su tía: que sus hijos contaran con la mayor cantidad de opciones posible antes de atarse a una joven señorita a la que cortejar. Así funcionaba el juego del amor. Bueno, más bien el juego del dinero, pero ahora Isabella no quería pensar en eso…

—¿Cómo has llegado a esa conclusión? Esta temporada tengo que concentrarme en encontrar una candidata adecuada para Edward, y a poder ser también para James.

—¿Y no sería útil tener a alguien a tu lado que también echara un ojo a mis tres primos? —insistió Isabella—. ¿Alguien que entienda cómo piensan las jóvenes casaderas y sepa interpretar su conducta?

—¿Y precisamente tú quieres ser esa persona? ¿No acabas de decirme que has tenido muy pocas ocasiones de conocer a alguien? No tienes experiencia en ganarte a las jóvenes damiselas. Vienes del campo…

—Como la mayoría aquí, en Bath. Imagino que algunas intentarán despertar el interés de tus hijos… —repuso Isabella a media voz, y bajó la mirada. Durante todo el trayecto en coche había tenido tiempo de preparar argumentos para convencer a su tía, y notaba que poco a poco iba ganando posiciones—. Por supuesto, mis primos Edward, James y Philipp no necesitan una consejera matrimonial, ya sé que sus modales son impecables y saben muy bien en qué fijarse a la hora de buscar novia… —Por un instante temió haberse pasado de la raya, pero su estrategia surtió efecto.

—Claro, claro, están bien educados, los tres —confirmó su tía. Era una mentira como una casa, porque, aunque Isabella se hubiera criado en los remotos confines de Dartmoor, estaba segura de que las noticias sobre el (¿cómo lo había llamado su madre?) «libertinaje» de Edward y James habían llegado hasta Roswell Park. Los hermanos Parker no se perdían una, eso seguro.

—¿Y cómo piensas encontrar tú un marido mientras atiendes a mis tres hijos? —preguntó la tía Alice, y a Isabella le dio un pequeño vuelco el corazón. ¿De verdad podía quedarse?

—El vínculo familiar con el vizconde Parker ya es suficiente para despertar el interés de los caballeros, ¿no te parece?

Si su tía no aceptaba ese halago, Isabella había gastado su último cartucho, y tendría que suplicar de verdad.

Isabella notó que *lady* Alice clavaba una mirada indecisa en ella.

—En el caso de una joven damisela con modales exquisitos, tal vez. Si sabe comportarse.

—Disculpa mi conducta, tía Alice. Estoy agotada del viaje, y la sorpresa de que ni siquiera haya llegado la carta de mi madre me ha hecho sentir un poco… insegura. —Isabella hizo una pausa a su tía a los ojos—. No te defraudaré. Te lo prometo.

Era lo que se había propuesto Isabella: llamar la atención y gustar. Acudir a bailes y veladas y encandilar a los hombres, entablar conversaciones amenas sin hablar demasiado ni muy alto. Se comportaría justo como exigían el decoro y la moral hasta que uno de los muchos caballeros de Bath le propusiera matrimonio. Ejercería de esposa, engendraría a un heredero, o mejor, a una camada entera, y viviría su vida feliz y satisfecha en la mansión de un hombre rico.

Isabella se aclaró la garganta, cada vez que lo pensaba se le encogía un poco el estómago, pero se empeñaba en obviar esa sensación.

En cambio, sonrió con un brillo en sus enormes ojos color ámbar.

—Por favor, tía Alice. Tú tuviste la suerte de encontrar a un auténtico caballero y casarte con él, pero sabes lo difícil que es para

15

una mujer de Dartmoor encontrar a un buen candidato. ¿De verdad vas a negarle su mayor deseo a tu sobrina mayor?

La mujer soltó un bufido, agobiada, y entonces Isabella supo que había ganado.

2

ISABELLA MIRÓ UN momento de soslayo a Betty, que caminaba a su lado. Los tacones castañeteaban al unísono sobre los adoquines, de hecho, a Isabella le gustaba andar. En casa, en Dartmoor, solía caminar largos tramos en el pueblo de al lado, sobre todo si su padre estaba otra vez fuera con el coche. Sin embargo, en ese momento le costaba seguir el ritmo, no tanto por no estar en forma como por la afición de su hermana al tafetán, que estaba de moda. Isabella volvía a llevar el vestido de viaje color turquesa de ese tejido pesado y rígido, y ahora se veía obligada a caminar más despacio porque la falda se bamboleaba a cada paso como una campana de iglesia al repicar.

Isabella no se sentía a gusto. Tal vez fuera porque llevaba un rato caminando en silencio junto a su acompañante, se preguntaba si podía entablar conversación con Betty Hartley y cómo hacerlo. En realidad, con el servicio no se hablaba.

—Betty…

—Señorita Woodford…

Habían empezado a hablar a la vez. Las dos se rieron avergonzadas, luego Isabella se apresuró a decir:

—Gracias por ayudarme esta mañana con el pelo.

—Creo que es mi deber.

—Bueno, supongo que tienes razón —dijo Isabella.

Al fin y al cabo, Betty era la criada de Isabella. O su acompañante y compañera, o su dama de compañía… En realidad no era nada de eso. Solo había accedido a acompañar a Isabella a cambio de un sueldo de miseria y de encubrir su temerario plan de encontrar marido en Bath.

Por eso las dos fingían ser algo que no eran.

A Isabella le daba la impresión de que la vida en Bath era un teatro en el que ella y Betty actuaban como actrices. Intentaba convencerse de que encontrarían su papel. Se acostumbrarían y acabarían dominándolo.

Esa mañana a primera hora Betty había llamado a la puerta de la habitación de Isabella para ofrecerle su ayuda, e Isabella se había sentido aliviada solo con ver una cara conocida.

En efecto, tenía un problemilla con el pelo.

La noche anterior Isabella se había aseado a conciencia en su jofaina y a continuación se había acostado con el pelo húmedo. No había tenido paciencia para enrollarse los rizos. Por supuesto, por la mañana los mechones rubios salían disparados en todas direcciones.

—A primera hora de la mañana tenía la misma pinta que el poni de las islas Shetland de mi hermana.

Betty soltó una carcajada, y a Isabella le encantó oír su voz cálida. Además, le gustaba que alguien compartiera su sentido del humor, sobre todo porque no era nada propio de una señorita. Tenía que quitarse esa costumbre cuanto antes. Como tantas otras…

El caso es que había pasado más de una hora con Betty y las tenazas de hierro de su tía, que daban un poco de miedo, intentando poner orden en el caos que era su cabeza.

—En realidad nos las hemos arreglado bastante bien, ¿no? —preguntó Betty.

—Yo también lo creo. *Lady* Alice tampoco ha hecho ningún comentario mordaz. El peinado está bien.

En ese momento llegaron a la puerta de una cafetería muy concurrida. Como en todas las grandes ciudades, en Bath había bastantes establecimientos de ese tipo; eran puntos de encuentro populares para conversar, politiquear, hacer negocios, intercambiar los últimos chismorreos y, por supuesto, disfrutar del café amargo recién hecho.

Isabella cerró los ojos un momento y aspiró el aroma tentador que se colaba por las rendijas de la puerta e inundaba toda la calle. Lo que habría dado por tomarse una tacita minúscula…

No vio que se abría la puerta y alguien se paraba. Isabella abrió los ojos al oír una leve expresión de sorpresa. Una mujer joven vestida con elegancia estaba a unos pasos de ella y la observaba intrigada. Luego empezó a sonreír.

—Sabe que lo está deseando —dijo guiñando el ojo, como si hablara con alguien afín. Isabella se sintió avergonzada.

Quería entrar, claro que sí, pero no podía. El segundo día no podía tomarse ya unas libertades que en realidad no le correspondían. A decir verdad, no podría hacerlo durante toda su estancia en Bath.

Pero ¿qué más daba? Un cuarto de hora, no necesitaría más. Aún no conocía a nadie en la ciudad, no llamaría la atención entre tantos clientes. Sabía que en Bath las costumbres eran distintas que en el resto del reino. Sus tres primos se vanagloriaban el día anterior de lo distinta que era la vida allí. «¡Las mujeres van a bañarse e incluso a las cafeterías, imagínate!»

Isabella se permitió echar un vistazo a través del cristal. Una luz cálida iluminaba la estancia de techos altos, y oyó que llegaban hasta ella las voces amortiguadas. No solo masculinas, también femeninas, y numerosas. ¿Estaba bien visto que una señorita, tras la refrescante visita matutina a Pump Room, donde se había tomado un vaso del agua medicinal, pasara un rato agradable en una cafetería?

—Es… ahí dentro se está bien —oyó decir a la mujer. La voz sonaba clara y amable, a Isabella la joven le cayó simpática al instante. Llevaba un vestido brillante color vino, ceñido, una manteleta corta a juego y un sombrerito del mismo color que tapaba una parte de los rizos castaños oscuros, parcialmente recogidos. En la mano enguantada sujetaba una fusta. En la piel ligeramente morena vio un reflejo bronceado, tenía los labios gruesos y los llevaba bien maquillados, o eso le pareció a Isabella. Los ojos oscuros bajo las pestañas negro azabache lucían un brillo amable y… misterioso. Algo divertía a la damisela porque sonreía, y al hacerlo aparecieron dos hoyuelos fascinantes en las mejillas. Debía de ser tres o cuatro años mayor que Isabella, y encima era de una belleza arrebatadora. Isabella se dio cuenta de que no le quitaba ojo de encima y bajó la mirada.

—No tengo tiempo, por desgracia —se apresuró a decir.

La mujer asintió como si Isabella le hubiera presentado un argumento convincente. No lo era porque hacía poco que había salido de casa de los Parker para pasear con Betty en dirección a Queen's Square y familiarizarse con el nuevo entorno.

Como si la desconocida le hubiera leído el pensamiento, se le dibujó una sonrisa cómplice en el rostro.

—Es por el aroma, ¿verdad? —Sonrió—. Ese aroma delicado, fragante, es como una promesa. Y la sensación cuando tomas el primer sorbo y el sabor se expande en la lengua… Y el efecto revitalizante que invade todo el cuerpo al cabo de un ratito…

Isabella reprimió un hondo suspiro. ¡Cuánta razón tenía esa mujer! Café. Era su vicio. Uno de tantos, como no paraba de reprocharle su madre.

Le encantaba el aroma intenso de esa bebida, y el dulzor del azúcar, que siempre se juntaba en el fondo de la taza con los posos del café. Y, por supuesto, el sabor fino y cremoso de la nata que coronaba la taza y que prefería no remover y probar al principio, para luego, tras unos cuantos sorbos, avanzar con el café amargo. Por supuesto, eso solo lo hacía cuando estaba sola.

—De verdad, pueden pasar y echar un vistazo, nada más —propuso la mujer de rojo, que sujetó la puerta y así permitió que les alcanzara una oleada de ruido y olor a café.

—A mi tía no le gustan las cafeterías y mucho menos el… café —se disculpó Isabella.

—¿Y me va a revelar también el nombre de su tía?

—*Lady* Parker.

Isabella estuvo a punto de pasarlo por alto. La mujer de rojo seguía sonriendo con simpatía, pero por un instante entrecerró los ojos. Fue solo una fracción de segundo, pero se había percatado.

—Ah, entonces es usted Isabella Woodford, recién llegada ayer de Devonshire.

—¿Cómo…?

—Esto es Bath, aquí no pasa nada sin que al día siguiente lo sepa la ciudad entera. Sobre todo si hablamos de quién acaba de llegar. Incluso suenan las campanas para saludar a todos los recién llegados. —Esbozó una media sonrisa, al tiempo que sacudía la cabeza—. Una solemne tontería.

«Aquí no pasa nada sin que al día siguiente lo sepa la ciudad entera.»

Isabella cerró los ojos, le costó tragar saliva.

—Venga, Betty, nos vamos.

—Pero si lleva hasta una acompañante. —La mujer señaló a Betty con la cabeza—. Ni siquiera su tía podría reprocharle nada si se tomara un café en compañía, ¿no?

—No la conoce usted bien —la contradijo Isabella con evasivas. En realidad no sabía si su tía armaría un escándalo por una visita a una cafetería o no. Era más una sensación que le decía a Isabella que no era en absoluto buena idea poner un pie en ese establecimiento.

—Mejor de lo que cree —murmuró la mujer, y por un instante Isabella tuvo la impresión de que torcía el gesto. Debía de haberse confundido.

—¿Conoce a mi tía? —preguntó—. ¿Puedo saber su nombre?

—Señora Rebecca Seagrave. Soy la propietaria del White Lion. Si no tuviera una reunión urgente, la invitaría personalmente a mi cafetería. —De nuevo Isabella se sorprendió mirando fijamente a la mujer. Era muy joven para dirigir un hostal. Es más, Isabella nunca había conocido a la dueña de un hostal, pero siempre se las había imaginado bastas, gritonas y fuertes. En todo caso no tan delicadas y elegantes como esa mujer.

La señora Seagrave se inclinó con confianza hacia Isabella y continuó con cierto tono irónico:

—Entonces yo le diría que no se acerque demasiado a ninguno de los clientes masculinos. Cuando alguien nuevo llega a la ciudad, primero tiene que ser presentado oficialmente en sociedad por el maestro de ceremonias. —Alzó los ojos hacia el cielo, y el gesto dejó muy claro qué pensaba de esa costumbre—. Por desgracia, el señor Hickey no aguanta bromas en ese sentido. Sería un escándalo que le arrebatáramos ese honor y por tanto lo despojáramos de su razón de ser. Mucho me temo que ni usted ni yo queremos eso.

Isabella seguro que no. Asintió, se alisó la falda y se despidió con un breve gesto de la cabeza. Ya había cometido suficientes errores, lo último que necesitaba en ese momento era un escándalo que pusiera en duda su firmeza moral. Otro no.

—Pero, en realidad… —oyó Isabella a su espalda, y se detuvo—. También puedo llegar un poco tarde a mi reunión. Incluso creo que llegar tarde marca un estilo.

Isabella se dio la vuelta y vio una expresión pícara en el rostro de Rebecca Seagrave.

—¿Puede? —contestó, indecisa. A decir verdad, no tenía ni idea de qué era tener estilo y qué no.

—Vamos, señorita Woodford. La invito.

—Creo que no·puede ser. —Si Isabella enojaba a su tía el segundo día, seguro que la enviaría de vuelta a Lydford antes de que ni siquiera le diera tiempo a decir su nombre—. Y si de verdad conoce a *lady* Parker, seguro que sabe por qué.

Había sonado un poco más despectiva de lo que pretendía. No era muy inteligente decir algo así delante de una desconocida. Una joven damisela sonreía, asentía y callaba. «El silencio de una mujer es su mayor logro», ¿no lo dijo una vez un filósofo? ¿Tal vez Maquiavelo?

—Aquí la etiqueta lo es todo, lo sabe muy bien. Sobre todo para la vizcondesa. —La señora Seagrave cogió de la mano a Isabella con naturalidad—. Por eso también debería saber que en realidad no tiene de qué preocuparse si yo la invito. Así yo sería su dama de compañía, de hecho me ofendería un poco si ahora rechazara mi oferta. —Le guiñó el ojo mientras mantenía la puerta que daba a la sala abierta, y poco a poco a Isabella la invadió la sensación de que daba igual lo que dijera o hiciera porque se equivocaría de todos modos. Moverse en el escenario social de Bath era como bailar sobre las brasas.

—Pero muy poco rato, de verdad —accedió, pues era cierto que ya había pasado tiempo suficiente fuera de casa. Cerca del Royal

Crescent, Betty y ella habían pasado por delante del bien surtido escaparate de una librería, e Isabella no lo había podido evitar y había entrado. Sabía lo que buscaba: el nuevo ensayo de John Hunter, el legendario cirujano con el que había estudiado su padre, *Tratado sobre la sangre, las inflamaciones y las heridas de bala*. Lo había visto sobre el escritorio de su progenitor, aún intacto. Aunque no supiera que Isabella hojeaba sus libros a escondidas y que los leía cuando él no estaba en casa, o por lo menos fingía no saberlo, jamás le sorprendía que en las consultas domiciliarias de pronto su hija aplicara nuevos métodos. A veces incluso le guiñaba el ojo con orgullo cuando hacía algo bien. Seguramente siempre había deseado tener un hijo que pudiera hacerse cargo de su consulta algún día, pero Dios solo le había concedido dos hijas, y ninguna podría seguir sus pasos. Era del todo impensable que una mujer fuera cirujana.

Isabella no pudo contenerse y se compró el tratado de John Hunter también en Bath. El librero arrugó la frente, confundido, pero luego incluso se lo envolvió en un discreto papel marrón, y ahora Isabella lo sujetaba en la mano, pesado y prometedor.

En realidad no le importaba estar fuera mucho tiempo porque sabía que iba a pasar toda la tarde con su tía en el salón. La cena de la víspera se le había hecho eterna, sobre todo porque sus tres primos, y en particular su preferido, Phillip, se despidieron tras un breve saludo para irse a un club de caballeros. La familia siempre pasaba solo la temporada de verano en Bath, y en invierno se mudaban a su finca rústica al norte de Londres. Hacía solo dos semanas que volvían a estar en Bath, el invierno había sido largo y tedioso, según le había contado Phillip, y ahora tenían que, ¿cómo lo había expresado?, «volver a adaptarse al nuevo entorno».

Phillip el Pecoso le caía bien. Solo tenía un recuerdo vago de su último encuentro. Por aquel entonces acababa de alcanzar la mayoría de edad, crecía cada día que pasaba y se reía mucho. Seguía haciéndolo, a diferencia de sus hermanos mayores, que la saludaban con mucha educación, pero también con cierto desdén, para luego ignorarla sin más. Después de cenar con sus tíos, Isabella quiso ser útil y preparar el café, pero su tía le dejó muy claro de inmediato que el ser útil no era un logro al que debía aspirar una señorita. Y que, de todos modos, en su casa no había café, ese brebaje del demonio.

Así habían empezado ya sus problemas a primera hora de la mañana en la mesa del desayuno. Isabella se había bebido varias tazas de un té insípido y aguado, despacio y con educación, por supuesto. Del todo insatisfecha, luego decidió ir a dar un paseo para mantener a raya el inminente dolor de cabeza.

No estaba previsto visitar una librería y luego encima una cafetería, la verdad.

Nada más entrar, Isabella se vio envuelta en el calor, el ruido y el olor a humo y café como si fuera una nube que la llevaba del brazo de la propietaria a la barra de madera bien pulida. Detrás había una señora mayor que la miraba con cara de pocos amigos, vestida con cofia y delantal blancos, que saludó con la cabeza a la señora Seagrave; esta se limitó a levantar dos dedos y, sin hacer más preguntas, la mujer se puso a servir café de una jarra grande en dos tazas altas de porcelana. Con una jarra metálica las acabó de llenar generosamente con nata hasta el borde, y las dejó sobre un platillo delante de Isabella con tal habilidad que el contenido no se derramó.

—Discúlpeme un momento, ahora mismo vuelvo. Pero pruébelo mientras tanto y dígame qué le parece el café —dijo la señora Seagrave, que desapareció tras una puerta de madera. Isabella se cercioró de que Betty aún estuviera cerca y dejó el libro sobre la barra. Agarró con cuidado el asa de la taza, la equilibró en los labios y le dio un sorbo a la bebida humeante. El café estaba a la temperatura justa para beber, así que le dio el primer sorbo, cerró los ojos y disfrutó de la agradable sensación y del sabor a la vez amargo y cremoso en la lengua.

Pese a estar tan concentrada en el café, notó un cambio alrededor, una presencia a su lado, pero tal vez fuera solo una ráfaga de aire. Abrió los ojos y vio a un hombre en la barra a tres pasos de ella.

Era alto, Isabella en seguida se fijó en eso. Estaba de perfil, tenía la nariz tan recta y la barbilla con una forma tan perfecta que parecía una estatua griega. A diferencia de la mayoría de hombres de la cafetería, no llevaba peluca, sino los rizos de color castaño oscuro bien cortos.

Isabella había oído hablar de ellos, incluso había visto a algunos en Devonshire una o dos veces. Eran sobre todo hombres jóvenes, en particular sin título nobiliario. Renegaban de las pelucas y todo lo que encarnaban desde hacía casi ciento cincuenta años: nobleza, abundancia, las exigencias al Estado por parte de una élite. Lo había leído en artículos de prensa que hablaban sobre un cambio en la sociedad que Isabella en muchos casos no había entendido del todo. Rara vez su padre sentía la necesidad de explicar algo a su hija mayor sobre la actualidad política del país, y solo cuando su mujer no estaba presente. Sin embargo, Isabella había entendido que las pelucas, que hasta poco antes eran un elemento imprescindible en la imagen de un caballero, poco a poco iban perdiendo peso. Ahora había surgido un nuevo tipo de hombre que siempre enseñaba el pelo, por lo general con un peinado corto y sin empolvar. Se burlaban de los que llevaban zapatos con hebillas y de la aristocracia, para ellos un título nobiliario que equivalía a decadencia y depravación espiritual.

El hombre llevaba un frac azul marino de corte perfecto hasta las rodillas, debajo un chaleco gris brillante y en el bolsillo del pecho, un pañuelito blanco. Estaba erguido, con el brazo apoyado en la barra, relajado, y pese a la chaqueta Isabella, vio que estaba musculado, no como la mayoría de clientes nobles de la cafetería. Irradiaba fuerza y virilidad y, aunque la joven había aprendido desde pequeña que las pelucas, los pantalones abrochados a la altura de las rodillas, los rasgos faciales delicados y los cuerpos masculinos elegantes y delgaduchos eran el ideal de belleza en el que fijarse y al que aspirar, no podía apartar la vista de ese desconocido.

Todo en él era meticuloso y ordenado, incluso los movimientos trasmitían precisión. El semblante serio, las frases escuetas que intercambió con la señora que atendía la barra de la cafetería, las monedas que le dio después: nada parecía casual.

El atuendo era demasiado refinado para que se tratara de un funcionario, y el aspecto y el comportamiento eran muy distintos a los que ella conocía de los caballeros nobles.

Debía de ser uno de esos industriales que habían aparecido de pronto en el mapa durante las últimas décadas. Tal vez fuera un próspero comerciante o un banquero. «Nuevos ricos —le pasó a Isabella por la cabeza—. La futura élite del país», los llamó una vez su padre.

El hombre debió de notar su atención porque giró la cabeza, al principio como si buscara algo, hasta que cruzaron las miradas. Isabella se quedó sin aire por un instante.

La luz, que caía en un ángulo oblicuo, le iluminó los ojos, que a Isabella le recordaron al color de los numerosos lagos de Dartmoor, cuando el sol se reflejaba en ellos en verano y convertían la superficie en un espejo de color turquesa. Era una mirada fresca e inteligente; Isabella tuvo la sensación de que la había calado y juzgado nada más verla.

Ella se volvió, notó que se le aceleraba el corazón y bebió otro sorbo de la taza.

Unas nubes de humo pasaron entre los dos y le hicieron cosquillas en la nariz a Isabella, que no se quitaba la sensación de que el hombre seguía mirándola. Se armó de valor y se volvió hacia él.

No se equivocaba: sus miradas se enredaron de nuevo.

«Aparta la vista. Aparta la vista ahora mismo.»

Pero era incapaz.

Entonces la asaltó un recuerdo. En realidad fue su cuerpo el que se acordó, y de pronto notó un cosquilleo en las venas que fue hasta el bajo vientre y…

Isabella tragó saliva. Conocía a ese tipo de hombres.

Ya había notado esa mirada una vez. Un día cedió a esa fascinación y entabló conversación con un hombre que se fijó en ella con el mismo descaro.

Vio un breve brillo en los ojos del desconocido, como si notara el calor que sentía ella de repente. Se le dibujó una sonrisa despectiva en los labios, sacudió la cabeza, con discreción pero con la suficiente desfachatez para enojar a Isabella de inmediato. Bajó la mirada hacia los bordes de color marrón claro que dejaba el café en su taza.

No cabía duda de que era un gesto de desaprobación, seguro que por haberse atrevido a devolverle la mirada, aunque él la observara de manera tan ofensiva e indecorosa.

Iba a pedirle explicaciones ahora mismo.

Como si pudiera leerle la mente y hubiera oído lo que le pasaba por dentro, dio un paso hacia ella.

Isabella se olvidó de dónde estaba y de pronto sus pensamientos y su enfado se convirtieron en un trueno lejano, leve, un débil eco en algún lugar de su conciencia. Todos los ruidos a su alrededor enmudecieron al oír su voz grave. El tono era duro y con un punto de desprecio.

—Parece que algo le ha provocado un disgusto, señorita.

Durante una fracción de segundo el hombre miró el libro que estaba sobre la barra. El papel estaba un poco abierto y dejaba al descubierto el nombre del volumen, y él lo miró el tiempo suficiente para poder leerlo.

—Esa misma impresión me ha dado usted —repuso ella, sorprendida por su propia sagacidad. Aunque a Isabella le pareciera imposible, la expresión de los ojos del hombre se volvió unos grados más fría.

—Cuidado con lo que mira, señorita, o malgastará insinuaciones con el hombre equivocado.

Unos segundos después, Isabella se quedó perpleja al sentir mala conciencia. Sí, le había devuelto la mirada, aunque no era en absoluto su intención y pese a que sabía perfectamente lo inadecuado que era. Pero ¿qué iba a hacer, darse la vuelta y esperar a que él desistiera?

«Justo eso y nada más.»

Y ahora ahí estaba, justo delante de ella, con esa mirada sombría y un inexplicable enfado. La cercanía de ese hombre era para Isabella como una ráfaga de viento que revivía las llamas de un incendio feroz. Sintió que se le alteraba todo el cuerpo, una sensación agradable que la asustaba y consumía los pensamientos sensatos de su cerebro.

—¿A qué se refiere? —logró decir. «¿Qué está dando por hecho este hombre de ti en realidad?», se esforzaba por ordenar las ideas. ¿Que estaba coqueteando con él?

—Justo lo que acabo de decir. Una mirada de más y habrá perdido todas sus opciones.

—Con usted, ¿no?

—Conmigo de todos modos jamás tendría opción —afirmó él, y a Isabella le explotó la rabia en el pecho como si fueran pequeños rayos—. Más bien con todos los demás en esta sala, o de la ciudad, que participan en todo este teatro. —Hizo un pequeño gesto con la mano hacia la estancia, una mano fuerte con los dedos delgados y bien definidos y algunos pelillos oscuros en el dorso, y por un instante Isabella se fijó en ella. Por lo visto, no se le escapó al desconocido, porque ladeó la cabeza, como queriendo decir: «Te he pillado».

—¿Porque he osado mirarlo? —Isabella apartó los ojos de la mano.

—Sí, y lo digo más por su propio interés que por el mío. También puede ahorrarse su afectado arrebato de ira. A las damas no se les suele dar muy bien.

—Parece que conoce usted muy bien a las damas, pero no sabe nada de lo que es propio de un caballero y lo que no —replicó Isabella.

—Lo sé mejor de lo que seguramente imagina. Pero le diré una cosa: me da igual.

Isabella no podía creer lo que estaba oyendo.

—Usted, en cambio, conoce las reglas que se le aplican —continuó el sujeto, y se puso a enumerar—: discreción recatada, afición por las labores manuales y una ignorancia supina en cuanto a todo lo que ocurra fuera de sus cuatro paredes. Y si seguimos teniendo una conversación tan animada, me temo que mañana al amanecer tendré que enfrentarme en un duelo con sus parientes masculinos. —Levantó las cejas en un gesto elocuente.

—Le divierte, ¿verdad? —preguntó Isabella—. Reírse de mí y de todos los que están en esta sala.

Se acercó un paso más, y en ese momento la muchacha de verdad se quedó sin aliento. Se inclinó hacia ella y susurró:

—Mucho.

La cercanía inmediata de ese hombre hizo que le vibrara todo el cuerpo, notó la humedad en las palmas de las manos y casi le pareció sentir el calor que desprendía.

Él volvió a poner distancia, hizo un amago de reverencia sin decir ni una palabra más y se alejó. En el perchero abarrotado de abrigos y capas situado junto a la puerta de entrada, agarró su sombrero y salió de la cafetería.

De pronto regresaron los ruidos, el tintineo de la vajilla, las voces, el borboteo de la cafetera. Isabella se dio cuenta de que respiraba con dificultad y que las costillas ejercían una presión casi insoportable en el corpiño.

Entonces notó una mano en el codo, y en ese momento volvió a ser consciente de lo que sucedía en la sala. Los ojos oscuros de Rebecca Seagrave aparecieron en su campo de visión. La mirada era de sorpresa y… admiración.

—¿Estaba hablando ahora mismo con Wilkinson? Por lo general evita a las damas de la nobleza.

—¿Cómo ha dicho que se llama? —Isabella tenía tanto calor que le entraron ganas de abanicarse con la mano.

—Alexander Wilkinson. Uno de los mayores comerciantes de telas del país. Está de paso y se aloja en mi hostal. Dicen que sería uno de los solteros más codiciados de todo Londres si no sintiera tanto desprecio por los nobles y sus hijas.

—Eso saltaba a la vista. —Isabella estaba a punto de torcer el gesto, pero se contuvo en el último momento.

—Me sorprende que haya hablado con usted. A veces Wilkinson es insoportable.

—También lo ha sido ahora —confirmó Isabella con aspereza—. Y me pregunto a qué se debe tanto desdén.

—¿Envidia? —elucubró la señora Seagrave.

¿De la nobleza, quiere decir? Si dice que es uno de los solteros más codiciados de todo Londres, no tendría razón de ser —repuso Isabella—. Si pusiéramos el dinero y los títulos en una balanza, bueno… las dos sabemos lo que pesaría a la larga.

Rebecca Seagrave se cruzó de brazos, divertida.

—¿Me ha parecido oír una crítica?

—En absoluto, señora Seagrave. Yo no tengo ni dinero ni título, así que hablo desde una posición de absoluta neutralidad.

—Era una confesión atrevida, pero le sentó bien ser clara por una vez.

—Casi ninguna mujer tiene dinero o título —contestó la señora Seagrave, y se encogió de hombros—. Pero está en nuestra mano cambiarlo.

La frase le provocó una breve carcajada a Isabella.

—¿Y cómo?

—Tomando las decisiones correctas.

—¿Se refiere a casarnos con un hombre que tenga dinero o un título? —preguntó la joven en tono burlón.

—Créame, hay muchas más posibilidades, aparte de casarse.

«Ah, ¿sí? Yo no puedo estudiar medicina ni ejercer ninguna otra profesión. Ni siquiera puedo ir de compras sin compañía. Y si tengo un amorío, además de mi propia ruina, casi siempre supone también la de toda mi familia. Por favor, ¿cuándo podría tomar yo una sola decisión importante de verdad?»

Por supuesto, no dijo nada de eso en voz alta. Sin embargo, Isabella notó que apretaba los dientes, y por lo visto la señora Seagrave también se dio cuenta porque levantó las manos como si se sintiera culpable.

—Dejemos el tema, mi discurso rebelde la está desconcertando, se lo noto. Y la mordacidad de Wilkinson seguirá siendo un misterio. De todos modos, su compañía no merece el esfuerzo. Le precede cierta… fama, no sé si me entiende.

De pronto se hizo un silencio absoluto en la mente de Isabella, tanto que incluso el pulso sanguíneo le atronaba en los oídos.

Por lo visto la señora Seagrave vio el miedo de Isabella, porque se apresuró a añadir:

—No se preocupe, solo busca sus amoríos en establecimientos y no en sociedad, entre señoritas como nosotras. Su reputación no se verá perjudicada, aunque haya intercambiado unas palabras con él. —Mientras hablaba clavó los ojos en la segunda taza de café, que seguía intacta. Miró alrededor—. Esa era para su acompañante —dijo, asombrada.

En ese momento Isabella recordó que Betty también seguía en la sala. Estaba un poco apartada, con los ojos de par en par, daba la impresión de querer fundirse con la pared revestida de madera que tenía a la espalda. Con las manos entrelazadas, no paraba de mirar a todo el mundo, indecisa.

Betty era fornida, tenía la espalda tan ancha como un hombre y la voz grave. Le encantaba reír a carcajadas, Isabella lo sabía por los pocos encuentros que había tenido con ella. Sin embargo, siempre que estaba con su tía o con otros nobles, a Isabella le daba la impresión de que su acompañante quería volverse invisible. Seguro que era porque no sabía cómo comportarse en la alta sociedad, y los fundamentos que le había explicado Isabella en el coche de caballos cuando iban hacia Bath, sin duda, no habían sido suficientes.

—¿De verdad no la quiere? —se dirigió la señora Seagrave a Betty.

—Disculpe, *milady*, pero nunca he... —hablaba con un fuerte acento del sur de Inglaterra, y le lanzó a Isabella una mirada de impotencia.

La señora Seagrave entrecerró un poco los ojos y de pronto escudriñó con la mirada a la chica con más curiosidad. A Isabella incluso le pareció que posaba la mirada uno o dos instantes de más en las manos de Betty, curtidas y rojas de trabajar en el campo, antes de agarrar del brazo a la acompañante de Isabella sin vacilar y llevarla hasta la barra.

—Entonces ya es hora de que pruebe el café, o se enfriará. Como acompañante de la señorita Woodford no puede rechazar semejante invitación —dijo, y la amonestó con la mirada.

Betty cogió la taza, indecisa, le dio un sorbo y torció el gesto, lo que arrancó una carcajada a la señora Seagrave.

—Más azúcar, por favor —le pidió a la mujer de la barra—. Al principio el sabor siempre es un poco peculiar. Se acostumbrará.

Isabella miró con discreción hacia la sala. Casi todas las mesas estaban ocupadas por grupos variopintos de hombres y mujeres, todos vestidos con elegancia. Los caballeros llevaban peluca, y en los sombreros de las damas sobresalían unas plumas temblorosas, como si tuvieran vida propia. No era una cafetería modesta, era un local refinado para los clientes ricos y con título de la ciudad. Las voces sonaban con fuerza en la estancia alta y se entretejían formando un tapiz de sonidos ensordecedor. Isabella notó las evidentes miradas de curiosidad dirigidas hacia ella, sobre todo de las clientas. Su pequeño interludio con ese tal Wilkinson no había pasado desapercibido.

La señora Seagrave se acercó mucho a Isabella.

—A su acompañante no le iría mal un vestido nuevo. —Hizo especial hincapié en la palabra «acompañante»; si a Isabella le quedaba alguna duda de que la señora Seagrave cuestionaba el origen de Betty, se disipó en ese momento. Betty no era una dama de compañía distinguida, o por lo menos burguesa, eso saltaba a la vista.

—No sé si podemos... —Isabella se detuvo. No podía contarle de ninguna manera a una desconocida que, sencillamente, no tenía dinero para eso. Se había llevado algunas libras que tenía ahorradas, pero las necesitaría para el sueldo de Betty y sus actividades en Bath. Aunque fuera consciente de lo inadecuado que era el atuendo de su acompañante, no podía permitirse un nuevo armario para su criada. Y ella tampoco tenía dinero para eso.

A la señora Seagrave parecía divertirle el bochorno que sentía Isabella.

—Vuelva uno de estos días, señorita Woodford. Estoy segura de que puedo ayudarla a usted y a su... ¿cómo se llamaba?

—Betty Hartley, *milady* —contestó Betty, y luego hizo una reverencia.

—Bueno, puedo ayudarlas a las dos a corregir ese defecto.

—Es usted muy amable, pero no creo que mi tía lo apruebe —repuso Isabella.

—No hace falta que lo sepa todo, ¿no? —la señora Seagrave se encogió de hombros.

Por un momento, a Isabella le asaltaron las dudas. Acababa de conocer a la señora Seagrave. ¿De dónde salía tanta amabilidad?

—Imagino que su altercado con Wilkinson tampoco entusiasmaría a su tía. Puede que sea más aconsejable no decir nada sobre el tema, no sé si me entiende. —Debió de notar la indecisión de Isabella, porque continuó—: Por lo menos, a mí me haría un gran favor. No debería haberla abandonado a su suerte en la cafetería.

—No sabía que ese... tipo hablaría conmigo —repuso Isabella, pero en su fuero interno le dio la razón a la señora Seagrave. Era un escándalo que un hombre joven hubiera entablado conversación con Isabella así, sin más, sin que los hubieran presentado antes. Si Rebecca Seagrave no hubiera desaparecido de repente, seguro que no habría ocurrido—. Solo espero que ninguno de los presentes empiece a chismorrear ahora. —Observó de nuevo por el rabillo del ojo a los clientes, que no paraban de lanzarle miradas furtivas. Su esperanza de que la visita a la cafetería no llegara a oídos de su tía se desvaneció.

—Bueno, tampoco debería preocuparnos tanto. La gente en Bath habla de todos modos. Además, igual de rápido que se lanzan a por una novedad, la abandonan. Puede que Wilkinson sea un hombre combativo, pero en un punto estoy *d'accord* con él —aclaró Rebecca—. No me importa mucho lo que piense la gente de mí. Y mire alrededor. —Hizo un gesto con la fusta que abarcó toda la sala—. No me ha ido mal. Al contrario.

Isabella inclinó un poco la cabeza, como cuando una no ha entendido algo del todo.

Complaciente, la señora Seagrave le explicó:

—Soy viuda. Mi marido murió en un trágico accidente, y ahora dirijo yo el negocio. Todo lo que ve aquí es mío, y me siento orgullosa.

—Lamento lo de su marido. —Perder tan pronto a la pareja debía de haber sido un revés horrible del destino, aunque la señora Seagrave no trasmitía tristeza, parecía tener un talante muy alegre.

—Voy a confesarle una cosa. —Rebecca se acercó mucho al oído de Isabella. El tenue aroma a canela y el olor de los guantes nuevos de piel le llegó a la nariz—. La vida cuando una está sola también tiene sus ventajas.

—Entonces, ¿no quiere volver a casarse?

—No —se apresuró a decir la señora Seagrave. Lo dijo demasiado rápido, y, además de Isabella, la dueña de la cafetería también se dio cuenta. Acto seguido añadió—: ¿Y renunciar a todas las libertades de las que disfruto ahora? ¿Confiar mis posesiones, mi negocio y mi vida entera a un hombre y convertirme en su esclava? Claro que no. Quien ha saboreado la libertad jamás querrá perderla, créame. Es muy parecido a lo que ocurre con el café, ¿verdad, señorita Hartley? —Se volvió hacia la acompañante de Isabella, como si quisiera cambiar de tema.

Betty, visiblemente sorprendida de que le dirigieran la palabra de nuevo en tan poco tiempo, asintió tras un momento de duda.

Isabella debía de llevar la estupefacción escrita en la mirada.

—La he dejado impresionada —afirmó Rebecca.

—No, puede que un poco sorprendida.

No era cierto en absoluto. La muchacha estaba fascinada con esa mujer. Sus palabras rebosaban confianza y determinación. También tenía la ligera sensación de que estaba un poco prohibido escuchar esas ideas, o incluso tenerlas, pero justo ahí residía el encanto.

3

ALEXANDER BAJÓ EL último peldaño de la entrada de la cafetería, y en ese momento cayó en la cuenta de que llevaba todo el tiempo conteniendo la respiración. Infló despacio los mofletes mientras recorría la ancha acera, donde cabría sin problema un coche de cuatro caballos. Eso era lo que importaba allí, en Bath, en el norte de Somerset, y lo que diferenciaba tanto la ciudad de la infinidad de poblaciones inglesas que había visto en sus viajes de negocios. La ciudad entera parecía creada con un solo fin: pasear, impresionar y ser vista. La vida en Bath era una sucesión de eventos, una pasarela que casi todas las noches culminaba con un baile, ya fuera en Simpson's o en el nuevo salón, Assembly Rooms. La idea dibujó una mueca de desprecio en el rostro de Alexander. Por lo visto el deseo de veranear en esa ciudad había devenido en obsesión. Ya hacía tiempo que no eran solo los caballeros achacosos los que iban a recuperarse en las aguas termales de los distintos baños, hacía décadas que también acudían familias y chicos jóvenes en busca de un buen partido. Esa manera constante de iniciar contactos y congraciarse… cómo lo detestaba Alexander. Todos fingían ser algo que no eran hasta que, después de la boda, llegaba la desagradable sorpresa.

Se colocó bien la corbata de seda y aceleró el paso. Las hileras de casas se sucedían rápido a un lado, la mayoría erigidas durante las últimas dos décadas, y en casi todas las fachadas brillaba la piedra color miel tan típica de Bath.

«Del mismo color que su pelo.»

¿Qué mosca le había picado para hablar con una mujer desconocida y luego encima reprocharle que lo hubiera mirado? Era cierto, lo había mirado, pero debía admitir que después de que él no le quitara ojo de encima. ¿Acaso la ciudad lo había contagiado y era víctima también de ese delirio por casarse?

El año anterior había cumplido treinta años, sus amigos le daban palmaditas en la espalda y le decían que algún día también le llegaría el momento. Sobre todo se lo decían los amigos y socios de negocios con hijas en edad de merecer. Incluso algunos vizcondes y condes le habían ofrecido la mano de sus hijas, como si no supieran que no tenía ninguna intención de atarse.

Debía de leérsele en la cara lo que estaba pensando, porque en ese momento se dio cuenta de que la mayoría de las personas con las que se cruzaba lo rehuían desde lejos. Le ocurría a menudo por su altura y complexión. El hecho de no tener ni esposa ni familia le dejaba mucho tiempo, aparte del trabajo, para sus aficiones: la equitación y el boxeo. A veces incluso la esgrima, aunque solo la practicaba en un club clandestino en Londres y le había jurado a su maestro que no hablaría con nadie de su pasión por esa disciplina. No dejaba de ser un deporte venerable, hasta entonces reservado a la élite de la nobleza: todos aquellos con los que no quería tener nada que ver. Si no fuera tan divertido...

—¡Alexander!

Miró a su alrededor hasta que descubrió el rostro moreno y familiar de Tom.

—Puntual como un clavo. —Tom guardó el reloj en el bolsillito lateral del chaleco y juntó las manos en el puño del bastón de paseo. No porque lo necesitara de verdad, como tantas personas achacosas e inválidas que se hacían llevar en litera por las calles de Bath. Era una especie de caja con asiento, en la que incluso se podían correr las cortinas, que cargaban dos hombres, uno por delante y otro por detrás. En Londres, donde Alexander tenía su domicilio principal, las literas ya habían pasado de moda, pero en Bath seguían formando parte de una estampa muy habitual.

En cualquier caso, el bastón para caminar era solo un accesorio para Tom, que, a diferencia de Alexander, cuya vestimenta era siempre elegante pero sencilla, siempre seguía la última moda. Seguro que tenía una colección de sombreros y bastones en casa, y puede que aún más abrigos y chalecos, porque cada día llevaba uno distinto. Por lo menos, alguien lo hacía, al fin y al cabo se ganaban la vida justo con eso: comerciando con telas refinadas y algodón de primera calidad. Tom dirigía la gran tienda de telas en la distinguida calle de Milsom Street, era el apoderado de Alexander en la parte oeste del país y su mano derecha también en todos los menesteres.

Con Tom a su lado, Alexander tenía la sensación de atraer las miradas aún más que antes, pues su mejor amigo era distinto a los demás hombres. Era el hijo bastardo de un lascar, uno de tantos marinos indios llegados a Inglaterra desde las colonias en los numerosos barcos de la Compañía Británica de las Indias que pasaban varios meses en las ciudades portuarias en condiciones deplorables hasta el siguiente viaje. La madre de Tom, hija de un comerciante, cuidó de su hijo ilegítimo pese a la vergüenza, le dio una educación y luego el muchacho empezó de aprendiz en una de las tiendas de Alexander en Londres. Por aquel entonces él también era muy joven, solo unos años mayor que Tom. Al poco tiempo, Alexander apreció la capacidad de negociación y las habilidades empresariales de su empleado de piel oscura y lo convirtió en su protegido, y la relación laboral derivó en amistad. Una vez formado, Alexander nombró a Tom primero su asistente y luego su representante.

—Llamas la atención —comentó Tom cuando giraron en Milsom Street.

—Yo creo que es más bien tu presencia la que atrae la atención de tantas… —Alexander se aclaró la garganta—… señoritas.

Tom lo miró de soslayo, casi divertido.

—Siento decepcionarte, aquí ya me conocen. —Tom dedicó un gesto gentil a una mujer joven que llevaba un vestido muy ancho y cubierto por múltiples capas de volantes amarillo limón.

Alexander intentó no pensar en un caramelo.

—Espero que esa tela no sea nuestra —preguntó, sin hacer caso de la mirada de interés ni de la sonrisa de requerimiento de su acompañante, una mujer con el pelo canoso y el rostro lleno de arrugas.

—No creo —le confirmó Tom, y sonrió—. Están demasiado empeñadas en llamar tu atención. ¿Por qué no les haces un favor y les devuelves la sonrisa? No escatimas tanto con otras atenciones.

—Estamos en Bath. Sonríes una vez a la persona equivocada y ya esperan una propuesta de matrimonio. Para eso prefiero los... contactos libres que me ofrece Londres.

—Ya... —se limitó a decir el otro.

—En esta ciudad, son como parásitos femeninos. —Alexander notó que volvía a invadirlo la rabia—. Buscan a alguien que las mantenga durante toda la vida para instalarse en un nido. Y los hombres son tan tontos que encima lo alimentan.

—¿Y no es así como funcionan las cosas? Hasta los animales lo hacen. Las hembras se aparean con los machos llamativos y fuertes. Y como tenemos la suerte de vivir en un mundo civilizado, la fuerza ha sido sustituida por otras cualidades, gracias a Dios. El dinero, por ejemplo. —Tom miró con demasiada insistencia a Alexander, que ladeó la cabeza en un gesto desafiante a la espera del siguiente comentario crítico de su amigo, para poder iniciar una disputa con él—. O un título —añadió.

—No nos engañemos. Van detrás de los títulos y de la reputación como el diablo detrás de una virgen. Justo hoy he conocido a otro ejemplar que... —Alexander se interrumpió y no siguió hablando. ¿Cómo había podido ocurrir que esa mujer volviera a aparecer en su mente?

Tom levantó las cejas, sorprendido, pero no hizo ningún comentario. Mejor para él, porque Alexander le habría parado los pies al instante con unas cuantas palabras certeras y lo habría puesto en su sitio. Alexander estaba enfadado, pero suponía que más consigo mismo que con Tom.

Para entonces ya habían entrado en la tienda y se habían abierto paso en las salas de venta, un tanto sombrías, donde en unos armarios que llegaban hasta el techo se amontonaban numerosas balas de las telas más refinadas y nobles. Por lo visto, la repentina aparición de Alexander había sorprendido a los dos dependientes, que agacharon la cabeza en señal de profundo respeto. Malhumorado, clavó los ojos en uno de ellos. Debería comprobar más a menudo que todo iba bien en sus establecimientos y hablar más con su gente. Lo trataban como si fuera un duque o un príncipe, era insoportable.

Habían llegado al despacho de Tom, una estancia decorada con gusto y ubicada en la parte trasera del edificio, con algunas estanterías en las que reposaban unos cuantos documentos y libros de cuentas. El enorme escritorio, en cambio, estaba tan abarrotado de papeles, libros de pedidos, plumas rotas y tinteros medio vacíos que parecía que un torbellino acabara de arrasar la habitación. Era incomprensible cómo su socio lograba no perder la perspectiva en medio de semejante caos, pero ya hacía tiempo que había dejado de criticarlo por su peculiar estilo de trabajo.

—El contrabando cada vez nos da más problemas. ¡Solo tienes que mirar a tu alrededor! —Tom señaló la ventana, indignado—. Te apuesto a que un tercio de los vestidos de Bath se confeccionan con telas que no se fabrican en Inglaterra. También el vestido amarillo limón que llevaba la dama que nos hemos cruzado en la calle, por cierto. —Se dejó caer con un suspiro en la silla Chippendale que había delante del escritorio—. Deberíamos hacer algo para combatirlo.

—¿Tú crees? La última vez que vi nuestros libros de cuentas los negocios iban viento en popa. —Hoy tenía ganas de pelea, el propio Alexander lo notaba y en su fuero interno deseaba que Tom cayera en la trampa de una vez y buscara una discusión con él.

—Todavía no lo notamos mucho, pero tú mismo has visto cómo crece el mercado. Los vestidos elegantes ya no están reservados solo para las señoritas y las duquesas. Nuestras esposas también quieren vestir bien. Nosotros, los maridos, padres y hermanos burgueses, ya ganamos dinero suficiente para eso. —Hizo una pausa y escudriñó con la mirada a Alexander—. Tú eres previsor, diría incluso que eres el mejor hombre de negocios que conozco. Ves las oportunidades antes que nadie. Puede que no notes tanto las mercancías de contrabando en Londres, pero aquí, en Bath, estamos muy cerca de Bristol, y hace unos meses que no paran de aparecer vestidos que, sin duda, no están hechos con telas inglesas.

Hacía décadas que en toda Inglaterra imperaba la prohibición de importar seda y telas nobles. Para proteger las tejedurías inglesas, un oficio que gozaba del mayor prestigio y era mayoritario en todo el reino, el gobierno había vetado las telas de seda, muselinas y chintz de producción extranjera. Sobre todo, afectaba a la seda francesa e italiana y a la laboriosa seda india. Solo se podían importar materias primas, pañuelos y guantes. En consecuencia, se había creado un mercado negro inabarcable y en continuo crecimiento.

—Somos comerciantes de tela, Tom. Nuestro negocio consiste en comprarlas y venderlas. Según tú, ¿qué deberíamos hacer para evitar ese contrabando? —Notó que sonaba disgustado, respiró hondo y soltó el aire despacio por la nariz, y con él la tensión.

—Para empezar, mantener los ojos y los oídos bien abiertos.

—Por favor. —Alexander señaló en dirección a la puerta del almacén, que estaba cerrada, pero no le cabía duda de que los dos dependientes habían oído por lo menos fragmentos de su conversación—. Pues que los abran ellos, yo tengo otras cosas que hacer que malgastar mis fuerzas en jueguecitos de espías y socios comerciales dudosos.

Tom lo miró con incredulidad, Alexander se acercó a la ventana y se frotó la cara con ambas manos. A lo mejor debería salir a montar a caballo y desahogar la frustración en los prados de las afueras de Bath. Por la noche buscaría un local donde, en compañía de determinadas damas, seguro que su desasosiego desaparecía rápido. Era un plan fantástico para sacudirse esa inexplicable irascibilidad. Mientras observaba un mirlo que picoteaba las semillas de hierba recién sembradas en la tierra del patio interior, Alexander tuvo que admitir que no era tan inexplicable.

Era la ciudad. Bath y todo lo que representaba solía ponerle de mal humor.

—Además, el *lord* guardián de los Cinco Puertos quiere hablar contigo —oyó la voz de Tom—. Aparte de enviar una carta a tu sede en Bristol, ayer mandó a un mensajero aquí, a Bath. Por lo visto tiene una petición urgente.

Alexander miró sorprendido a Tom.

—¿Quiere hablar conmigo en persona?

—Sí, y es bastante insistente.

El *lord* guardián de los Cinco Puertos. Se trataba del departamento militar más antiguo de todo el reino, y el guardián era un representante directo del rey. Su función consistía en controlar los puertos más importantes del reino.

—Bristol no forma parte de los Cinco Puertos —señaló Alexander.

—Seguramente Pitt no ha enviado a alguien a buscarte en calidad de *lord* guardián de los Cinco Puertos, sino como primer ministro.

La conversación prometía ser muy interesante.

4

—¿Señorita? —Betty se detuvo.

Ya estaban volviendo a Royal Crescent. Isabella se había subido un poco la falda con discreción para que no le golpeara tanto en los tobillos y ya no se sentía como una muñeca emperifollada, incluso podía andar un poco más rápido. No estaba acostumbrada al paso de tortuga que por lo visto llevaba en Bath todo el que no se hiciera transportar en una litera.

—Debería comprar una revista y esconder el libro dentro. —Betty señaló con la cabeza el papel marrón que Isabella llevaba bajo el brazo—. Si no, su tía preguntará.

Justo estaban a la altura de la librería donde la joven había comprado la nueva obra de John Hunter. Bajó la mirada hacia el texto y colocó mejor los extremos del papel, que no llegaban a cubrir la tapa. En su fuero interno se sorprendió porque la propuesta de Betty, además de prudente, demostraba cierta astucia.

Y su criada tenía razón.

Isabella ya tenía remordimientos por la visita a la cafetería. Si *lady* Alice encima veía que leía libros de anatomía… tacharía a Isabella de loca y seguramente la enviaría con sus padres en el primer coche de caballos disponible. Por supuesto, el juego de Isabella era arriesgado. ¿Y si su tía escribía a su madre y averiguaba que se había escapado a escondidas? Antes de marcharse, había dejado una breve carta sobre la almohada en la que explicaba que se iba con Betty a casa de su tía y que quería encontrar marido. Hacía días que su madre no le dirigía la palabra y la trataba como si no existiera.

Sin embargo, eso no quitaba que huir sin más no fuera del todo inapropiado. Su plan podía saltar por los aires en cualquier momento, por eso ahora debía comportarse con la mayor discreción posible.

Isabella se puso de puntillas para espiar la librería a través del reluciente escaparate. Dentro había un grupo de señores vestidos de oscuro, conversando y riendo. Uno incluso fumaba. Los libros apestarían a humo si seguía fumando. Isabella se aferró sin querer a su ejemplar.

Tras ellas, los coches pasaban a toda prisa, y por delante paseaban señoras con sus acompañantes. Aunque las librerías eran de los pocos establecimientos en los que podía entrar una joven damisela soltera, los escaparates elegantes y coloridos de las mercerías y las modistas de la calle llamaban mucho más la atención.

Indecisas, Isabella y Betty miraron hacia la puerta de entrada, como si fuera una criatura que en cualquier momento pudiera cobrar vida propia. Un señor mayor con sombrero de tres picos y peluca se acercó arrastrando el paso. Había colocado la mano izquierda en la parte baja de la espalda y caminaba un poco inclinado hacia delante. Antes de escalar los peldaños de la entrada con un leve gemido, las miró a las dos con severidad por encima de la montura de las gafas. Quizá no le faltara mucho para hacer un gesto de desprecio con la mano, como si ellas no tuvieran derecho a interesarse por el escaparate de una librería. Cuando abrió la puerta una campanilla repicó con un sonido intenso y penetrante.

Poco a poco empezaba a llenarse, pero ninguno de aquellos hombres hizo amago de salir de la tienda.

—No puedo entrar ahí —afirmó Isabella al final.

Silencio.

—Voy yo. —Betty se colocó bien la chaqueta y miró decidida hacia la puerta.

—¿Ahí dentro? —Volvió a oír las risas atenuadas. Isabella casi podía sentir en la piel las miradas que le lanzaban y que se le colarían bajo la ropa en cuanto entrara en la tienda. Además del silencio incómodo y desagradable que se impondría de pronto en la sala.

Cuando los hombres estaban en grupo parecían regirse por otras normas. Entraba en vigor un código de conducta no escrito que les permitía echar por la borda el decoro y los buenos modales. Al juntarse se volvían imprudentes y lanzados; también agresivos. Hombres adultos que de pronto se comportaban como una horda de adolescentes. El poder de la masa.

¿Qué impedía a las mujeres hacer lo mismo?

—Voy contigo —dijo Isabella.

—Tiene que quedarse aquí, señorita. —Betty la miró con más insistencia, pero no dijo nada más. Isabella la entendió. Betty era una sirvienta, la delataba el vestido modesto, la mirada siempre gacha y el acento provinciano. Si entraba ella en la tienda, seguramente los hombres no le harían caso.

Aun así… ¿acababa de pensar en la falta de solidaridad entre las mujeres y ahora iba a enviar a Betty sola?

—Por supuesto que voy contigo.

—Señorita, a nadie le importa un pimiento si compro un periódico para los señores en una tienda. Si lo hace usted —señaló con el dedo el vestido de su señora—, llamará la atención.

Isabella se regía por otras reglas. Además de ser mujer, era de una familia respetable. No era apropiado entrar en esa tienda en presencia de aquellos hombres. En el fondo, nada era apropiado.

«Como si fuera prisionera y mis orígenes respetables una bola de hierro sujeta a la pierna.»

La idea la hizo estremecerse. ¿Una mañana en compañía de la señora Seagrave y ya la había contagiado?

Le puso a Betty unos chelines en la mano.

—Está bien, compraremos la *Ladies' Magazine*. Pero será mejor que vayas sola.

Compraremos.

Isabella lo había dicho sin pensar, y le había sentado bien.

Betty cerró el puño con las monedas, estiró la columna vertebral y pareció haber crecido un dedo. Isabella sintió un orgullo inusual en el pecho cuando su criada entró en la tienda. Observó como Betty hablaba con el dependiente. Era de cuerpo robusto, seguro que de trabajar en el campo; además, Isabella dudaba de que llevara corpiño. Puede que ni siquiera tuviera uno, y por un instante sintió envidia de ella.

¿Cómo debía de ser la sensación de no llevar corpiño? ¿Lo comprobaría algún día a escondidas, debajo del abrigo?

Isabella sonrió al pensarlo y bajó la cabeza. Lo probaría, quizá un día lluvioso de esos en que la gente se escondía bajo los pesados paraguas y los abrigos anchos. Caminaría por la calle y se sentiría libre a cada paso. Sabría que estaba haciendo algo escandaloso y disfrutaría de cada momento.

El dependiente, un tal señor Smith, según se había presentado en su primera visita, pidió a Betty que se acercara a la caja. Para ello primero tenían que atravesar el local comercial. Los hombres le dejaron paso e Isabella contuvo la respiración mientras Betty pasaba entre el pelotón. Sin embargo, su teoría resultó acertada, porque no le prestaron ninguna atención. Además de la vestimenta modesta, con su vestido marrón y su cofia sin bordados, los andares de Betty, el paso decidido y la cara de determinación debían de ser lo opuesto a lo que solía despertar el interés de esos caballeros.

A veces, al pensar en Betty, le asaltaba la imagen de un árbol. Tal vez un roble o un fresno. Fuerte, seguro y bien arraigado en la tierra. Betty no era una de esas mujeres sensibles que perdían el conocimiento cuando les daban una mala noticia o estaba nerviosa. Era de las que, cuando surgía un problema, levantaba la cabeza, hacía gala de su fuerza de voluntad y, en vez de hacer preguntas como muestra de abatimiento, actuaban sin más. Por lo menos era así en casa, en su entorno habitual. Esa había sido su reacción cuando unos días antes Isabella había llamado a la puerta de la cabaña de los campesinos y le había pedido que la acompañara a Bath.

Le gustaba tener a Betty a su lado, se sentía a gusto en su presencia. Todo en ella era tan… natural. La noche anterior, una vez cerrada la puerta de la habitación, Betty se había quedado con Isabella para ayudarla a desvestirse, y por primera vez en el día tuvo la sensación de que por fin podía respirar.

Betty volvió con una sonrisa triunfal y le dio la revista *Ladies'* *Magazine*. Bajo el nombre de la publicación decía: «Una compañía entretenida para el género hermoso». En la portada siempre aparecía la imagen de una mujer vestida a la última moda. El interior de la revista lo componían columnas muy apretadas en letra de imprenta sobre noticias de la Corona y la alta sociedad, y algunos anuncios de orfebres, comerciantes de telas o modistas. Todo lo que interesaba a las mujeres que no sentían pasión por las heridas sangrientas, los huesos rotos y la anatomía del cuerpo humano. Con suerte, la revista sería lo bastante aburrida para no llamar la atención de *lady* Alice.

Se pusieron de nuevo en marcha por la calle un poco empinada en dirección a Royal Crescent.

—¿Puedo preguntarte algo, Betty?

Isabella ya jadeaba, caminaban tan rápido que empezaba a tener calor bajo tantas capas de ropa.

—Por supuesto, señorita. —A Betty ni siquiera le costaba respirar.

—¿Por qué me has acompañado a Bath?

La otra la miró de reojo, como si intentara averiguar qué quería decir Isabella con esa pregunta.

—Para eso me pagan —dijo tras dudar un poco.

Isabella asintió, fijó la vista delante, en dirección a Royal Crescent, y, sin mirar a Betty, apuntó:

—Esa no es la única razón.

La chica se encogió de hombros.

—¿Acaso le importa?

La pregunta era justificada. ¿Por qué le interesaba a Isabella lo que pensaba Betty o cuáles eran sus motivaciones? En el fondo solo era su sirvienta. En lo más profundo de su ser, una voz le susurró la respuesta: «Porque necesitas una amiga, no una criada. Alguien en quien poder confiar en este mundo extraño».

—Usted no hace preguntas, y yo tampoco, ¿no debería ser así la relación entre nosotras?

Isabella asintió.

—Sí, tienes razón, Betty, así es. —Vaciló un momento—. Pero no me gusta mucho.

Caminaron un ratito en silencio.

—A mí tampoco —dijo Betty al final, cruzaron las miradas y sonrieron a la vez.

5

EL PLAN DE Betty de esconder el libro de anatomía salió bien. *Lady Alice* se limitó a ladear la cabeza para descifrar el nombre de la revista que llevaba Isabella bajo el brazo, luego hizo un gesto despreocupado con la mano y, por suerte, solo preguntó por el paseo matutino. Al final había acordado con la señora Seagrave no hablar de la visita a la cafetería, y sobre todo de la disputa con un caballero que ni siquiera había tenido la decencia de presentarse.

Isabella tampoco había tenido tiempo de seguir pensando en ello. Era el día de su debut en Bath, su presentación oficial en sociedad en un baile en Assembly Rooms, conocido en todo el reino. Llevaba media tarde en su habitación, se había peinado tres veces, incluso se había pintado los labios con mucho esmero, se había puesto máscara negra en las pestañas y se había probado varias veces los vestidos. Tenía tres, y solo uno era adecuado para un baile, según su tía. «Al final nos vas a convertir en el hazmerreír de todos, pero bueno. Si tu madre te viste como una institutriz, no se puede hacer nada.»

Isabella observó su imagen en el espejo y tuvo que reprimirse para no romper en pedazos las plumas que sujetaba en la mano. Betty debió de darse cuenta de que su señora las estaba retorciendo entre los dedos y se las quitó con cuidado.

Llevaba la túnica de color azul cielo. A diferencia del traje de viaje, era suya y le quedaba como un guante. En las mangas, que le llegaban hasta por encima de los codos, unos volantes blancos conjuntaban a la perfección con la seda pesada y fría del vestido. Unas flores delicadas, también azules, sobresalían hacia arriba del dobladillo de la falda. Al baile no llevaría el pañuelo de seda con el que solía taparse el escote cuando iba de compras o a una excursión por el parque por la tarde. Se pondría los pendientes de perlas, el único par que tenía. Cuando aún estaba en Lydford había hojeado el último número de *Ladies' Magazine* y hasta se había comprado una de esas plumas de precio prohibitivo que se llevaba en la cabeza sujeta con un pañuelo de seda y que estaban tan de moda. Pese a no cumplir las expectativas de su tía, ella se veía guapa.

Durante un segundo le pasó por la cabeza la idea de si Alexander Wilkinson también estaría en el baile esa noche.

«Qué tontería.»

La señora Seagrave había insistido en que Wilkinson era un soltero empedernido y que incluso frecuentaba lugares de dudosa reputación. Por supuesto, no iba a acudir a ningún baile, «Qué más da». Era la última persona en la que se fijaría Isabella. De todos modos, por lo visto *lady* Alice se había propuesto criticarla y hacerle saber siempre que tuviera ocasión lo poco que le gustaba la presencia de su sobrina en esa casa. Isabella no quería darle más motivos. Si no hubiera estado tan desesperada y necesitada, hacía tiempo que se habría largado, pero ahora mismo no podía hacerlo.

Así que ahí estaba, sentada en el coche de camino al baile de los miércoles y, por mucho que la complaciera jugársela a su tía y ocultarle la visita a la cafetería, seguía teniendo remordimientos. No le extrañaría que algunos de los clientes del White Lion de esa mañana asistieran también al baile. ¿No había reconocido la señora Seagrave que allí no pasaba nada sin que se enterara enseguida la ciudad entera?

De pronto, el corpiño la oprimía un horror. Isabella intentó respirar con más calma. Alguien iría con sus chismorreos a su tía y le contaría dónde había estado y lo que había ocurrido, cada vez estaba más convencida.

Por lo menos debería explicar una parte de la verdad, así, si luego salía a la luz lo sucedido, sería más fácil salir airosa de alguna manera.

—Durante el paseo de esta mañana he conocido a una dama, una joven viuda.

Acto seguido su tía levantó la vista hacia ella. Incluso el vizconde, que compartía asiento con su esposa y se había mostrado ausente durante todo el trayecto, frunció el ceño, con sus pobladas cejas grises. Durante los últimos años había envejecido, Isabella se había fijado el día anterior. Pese a que acababa de cumplir los cincuenta, sus movimientos eran lentos y tenía la voz cascada como un anciano. El auténtico señor de la casa, o mejor dicho señora, era la tía Alice.

Hasta su primo Phillip, que iba sentado a su lado y no había ido a caballo a Assembly Rooms como sus dos hermanos, la miró intrigado.

—¿Y cómo se llamaba la señora? —preguntó *lady* Alice, que parecía estar preparándose para oír algo que no le apetecía en absoluto.

—Señora Rebecca Seagrave, la dueña del White Lion… —Isabella dejó de hablar. No debía continuar porque su tía había levantado la mano izquierda enguantada para hacerla callar, al tiempo que se volvía hacia su marido, con los labios apretados y una profunda arruga entre las cejas. De pronto ya no se esforzaba por mantener la compostura ni disimular el enfado, y a Isabella le dio la sensación de que era intencionado.

Intercambió una mirada insegura con Phillip, que de pronto tenía las mejillas rojas, como si acabara de correr una milla. Cuando vio que él sacudía la cabeza en un gesto cómplice, ella se encogió de hombros. ¿Qué les pasaba a todos de repente?

—Tu querida sobrina ya ha vuelto a conseguir meterse en nuestra vida —le reprochó *lady* Alice a su marido en tono cortante.

El vizconde casi le daba lástima. La resignación con la que reaccionó dejó patente que ese el trato habitual entre ellos.

—¡Esa pequeña víbora! —añadió su tía, y desafió a su marido con la mirada como si tuviera ganas de iniciar una discusión con él.

—Mamá, eso es muy injusto. —Phillip se interpuso en las ganas de pelea de *lady* Alice.

—La señora Seagrave no ha mencionado en ningún momento que fuera la sobrina del vizconde —intervino Isabella, tal vez para desviar la atención de *lady* Alice de su hijo y dirigirla de nuevo a la víctima de su invectiva, que no estaba presente, la señora Seagrave. En ese momento le pareció lo más seguro.

En seguida se percató de que no se había hecho ningún favor.

—Es la hija adoptiva del hermano menor de John. Gracias a Dios, su apellido ya no es Parker, sino el de su difunto marido. Seguramente por cargo de conciencia...

—Mamá, ya basta —se entrometió Phillip—. Es una mujer joven, inteligente y de éxito.

—Es una vergüenza para nuestro apellido —lo contradijo su madre con vehemencia. El tío John, en cambio, siguió sentado en silencio en el banco, observando los edificios que pasaban por su lado, como si la discusión del interior del coche no le incumbiera en absoluto. Isabella se preguntó si, tras décadas de matrimonio, el temperamento de *lady* Alice lo había empujado a esa indiferencia o si su tía se había vuelto tan envidiosa e irascible justo por eso. La cosa era exactamente así: cuanto menos reacciona una persona a lo que otro dice, más intenta este arrancar una reacción.

Pese a que Isabella no era pariente de sangre de la señora Seagrave, el descubrimiento fue una alegría para ella. Se alegraba de verdad. La joven hostalera y sus opiniones un tanto peculiares le habían caído en gracia, y la idea de que perteneciera a la familia extensa le daba la sensación de tener ya a una persona de confianza en Bath.

—No tiene nada de qué esconderse, mamá —insistió Phillip, para gran asombro de Isabella. Era evidente que Phillip conocía y apreciaba a su prima, tanto como para defenderla ante su madre.

—¿Por qué sigues defendiendo a esa mujer insufrible? —atacó *lady* Alice a su hijo.

Esta vez Isabella prefirió callar. Su estancia en Bath dependía de la buena voluntad de su tía. Solo llevaba allí dos días y ya le había provocado varios disgustos. Isabella tenía la sensación de que la irritaba solo con respirar, pero iba a hacer lo imposible por no hablar de más. Sobre todo porque aún cabía la posibilidad de que *lady* Alice le enviara una carta a su madre y descubriera la mentira piadosa que le contó al llegar a Bath. En ese caso, su tía la enviaría de vuelta a casa en el acto.

—Es de nuestra familia, mamá. Aunque no quieras admitirlo —dijo Phillip al final en voz baja, y desvió la mirada hacia el exterior porque ya habían llegado a la explanada de Assembly Rooms.

Isabella procuró alisarse los guantes, que le llegaban hasta los codos. Aun así, tenía las manos frías y sudorosas. En general, sintió que se le ponía la piel de gallina en todo el cuerpo cuando echó un primer vistazo al edificio. Le pareció un castillo con varias alas e infinidad de ventanas, en general bien iluminadas. Y eso que en ese momento, poco antes de las seis, aún había demasiada claridad para apreciar la iluminación en todo su esplendor. En un acto elegante como ese tampoco importaba, no se reparaba en gastos. Cuatro columnas separaban las distintas puertas de entrada, y sendos sirvientes con librea las aguantaban abiertas para los invitados. Cuando los Parker bajaron del coche con Isabella, el cochero enseguida se fue para dejar paso al siguiente. En la entrada se acumulaba una fila que parecía interminable de coches de caballos y literas con invitados a la espera de poder bajar.

En cuanto pusieron un pie en el amplio pasillo de paredes claras, Isabella se fijó en los numerosos criados con librea. Todos llevaban peluca, un frac rojo y unos pantalones blancos hasta la rodilla. Ofrecían un refresco en bandejas que casi siempre era té. De hecho, solo se servían bebidas alcohólicas en la Card Room, y en el salón principal no se permitía comer ni beber.

—Todo recto está la Tea Room —le explicó Phillip cuando se detuvieron en una sala octogonal con una gran cúpula—. A partir de las nueve se sirve la cena allí, y a la derecha está la Card Room. De todas maneras, no te recomiendo entrar sin mí, o sin Edward o James. A veces el tono durante las partidas de cartas es un poco rudo. —Como si quisiera remarcar sus palabras, hizo girar a Isabella en otra dirección, ya que la llevaba del brazo.

—¿Entonces las damas no juegan? —Intentó echar un vistazo por encima del hombro a la puerta de entrada de la Card Room. A ella le gustaba jugar a cartas, mucho, incluso. Le encantaría cambiar de contrincante por una vez y que no fuera su hermana, que perdía a propósito para que la partida terminara antes.

Elizabeth nunca había entendido de qué iba en realidad el juego de cartas. Por supuesto, estaba ese cosquilleo nervioso por ganar una partida, sobre todo cuando había dinero sobre la mesa, pero el verdadero encanto de los juegos de cartas era otro muy distinto: se podía calar a las personas mientras jugaban. Muy pocos eran capaces de controlar los rasgos de la cara cuando estaban absortos en una partida. Ni siquiera sospechaban que alguien los observaba para sacar conclusiones en su beneficio.

Por lo menos en eso los intentos de educarla de su madre habían dado su fruto.

«Nunca muestres lo que piensas de verdad, sonríe siempre y sé educada. Antes de alterarte mucho, mejor fingir un desmayo que gritar. Eso también hará que llames mucho la atención.»

Salvo por el desmayo, Isabella se había tomado muy en serio el consejo. No necesariamente para el día a día, pero sí en los juegos de cartas, entonces le salía la contención que tanto había entrenado.

Cuando entró en la sala de baile, se quedó sin aliento. Era enorme, seguro que medía treinta metros de largo. Varias fastuosas arañas de cristal con infinidad de velas colgaban de los techos altos, y unas columnas corintias flanqueaban los numerosos ventanales en las paredes decoradas en azul. El sol entraba en diagonal por los cristales e inundaba toda la sala con una luz dorada. Era tan bonito que a Isabella le dio un pequeño vuelco el corazón.

Los primeros bailes empezarían puntuales con el sonido del reloj y a las once en punto se acabaría el baile, aunque eso significara tener que interrumpir en seco una danza. Era una peculiaridad del anterior maestro de ceremonias, Beau Nash, un tanto excéntrico, que ya hacía tres décadas que estaba criando malvas, pero cuyas reglas seguían imperando en la vida de toda la ciudad. O más bien aterrorizándola, como le había explicado Phillip por la tarde con una sonrisa.

Cada vez más invitados se agolpaban en la sala, Edward y James ya habían llegado. Igual que la víspera, se limitaron a saludar a Isabella con un ademán de la cabeza. Mejor dicho, James, que era alto y larguirucho, la saludó. Edward, el mayor de los tres hermanos, que no era tan alto como James pero que en cambio llamaba la atención por su perenne expresión de desdén, casi de enfado, prefirió hacer caso omiso de su prima una vez más. Isabella aún no había logrado averiguar si lo hacía porque la consideraba un molesto accesorio o porque en general era incapaz de sentir nada.

Entretanto, la sala de baile ya estaba medio llena de invitados, e Isabella comprobó con gran alivio que no tenía de qué preocuparse. Había tanta gente que nadie se fijaría en ella ni la reconocería. Ni siquiera cuando debutara en el baile, seguro que no.

El debut. Había estado aplazando ese pensamiento todo el trayecto. Había una ley no escrita que decía que las señoritas jóvenes que eran presentadas en sociedad debían ocupar ellas solas la pista de baile junto a su pareja, una detrás de otra, después de que la dama de mayor rango social inaugurara el baile con un caballero de su elección. Esa noche estaba presente la condesa de Bessborough, que cumpliría con la tradición de la mano del maestro de ceremonias en persona. El maestro, Thomas Hickey, era un señor mayor de atuendo impecable que caminaba presuroso de un grupo de personas a otro para cumplir con su función de dar a conocer a los invitados nuevos, sobre todo a los que asistían por primera vez a un baile en Bath. Isabella vio incluso a cierta distancia la panza prominente y los mofletes flácidos, que le recordaron más a un *bulldog* inglés que a un maestro de ceremonias. No envidiaba en absoluto el placer del primer baile de la condesa, vestida con una elegancia exquisita.

Ella aún no tenía pareja de baile y en su fuero interno esperaba que Hickey le buscara a un soltero medio atractivo con el que poder superar con nota su primer baile en sociedad.

Entonces Hickey llegó con un joven a remolque que no paraba de asomarse por detrás de la espalda del maestro de ceremonias. Isabella vio que en realidad no era tan joven cuando se fueron acercando entre el gentío. Echó un vistazo rápido alrededor, pero no había nadie más a quien Hickey pudiera presentarle que el hombre que llevaba detrás, a excepción de varios grupitos de señores mayores. Isabella practicó su bonita sonrisa, juntó las manos sobre el estómago y observó esperanzada mientras se acercaban los dos hombres.

Hickey dirigió un gesto de confianza a la tía Alice; Isabella se preguntó si la vizcondesa había acordado previamente con él a quién le iban a presentar. Saltaba a la vista que el candidato estaba muy ansioso por conseguir una compañera de baile. Y una esposa, porque la manera de escrutarla y estudiarla con la mirada no daba lugar a ninguna otra conclusión. Isabella se acordó del mercado de ganado de Lydford, pero enseguida descartó la idea.

Pese a que los zapatos masculinos tenían un pequeño tacón, apenas llegaba a la altura de Isabella. En la frente se le acumulaban perlas de sudor, justo debajo de la peluca, y, pese a que los bailes aún no habían empezado, tenía el rostro teñido de un color rojo poco saludable. Por lo visto, su criado se había pasado un poco con los polvos, porque un polvillo blanco se acumulaba en los hombros del frac azul marino. Isabella procuró no mirar. Bajo el chaleco se insinuaba una pequeña barriga, aunque ese hombre no podía tener ni treinta años.

—Permítame que le presente a *lord* Charles Shakleton de Workshire. Isabella Woodford, de Lydford en Devonshire, la sobrina de la vizcondesa Parker.

—Es un placer extraordinario conocerla. —El hombre parpadeó varias veces, cosa que irritó un poco a Isabella, y luego se apresuró a hacer una reverencia envarada.

Ella respondió al gesto como correspondía, con una flexión de piernas.

—¿Me permite pedirle el primer baile? —preguntó a continuación él. Al sonreír se le veían las encías.

—Será todo un placer —se obligó a contestar ella, el maestro de ceremonias se fue, *lady* Alice animó a Isabella con un gesto de la cabeza y empezó el primer baile.

La condesa de Bessborough era objeto de todas las miradas. Pese al cosquilleo nervioso que poco a poco empezaba a notar Isabella en el estómago, porque después de ese baile les tocaría a ella y a su nuevo conocido, *lord* Shakleton, no podía evitar admirar a esa mujer. Flotaba por la pista de baile, sus movimientos eran delicados y fluidos, en perfecta armonía con la música que tocaba la orquesta en la tribuna, detrás de Isabella. Para eludir la prohibición de llevar sombrero que se aplicaba a todas las señoritas en un baile, se había enrollado pañuelos de seda en los tirabuzones de color rubio oscuro y se había colocado no una, sino un puñado entero de plumas. El vestido parecía de varias capas con todos los ornamentos en color dorado, hasta el fino encaje de las medias mangas era color oro. No parecía que la condesa llevara almohadillas de cadera, pues la tela de la falda caía hasta el suelo con toda naturalidad, formando pliegues sueltos. Como todas las damas presentes, también llevaba una banda de encaje, pero no ceñida a la cintura, sino justo debajo del bustier. Isabella creía recordar que la duquesa de Devonshire, la hermana de la condesa de Bessborough, había llevado un vestido parecido meses atrás. Sin duda, ese tipo de vestido de baile correspondía a la última moda.

El parecido de la condesa de Bessborough con su hermana era asombroso.

El recuerdo de aquella noche fatal en el baile de la duquesa de Devonshire fue como un jarro de agua fría para Isabella. Se quedó sin aire, no oía nada más que el ruido de fondo, que le retumbaba en los oídos, y solo veía el deslumbrante vestido dorado de la condesa.

«¿Y si vuelves a cometer un error ahora?»

Parpadeó y se forzó a recuperar el control de sus pensamientos.

«No lo pienses más, ahora nada de eso importa.»

La música terminó, el maestro de ceremonias y la condesa dieron las gracias con una reverencia y salieron de la pista.

—La señorita Isabella Woodford y *lord* Charles Shakleton —resonó la voz potente de Hickey en la sala.

Con una breve mirada de soslayo a Shakleton, Isabella entendió que como mínimo estaba tan nervioso como ella. Con la mirada fija al frente, la guio hasta la pista de baile vacía. Incluso a través de los guantes, notó que las manos de Shakleton eran flácidas y blandas. Le sujetaba los dedos con tanta laxitud que a Isabella le dieron ganas de agarrarlo bien para que la imitara. Unas manos blandas y femeninas eran un signo de riqueza, indicaba que la persona en cuestión no tenía que hacer ningún trabajo. Por un instante, a la joven le pasó por la mente la imagen de las manos fuertes de Wilkinson, y sintió el deseo del todo irracional de que fueran ese par de manos las que la guiaran en la pista de baile. La imagen se desvaneció en seguida, pero solo la idea hizo que se le acelerara el corazón.

«Tonterías, solo estás nerviosa.»

Empezó a sonar la música del minueto. «Mantente erguida. Sonríe.»

Dio los primeros pasos y estiró los brazos con gracia, tal y como exigía la danza. Ahora los músicos tocaban un poco más despacio. Tal vez fuera por compasión hacia el puñado de debutantes que tenían que superar su primer baile en aquella velada ante los ojos de todos, porque el minueto era una de las danzas que requerían atención absoluta. Para causar buena impresión, todo tenía que parecer carente de esfuerzo, por supuesto. No quería ni pensar en lo que diría la gente si Isabella se tropezaba con sus propios pies. Además, los buenos modales exigían conversar con la pareja de baile durante la danza.

—¿Bailar es una de sus aficiones, *milord*? —preguntó Isabella cuando estuvieron unos segundos cogidos de las manos antes de que el siguiente paso de baile exigiera que se separaran.

—Creo que es más bien un asunto de damas, ¿no le parece, querida?

«Querida.» Utilizaba las mismas palabras que su abuelo.

—Desde luego, *lord* Shakleton. —Pensó si le convenía entablar una conversación seria con él o si era mejor limitarse a la palabrería vacía pero educada.

—Me gusta contemplar a las damas cuando bailan —continuó él mientras se daban vueltas el uno al otro—. Pero lo que más me gusta es que pinten y hagan bordados. Las damas con modales exquisitos llevan en la sangre ese tipo de quehaceres intelectuales. No hay nada que me guste más que admirar los fascinantes artículos que crean con esos dedos gráciles y una paciencia infinita.

—Dudo que todas las mujeres cuenten con la segunda cualidad —contestó Isabella, y se obligó de nuevo a sonreír. Prefirió no mencionar que sus dedos estaban más acostumbrados a coser heridas y lavar vendas ensangrentadas. Agradeció enormemente que el minueto volviera a poner distancia entre ellos y le ahorrara seguir con su verborrea mental. Isabella se preguntó para sus adentros cuánto tiempo de danza quedaba porque el impulso de salir de la pista de baile aumentaba con cada palabra que intercambiaba con Shakleton.

Él debió de notar sus reservas.

—¿No comparte mi opinión, querida? —preguntó, inseguro. No cabía duda de que lo habían rechazado más de una vez, se deducía de su vigilancia subliminal y sus esfuerzos, cada vez más evidentes.

Isabella giró de nuevo y durante una fracción de segundo posó la mirada en un rostro conocido: unos ojos de color gris azulado, el pelo corto y oscuro.

A Isabella se le paró el corazón.

Siguió dando vueltas, y el rostro desapareció de nuevo entre la multitud. No podía volverse hacia él, bajo ningún concepto. Todos tenían la mirada puesta en ella, tenía que seguir sonriendo a su pareja de baile y fingir que solo tenía ojos para él.

La siguiente vez que miró en la misma dirección, la cabeza había desaparecido.

Solo eran imaginaciones suyas, hasta ese punto había llegado. La imagen de aquel hombre, el tipo tosco, la perseguía, y eso que estaba viviendo el sueño de toda mujer joven: su baile de debut en una las salas de baile más espléndidas del país.

Cierto, quizá su pareja no fuera precisamente el sueño de toda mujer joven, pero la velada acababa de empezar, ¿no?

Por fin terminó la música, Isabella flexionó las piernas y dejó que *lord* Shakleton la guiara para salir de la pista de baile. Sin embargo, en vez de volver en seguida al tumulto, se quedó a su lado con un brillo de esperanza en los ojos.

Phillip se acercó a *lady* Alice y a ella con una sonrisa de oreja a oreja.

—Has estado estupenda, primita.

Sus halagos no le parecieron nada acertados. Rara vez había sudado tanto en un baile. Se lo imaginaba más fácil. Todo. Por ejemplo, sonreír a una pareja de baile aunque una lo encontrara repugnante. O fingir interés por una conversación aunque a su juicio Shakleton solo dijera tonterías, y eso que tenía todo lo que importaba: dinero e incluso un título. Solo así Isabella podría llevar una vida segura. Los sentimientos y el estado de ánimo eran irrelevantes en ese caso.

Sobre todo para ella.

Sin embargo, justo en ese momento notó un mareo. ¿De verdad estaba en situación de cambiar de plan? No se le había ocurrido antes la idea de que pudiera ahuyentar a su admirador. «Qué idea más ingenua tuviste.»

—¿Puedo sentarme un momento, tía? —preguntó y, con un gesto de la cabeza que pretendía traslucir generosidad, *lady* Alice la acompañó hasta las sillas colocadas en fila junto a las paredes.

Era natural que se pavoneara, tan satisfecha. Seguramente esperaba que Shakleton pronto le pidiera un segundo, puede que incluso un tercer baile. Y las dos sabían lo que significaba eso. Así confirmaría que su interés era serio, y durante el transcurso de la noche su tía le daría su dirección, una invitación tácita a presentarse en su casa una tarde. Él intentaría conocer mejor a Isabella con una taza de té e iluminarla con más conversaciones agotadoras en las que estarían presentes su tía y puede que incluso sus primos. Una idea horrible.

Mientras la siguiente pareja se dirigía a la pista de baile, Isabella estiró el cuello. Tal vez su repentina aversión también se debía a que lo había visto a él: Alexander Wilkinson.

Por lo menos así lo creía, y eso ya la ponía nerviosa. No solo porque se hubiera puesto a conversar con ella sin permiso. Está bien, no había sido una conversación propiamente dicha, más bien una discusión. En todo caso, si su tía se enteraba, se enfadaría. Isabella se dio aire con el abanico porque solo de pensarlo le entraron sudores de nuevo.

Cuando la tercera y última debutante terminó su baile, tocaron el primer rigodón. Toda una fila de parejas se dirigió a la pista de baile, y la cantidad de espectadores disminuyó.

Pese a todo, Isabella se sentía observada. Paseó la mirada entre los presentes y lo volvió a ver, justo enfrente de ella, en el otro lado de la sala. En efecto, Alexander Wilkinson estaba en ese baile. A su lado había un caballero con una llamativa piel oscura y el pelo negro azabache también corto.

Pese a que las parejas que bailaban no paraban de taparle la vista, Wilkinson la miró, prácticamente clavó los ojos en ella, con la misma mirada penetrante de esa mañana. Isabella apartó la vista enseguida. Una cosa era aguantarle la mirada en la cafetería en un gesto desafiante, pero hacerlo ahí, en el baile, era imposible.

Mantuvo la mirada gacha y se miró los guantes con súbita fascinación.

El baile terminó, las parejas abandonaron la pista y luego Isabella se arriesgó a echar un vistazo rápido. Wilkinson atravesó la sala y fue directo hacia ella. Se acercaría y haría alusión a su disputa. No se iba a callar, y su tía lo descubriría todo. Ya había dejado claro por la mañana lo poco que le interesaban los buenos modelos. Sería un escándalo.

Isabella contuvo la respiración y estuvo a punto de entrecerrar los ojos como una niña pequeña asustada. Sin embargo, no llegó hasta ella. Se paró delante del maestro de ceremonias e intercambió unas palabras con él. A continuación, ambos se acercaron a ella.

Lady Alice también se había dado cuenta, y a Isabella le pareció que estaba un tanto molesta. Los dos hombres se pararon justo enfrente de sus sillas e Isabella se levantó.

—Permítame que lo presente: Alexander Wilkinson, de Londres. —Hickey señaló a Wilkinson—. La señorita... —dudó un momento.

—Isabella —masculló su tía.

—La señorita Isabella Woodford —aclaró Hickey, que volvió a dejarlos solos porque otro caballero quería que lo presentaran.

Lady Alice lanzó una mirada exigente a *lord* Shakleton, y él se puso en marcha, vacilante.

—Su primer baile me ha impresionado —le dijo Wilkinson, sin ningún tipo de emoción en la voz—. ¿Me concedería el honor de bailar el siguiente conmigo? —Le ofreció la mano derecha, con el guante. Desvió la mirada con naturalidad hacia Shakleton y lo observó un momento.

Lord Shakleton se quedó quieto como si hubiera topado con una pared invisible.

—Por supuesto —oyó Isabella la voz de su tía. Era tan evidente que el tono amable era impostado que parecía querer dar a entender a Wilkinson que no era en absoluto de su agrado.

En cierto modo, la sensación fue de pequeño triunfo. Isabella puso la mano sobre la de Wilkinson, que la agarró con firmeza y resolución y la llevó hasta la pista de baile.

6

LA MÚSICA EMPEZÓ a sonar de nuevo y la señorita Woodford dio los primeros pasos. Estaban en el tercio trasero de la fila de bailarines. Fuera había oscurecido, las luces de la araña de cristal se reflejaban en los cristales de las ventanas y, por unos instantes, Alexander admiró el esplendor de la sala de baile bien iluminada. La bailarina que tenía al lado lo rodeó, dejando una estela de un repugnante perfume dulzón que le hizo recuperar el juicio. Ahora le tocaba a él rodear a los bailarines que tenía al lado y, aunque Alexander no le diera mucha importancia, conocía lo bastante bien la secuencia de pasos como para no tener que prestarle toda su atención.

—Gracias por haberse presentado ahora —inició la conversación la señorita Woodford la primera vez que se acercaron bailando—. O hacer que lo presentaran —se corrigió enseguida—. Por no mencionar nuestro encuentro de antes.

—Debo disculparme formalmente por ello —contestó Alexander, que no lo decía por cortesía, pues se había arrepentido de verdad de su actitud irascible. Cuando le contó a Tom su conversación con una joven dama en el White Lion lo tachó de loco. Con razón. Por mucho que él considerara absurda esa bochornosa manera de venderse y buscar cónyuge, eso no le daba derecho a impedírselo a desconocidas y echar por tierra sus oportunidades—. Estaba disgustado esta mañana, y mi rabia no estaba justificada —admitió.

La señorita Woodford levantó un poco las cejas como si la sorprendiera su disculpa. Sin embargo, tampoco dejó entrever ninguna otra emoción.

Pero ¿qué esperaba? Era igual que todas las demás jóvenes damas, que jugaban al juego del coqueteo y el respetable decoro para sacar a los hombres de la reserva. ¿Cómo era el dicho? La mujer es la única presa que acecha a su cazador.

«¿Entonces por qué le has pedido un baile?»

Alexander se había sorprendido a sí mismo. En realidad solo quería que lo presentaran para compensar su conducta irreflexiva en el White Lion; creía que Tom había empleado el término «idiota» para describirla. Además, quería dejarle claro a la señorita Woodford que no tenía intención de usar el episodio de la mañana contra ella. Al fin y al cabo, con su actitud había infringido las reglas impuestas en sociedad, por muy ridículas que fueran. Cuando la señorita Isabella Woodford apareció en su baile de debut, al principio lo sorprendió volver a ver a la chica de la cafetería. Luego ya no pudo apartar la vista de ella. Vio claramente el susto que se llevó al verlo allí, y lo asaltaron los remordimientos.

Sin embargo, acto seguido volvió a aparecer el mendrugo de *lord* Shakleton. Era muy evidente que la vizcondesa no quería permitir el baile con Alexander, así que lo divirtió hacerlo pese a todo. Solo para jugarle una mala pasada a Shakleton.

—Me sorprende un poco verlo aquí cuando no quiere tener nada que ver con la alta sociedad de Bath —rompió el silencio la señorita Woodford.

Él se encogió de hombros.

—Solo le estoy haciendo un favor a un amigo.

—¿Su acompañante moreno?

Alexander se tensó un poco. En numerosas ocasiones, en demasiadas, oía comentarios despectivos sobre Tom, cuando no ofensivos, y, aunque por lo general los obviaba, en el caso de la señorita Woodford escuchó con mucha atención. Esperaba que dijera lo correcto. En su fuero interno lo deseaba, porque de lo contrario estaba dispuesto a iniciar otra discusión con ella sin dudarlo, y puede que perdiera la paciencia antes de lo previsto.

—Tom Miller —contestó Alexander. Con ese apellido no podía ser inglés. La mirada de entendimiento de la señorita Woodford le dejó claro que lo había comprendido y dejaba el tema.

—Usted está en Bath por un motivo determinado, y también en el baile, supongo —intentó retomar la conversación, pero no era capaz de concentrarse del todo.

Los tirabuzones color miel, el cuello esbelto y bien proporcionado y la silueta delicada, cuyas curvas resaltaba a la perfección el vestido de color azul cielo: lo entusiasmaba su físico.

—Usted seguro que no, después de todo lo que me han contado. —El tono agresivo lo sacó de sus pensamientos, nada apropiados. Intentó contenerse. Rara vez conocía a mujeres que entablaran conversación.

—Más bien para ver la función de lejos y divertirme con las poses.

—Y para juzgar —añadió ella. No había olvidado la conversación de la mañana, por supuesto.

—Pero mire alrededor, señorita Woodford. ¿No se persiguen unos presuntuosos a otros? ¿No se hacen las simpáticas todas las jóvenes damiselas, dan vueltas y piensan cada palabra antes de que salga de su boca, y no tejen su fina red de atenciones y coquetas caídas de ojos solo para atrapar a una buena presa?

—Es una visión de cómo funciona el mundo bastante cínica —comentó ella.

—Eso no hace que sea menos cierta.

Ella respiró hondo, pero cambió de opinión. Dijo en voz baja:

—Quizá no tienen elección.

—Siempre tienen elección.

—Ah, ¿sí? —repuso ella—. Tenemos prohibido heredar, tener propiedades, incluso trabajar, como usted. Al casarse, las mujeres casi siempre se juegan su existencia.

A Alexander lo sorprendió un poco tanta vehemencia. Desde luego, puede que llevara razón: no era tan fácil.

—¿Y? ¿Ahora ya no se le ocurre nada? —preguntó ella al ver que no contestaba en seguida, casi parecía que estaba buscando pelea. Mientras giraba, Alexander observó su vestido. La tela estaba bien, pero saltaba a la vista que no era cara. La señorita Woodford no parecía disponer de recursos económicos para permitirse las telas de buena calidad de las tejedurías de Spitafileds.

Era curioso, pero no importaba. Incluso con ese vestido mediocre, casi sin adornos como los que abundaban en las orejas y los escotes de aquella sala de baile de Bath, era guapa. Estaba fantástica con su silueta grácil y esbelta y sus movimientos delicados. Ya se había fijado cuando ejecutó su baile de debut. Llevaba los rizos recogidos en un moño alto y sencillo rodeado por un pañuelo. Se le había soltado un mechón, que le caía sobre el hombro, y la imagen lo tenía totalmente cautivado.

Por supuesto ella se dio cuenta de que la miraba como un bobo.

Sin embargo, en vez de hacer un comentario mordaz, Alexander vio en sus ojos color ámbar cierto brillo, como si hasta disfrutara con sus atenciones. Bajó la mirada hacia sus labios gruesos y de pronto lo invadió una sensación, el impulso bajo y animal de atraer hacia sí a esa mujer y besarla.

«Por Dios, ¡qué te está pasando!»

El baile puso unos pasos de distancia entre ellos. Alexander tuvo tiempo de recomponerse y al final contestó:

—Creo que no es el momento adecuado para una discusión sobre las motivaciones para casarse de la multitud de damas presentes. He dudado en contestar hasta ahora porque en general considero que la espera es el mejor remedio contra la rabia.

Esperaba un gesto confuso de aprobación, como hubieran reaccionado sin duda todas las mujeres jóvenes que conocía. La señorita Woodford, en cambio, se echó a reír, sorprendida, mostró unos cuantos dientes blancos preciosos, se le tensaron los labios un poco y Alexander de nuevo clavó su mirada en ella. No podía parar de pensar en el sabor que tendrían esos labios.

Con un brillo divertido en los ojos, la joven aclaró:

—Dejémoslo. Discutir con un hombre que renuncia a usar el sentido común es como administrar medicinas a un muerto.

Ahora era Alexander el sorprendido, tanto que por un momento olvidó la secuencia de pasos. Por suerte, ya no importaba porque la música enmudeció. Las parejas hicieron una reverencia educada a su lado, pero él siguió cogiéndola de la mano. Despacio, casi a regañadientes, la soltó.

—¿Conoce a Thomas Paine?

—Es uno de los grandes pensadores de nuestro tiempo, por supuesto que lo conozco —contestó ella.

—Teniendo en cuenta sus orígenes, debería denostar sus teorías. —Le ofreció el brazo, ella puso la mano encima y fue consciente de un modo extraño del roce y de su cercanía.

—Parece que usted tiene una opinión formada sobre todo y de cualquier persona. Incluso sobre las ideas de Thomas Paine —le reprochó ella, pero el tono había perdido toda la aspereza.

—¿No dijo también: «Una vez iluminado el espíritu, nunca se puede volver a oscurecer»? Lo he estudiado en profundidad —repuso Alexander.

Era divertido. Mucho. Había sido toda una sorpresa para él intercambiar impresiones con la señorita Woodford; no era lo que esperaba de un baile con ella.

La llevó hasta el joven Phillip Parker, que debía de ser su primo, y la vizcondesa, le soltó la mano y *lord* Shakleton se colocó junto a Isabella.

El rostro de la señorita Woodford adoptó una expresión difícil de interpretar, a Alexander le pareció ver un brillo de pánico en sus pupilas. Era del todo imposible, era justo lo que buscaba Shakleton, acababa de dejárselo claro. Aun así, miraba a ambos lados en busca de una salida. Era evidente que la señorita Woodford necesitaba ayuda, pero cuando Shakleton ya se estaba humedeciendo los labios para proponerle un segundo baile y todo lo que implicaba, algo le sucedió a Alexander. Era una sensación oscura y poderosa, el súbito deseo de que nadie bailara con ella si era en contra de su voluntad.

Antes de pensar lo que estaba haciendo, dijo:

—¿Me concedería el honor de otro baile?

—Sí. —Su respuesta fue como un disparo.

7

Por supuesto, fue un escándalo, por lo menos a ojos de su tía. Aunque Isabella había bailado con otros tres hombres durante la velada, *lord* Shakleton no volvió a acercarse ni una sola vez más, para gran disgusto de *lady* Alice. Entre danza y danza, la muchacha intentó recordar todos los detalles posibles de las parejas de baile de Edward y James para poder lucirse ante su tía, y como mínimo dar la impresión de que estaba cumpliendo su promesa de observar con ojo crítico a las posibles candidatas.

Sin embargo, la tarde siguiente en el salón fue larga y agotadora. Pese a que Isabella logró colar en la conversación todo lo que recordaba de las parejas de Edward y James, siempre acababan en lo mismo: los reproches de *lady* Alice por haber dado preferencia en el baile al candidato equivocado y por su actitud irreflexiva, que podía incluso perjudicar su reputación.

Tras el segundo baile, la vizcondesa le dio su tarjeta a Wilkinson por obligación y porque así lo exigían los buenos modales, y por tanto lo había invitado de forma implícita a Royal Crescent. Él no se presentó, como es natural. A Isabella no le sorprendió, pero aun así se acercaba a menudo a la ventana, demasiado, y no paraba de mirar a través de la fina cortina de muselina por si aparecía alguien a caballo o un coche en la puerta.

Todo eso había sido el día anterior. Hoy era un nuevo día, maravilloso porque había salido con Betty y la señora Seagrave. Su «pequeña huida al campo», como lo había llamado la hostalera antes de partir, había sido posible gracias a la ayuda de Phillip. Oficialmente, él estaba paseando con Isabella y Betty por Spring Gardens, unos jardines situados en la otra orilla del Avon que eran tan extensos que no llamaría la atención que desaparecieran en ellos.

En realidad, ni siquiera llegaron allí. Philip dejó a Isabella y a Betty en el White Lion, luego se fue al club de caballeros y las volvió a recoger al cabo de tres horas, poco antes del almuerzo.

No le había costado nada convencerlo; en cuanto escuchó el nombre de la señora Seagrave, accedió. Isabella no dudaba de que en algún momento le pediría un favor a cambio, pero tenía muchas ganas de volver a ver a Rebecca Seagrave, y la tarde anterior con su tía la había alterado tanto que creyó que se asfixiaría si no salía de Royal Crescent por lo menos unas horas.

—Es usted pariente de mi primo y no me dijo nada —le reprochó Isabella a Rebecca, aunque no estuvo atenta a su reacción. Estaba demasiado ocupada agarrándose al picaporte de la puerta del coche. Los dos caballos que iban atados delante del vehículo galopaban a un ritmo asombroso por las calles de Bath hacia la naturaleza, y el estrépito y el bamboleo eran tan fuertes que Isabella tenía que ir con cuidado de no darse con la cabeza en el techo.

—¿Entonces no pudo evitarlo y le contó a su tía su breve experiencia en el White Lion? —preguntó la señora Seagrave. Puede que Isabella se confundiera, pero por un momento le dio la impresión de que se alegraba.

—Por lo menos una parte de la verdad —aclaró Isabella.

Hacía tiempo que el coche había dejado atrás los límites de la ciudad y, en vez de nobles fachadas, ahora en el margen de la carretera se veían cada vez más árboles y arbustos. Isabella abrió un poco la ventanilla de cristal y, con los ojos cerrados, dejó que el viento le diera en la nariz para respirar el aire puro y fresco.

—Por supuesto, tampoco sabe que hemos quedado, seguro que no lo aprobaría —admitió.

La señora Seagrave asintió con una sonrisilla de satisfacción en los labios. Durante un rato nadie dijo nada, y solo se oía el traqueteo de las ruedas y los golpes de los cascos en la carretera irregular.

—¿Señorita Woodford?

—¿Sí?

—Llámeme Rebecca, si quiere —le ofreció de pronto—. Al fin y al cabo, pertenecemos a la misma familia, en cierto modo.

—Pero... sí, claro —contestó Isabella, pero no tuvo tiempo de decir nada más porque el coche se paró con brusquedad y Rebecca bajó.

Isabella miró indecisa a Betty, pero la siguió. Como el estribo aún no estaba montado, apoyó el pie en el vacío y cayó con ímpetu sobre la grava, que formó una pequeña nube de polvo bajo las suelas. Recuperó el equilibrio y miró alrededor. Estaban... en medio de la nada, entre campos y prados. Los grillos cantaban desde las hierbas altas en la vera del camino, y unas cuantas alondras comunes volaban a toda velocidad arriba y abajo sobre las espigas que germinaban.

—El resto del camino lo haremos andando —afirmó Rebecca.

—¿De verdad?

—No nos queda más remedio. La casa está ahí detrás.

Señaló una arboleda, formada por unos robles antiguos y altos. Bajo el dosel de hojas Isabella distinguió una construcción. Era demasiado grande para ser una cabaña, pero a simple vista tampoco parecía una casa solariega.

—Es una propiedad de mi difunto marido. Le encantaba caminar, así que no construyó ningún camino a propósito delante de la casa para que las visitas no pudieran llegar hasta allí en coche.

Se recogió el vestido, ese día de un color azul brillante, luminoso como el océano profundo, y emprendió la marcha. No fue por el estrecho sendero trillado que se veía al lado del prado, y ni siquiera andaba de prisa. Corría por el medio de la hierba alta.

—¿Qué haces? —le gritó Isabella por detrás.

—Corro hacia mi casa. ¡Ven! Es divertido. —Su nueva amiga ya estaba unos diez pasos más allá.

—¿Y si alguien nos ve?

—Quién nos va a ver, aquí no hay nadie —repuso Rebecca, estiró los brazos entre risas y siguió corriendo por los prados.

—Vamos, señorita —la animó Betty también, y echó a correr.

—Es una sensación maravillosa, ¿verdad? —le gritó Rebecca a Betty por encima del hombro.

Isabella lanzó una última mirada vacilante al cochero, que se había subido el cuello del abrigo, se había calado el sombrero de tres puntas en la cara y hacía como si las tres mujeres no existieran. Isabella oyó el zumbido de las abejas, el gorjeo de los pájaros y, a lo lejos, el viento que susurraba entre los robles delante de la casa. Entonces corrió ella y, sin querer, soltó una carcajada sonora y sincera que le sentó muy bien.

El sol brillaba cálido sobre su cabeza, y unas cuantas cleopatras la acompañaron con su aleteo durante unos pasos. Alejarse por fin del salón sofocante de su tía y disfrutar del inmenso cielo azul era como quitarse una manta de la cara que le dificultara la respiración.

—¿Vienes mucho a esta casa? —preguntó cuando subieron resollando los peldaños de la puerta de entrada.

Mientras Rebecca giraba la enorme llave de hierro en la cerradura, contestó:

—Mi marido solía retirarse aquí cuando necesitaba calma y dejar atrás el ajetreo del hostal. Yo casi siempre lo acompañaba. Hasta que no pasaron unos dos años de su muerte, no vine a pasar unos meses. —La puerta se abrió con un chirrido, notaron el aire enrarecido desde el pasillo. Rebecca se dirigió muy decidida a la derecha, a la primera estancia, y abrió las ventanas y los postigos.

La casa era lo bastante grande para una familia entera, pero sin lujos y decorada con sencillez y pragmatismo. Unas vigas de madera oscura aguantaban el techo, y no había cuadros colgados de las paredes, sino manojos de hierbas secas que desprendían un aroma agradable. Los muebles eran de madera sencilla y estaban cubiertos de polvo, pero cumplían su función.

Rebecca la llevó a la primera planta, donde había varios dormitorios y, por lo visto, también otras habitaciones. Se paró delante de la última puerta y se dio la vuelta, con la mano ya en el pomo, hacia las dos visitas.

—Vamos a ver el auténtico motivo por el que estamos aquí. —Rebecca parecía disfrutar con la curiosidad de sus invitadas. Esperó dos segundos más, luego bajó el pomo y abrió la puerta.

Cuando abrió las ventanas y los postigos y la luz del sol inundó la habitación, Isabella entendió dónde estaban. Era una habitación repleta de estanterías donde las balas de tela se amontonaban hasta el techo. Sedas de colores vivos, finísimas muselinas y unos tejidos recios de lana y lino. Muchas balas estaban envueltas en unos sacos de algodón blanco para protegerlas; Isabella imaginaba lo valiosas que debían de ser las telas que escondían.

—Esto… ¿son todas tuyas? —preguntó.

—Si quieres decirlo así.

La respuesta fue vaga, pero Isabella estaba tan sorprendida con el hallazgo que no le dio más vueltas.

—Queríamos buscar telas para hacer vestidos a Betty. ¿Quizá también para ti? —Mientras hablaba, Rebecca sacó algunas balas de las estanterías y las dejó sobre la mesa ancha que estaba justo delante de la ventana. A diferencia de la planta baja, esa estancia estaba impoluta, y en la mesa tampoco había ni una mota de polvo.

Rebecca desplegó algunos centímetros de cada rollo como si no hubiera hecho otra cosa en la vida, Isabella no salía de su asombro. ¿Qué otras facetas desconocidas tenía esa mujer?

Se extendió ante ella un luminoso tejido de seda de color rojo. Betty, que por lo visto se había recuperado de la sorpresa antes que Isabella, se acercó a la mesa y la acarició con veneración. Le daba la sensación de que, en presencia de Rebecca, Betty se mostraba mucho menos tímida y recatada que en casa de los Parker. No era de extrañar, había que reconocerlo.

—En realidad ese le quedaría mejor a Isabella, pero ¿qué te parece este de aquí? —Rebecca le colocó a Betty en el pecho una bala de una tela de algodón estampada, de un color verde lima muy fresco con un estampado de flores verde oscuro, y luego otro en un cálido tono anaranjado—. Estupendo, creo que tenemos lo que estábamos buscando.

—Pero *milady*, yo jamás podría…

—Insisto —afirmó la otra con rotundidad—. Mi modista te tomará las medidas cuando lleguemos al hostal. Y el rojo nos lo llevamos para Isabella. —Esta ya estaba tomando aire para contestar, pero no llegó a tiempo—. Nada de réplicas. Considéralo un regalo de amistad, caridad cristiana, lo que más te convenga. —Apartó a Betty, que llevaba las tres balas de tela bajo el brazo, y la empujó hacia la puerta.

—Pero ¿por qué? —susurró Isabella cuando pasó por su lado.

Rebecca la miró unos instantes, parecía a punto de contestar algo, pero luego cambió de idea. Cerró las ventanas y los postigos y sacó a la joven de la habitación con un ademán.

—Disculpa mi curiosidad —dijo mientras bajaba la escalera—, pero algunas damas que estaban en el baile del miércoles me contaron que tuviste de nuevo el placer de tratar con Wilkinson.

Por supuesto, Rebecca se había enterado.

—De hecho, tuvo la insolencia de pedirme un baile —explicó Isabella con la máxima indiferencia posible. Se alegró que Rebecca estuviera detrás y no pudiera ver su rubor—. Pero por lo menos se disculpó por su actitud de la mañana.

—Cuando quiere sabe comportarse —murmuró Rebecca, mientras buscaba algo con la mirada en la sala principal, a la que ya habían vuelto.

—Incluso me pidió un segundo baile.

Rebecca se detuvo y se volvió hacia ella con cara de asombro.

—Y tú lo rechazaste, naturalmente.

—Yo… no.

Se impuso el silencio un momento.

—*Lady* Alice se pondría hecha una furia.

—Sí —admitió Isabella—. Luego, en casa, claro. Se vio obligada a darle su tarjeta.

Notó que Rebecca se debatía en su interior, pero luego soltó una carcajada. Por lo visto, la idea de que *lady* Alice estuviera enfadada le provocaba placer.

—Como era de esperar, al día siguiente por la tarde no se presentó.

—Claro que no. Wilkinson partió a primera hora de la mañana siguiente.

Isabella asintió con indiferencia, como si le hubieran dicho que tal vez por la tarde se nublaría el cielo. Sin embargo, de pronto sintió en el pecho una gran decepción, como si tras las costillas hubiera estallado un pequeño nudo y ahora le sangrara el corazón.

Pero ¿qué esperaba? Debería haber rechazado la segunda ronda con él, esperar unos cuantos bailes, como correspondía, y luego concederle el honor a Shakleton. Sobre todo, jamás debería haberse permitido la absurda ilusión ni el cosquilleo en el estómago que sentía cada vez que Wilkinson la cogía de la mano, la miraba a los ojos o le dirigía la palabra.

Pese a saber que Wilkinson solo se estaba divirtiendo y nunca tuvo intención de ir a verla la tarde siguiente, se había llevado un chasco, y eso la enfurecía, sobre todo consigo misma.

—¿Qué te ha traído a Bath en realidad? —preguntó Rebecca.

«Qué pregunta más rara.»

Betty le lanzó a Isabella una mirada rápida de alarma, aunque ella tampoco sabía por qué su señora se había ido de Lydford de forma tan precipitada. Quizá se imaginara algo.

—Lo mismo que trae a la mayoría a esta ciudad. —Isabella contestó con una evasiva a propósito. Era del todo imposible que Rebecca supiera su historia, pero, aun así, siempre que alguien le preguntaba por qué había ido a Bath era como si la atravesara un rayo—. Para beber el agua medicinal de Pump Room y darme un baño contra el dolor de huesos que me atormenta —dijo con el semblante serio, y Betty sonrió tan abiertamente que Isabella estuvo a punto de soltar una carcajada.

—Entonces estás buscando marido —afirmó Rebecca.

—Sí.

—¿Los de Devonshire no sirven?

Isabella se encogió de hombros y procuró que no se le notara nada en la expresión de la cara, ni una pizca de la angustia que le provocaba esa pregunta.

—Los caballeros del campo son más decentes y predecibles que los de ciudad. Seguro que en casa no encontrarías a un soltero de mala fama como Wilkinson.

—¿Tú crees? —contestó Isabella, y enseguida comprendió que había contestado demasiado rápido.

Era la segunda vez ese día que Rebecca la escudriñaba con mirada reflexiva. Isabella se alegró mucho de que apartara la vista y de pronto la desviara hacia Betty, que se había parado delante de una librería y estudiaba los lomos de los libros. No lo hacía solo para admirar las preciosas encuadernaciones y las tipografías doradas sin captar nada del contenido. Leía los títulos de los libros, moviendo los labios sin emitir ningún sonido.

—¿Sabes leer? —preguntó Isabella, y acto seguido se planteó si era una falta de respeto hacia su sirvienta.

—Aprendimos en el colegio —contestó Betty.

A algunos hijos de campesinos de Devonshire, sobre todo si no vivían en la indigencia, los enviaban unos años a la escuela dominical. Casi siempre se limitaban a leer la Biblia, pero también había profesores con objetivos ambiciosos para sus alumnos que de vez en cuando incluso les enseñaban los fundamentos de la aritmética. Sobre todo si aprendían rápido. Isabella lo sabía muy bien porque su tío era vicario y también trabajaba en una escuela dominical. Puede que incluso hubiera sido profesor de Betty.

—Mi profesor me prestaba libros —explicó—, porque me gustaba leer y lo hacía rápido. *Los viajes de Gulliver* era el más bonito. Era como sumergirse en otro mundo, cuando… Oh, perdón. Hablo demasiado. —Betty se sonrojó y clavó la mirada en las manos, como tantas otras veces desde que había llegado a Bath.

De ahí su pequeño truco para esconder el libro en la revista, pensó Isabella. Seguro que ella había hecho lo mismo antes.

Vio que Rebecca le lanzaba una mirada elocuente.

—Estamos solas, solo faltaría que incluso aquí, entre nosotras, tuviéramos que dejarnos manipular por no sé qué reglas no escritas. Así que habla todo lo que quieras, Betty. ¿O tú tienes algo en contra? —le preguntó a Isabella.

—No —se apresuró a contestar, y no tuvo que pensarlo ni un segundo.

Como si quisiera hacer hincapié en sus palabras, Rebecca cogió una botella de vino medio llena, la descorchó y le dio un buen trago haciendo ruido.

Isabella no pudo evitar soltar una risita.

—Bebe también. —Rebecca le pasó la botella a modo de invitación.

—¿Cómo, sin copa?

—Claro, sin copa.

Isabella miró un momento el cuello de la botella, un poco polvoriento, pero luego también bebió.

Era vino de Oporto, dulce, oscuro y potente. Le ardió un poco en la garganta, pero los aromas prácticamente explotaron en la lengua.

—Está bueno. —Isabella le devolvió la botella a Rebecca, que se la pasó a Betty enseguida. Ella se la quedó mirando, asustada.

—Betty es tu acompañante, ¿no? —preguntó Rebecca. Sonó inocente y amable, Isabella estuvo a punto de soltar toda la historia de por qué solo contaba con Betty a su lado y no con una dama de compañía adecuada. Con Rebecca se sentía a gusto, igual que en esa casa de campo. Le parecía una isla de seguridad, lejos de las coacciones de la ciudad.

—En realidad, sí —aclaró Isabella. Y también era cierto—. Pero después de que la viera mi tía, enseguida fue degradada a criada.

—Pues Betty no es precisamente lo que se dice una acompañante al uso. No es ni vieja ni le falta sentido del humor, ni…

—… ni es de buena familia —completó Isabella lo evidente.

—En algún momento te preguntaré qué pasa en realidad con vosotras dos —avisó Rebecca, con un gesto de falsa severidad y los puños apoyados en las caderas—. Ya sabes que no suelo estar de acuerdo con tu tía, pero en el caso de Betty puede que tenga razón. Le facilitarías la vida si la contrataras como criada. Y la tuya también.

—Pero necesito una acompañante —repuso Isabella.

—Tienes a tus primos. Phillip Parker, sobre todo. No te mira desde un pedestal tan alto como sus dos hermanos mayores.

—¿Lo conoces bien?

Rebecca la miró con curiosidad.

—Algo así. —Luego bebió un último trago de la botella, la volvió a tapar y dijo exaltada—: Señoritas, si queremos volver puntuales para el almuerzo, deberíamos darnos prisa.

8

—HEMOS OÍDO HABLAR de usted, Wilkinson. Todo Londres habla de usted. —La voz del primer ministro sonaba más aguda de lo que Alexander esperaba. Sin embargo, llenaba toda la estancia. La decoración del despacho de William Pitt hijo, como seguramente la del resto de las salas de las cámaras del Parlamento, era tan fastuosa que a Alexander le recordaba más a un salón barroco que a un lugar de trabajo. Por todas partes había adornos dorados, las paredes estaban revestidas de papel de seda rojo y del techo colgaba una araña de cristal que resultaba casi obscena.

—¿De verdad? —contestó Alexander sin especial entusiasmo. El saludo del primer ministro había sido muy frío, y lo último que iba a hacer Alexander era reaccionar con una amabilidad exagerada.

El secretario de Pitt, un hombre con el rostro lleno de arrugas, vigilaba ante la gran puerta de dos hojas; durante unos minutos interminables había inspeccionado a Alexander con recelo por encima de la montura de las gafas, antes de hacerlo pasar puntual al son del toque del enorme reloj de pie que había junto el escritorio.

—Es usted uno de los comerciantes más prósperos de todo el reino —afirmó Pitt, que lo miró un instante más a los ojos antes de darse la vuelta y, con las manos en la espalda, mirar por la ventana. Los dedos de la mano derecha, que tenía entrelazados con la izquierda, se contraían mientras hablaba. La luz de la vela que ardía sobre la mesa se reflejaba en el anillo de sello y titilaba con cada movimiento. «Qué mayor parece este hombre», pensó Alexander, aunque tenía la misma edad que él—. Disciplina, precisión, cálculo económico y buena mano para hacer los negocios adecuados en el momento preciso. En unos pocos años ha creado casi un imperio partiendo de cero —detalló Pitt, que se volvió de nuevo.

Llevaba la peluca tan limpia y peinada con tal pulcritud que ni siquiera a contraluz del sol de poniente se veía un solo pelito rebelde. La nariz, alargada y estrecha, atraía la mirada de su interlocutor, al contrario que la barbilla, más bien huidiza. Vestía una chaqueta color escarlata que resaltaba sus hombros estrechos, y el chaleco de seda blanca se le tensaba un poco en la barriga. Era evidente que Pitt era de alta cuna.

—Eso suena de lo más lisonjero —repuso Alexander.

—Los dos sabemos que no le he hecho venir hasta aquí para colmarlo de elogios.

—Me sorprendería. —Pitt le había ahorrado el intercambio de palabras huecas que debería haberse producido si ese encuentro hubiera tenido lugar en otro sitio que no fuera el despacho del primer ministro.

Pitt escudriñó con la mirada los rasgos de Alexander.

—Se habrá dado cuenta del impulso que ha cogido el contrabando de seda durante los últimos meses —aseveró.

Alexander tuvo un mal presentimiento. William Pitt el Joven era miembro del partido monárquico de los *tories*, algo que ya de por sí era motivo suficiente para que se anduviera con cuidado. Desde el estallido de tumultos en Francia, Pitt se había ganado la fama de infiltrar a sus espías por todo el reino para seguir la pista de los «radicales», como los llamaba él, en Inglaterra para taparles la boca. Alexander viajaba mucho por el país, hablaba casi a diario con socios comerciales y clientes, y a menudo se enteraba de las novedades antes de que se publicaran en los periódicos. No pretendería el primer ministro que él...

—Sabemos que en Somerset existe una banda de contrabandistas —interrumpió Pitt su razonamiento—. Las importaciones ilegales de telas desde Francia, Italia y la India son cada vez más notables, y por tanto también las pérdidas en impuestos que debe soportar la Corona. —Hizo una pausa, quizá para dar a Alexander la posibilidad de asimilar sus palabras—. Destape la banda, acabe con ella.

Silencio.

—¿Quiere decir que vaya a la caza de delincuentes? —El joven no estaba seguro de si la propuesta de Pitt iba en serio.

—Bueno, es una manera un poco contundente de formularlo, pero sí.

—Soy comerciante, no un esbirro. ¿Por qué no se lo pide a sus Comisionados por la Paz o a uno de los muchos agentes de Londres?, ¿no es justo esa su función, como defensores de la ley y el orden?

—Demasiado obvio. —Pitt descartó con un gesto su objeción—. Necesitamos a alguien que pueda moverse entre los contrabandistas sin llamar la atención.

—Con permiso, como comerciante de telas honrado no sé qué puedo...

—Tráiganos al cabecilla —lo interrumpió el primer ministro, y ya no sonaba a sugerencia. Era una orden, y a Alexander le molestó, y mucho.

—¿A quién? —preguntó para ganar algo de tiempo y urdir una estrategia para rechazar el encargo.

—Al rey y a mí.

—Me honra su confianza, primer ministro. Sin embargo, ahora mismo no me veo en condiciones de hacerme cargo de semejante cometido, sin duda glorioso, para su Majestad.

La lista de tareas diarias que Alexander debía llevar a cabo era considerable. Simple y llanamente, no tenía tiempo para los disparates del rey ni para solucionar los problemas que deberían remediar sus empleados. Además, le resultaba muy desagradable ponerse al servicio directo del monarca.

Pitt había bajado un poco los párpados, pero Alexander no se dejó engañar, no le gustaban nada sus reticencias.

—Es su deber como súbdito de la Corona —lo informó. De nuevo ese tono imperioso. Cuanto más lo oía, menos ganas tenía de aceptar el encargo. Él no se dejaba presionar, ni siquiera por el primer ministro en persona.

—Bueno, parece que ha hecho sus indagaciones y sabe algunas cosas de mí. Entonces también debería saber que con esos argumentos no conseguirá que la petición me resulte muy apetecible.

—Vaya, un comerciante de los pies a la cabeza —comentó Pitt, haciendo caso omiso a la alusión de Alexander a su falta de entusiasmo hacia la Corona. Sin duda, el primer ministro debía de tener mucho interés en que Wilkinson aceptara la misión.

—No es nada de lo que avergonzarse, ¿no le parece? Al fin y al cabo, somos nosotros los que llevamos muchas décadas, si no siglos, asegurando la riqueza del país. Con nuestros impuestos también. Y para que siga siendo así, mi negocio requiere toda mi atención. Es mi máxima y única prioridad.

No era una exageración. No había nada que le importara más que su empresa. Había empezado con el minúsculo negocio de costura de su madre y unas cuantas balas de tela, y en una década había conseguido dominar el negocio en el país.

—Casi podría decirse que en su pecho late el corazón de un demócrata.

—No crea —lo tranquilizó Alexander, aunque en su fuero interno le daba la razón a Pitt—. En mi pecho late el corazón de un comerciante, seguro que ya lo habrá comprobado como es debido. Y como tal le estoy hablando ahora.

El reproche de Pitt era una amenaza velada, pues todo el mundo sabía lo que les ocurría a los demócratas en Inglaterra. Desde la revolución en Francia eran perseguidos y encarcelados en todo el reino, y juzgados por sus ideas subversivas. En el mejor de los casos.

—Entonces tengo algo que será de gran interés para usted, Wilkinson —anunció mientras se servía de una botella de vino de Oporto en una copa preparada para la ocasión. Vació con mucha calma la copa sin ofrecerle vino a Alexander, aunque había otra copa al lado, una sutil muestra de poder—. Un contrato exclusivo de abastecimiento para la casa real. Las telas para los trajes reales, para la corte. Incluso para el servicio.

Aquello sí que fue una auténtica sorpresa para Alexander. Tal vez había subestimado al primer ministro, contaba con otras amenazas mucho menos veladas, pero no con un incentivo. Sintió la tentación. Como un cosquilleo agradable, emocionante, le llegó hasta las puntas de los dedos, y, aunque no quería admitir que no le era indiferente, que algo sí lo tentaba, se le aceleró el corazón. Sopesó el alcance de la oferta durante solo unos segundos. Sería el mayor pedido de su vida. Lo convertiría en el comerciante de telas más importante de todo el reino. Puede que incluso de todo el continente.

Alexander se aclaró la garganta.

—Para usted es muy importante echar el guante a esos contrabandistas.

—Lo ha entendido muy bien, Wilkinson. Pero no nos engañemos, es usted un comerciante prometedor, ya tiene mucho peso en la balanza a su favor. Encontrar al cabecilla de la red de contrabandistas sería la ayuda que le falta para inclinarla del todo con un gran pedido. —De nuevo hizo una pausa y clavó la mirada en Alexander—. Además, ya sabemos, ¿cómo puedo expresarlo? las ventajas de las que disfrutaría ante la Corona y la nobleza.

Durante unos segundos le hizo creer que era libre de aceptar el encargo. Por supuesto, no era el caso. Debería haber imaginado que había entrado en el terreno de la política en cuanto puso un pie en los edificios del Parlamento. También debería haber comprendido lo que eso implicaba. Todo lo que dijera o hiciera allí tendría consecuencias. Todos los favores iban asociados a una demanda. Nunca había encargos fáciles, y con cada paso que daba en el parqué de la política podía resbalar y romperse la nuca.

—Vemos el potencial que tiene, y nos gustaría acercarlo un poco más a la Corona.

—Suena casi como si la Corona tuviera... dudas —repuso Alexander sin tapujos.

—Puede ser. Pero sería una solución lucrativa para ambas partes. Además, la Corona podría asegurarse el apoyo incondicional de uno de los comerciantes más destacados del país.

Aunque Alexander supiera perfectamente que no era buena idea aceptar el encargo, no tenía elección.

—Por supuesto, primer ministro. Para mí sería un honor aceptar el requerimiento y acabar con la red de contrabandistas.

«Te arrepentirás», pensó cuando se inclinó ante Pitt para despedirse.

9

Cuando Isabella volvió a su habitación para prepararse para pasar la tarde con su tía, ya la estaba esperando una carta. Una de las criadas debía de haberla colocado con cuidado en el secreter para que no la pasara por alto.

Qué raro.

Aparte de sus padres y su hermana, nadie sabía que estaba en casa de su tía en Bath. El día después del baile le envió una carta a su madre en la que se disculpaba de nuevo por su comportamiento y le contaba que le iba bien en casa de los Parker. No esperaba ninguna reacción porque sabía el desengaño que se habían llevado sus padres con ella. Además, la carta de respuesta de su madre jamás habría llegado tan rápido a Bath.

Isabella agarró la carta. No figuraba el remitente, y el sello aún estaba íntegro. Por lo menos su tía no había abierto la carta, como seguro habría hecho su madre.

Distraída, dejó el sombrero sobre la cama, retrocedió hasta la ventana y abrió la carta. Leyó el encabezamiento, le dio la vuelta a la hoja de papel, reconoció el nombre de la firma y le invadió el cuerpo una sensación tan horrible que empezaron a temblarle las rodillas.

Christopher Ashbrook.

¿Qué quería?

¿Qué más quería de ella, por el amor de Dios?

A Isabella la asaltaron fragmentos inconexos de recuerdos y sensaciones. El fino cosquilleo amargo del champán en la lengua. El olor a jabón de la piel de Christopher. Las manos y los labios de él sobre su cuerpo desnudo, la sensación cuando le acarició los pechos y los muslos hasta que ella se entregó entre gemidos. El intenso olor a sudor y fluidos corporales, un deseo oscuro y el latido entre las piernas que le nubló la razón y la convirtió en un ser sin voluntad hasta que por fin la liberó y lo notó en su interior.

Isabella cerró los ojos y dejó escapar un quejido atormentado.

Se había jurado borrar todo eso de su memoria. Jamás volvería a perder el control como aquella noche, porque no había nada de lo que se arrepintiera más en su vida que de esas pocas horas en las que fue presa de Christopher Ashbrook. Solo al amanecer, cuando remitieron poco a poco los efectos del alcohol y su cuerpo yacía satisfecho en los brazos de ese hombre, fue consciente de lo que había hecho. Además de emborrachar junto con Christopher a su tío Edwin, su guardián, para que la embriaguez le impidiera seguir vigilándola, se había jugado su bien más preciado, lo único que definía en realidad a una mujer joven: su virginidad.

Después pasó semanas encerrada en su habitación alegando no encontrarse bien, pero su padre no había podido diagnosticar nada. Cómo iba a hacerlo, la mala conciencia no era un malestar físico. Durante unos días incluso tuvo la esperanza de que Christopher solicitara verla y le pidiera la mano porque, aunque jamás quiso admitirlo, se había enamorado un poquito de él, esa única noche. Su esperanza era ridícula, nunca mencionó el matrimonio, ni siquiera en el baile en casa de la duquesa de Devonshire. Aun así, ella se había dejado engatusar y se había entregado como si tal cosa a la lujuria. Hasta aquella noche solo se había permitido sentir algo tan prohibido cuando estaba sola, de noche, en su habitación.

Isabella se quedó paralizada y durante unos meses ni siquiera acompañó a su padre en sus visitas a los enfermos. Su madre incluso se había hecho ilusiones de que por fin hubiera sentado la cabeza y abandonara su interés por la cirugía. No tenía ni idea de cuáles eran los verdaderos motivos del retraimiento de Isabella.

Hasta una semana antes.

Una sirvienta de la duquesa fue a verlos a Roswell Park. La había estado observando durante su cita en el palacio, y casi un año después, su conciencia ya no aguantaba más. Decidió que había llegado el momento de tender la mano para acallar sus remordimientos con unas cuantas libras. Pasaba graves apuros económicos.

Solo de pensar en la conversación, Isabella sintió que la vergüenza le recorría la espalda como si fuera un fuego ardiente que devorara poco a poco una hoja de papel.

Fue la peor conversación de su vida.

Su padre preguntó si él la había forzado con violencia.

Ella lo negó, con la mirada gacha y la voz ronca, incapaz de mirar a los ojos a sus padres.

El padre de Isabella, asolado por la rabia y la decepción, pagó el dinero del chantaje y desde entonces no volvió a dirigirle la palabra a su hija. De pronto la vida de Isabella se había hecho añicos, y tres días después decidió ir a casa de su tía, buscar marido y casarse antes de que alguien supiera de su infamia y arruinara la vida y las opciones de casarse de su hermana.

De repente la mano le temblaba tanto y de forma tan incontrolada que tuvo que sentarse y soltar la carta.

Le escribía el hombre que la había seducido.

¿Qué más podía querer de ella ahora? ¿Proponerle matrimonio, después de tanto tiempo y tanto silencio? Antes de compartir la vida con él, Isabella estaría dispuesta a huir al continente e ingresar en un convento.

> Querida Isabella:
> Según me han contado, estás pasando el resto de la temporada en casa del vizconde Parker y su esposa, tu tía. Es una decisión muy prudente por tu parte. Hace mucho tiempo ya de nuestro breve encuentro, pero desde entonces no he dejado de pensar en ti. Asimismo, sé lo importante que es para ti y para tu familia tu reputación intachable. Hasta ahora he guardado silencio sobre tus debilidades y tu entrega aquella noche tan dulce. En adelante también guardaré nuestro pequeño secreto, esa es también tu intención, ¿verdad, querida Isabella? Sin duda, mi discreción en un asunto tan delicado tendrá un valor para ti. Creo que cien libras es un precio adecuado. Por lo visto, tienes

parientes ilustres con títulos que respaldarán tus aspiraciones de pureza. Estoy seguro de que nos entenderemos. Puedes pagar el importe en el Hanover Bank de Londres en cuanto tengas ocasión.

Tu admirador más entregado,

Christopher Ashbrook

La rabia que le invadió el pecho era imponente, le entraron ganas de rugirle a la pared. Se le saltaron las lágrimas sin que pudiera remediarlo y entrecerró los ojos.

La estaba coaccionando. Era tan miserable que la extorsionaba a cambio de guardar silencio sobre la noche que pasaron juntos. La mayor debilidad, la mayor tontería que había cometido jamás. Desde entonces no había pasado un solo día en el que no hubiera lamentado con amargura su comportamiento. Fue una metedura de pata inexcusable que había provocado su huida a Bath.

Sin embargo, ahora volvía a atraparla, era aún peor de lo que había imaginado en sus pesadillas.

Jamás podría pagar cien libras. Su familia no tenía tanto dinero, y era imposible pedirle dinero al vizconde. Querría saber para qué lo necesitaba, naturalmente. Si algún día salía a la luz toda la verdad, su tía la echaría al instante.

Isabella rompió a llorar, de corazón, desesperada. Las lágrimas le sacudían el cuerpo. Tenía agarrotada la mano que sostenía la carta, ahora arrugada. La tiró, pero, como si quisiera burlarse de ella, flotó un paso más allá y luego bajó volando despacio hasta el suelo.

De pronto llamaron a la puerta y se tapó la boca.

Silencio. Volvieron a llamar. Se retiró el cabello de la cara a toda prisa, se secó las mejillas con la manga y carraspeó para que la voz no sonara tan tomada.

—Su tía quiere verla, *milady* —oyó la voz queda de Betty al otro lado de la puerta. Si ahora decía que no se encontraba bien, su tía aparecería acto seguido en la puerta preguntando por qué. Se miró de arriba abajo. Seguía llevando el traje de viaje, la manteleta y los botines con cordones.

Se aclaró de nuevo la garganta y dijo:

—¿Me ayudas a arreglarme, Betty? —Su voz sonaba ronca y lastimera.

Betty asomó la cabeza por la puerta y abrió los ojos de par en par del susto, al ver el estado en que se encontraba Isabella. Echó un vistazo rápido en el pasillo, entornó la puerta y la cerró con cuidado. Incluso le dio una vuelta a la llave en la cerradura. Dio unos pasos por la habitación, despacio, sin apartar la vista de Isabella. Era una mirada cómplice y tranquilizadora a la vez, como si se estuviera acercando a un cachorro de perro asustado al que quisiera atrapar.

—Señorita —dijo, con voz reposada y firme. La expresión que transmitían sus cejas castañas era de calidez, y mitigó un poco la absoluta desesperación de Isabella. Sin preguntar, le sirvió un vaso de agua de la jarra que había sobre la mesita de noche y se lo dio—. ¿Ya ha pasado, señorita?

No sonó a pregunta, sino a confirmación.

10

Isabella no lo pudo evitar y se lo contó todo. En ese momento le dio igual no conocer apenas a Betty ni la regla fundamental de no confiar en el servicio, jamás y bajo ninguna circunstancia. A esas alturas Betty no era solo su criada. Aconsejó a Isabella contárselo todo a su tía, o por lo menos a su primo Phillip.

Sin embargo, cuando entró en el salón y vio el semblante siempre tan severo de su tía, no fue capaz.

Isabella pasó la noche siguiente en vela. Dio tantas vueltas imaginando con el corazón acelerado que la injuriarían por ser una mujer perdida, que había dejado la sábana empapada en sudor. Quedaría aislada del mundo entero. Ningún hombre se casaría con ella si no era virgen, ni siquiera uno que estuviera muy por debajo de su familia en la estructura social. Si el mundo se enteraba algún día de lo que había hecho aquella noche, se convertiría en una marginada. La herencia de su padre seguramente no le bastaría para alimentarse, por lo menos no durante toda la vida. Tampoco podría trabajar de institutriz, la única profesión imaginable para alguien con sus orígenes. Si corría el rumor de su noche de pasión, no podría hacer nada, maldita sea. Acabaría en el arroyo.

Ya no pudo ni plantearse dormir, y las ojeras que lucía por la mañana eran considerables. Además, tuvo que levantarse pronto para ir a Pump Room por primera vez con su tía.

Eran poco más de las ocho de la mañana cuando llegaron, los visitantes entraban en tromba sin interrupción por la puerta de doble hoja, que estaba abierta. La rutina de los que buscaban una recuperación seguía una estructura rígida, según había podido saber Isabella. Siempre empezaban con una visita a Pump Room para beber tres vasos de agua mineral curativa y encontrarse con amigos y conocidos. El verdadero motivo para desprenderse tan temprano de las sedosas camas de plumas y dirigirse a la ciudad era muy distinto, según le había confiado Phillip a solas. Hablaban con cierta malicia de quién se había presentado la noche anterior con el mismo vestido o el frac equivocado, quién se había emborrachado o había armado demasiado escándalo en el baile o había hecho algo que la alta sociedad de Bath considerara carnaza para un acalorado debate.

—¿Por qué no han venido mis primos? —preguntó Isabella.

Lady Alice estaba pagando a los portadores de las dos literas que las habían llevado hasta allí y se hizo la sorda con su sobrina. Cuando Isabella empezó a caminar obcecada y en silencio al lado de su tía, fue cuando esta pensó que era adecuado contestar.

—No suelen levantarse tan temprano. —Había un matiz en el tono que Isabella no había percibido nunca. Era tan cortante e impaciente que, o bien la vizcondesa había dormido tan mal como ella, o le había tocado la fibra—. Creen que Pump Room es cosa de señoras, viejos e inválidos.

—Justo en ese orden —comentó Isabella en voz baja, con la esperanza de que *lady* Alice no lo oyera con el ruido y el ajetreo de la entrada.

Pero no fue el caso.

Lady Alice giró la cabeza hacia ella, sus rasgos tensos presagiaban un enfado. Isabella murmuró una disculpa y su tía se dio por satisfecha. Por suerte, porque lo último que necesitaba en ese momento era un desacuerdo con la vizcondesa.

Llegaron a la sala principal y se abrieron paso entre la multitud. La estancia contaba con varias puertas de cristal de doble hoja que daban a una terraza. Estaban abiertas y entraba el aire fresco de la mañana. Había señores mayores e inválidos con muletas y en silla de ruedas, pero también una cantidad considerable de jóvenes caballeros, y, como mínimo, el mismo número de damas. Al ver sus peinados perfectos y sus vestidos suntuosos, algunas iban incluso un poco maquilladas, Isabella se preguntó a qué hora tenían que levantarse para lucir un aspecto tan impecable a esas horas.

Muchos estaban de pie cerca de la barra, donde se servía la tan codiciada agua medicinal de Bath. El sol matutino brillaba intenso y amable a través de los gigantescos cristales, y toda la sala era un gran trasiego.

Una orquesta empezó a tocar, y el solo de la trompeta sonaba tan fuerte en el alto vestíbulo que incluso *lady* Alice tuvo a bien darle a Isabella dos copas llenas de agua medicinal para luego indicarle que no iban a pasear por la sala como muchas otras personas, sino que iban a retirarse a la terraza. Allí había buenas vistas a la piscina de King's Bath, donde los bañistas se movían despacio por el agua un tanto turbia.

—Lo he estado pensando y tenías toda la razón, tía. Fue un error aceptar la oferta de Wilkinson de un segundo baile. Debería haber esperado unos cuantos bailes y luego confiar en *lord* Shakleton. Tendría que haberlo hecho de ese modo.

Lady Alice la miró unos instantes, sorprendida; luego asintió en señal de aprobación, aunque se le notaba que no se fiaba del todo del criterio de Isabella.

Todo su ser se resistía, pero Isabella había tomado una decisión. No iba a ser clara con su tía en cuanto a su pasado, pero iba a convertir a *lady* Alice en su aliada. Iba a comportarse justo como le exigía la vizcondesa e ignorar la aversión que sentía hacia el trato con hombres como Shakleton, porque eso era lo que haría perder terreno a Ashbrook.

No sabía de cuánto tiempo disponía hasta que enviara la siguiente carta amenazadora, pero cuanto más dócil se mostrara, antes encontraría marido.

Por mucho que sintiera en las entrañas que no debía hacerlo.

Necesitaba acabar con eso de una vez por todas. Iba a borrar de la memoria el recuerdo de la noche con Christopher Ashbrook y el baile con Alexander Wilkinson, y a partir de entonces solo se impondría la razón. No podía mostrar interés ni alegría cuando conversara con hombres, tampoco podía encontrarlos atractivos.

A esas alturas ya sabía cómo acababa eso.

El decoro, la sensatez y el dominio de una misma eran las virtudes que la librarían de la dramática situación en la que ella misma se había metido. Y quizá un poco de estrategia, pero en eso su tía era una experta.

—A partir de ahora te haré caso —prometió Isabella, bebió un sorbo de agua y se forzó a tragar el líquido salobre de sabor metálico.

—Podrías haberlo hecho desde el principio, niña.

—No fui lo bastante rápida. Mi baile de presentación en Bath, tanta gente, tantas emociones. Estaré atenta, lo prometo.

—Es comprensible que una chica inocente como tú se sienta abrumada con tanto alboroto.

El tono era casi conciliador, Isabella mantuvo la cabeza gacha por si acaso al sentir calor en las mejillas.

—Pero si a partir de ahora te ciñes a lo que yo te diga, pronto conseguirás lo que quieras —prometió *lady* Alice.

—Un marido bueno y decente que se preocupe por mí y me permita llevar una vida agradable. —A Isabella le costaba tragar porque su estómago se rebelaba. El agua medicinal no parecía sentarle bien.

—Justo como *lord* Shakleton. —*Lady* Alice le dio una palmadita en la mano derecha enguantada y esbozó una sonrisa altiva.

Isabella forzó un gesto obediente con la cabeza, aunque le entraran náuseas con solo pensarlo; iba a conocer y a embelesar a ese Shakleton. A él o, mejor, a un hombre con más reputación y una posición social más privilegiada. Le daba igual la edad o lo feo que fuera. Todo eso ya no importaba. Se casaría con él y escaparía de esa pesadilla en la que Christopher Ashbrook había convertido su vida.

—Es barón, ¿verdad, tía?

—Correcto, barón de una familia muy antigua y con una preciosa mansión en el campo. Es perfecto para ti, la hija de un noble de provincias sin título no puede osar apuntar más alto con sus ambiciones.

Isabella se tragó un comentario mordaz y bebió de su copa para que su tía no advirtiera la rabia que volvía a invadirle en su interior.

La ira tenía que ceder, al fin y al cabo *lady* Alice solo había expresado justo lo que Isabella había decidido por su cuenta al amanecer. Si quería hacer callar a Ashbrook, tenía que casarse con un hombre que, además de contar con los recursos económicos necesarios para comprar el silencio de su extorsionador, ostentara un título y tuviera contactos; Ashbrook podía atreverse a martirizar a Isabella, la hija de un insignificante noble de provincias, pero con una baronesa tendría que pensárselo dos veces, estaba convencida.

—¿Qué te parece, Isabella, quieres que luego pasemos a ver a la señorita Lovelock en su tienda para buscarte unos cuantos ribetes de encaje? Esta tarde en el salón se los coseremos a tu sombrero de paja.

—Es una idea genial, tía.

Isabella respiró hondo, dos veces.

«Todo va a ser maravilloso, ¿verdad?»

11

—¿Por qué no me llevas? —Estaba claro que era la voz de Phillip, que subía desde el vestíbulo hasta donde estaba ella, en el pasillo de la primera planta. Isabella ralentizó el paso. Sonaba alterado, casi colérico. Ese tono no era propio de él.

—La invitación es solo para mí —fue la respuesta indiferente de Edward.

—Tonterías. A Isabella sí que te la llevas.

—Sí, pero es una mujer.

Isabella se había parado, pero pensó que entrometerse sin más en la conversación era demasiado. Le daba la sensación de que escuchar… estaba mal.

—¿Y eso qué significa? —preguntó Phillip. Era adulto, igual que sus dos hermanos mayores, pero siempre que estaban los tres juntos, Phillip asumía de nuevo el papel del hermano pequeño. O tal vez Edward también lo incitaba un poco.

—Déjalo ya, muchacho. No te voy a llevar conmigo. Una cena en casa de la condesa no es lo tuyo.

—Quiero saber qué significa «ella es una mujer» —insistió Phillip.

Isabella se dio cuenta de que apretaba los dientes. Relajó la mandíbula y agarró el collar de perlas, un gesto habitual en ella para calmarse. El collar y los pendientes a juego eran las únicas joyas que tenía. Los dos conjuntaban de maravilla con el vestido de color rojo intenso que se había confeccionado con la tela de Rebecca. La falda no era tan ancha, ni mucho menos, como la de su vestido de viaje.

«Las modas cambian», le dijo Rebecca. La alta sociedad londinense ahora llevaba vestidos no tan anchos, más ligeros y vaporosos, de manga corta. Pese a la guerra, París seguía siendo el gran modelo en cuanto a la moda, y todos los años llegaba también a Inglaterra una oleada de ideas nuevas para la vestimenta sobre las que la sociedad londinense se abalanzaba en su aburrimiento crónico.

Isabella se lo había explicado justo así a *lady* Alice, que no la escuchaba con mucha atención y se limitó a asentir, benevolente, cuando le enseñó el vestido. Ni siquiera preguntó por el origen de la tela.

En general, *lady* Alice estaba mucho más simpática y complaciente desde que tres días antes en Pump Room Isabella se mostró dispuesta a conocer mejor a *lord* Shakleton en un pícnic el sábado siguiente. Ni siquiera se opuso cuando Edward propuso llevarse a Isabella a una cena en casa de la condesa de Ely. *Lady* Alice sufría migrañas y hacía dos días que apenas salía de la cama.

Isabella se alegró de que Edward hubiera pensado en ella.

Hasta ahora.

—Estás un poco verde para eso —dijo Edward, que luego esbozó una odiosa sonrisilla.

Isabella oyó el susurro de la tela y un grito de sorpresa. ¿Acaso Phillip había agarrado del cuello a su hermano?

—Deja ya tu eterna tutela. ¡Ya no soy un crío, hace mucho tiempo que dejé de serlo! —soltó Phillip. Sonaba muy enfadado.

—¡Aparta las manos! —masculló Edward. Se oyó el roce de suelas en el parqué, y por un momento a Isabella le dio la impresión de que iban a llegar a las manos.

—¿Sabes qué? Vienes conmigo. Ya veremos de qué pasta estás hecho. Pero con una condición —añadió Edward.

—¿Sí?

—Pase lo que pase y haga lo que haga nuestra prima, te mantienes al margen.

—¿Qué tiene que ver Isabella…?

—¿Entendido? —el tono de Edward era duro.

Se hizo un breve silencio, los pasos se alejaron. Isabella sintió de pronto las rodillas temblorosas y débiles y apoyó la espalda en la pared.

¿Qué estaba pasando?

Notó el marco del gran cuadro paisajístico en la zona lumbar y enseguida se irguió. Incluso en las paredes de la primera planta había una obra maestra tras otra. Isabella no podía ni imaginar la fortuna que contenía esa casa, y lo último que necesitaba en ese momento era echar a perder una de esas obras.

—Isabella, ¿ya estás? —oyó que le gritaba Edward desde el vestíbulo. Se colocó bien la manteleta, respiró hondo y dobló la esquina.

Edward subió la escalera de dos en dos peldaños. Las suelas se hundían en la mullida alfombra persa que cubría los escalones de mármol. Trajo consigo una ráfaga de aire frío impregnada de olor a alcohol. Después de una semana en casa de los Parker ignorándola por completo hasta esa noche, Isabella recelaba de que repentinamente le brindara tantas atenciones. También porque acababa de oír una discusión que sin duda no debía haber presenciado. Por un momento se planteó fingir dolor de estómago y excusarse para la velada. La orden de Edward la acechaba muy clara en la mente.

«Pase lo que pase y haga lo que haga nuestra prima, te mantienes al margen.»

—Estás estupenda, Isabella —dijo Edward, al tiempo que hacía una pequeña reverencia.

Posó la mano sobre el brazo que le ofrecían y ella sintió un gélido escalofrío en la espalda.

—Tía Alice…

Ha vuelto a acostarse. Ven, Isabella, el coche ya está esperando —la apremió Edward, y al tenerlo tan cerca le vio los ojos inyectados en sangre.

EL CALOR DE una suave tarde de verano recibió a Isabella en cuanto atravesó la puerta. El sol se había puesto, una luz azulada predominaba en el aire y se notaba el olor de los saúcos que crecían delante de muchas de las casas de Royal Crescent, mezclado con un rastro de humo de la multitud de chimeneas de la ciudad.

Edward ayudó a Isabella a subir, Phillip cerró la puerta del coche con un portazo innecesario y el vehículo se puso en marcha. Nada más salir, Edward dijo:

—El vizconde Weymouth se ha llevado una gran alegría cuando ha sabido que nos acompañarías hoy, primita.

Phillip estaba sentado enfrente, Isabella vio que se quedaba petrificado.

Era una sorpresa tanto para él como para Isabella que no fueran a casa de la condesa de Ely, sino a la del vizconde Weymouth.

«Deberías enfrentarte a Edward.»

Debería preguntarle de qué iba la pequeña discusión que acababan de mantener Phillip y él, y qué quería decir con: «Pase lo que pase y haga lo que haga nuestra prima, te mantienes al margen».

¿Qué demonios iba a hacer en una cena? ¿Comer demasiado asado, soltar una carcajada demasiado escandalosa o equivocarse de tema en el popurrí de las conversaciones aburridas de siempre? ¿Hablar de una fractura de hueso o de la extirpación de un tumor y provocar náuseas en las damas presentes e impresionar a los caballeros?

Además, Edward y Phillip no sabían nada de su interés por la medicina. Edward debía de referirse a otra cosa. El problema era que no era adecuado que ella le pidiera cuentas a Edward. Al fin y al cabo, era una invitada en casa del vizconde y no podía cuestionar la integridad de su anfitrión, su propio primo.

Vio que a Phillip le costaba tragar saliva y que la nuez le bailaba en la garganta. A Isabella empezaron a picarle las axilas. Necesitaba quitarse la manteleta o por lo menos darse aire con el abanico, que se balanceaba en la muñeca, o enseguida se verían manchas de sudor en el vestido rojo. Sin embargo, tuvo que resignarse porque, si se abanicaba, revelaría lo nerviosa que estaba, y no quería bajo ningún concepto.

—¿El vizconde Weymouth? Pensaba que íbamos a cenar en casa de la condesa de Ely —dijo, y la molestó notar que hablaba demasiado alto.

Clavó la mirada en Phillip, que de pronto había bajado los ojos con obstinación hacia las rodillas y sacaba de sus pantalones unas pelusas que no existían.

—Nuestros planes para la noche han cambiado un poco —aclaró Edward en tono inocente—. No tienes nada en contra, ¿no, Isabella?

—No, claro que no. —Seguramente debería, porque cuanto más miraba a Phillip y más se obsesionaba él con los pantalones, más tenía la sensación de que debería inquietarse. Mucho, además.

Cuando llegaron a casa del vizconde ya era casi de noche. Su residencia debía de estar un poco apartada de la ciudad, por lo menos Isabella no veía edificios alrededor, solo árboles y arbustos. Tal vez la finca era tan grande que estaba rodeada por un parque.

—¿Dónde estamos?

—En la finca del vizconde Weymouth en Batheaston —contestó Philipp con una peculiar voz ronca, eran sus primeras palabras desde que el coche había partido. Se aflojó un poco la corbata mientas usaba la aldaba.

Un sirviente con librea y rostro impenetrable abrió la puerta y luego hizo una reverencia. Toda la casa estaba muy iluminada, y un extraño olor a canela y clavel y un aroma herbal y amaderado impregnaba el ambiente.

Isabella nunca había visto una casa parecida.

Las paredes estaban pintadas de color púrpura oscuro, con figuras dibujadas, tal vez fueran ángeles o puede que dioses de la mitología griega. Todas iban con poca ropa, hombres y mujeres que retorcían sus cuerpos casi desnudos por todo el pasillo. Isabella se arriesgó a mirar una sola vez y luego miró al frente, avergonzada.

—Los señores Edward y Phillip Parker —los saludó una voz ajada. Un hombre apareció por una puerta lateral del pasillo—. ¿Y a quién me han traído?

—La señorita Isabella Woodford, mi prima —aclaró Edward.

El hombre tenía el pelo ralo y entrecano, y el rostro surcado por las arrugas, pero en los ojos azul claro se veía un brillo penetrante. Hizo una pequeña reverencia ante Isabella, le cogió la mano derecha enguantada y se la besó.

—Es todo un placer para mí —contestó él con afecto.

—El vizconde John Weymouth —completó Edward la presentación.

Antes de saber qué estaba pasando, el vizconde ya la había agarrado del brazo y la llevaba a un gran salón con una mesa larga en el centro preparada de forma fastuosa. Casi una docena de candelabros con velas negras inundaban la sala con una luz cálida y misteriosa. Ya estaban sirviendo los primeros platos, y el vizconde le presentó a Isabella una retahíla de invitados: un tal sir Dalrymple, el general Poyntz, *lady* Anne Carnegie y muchos otros, tantos que a Isabella le daba vueltas la cabeza. Phillip la siguió como un perro faldero durante la ronda de presentaciones. Isabella interrogó a su primo con la mirada, pero él solo reaccionó con una sonrisa forzada que ella no supo interpretar.

Luego empezó la cena, Isabella ocupó un sitio asignado entre el general y otro joven caballero con el pelo rubio claro cuyo nombre ya había olvidado mientras los presentaban. Edward y Phillip estaban sentados en el otro extremo de la mesa, Isabella se preguntó si debía alegrarse por ello o preocuparse por estar sentada tan lejos de sus acompañantes masculinos.

Mientras tomaba el primer plato, una sopa de hierbas con trocitos de trucha bien hecha, pero muy salada, anunciaron la llegada de más invitados.

Oyó unas voces alegres desde el pasillo, masculinas, una vez más, y en ese momento Isabella cayó en la cuenta de la abrumadora mayoría masculina en la cena.

Los recién llegados se sumaron a ellos en el salón. Cuando Isabella los reconoció en el marco de la puerta, se le cayó la cuchara, con un tintineo tenue pero aun así perceptible, junto al plato. Había intentado atraparla, pero había sido demasiado lenta y ahora mantenía la mirada gacha hacia el cubierto. A su lado, el general Poyntz dejó escapar una exclamación de sorpresa, agarró la cuchara de entre su plato y del de Isabella y volvió a dejarla con cuidado al lado del de la joven.

Solo fueron unos segundos, él también la había visto. Notó la mirada de Alexander Wilkinson clavada en ella, casi grabada a fuego como si fuera un hierro candente.

Se sentó enfrente de ella. Los separaban algunos platos con pollo asado, una fuente a rebosar de uvas y manzanas y un pesado candelabro de plata. Sin embargo, podía verlo entre las velas.

Cuando cruzaron la mirada por primera vez, le dio un vuelco el corazón. El brillo de las velas se reflejó en sus ojos de color azul grisáceo cuando la miró con el semblante serio, casi de desaprobación. Isabella no entendía por qué la miraba así, y tuvo que dejar la cuchara porque le temblaba mucho la mano.

—Me han dicho que ya tiene el placer de conocerla —le hizo saber a Isabella el vizconde.

—En efecto. La señorita Woodford —contestó Wilkinson con un tono gélido y un asentimiento, Isabella se limitó a confirmarlo con una caída de ojos. Era incapaz de hacer nada más.

El general Poyntz le dio conversación con todo tipo de bagatelas, como debía ser en una cena, y la muchacha hizo lo posible por no hacer caso a Wilkinson y mostrar interés por la conversación con el general sobre el tiempo y la situación de la Royal Navy. Al hablar desprendía un olor penetrante por la boca, y siempre que se inclinaba demasiado hacia ella o se reía, Isabella sentía la tentación de darse la vuelta.

Observó a Wilkinson con disimulo. Estaba tan imponente como lo recordaba. Esta vez llevaba un frac negro que le quedaba como un guante y resaltaba aún más el blanco inmaculado de la camisa y la corbata. La luz tenue de la vela hacía que los ojos parecieran oscuros y suavizaban más los rasgos que a la luz del día. Conversaba poco con el comensal de al lado, apenas comió de su plato y no había tocado ni una sola vez la copa de vino que tenía justo delante. Isabella ya casi no oía la cháchara del general Poyntz porque, incluso cuando no lo miraba, Wilkinson acaparaba toda su atención.

Siempre que se atrevía a mirarlo por el rabillo del ojo él también la estaba observando. Si a su llegada la expresión de Wilkinson era de sorpresa o curiosidad, ahora era bastante más sombría. Parecía incluso... furioso.

¿Por qué estaba enfadado?

«¿Por qué le das tantas vueltas? Él no te interesa. Ya no puede interesarte, se lo has prometido a tu tía.»

El general se aseguró de que la copa de vino de Isabella siempre estuviera llena, como exigían los buenos modales en la mesa, aunque ella solo le diera sorbitos. No solo porque una dama no debía beber tragos largos, también iba con cuidado porque no se quitaba de la cabeza la discusión entre Edward y Phillip.

¿A qué se refería exactamente Edward? De momento parecía una cena de lo más normal.

En todo caso, no podía lanzarse al vino para emborracharse, porque solo el postre podría haber tumbado a un buen bebedor. Eran peras al Oporto con una salsa de chocolate espesa y cremosa que a Isabella se le deshizo en la boca. Aun así, las peras tenían un gustillo un poco amargo y solo se comió la mitad porque imaginaba que se le quedaría la boca reseca.

Con una breve mirada a Wilkinson comprobó que no había tocado el postre. Cuando un criado apareció al lado de Isabella con una botella de vino de Oporto recién descorchada, sin duda para servirle un digestivo, Wilkinson hizo un gesto leve pero claro y el criado se alejó sin llenarle la copa.

Isabella lo miró enojada, él reaccionó con una expresión impenetrable y el general Poyntz se disculpó encogiéndose de hombros. Era evidente que no le interesaba indagar en por qué Wilkinson decidía sobre la manera de beber de Isabella.

El grupo se disolvió, los hombres se retiraron a la Card Room, y a Isabella le correspondía, como de costumbre después de comer, seguir a las damas a la Tea Room. Sin embargo, tenía calor y estaba fatigada de la conversación con el general, así que aprovechó la ocasión para escabullirse a la terraza y disfrutar un momento del aire fresco y del silencio. Además, estaba un poco mareada, aunque de momento se había contenido mucho con el vino.

No le sorprendió oír pasos por detrás.

—Otra vez usted —saludó a Wilkinson—. ¿No me puso en apuros hace poco?

—O se los he ahorrado, según se mire.

Wilkinson se colocó a su lado, a un paso de distancia. Ella no lo miró, pero aun así lo notó, como el calor del fuego de una chimenea un día frío de invierno.

—Tardé más de un día en calmar las aguas con mi tía después de que usted se adelantara a *lord* Shakleton en el baile —le reprochó

Isabella, que procuró adoptar una expresión severa. Ante todo, no quería mostrar a Wilkinson lo mucho que se alegraba de que hubiera salido a buscarla. Por un instante le llegó el aroma agradable de su perfume, con un matiz fresco y seco de madera de sándalo. Isabella cabeceó un poco para concentrarse de nuevo.

—¿Intenta hacerme creer que no le hice un favor? —La luz de la sala caía sobre su perfil derecho. Era el mismo que había visto en ocasiones anteriores, de una perfección abrumadora, pero se le había soltado un mechón que tapaba algunas líneas finas que le surcaban la frente y ahora se veían con la luz lateral. También vio unas arruguitas debajo de los ojos. Parecía cansado, como si llevara todo el día viajando y esa noche hubiera preferido quedarse en la cama a estar en esa velada.

—Ese día quizá sí —admitió Isabella—. Pero ahora he cambiado de opinión.

—¿Sobre *lord* Shakleton?

—Entre otras cosas.

—Qué interesante. —Se suponía que era una invitación a seguir hablando, en realidad debía de estar preguntándose a qué se refería exactamente, pero Wilkinson rehusó una vez más mantener una conversación formal.

No la sorprendía. Además, había terminado tan cansada de la charla anterior que incluso disfrutó del silencio que se impuso entre ellos. La luna casi llena se reflejaba en el estanque que tenían a unos metros, e Isabella escuchó el croar de las ranas.

—¿De dónde ha sacado ese vestido? —preguntó Wilkinson de repente.

—De una modista de aquí, de Bath, ¿por qué lo pregunta?

—La tela no es de fabricación inglesa —afirmó, y deslizó la mirada con descaro sobre su cuerpo.

Isabella deseó que solo estuviera observando el vestido y no imaginara en secreto lo que escondía debajo.

Luego la miró fijamente a la cara. Como si la estudiara y la calibrara.

—Las telas nobles de seda que no sean de manufactura inglesa están prohibidas.

Por un momento Isabella no supo qué contestar.

—¿Y ahora quiere arrancarme el vestido?

Wilkinson soltó una carcajada sincera, Isabella comprendió demasiado tarde lo ambigua que era esa pregunta. Notó calor en las mejillas, se volvió hacia el estanque y agradeció infinitamente la luz crepuscular que invadía la terraza.

—La señora Seagrave me dijo que usted no pasaba mucho tiempo en Bath. Francamente, me sorprende un poco volver a verlo por aquí tan pronto. Y encima en una cena —cambió de tema ella.

«Y me alegro, mucho, aunque no debería.»

Wilkinson calló y le sostuvo la mirada, pensativo, o eso le pareció a ella, con la cabeza un poco ladeada.

—Es raro, pero iba a preguntarle lo mismo. No la esperaba entre los invitados del vizconde.

—¿Por qué no? —Al girar la cabeza sintió una ligereza agradable, y la tensión que la había acompañado durante toda la noche se desvaneció. De pronto se sentía a gusto, casi eufórica—. Siempre me interesa conocer a gente nueva. Al fin y al cabo, para eso vine a Bath —siguió charlando—. Y eso no se hace jugando todas las noches al *bridge* con tu tía y luego acostándote pronto.

—¿Entonces qué hace aquí fuera sola, en vez de estar dentro con las damas en la Tea Room?

—Necesitaba respirar aire fresco —aclaró ella.

—Conocer a gente nueva a veces cansa más de lo que uno desearía, ¿verdad?

Lo que decía Wilkinson era cierto. Tanto en el baile como en esa cena le había costado más de lo que pensaba interpretar el papel de la joven dama que se lo pasaba bien. Pese a que hacía años que soñaba con pasar una temporada en Bath o en Londres, aunque en otras circunstancias, era más agotador, mucho más, de lo que había imaginado.

Y no era muy divertido. Pensó en el general Poyntz y acto seguido se le tensaron los hombros.

De todos modos, lo que la asombraba era que Wilkinson también se hubiera fijado en lo agotador que le resultaba. O lo estaba haciendo muy mal, y los años de educación que su madre había invertido en ella y su hermana no habían servido para nada, o él la observaba. Con mucha atención.

—¿Me han dicho que es usted un comerciante al por mayor? —intentó desviar la conversación.

Wilkinson asintió.

—¿Cómo puede ser que deteste tanto hacer nuevos contactos como intenta hacerme creer?

—Bueno, cuando llevo todo el día hablando y negociando por trabajo, luego, cómo lo diría… siento cierta aversión a hacerlo también en mi vida personal.

—¿Entonces conocer a gente es equiparable a una negociación?

—Sí, para mí, sí. Cada uno piensa qué expone de sí mismo y de qué manera le gustaría presentarse. O cómo puede hacerlo.

Su mirada era ahora penetrante y, aunque a Isabella se le antojaba absurdo, por un momento le pareció que le había leído la mente y formulaba en voz alta sus pensamientos. Sintió vértigo.

—Eso suena muy forzado, ¿no le parece? —preguntó Isabella, que se tocó el cuello rígido con la mano. Wilkinson siguió el movimiento con la mirada, la clavó en el cuello y la cinta decorativa y notó que le costaba tragar saliva.

Algo sucedió entre ellos. Fue como si subiera la temperatura, como si se creara una peculiar conexión que los acercaba. Isabella se puso nerviosa. Llevaba demasiado tiempo sola con Wilkinson en la terraza, un tiempo inapropiado, y debería volver a entrar.

Wilkinson se dio la vuelta con brusquedad, agarró con ambas manos la barandilla, tan fuerte que se le marcaron los nudillos, y volvió a mirar hacia el estanque.

—Pero es justo eso, señorita Woodford. ¿No ocultamos todos algo? Ojalá solo fueran nuestros auténticos deseos e intenciones, porque podrían resultar desagradables a la otra persona. ¿O incluso asustarla?

¿Estaba hablando de sí mismo? ¿Le estaba confesando que, detrás de esa fachada de control y rigidez, se ocultaba algo muy distinto a lo que mostraba? Una energía enorme, poderosa, que se esforzaba en disimular pero que a Isabella siempre le daba la impresión de que estaba ahí, en ebullición, y que podía estallar ante la más mínima oportunidad.

Isabella lo miró de soslayo: el perfil perfecto, las sienes y los ojos, que miraban a lo lejos un poco entornados. Le pasó una imagen por la cabeza, la de Wilkinson encima de ella, sus rizos pegados a la frente por el sudor, los ojos entrecerrados de placer. Sus músculos en tensión bajo las palmas de las manos de Isabella y sus labios unidos. Una oleada de calor le invadió el cuerpo y se concentró en el bajo vientre, y tuvo que cerrar los ojos un momento y respirar hondo para borrar esa imagen.

—Pero está usted exagerando, Wilkinson. Sin cierta franqueza no le iría tan bien en su negocio.

«Y no estarías aquí fuera conmigo haciéndome arder con tu mera presencia. Dios mío, no puedes…»

Ya no pudo terminar de pensarlo.

—¿Isabella? ¿Vuelves a entrar? —Edward estaba en la puerta que daba a la terraza, con un vaso de *brandy* en la mano y la otra apoyada en el marco. Saltaba a la vista que había aprovechado la cena para seguir bebiendo.

—Discúlpeme. —Isabella amagó una reverencia y volvió con su primo.

Cuando entró en el salón, el ambiente había cambiado. Aunque las damas deberían haberse retirado a la Tea Room, se oían voces femeninas en la Card Room contigua, risas coquetas, voces aflautadas, jóvenes. No podían ser de las damas más maduras que se habían sentado con ella a la hora de la cena. Algunos hombres seguían cerca de la mesa y miraban con curiosidad a Isabella, que no se lo explicaba. No había rastro de Phillip.

Edward caminaba a su lado, tan cerca que la rozaba con el hombro a cada paso inseguro. Era como si le preocupara que ella echara a correr en cualquier momento.

—Ven conmigo a la Card Room, primita —la tentó con voz suave.

Isabella lo miró indecisa. Sí, tenía ganas de jugar una partida, y Edward también lo sabía, pero normalmente solo iban hombres a la Card Room. No se le había perdido nada ahí. Isabella empezó a sentir desconfianza, de pronto se puso alerta y se paró en seco. Edward intentó empujarla. Ella lo esquivó, lo cual no era muy difícil porque sus movimientos eran torpes y lentos.

—No te hagas de rogar —la instó él, que intentó formularlo como si fuera una broma bienintencionada o una especie de guasa, pero Isabella vio perfectamente el brillo ansioso, casi duro en sus ojos. Ya estaban justo delante de la Card Room. La puerta estaba entornada, el olor a humo se colaba por la rendija. Isabella consiguió echar un vistazo rápido al dobladillo de un vestido granate. Una dama no se pondría ese vestido para cenar.

Desde dentro le llegó una voz conocida, la risa de Phillip y algunas palabras que daban paso a un parloteo confuso. Debía de estar borracho como una cuba.

—Vamos, Isabella —oyó a Edward.

Todas las venas de su cuerpo se pusieron tensas en estado de alerta, y la idea la atravesó como un rayo.

No debía entrar en esa sala.

Dio media vuelta, dispuesta a cantarle las cuarenta a Edward, pero ni siquiera tuvo tiempo. De pronto, Wilkinson se había colocado tras ellos como una roca, estiró rápido la mano y agarró a Isabella del brazo. Ella soltó un grito ahogado de sorpresa. Bajó la mirada y vio que la tela de la manga se arrugaba bajo sus dedos, mientras la alejaba de la puerta.

—¿Qué se ha creído? —Intentó zafarse de él.

Wilkinson la acercó a él, tanto que su rostro quedó a solo un palmo del suyo. Vio en sus ojos una expresión tan sombría, tan furiosa que Isabella pensó que en cualquier momento la agarraría de los hombros para zarandearla.

—No sabe dónde está —aseguró a media voz.

Al ver que Isabella no contestaba, la miró a los ojos como si buscara algo. Como si quisiera confirmar una sospecha.

El delicado aroma de su perfume, que ya había notado antes, se mezcló con el calor de su cuerpo hasta formar un olor seductor, cálido y agradable, que la envolvió y agudizó la sensación algodonosa que notaba en la cabeza.

Por lo visto, no esperaba respuesta de Isabella, porque alzó la vista y la clavó en Edward, que se había parado en el umbral, indeciso.

—La señorita Woodford no lo va a acompañar a la Card Room —aseguró en un tono glacial.

Isabella intentó soltarse de nuevo, pero fue en vano.

Edward ya tenía la mirada vidriosa, y cuando clavó los ojos en Isabella salió a la luz el desprecio que se había esforzado en disimular mientras estaba sobrio.

—Déjela, Wilkinson, ha sido iniciativa suya, ¿Verdad, primita?

Estuvo a punto de contestar porque nada de lo que decía Edward era cierto, pero se le fue la idea antes de poder formularla. De pronto se sentía como si estuviera muy borracha, le fallaban tanto las piernas que se alegró de poder contar con el apoyo férreo de Wilkinson.

—Seguro que no ha sido iniciativa suya. La señorita Woodford abandona la cena.

Los dedos le agarraban el brazo con tal fuerza que ella empezó a sentir un cosquilleo en la mano. Wilkinson se puso en marcha y se llevó a Isabella con él. Ella caminaba a su lado dando pasos cortos.

—Weymouth, le presta su coche a la señorita Woodford, ¿verdad? —gritó al pasar por el lado.

El hombre arrugó la frente, pero luego accedió y se encogió de hombros, indiferente.

—¿A qué venía todo eso? —quiso saber Isabella, pero él no reaccionó a su pregunta. Intentó separarse de nuevo. Esta vez Wilkinson transigió, pero impidió que huyera plantándose delante de ella con los brazos abiertos en la penumbra del pasillo. Isabella pensó vagamente que ninguno de los hombres con los que había tenido trato Wilkinson esa noche le había llevado la contraria.

Qué raro.

Sonaron unos pasos tras ellos, Edward los adelantó por el lado de Isabella y les cerró el paso.

—¿Qué... qué está haciendo con mi protegida?

—No es su protegida —murmuró él. Isabella vio por cómo apretaba los dientes y cerraba los puños que intentaba mantener la calma—. Además, estoy haciendo lo único correcto, llevar a su prima a casa.

—Qué bobada.

Como si hubiera sonado un disparo, se impuso un súbito silencio expectante.

Algo le pasó a Wilkinson. Una contracción le recorrió el cuerpo, Isabella casi notó cómo se le tensaban todos los músculos. En un instante tenía a Edward agarrado del cuello y lo puso contra la pared en un gesto brutal. El cráneo de Edward impactó con un ruido sordo en la mampostería.

—Una palabra más y no respondo, Parker —masculló, procurando contenerse—. Debería darle vergüenza. —Se miraron a los ojos mientras Wilkinson soltaba muy despacio al primo de Isabella.

Sin dignarse mirar a Isabella, Edward se alisó la camisa y se alejó tambaleándose un poco hacia la Card Room.

—Señorita Woodford, usted primero. —Wilkinson miró hacia la puerta con gesto adusto.

—Wilkinson, no puedo ir sola con usted en un coche…

—Créame, para usted es la salida más decente que cabría esperar esta noche.

12

La señorita Woodford lo miró con los ojos desorbitados y la frente, siempre tan inmaculada, surcada de arrugas, como si estuviera reflexionando. Durante largo rato y con mucho empeño, como si lo que le estaba pasando por la cabeza la asustara a ojos vista.

Luego adoptó una expresión decidida y, antes de que pudiera retenerla, volvió corriendo hacia el salón.

Esa noche parecían haberse vuelto todos locos.

Alexander la siguió y notó que poco a poco iba perdiendo la paciencia. Estaba a punto de agarrarla, ponérsela al hombro y sacarla a rastras.

Isabella buscaba algo con la mirada por la mesa a medio recoger y las dos consolas oscuras que había contra la pared, y por fin pareció encontrarlo, porque fue directa a una de las dos.

Sin preguntar a un lacayo ni pedir ayuda, cogió una de las jarras de cristal y llenó una copa con las manos temblorosas. Debía de ser limonada o agua, Alexander no estaba seguro. Se la bebió de un trago, pero no la dejó, la llenó de nuevo, tanto que rebosó y el líquido cayó al suelo. Esa segunda copa también se la bebió de un trago. Soltó un leve gemido cuando se sirvió una tercera, pero esta vez solo se bebió la mitad.

Los dos sirvientes la observaban petrificados mientras recogían, y Alexander se sorprendió haciendo lo mismo. En la infinidad de cenas a las que había asistido en Londres había visto muchas cosas, pero eso le sorprendió hasta a él.

La señorita Woodford se llevó la mano derecha enguantada a los labios, que tenía manchados de limonada, y eructó flojito.

—Ya podemos irnos, Wilkinson.

Cuando estuvieron sentados en el coche, a Alexander se le fue calmando poco a poco el pulso con el traqueteo regular de las ruedas y los golpes de los cascos sobre la calle adoquinada.

—Láudano, ¿verdad? —fueron las primeras palabras que le dirigió ella—. Me han puesto láudano en la comida.

Alexander se limitó a asentir, la señorita Woodford giró enseguida la cabeza y miró hacia fuera, donde no se veía nada más que la noche cerrada.

—¿Cómo se ha dado cuenta? —preguntó él para intentar distraerla, pues sin duda iba asimilando la gravedad de lo que acababa de ocurrir.

—Mi padre es médico. Cirujano. Siempre que puedo lo acompaño en las visitas domiciliarias y lo ayudo en las operaciones. Usamos el láudano para sedar a los pacientes.

Por un momento, Alexander no supo qué decir. De todas las respuestas imaginables, puede que fuera la última que esperaba. Entonces se acordó.

El título del libro al que había echado un vistazo unos días antes en la cafetería. Era un manual de medicina y, aunque le resultaba un tema ajeno, incluso a él le sonaba el nombre. John Hunter, tal vez el cirujano más afamado de todo el reino, fallecido no hacía mucho. A Alexander lo sorprendió ver a una dama en posesión de ese libro, pero no había vuelto a pensarlo desde entonces.

Por supuesto, conocía a cirujanos, y también había oído hablar de los sanadores de huesos: personas que corregían los huesos y articulaciones rotos y dislocados. No eran médicos, sino espíritus libres y, a diferencia de lo que sucedía en el ejercicio de la medicina, también había unas cuantas mujeres. Sally Wallen era una de ellas, y décadas atrás se había ganado cierta fama en Londres. Decían de ella que era bruta, de complexión ancha y fuerte como un toro. Pero esa persona delicada que tenía sentada en frente mirando inquieta el interior del coche, ¿ella ayudaba a arreglar huesos rotos, o incluso en operaciones?

«Es imposible.»

Sin embargo, nada de eso importaba en ese momento.

—Disculpe que le hable con absoluta franqueza, pero ¿en qué estaba pensando al venir a esta cena? —preguntó en tono duro e intransigente, ya que volvía a sentir la rabia arder en su interior. Era la misma actitud que adoptaba a menudo en las negociaciones cuando perdía la paciencia y quería cerrar el negocio de una vez. No era ni mucho menos la manera apropiada de hablar a una joven dama respetable, y por lo visto la señorita Woodford opinaba lo mismo.

Ella giró despacio la cabeza y, bajo la luz de la luna que entraba por el cristal de la ventanilla, percibió el incipiente enojo en su rostro. Parpadeó varias veces, como si le costara ver con claridad. Luego se sentó erguida, como si se preparara para una discusión, y contestó:

—He acompañado a mis dos primos a una cena, ¿qué tiene eso de malo?

—Ah, ¿eso le parece? ¿Para eso estaba usted aquí esta noche? ¿Para una cena? —Tanta ingenuidad lo ponía frenético.

—¿Para qué si no? —se enfureció ella con un ímpetu y una vehemencia sorprendentes.

—¿De verdad es tan inocente como quiere hacerme creer? —La voz de Alexander sonaba metálica a sus oídos, y notó que la ira brotaba en su interior y estaba a punto de estallar.

¿Por qué estaba tan furioso?

—¡Déjese de adivinanzas! No entiendo qué quiere de mí. —A Isabella se le quebró la voz en las últimas palabras, como si fuera a romper en llanto en cualquier momento.

Seguramente se había puesto a llorar, porque se había vuelto a hundir en el banco tapizado, con las piernas estiradas delante en un gesto muy impropio de una señorita, de manera que la cabeza desapareció en la sombra del coche. Lo único que oía Alexander era cómo se sorbía la nariz por lo bajo.

—Dejémoslo. —Ahora fue él el que desvió la mirada hacia fuera, donde los árboles y arbustos pasaban por su lado como siluetas oscuras.

Isabella Woodford tal vez tenía facilidad para los modales y las fórmulas de cortesía, amaestrada como un perrito faldero en qué debía hacer y qué estaba permitido en sociedad, pero la impotencia con la que acababa de contestar a sus preguntas no era fingida.

Era cierto que no lo sabía.

Alexander se frotó la cara con ambas manos.

Isabella había participado en la cena de uno de los libertinos más conocidos de todo Somerset sin saber en compañía de quién estaba.

Al principio pensó que sabía lo que hacía, que la señorita Woodford tenía un lado oscuro que le había pasado del todo desapercibido en sus encuentros anteriores. Sin embargo, cuanto más la había observado durante la cena, más se había reforzado su sospecha de que en realidad no tenía ni idea de dónde estaba.

Fue incapaz de presenciar sin hacer nada cómo sus primos la destruían con toda la intención. Vio con nitidez que sobre todo Edward Parker no paraba de escudriñar con la mirada a la señorita Woodford, con una sonrisa repugnante en los labios, tanto que a Alexander le entraron ganas de borrársela a palos.

Además, Weymouth, ese mal bicho, le había puesto opio en la comida. Lo vio en las pupilas de Isabella y en el olor que desprendía. Ocurría con frecuencia en las celebraciones de los libertinos, sobre todo cuando querían doblegar a damas nuevas. Por supuesto, debería haber sabido que esa noche podía pasar justo eso. Había hecho algunos esfuerzos por lograr una invitación a la cena porque quería sacarse de encima lo antes posible el encargo de Pitt. Estaba seguro de que Weymouth tenía excelentes relaciones en el mundo clandestino de Bath y que le podría dar alguna que otra pista sobre en qué dirección buscar. Weymouth y él se conocían de Londres. Hasta entonces su relación había sido estrictamente profesional, pero también se habían encontrado alguna que otra vez en uno de los clubs londinenses porque, como mucho otros, Weymouth pasaba gran parte de la temporada parlamentaria de invierno en Londres.

Con un poco de suerte al día siguiente la señorita Woodford ni siquiera recordaría lo sucedido. Todo habría sido como un mal sueño. Pese a que en esas veladas se imponía la ley no escrita de que nada de lo que pasaba salía jamás de allí, sus queridos primos

Edward y Phillip lo sabrían, igual que todos los presentes. Y lo aprovecharían para convertir la vida de Isabella en un infierno.

Alexander se había criado en Londres. Visitaba los clubs de caballeros, como tantos otros hombres. Incluso se había unido una o dos veces al Hellfire Club, el más famoso de todos. Allí había exceso de alcohol, opio y mujeres, siempre que uno tuviera liquidez. Pese a todo, él enseguida había perdido el interés, cuando entendió que todo lo que se hacía durante esas noches se analizaba. Se observaba, se registraba y, si era necesario, se utilizaba contra él. Desde que era consciente de ello era mucho más discreto con sus amoríos, aunque la mayoría eran mujeres de pago. Volvió a prestar atención a la señorita Woodford, porque la mera idea de pensar en mujeres de pago en su presencia le parecía de lo más inapropiada.

El coche dobló una curva y el claro de luna plateado le iluminó de nuevo el rostro. Le brillaban las mejillas por las lágrimas, y el hoyuelo de la barbilla le temblaba un poco.

Isabella intentaba controlarse, pero en ese momento parecía tan desvalida y frágil que Alexander tuvo que contenerse para no abalanzarse sobre ella y estrecharla entre sus brazos. Una sensación le invadió el pecho y fue ganando fuerza a medida que la contemplaba ahí sentada, llorando en silencio. Era el mismo sentimiento que en casa de Weymouth lo había impulsado a llevarse a la señorita Woodford de allí. No iba a permitir que le ocurriera nada. Quería cuidar de ella y protegerla, era como si se le hubiera despertado un instinto.

«Muy noble por tu parte, Wilkinson. ¿Qué te está pasando?»

Tal vez fuera porque llevaba toda la noche imaginando cómo sería acariciarla, olerla y notar su piel bajo los labios. Le pasaba siempre que la tenía cerca. Le daban ganas de secarle las lágrimas de las mejillas, atraerla hacia sí y besarla. Algo se movió en sus pantalones, y en ese mismo instante le asaltó la imagen de sus manos acariciando esa piel clara y transparente.

Unas personas sin escrúpulos habían estado a punto de acabar con su reputación, ¿y ahora él pensaba exactamente lo mismo?

—En cuanto llegue a casa, beba agua. Toda la que pueda.

—Ya lo sé…

«Por supuesto que lo sabe. Es hija de un médico, ¿ya se te ha olvidado?»

—¿Por qué no me llama Isabella, ahora que acaba de rescatarme como un caballero de…? —Soltó un suspiro audible. Se le notaba que empezaba a sentirse mareada. Era un efecto muy normal del opio, seguramente se pasaría el día siguiente con vómitos.

—Si tú quieres, sí. Llámame Alexander —le ofreció él.

Durante un rato se impuso la calma. Luego ella empezó a moverse inquieta en su banco.

—¿Alexander?

—¿Sí?

—Dile al cochero que tenemos que parar. Ya.

—¿Por qué?

—He bebido… tanta agua…

Alexander cerró los ojos. ¿Podía ser aún más indigna esa noche? Golpeó con el bastón contra la capota y gritó:

—¡Pare!

Cuando el coche se detuvo, estudió la situación en la calle. A unos pasos a la derecha había unos cuantos arbustos adecuados para un alivio.

—Por favor. —Le señaló la dirección e Isabella desapareció en la oscuridad. Intentó obviar el chapoteo que oía.

La actitud de subirse con él en un coche, así, sin más, proponerle tutearla y ahora encima hacer aguas menores estando él tan cerca que podía oírla, seguramente se debía a los efectos del láudano. Con la dosis justa eliminaba todos los impedimentos y trabas morales. Una joven dama respetable moriría antes de hacer partícipe a alguien de sus necesidades más básicas. Si Isabella lo recordaba a la mañana siguiente, querría que la tragara la tierra.

—¿Le contarás a tu tía todo este episodio? —gritó él hacia los arbustos, un poco para solapar el chapoteo y un poco también para asegurarse de que estaba bien.

—¿Que he caído tan bajo que hasta hago mis necesidades con un caballero a solo unos pasos de distancia? Claro que no —contestó

Isabella, al tiempo que aparecía por detrás de los arbustos, se alisaba el vestido y se acercaba de nuevo a él.

—Me refiero a la mala jugada de Edward Parker, por supuesto —concretó él.

—Edward lo negaría todo. Y si *lady* Alice puede elegir entre creer a su primogénito o a mí... bueno, dejémoslo.

Él la miró de reojo cuando le ofreció la mano para subir. Se le había deshecho el peinado y algunos mechones le caían sobre los hombros. Ya no parecía la sobrina emperifollada y a la moda de un vizconde que meditaba cada paso que daba y pensaba dos veces cada palabra antes de que saliera por su boca. Parecía una mujer joven normal y corriente, relajada y... natural. Le gustaba verla así. Ya casi tenía la mano estirada para tocarle el pelo rubio y dejar que se deslizara entre sus dedos. Recobró la compostura con un carraspeo que hasta a él le sonó forzado.

—Entonces a partir de ahora ve con más cuidado. La envidia y los celos pueden sacar a la luz el lado oscuro de las personas.

—Eso ya lo sabía antes de llegar a Bath.

Alexander cerró la puerta del coche y el vehículo se puso en marcha.

—Pero yo pensaba que podía fiarme de mi primo —retomó el tema Isabella—. Son de mi familia.

—Eso no significa nada. —Sobre todo entre los retoños de la nobleza y la élite, siempre que hubiera en juego una suma sustancial de dinero podía pasar que dos personas que durmieran bajo el mismo techo y llevaran el mismo apellido se comportaran como los peores enemigos.

Alexander no podía decir lo que pensaba, pero afirmó:

—Viniste a Bath a buscar a marido, como todas las damas de esta ciudad.

Ella lo miró de una manera directa e hiriente, y por un momento a él le pareció reconocer el dolor en sus ojos. Isabella se apartó unos cuantos mechones de la frente, como si pensara qué contestar, y luego dijo:

—Es verdad. Pero también estoy en Bath porque está más cerca de Londres.

—La mayoría de la gente suele alegrarse de estar lo más lejos posible del hedor y los callejones atascados de Londres.

Isabella lo miró muy seria un rato.

—Allí hay… institutos. Institutos privados de anatomía a los que peregrinan miles de jóvenes médicos para formarse. —Se frotó con el pulgar el dorso de la mano. Era evidente que la incomodaba hablar del tema.

—¿Y quieres buscar un marido que sea médico? —bromeó él.

Isabella le lanzó una mirada mordaz.

—Me gustaría asistir a las clases.

Por un momento se impuso el silencio, solo se oía el martilleo de los cascos sobre los adoquines, y Alexander se preguntó si de verdad había oído bien.

—Una sola vez, con eso bastaría. O por lo menos me gustaría ir a los museos que están asociados a los institutos. Contienen piezas en exposición de las que se puede aprender tanto sobre el cuerpo humano como en todo un libro.

Por supuesto, Alexander había oído hablar de las escuelas técnicas. Una de ellas era la Great Marlborough Street School de Joshua Brookes. Había pasado por allí en numerosas ocasiones, en coche o a caballo, pero nunca había visto entrar ni salir a mujeres. No era de extrañar, ya que las piezas anatómicas que exponían sin duda no estaban hechas para espíritus débiles, y la mayoría de mujeres seguramente se desmayaría al ver un cuerpo mutilado.

Según todo lo que había averiguado hasta entonces de Isabella Woodford, a ella no le ocurriría.

Puede que justo ese fuera su problema.

—Si me permites un consejo, quizá sería mejor que reservaras esa pasión para la búsqueda de marido.

—Por supuesto. Tampoco me gustaría que fueras tú mi marido, de lo contrario, jamás te lo habría contado —replicó con rapidez. Como si necesitara dejar algo claro.

—Claro que no —coincidió él, que hizo caso omiso del súbito tirón que sintió en el pecho.

Cerró los ojos y dejó caer la cabeza contra la capota del coche.

—¿Cuándo vamos a llegar de una vez? Tengo ganas de vomitar, disculpa la sinceridad.

—Unas cuantas palabras ofensivas ya no tienen importancia. Olvidaré sin más todo lo que ha ocurrido hoy —aclaró, y le guiñó el ojo.

Era una mentira piadosa. No iba a olvidar nada de lo que le había confiado Isabella.

13

Poco a poco el ambiente se hizo más fresco. Aunque de momento las noches de mayo eran secas, tras unas horas de espera, además del cansancio, el frío iba calando en los huesos de Alexander. Llevaba traqueteando en un coche desde el amanecer y antes de la cena de Weymouth ya estaba un poco... tenso. La próxima vez iría en caballo, como solía hacer cuando se desplazaba entre Londres y sus otras sedes.

Había dejado el sombrero y el bastón en la repisa de piedra que le llegaba a la altura de las rodillas y que separaba el recinto de Royal Crescent de la calle. Para lo que pretendía hacer, los dos accesorios solo eran una molestia.

Hacía tiempo que los ojos se le habían acostumbrado a la oscuridad. Estaba escondido, junto a las barras de la valla de hierro fundido que había delante del semicírculo, a la sombra de dos lilos. A esas alturas sabía hasta en qué habitación dormía Isabella, porque poco después de dejarla se encendió la luz en una de las ventanas que daban a la calle. Pese a los nervios, esperaba que pudiera dormir; el opio que había tomado sin querer se encargaría de ello.

No paraba de alzar la vista hacia la ventana, pero la luz seguía encendida.

De todos modos, no estaba allí para controlar si Isabella dormía. Aún tenía pendiente una pequeña charla que, dadas las circunstancias, sería de lo más desagradable.

Esperaba que los hermanos volvieran juntos a casa y que le costara Dios y ayuda arrancar una conversación medio productiva a los caballeros. Sin embargo, por lo visto, al señor Phillip debió de entrarle el miedo, porque una hora antes de la medianoche, cuando los coches que salían de Assembly Rooms aún pasaban por algunos de los domicilios de Royal Crescent, también volvió a casa. Solo.

En el fondo, Alexander no debería sorprenderse. Conocía a los chicos jóvenes que querían ponerse a prueba y luego, al ver mujeres desvergonzadas y cuerpos desnudos, tenían miedo de su propio coraje.

El joven bajó del coche, más bien se coló por la rendija de la puerta sin usar el escalón para entrar y salir, y estiró los brazos a ambos lados para recuperar el equilibrio. Luego le dio al cochero la paga con ademanes nerviosos y se tanteó el chaleco en busca de la llave de casa.

—Señor Phillip Parker —dijo Alexander Wilkinson al salir del escondrijo con voz potente y firme. Parker dio un respingo, buscó a su alrededor con la mirada y Alexander le hizo el favor de dar un paso adelante desde la sombra.

Al tenerlo delante, Alexander vio literalmente los distintos sentimientos que se le dibujaban en el rostro: sorpresa, culpa, y al final incluso le pareció ver un intenso brillo de pánico en los ojos. Sin apartar la mirada de estupefacción de Alexander, seguía intentando a la desesperada sacar la llave del bolsillo, pero era demasiado lento. El otro se acercó a él en dos zancadas, lo agarró del cuello y lo arrastró a la sombra de los arbustos. Pese a que era tarde, seguían pasando coches y literas, y Alexander no quería testigos.

Phillip Parker era más bajo y delgado que él, y en su estado de embriaguez lo asombró lo fácil que le resultó ponerlo contra la pared e inmovilizarlo con el antebrazo en la nuez.

—¿Qué... qué quiere de mí? —gimoteó Parker al final, siguió pataleando un poco y luego dejó de resistirse.

—No podía dejar de ver de nuevo su impresentable facha. —Por un instante Alexander disfrutó del miedo que reflejaba el rostro de Phillip. Saltaba a la vista que no estaba acostumbrado a que le hablaran así. Un retoño mimado de la nobleza, de manual.

«Llorica, decadente y pervertido.»

Alexander sintió que la furia se apoderaba de él y, pese a ser consciente de que hacía tiempo que la tenía clavada como una estaca en el cuerpo y que solo en parte era culpa de Parker, tenía bastantes ganas de descargar en él toda su ira. Cerró los ojos un momento y respiró hondo para no dejarse llevar por un impulso irreflexivo.

—De verdad que estaba convencido de que era usted un caballero. Por lo menos, que lo era uno de los tres hermanos Parker.

—¿A qué se refiere?

Alexander notó el pulso en el oído, por un instante se dejó llevar por la ira y empotró a Parker con tanta fuerza contra las barras de la valla que oyó un ruido sordo cuando se golpeó con la nuca contra la reja. Un eco espectral reverberó en el aire con el choque.

—¿Se lleva a su prima a casa de uno de los libertinos más conocidos de todo Somerset? —preguntó Alexander con aspereza.

Algo cambió en el rostro del joven, y Wilkinson lo vio pese a la oscuridad.

—Yo no sabía dónde iba a ser la cena, maldita sea —se defendió con vehemencia, y de pronto recuperó la sobriedad de una forma asombrosa. Como si estuviera esperando el momento de poder hablar con sinceridad de una vez—. Edward me dijo que la invitación era en casa de la condesa de Ely.

—Pues para no saberlo se lo ha pasado en grande con las damas en la Card Room.

Parker apretó los labios y giró la cabeza como si buscara una escapatoria. Alexander le apretó más la garganta con el antebrazo en una maniobra elocuente.

—Estaba... distraído —contestó él.

—¿Quiere decir que estaba tan distraído con unas cuantas caídas de ojos y escotes pronunciados que no podía impedir que su prima perdiera su buena reputación?

Parker tomó aire como si quisiera contestar, pero luego lo soltó.

—Eso pensaba —afirmó Alexander en voz baja—. Como mínimo después de la cena debería haber tenido la decencia de acompañar a la señorita Woodford a casa.

Vio un pequeño destello de resistencia en los ojos de Parker.

—De eso ya se ha encargado usted, ¿verdad? —preguntó con una hostilidad sorprendente.

El otro no contestó.

—¿Por qué le interesa tanto Isabella? —insistió él, como si de verdad tuviera opciones de derrotar a Alexander con un contrataque verbal.

—Porque tengo un mínimo de educación y principios morales que no me permiten hacer oídos sordos mientras usted echa perder a su prima, ¿puede ser?

—No querrá considerarse uno de los...

Parker no llegó a terminar la frase porque Alexander lo empujó tan fuerte hacia atrás con ambas manos que perdió el equilibrio y solo la valla que tenía en la espalda impidió que cayera. Antes de que Phillip volviera a incorporarse, Wilkinson lo agarró de nuevo por el cuello y lo atrajo hacia sí.

—De verdad, Parker, lo consideraba más listo de lo que me está demostrando ahora mismo.

Phillip se giró e intentó liberarse, pero resultó del todo inútil. Hacía años que Alexander pasaba varias horas a la semana en uno de los numerosos clubs londinenses de esgrima y boxeo. Conocía las maniobras que dolían y los golpes que inmovilizaban a un contrincante en un santiamén. Era muy superior a Parker, y poco a poco él lo tuvo que asumir.

—Edward me...

—¿Sí? ¿Qué ha hecho Edward? ¡Dígamelo! ¡Porque no hay nada que disculpe su comportamiento de esta noche! —le reprochó Alexander a gritos, a solo un palmo de la cara, pero enseguida volvió a poner distancia entre ambos. No debía dar tanta rienda suelta a su ira.

—Me presionó. Quería deshacerse de Isabella, quería...

—¿Por qué?

—¡No lo sé! —rugió Parker fuera de sí, y miró a los ojos a su contrincante con una expresión tan salvaje e impotente que este realmente lo creyó.

—¿Con qué lo presionó su hermano mayor, Parker?

—A usted se lo voy a contar —repuso él con una expresión de suficiencia. Llevado por un impulso, Alexander volvió a abalanzarse sobre él y le presionó la garganta con el antebrazo con tanta fuerza que empezó a resollar. Dos segundos después había recuperado la compostura y lo soltó.

«Contrólate, maldita sea.»

—Claro que me lo va a contar. ¿O quiere que mañana me presente en casa del vizconde y le explique en qué círculos se mueven sus hijos, tan elegantes ellos?

—Tendría que ponerse usted en un compromiso. —Los ojos de Parker tenían un brillo victorioso.

—Mi reputación ya es conocida y no tengo nada que perder, muchacho. Usted mucho, en cambio.

Le dio un empujón, nada fuerte, pero aun así Parker acabó de nuevo contra la valla y luego se desplomó sobre el muro de piedra

—No sé si en algún momento podrá compensar lo que ha estado a punto de hacer esta noche por culpa de su ignorancia. Tampoco sé si merece la oportunidad de que la señorita Woodford le perdone algún día su distracción. Pero si esta noche quiere evitar ganarse, además del desprecio de su prima, mi enemistad, hable. Y rápido.

—¿Quién se ha creído que es para amenazarme?

El clasismo asomaba de nuevo. Esa visión del mundo limitada y arrogante rayana en la idiotez. El menor de los Parker lo tenía tan inculcado que incluso cuando estaba en un apuro le salía como si fuera una obviedad.

Alexander apoyó el brazo junto a la cabeza de Parker y observó un rato sus rasgos juveniles y frescos sin ni siquiera parpadear. Así Parker entendió que esa réplica no había sido en absoluto buena idea.

—No me gustan los títulos ni el autoritarismo con los que se educa el hijo de un vizconde —aclaró Alexander con voz ronca—. Vivo lejos de las fincas lujosas y de Royal Crescent. —Señaló detrás de él, donde las luces de la ciudad escaseaban—. Yo vivo ahí fuera, en el mundo real. Y ahí tengo el poder de pisotearte como si fueras una cucaracha molesta. Con o sin el título de tu padre. —De nuevo esperó un momento a que fuera asimilando las palabras—. Dudo que vayas a dejar que llegue tan lejos.

Parker tragó saliva.

—¡Y ahora, habla! —le exigió Alexander.

14

—Hace una mañana maravillosa, ¿verdad, Isabella? —*Lady* Alice dejó vagar la mirada por los arbustos de boj cortados con pulcritud e hizo rodar el parasol de un lado a otro en la mano derecha, con la izquierda agarraba a Isabella. Le dedicó una sonrisa de satisfacción y le dio unos golpecitos en la mano—. No te preocupes, niña. No tienes por qué estar nerviosa. Ya he hablado por correspondencia con Shakleton y está muy contento de pasar la mañana con nosotras.

—¿Estás segura de que ya no me guarda rencor por el baile en Assembly Rooms?

Recorrieron uno de los numerosos caminos de grava que tejían una red en Spring Gardens, el parque más famoso de Bath. El jugoso olor a hiedra recién cortada pendía en el aire y se mezclaba con la multitud de arbustos en flor que flanqueaban los caminos y en los que se oía un zumbido tenue pero laborioso.

En medio de una gran superficie de césped había parterres plantados en los que los capullos de las peonias cada vez estaban más inflados y, si el tiempo acompañaba, seguro que dentro de unos días desplegarían todo su esplendor.

Isabella aminoró el ritmo, respiró hondo y disfrutó de la sensación de notar el sol en la cara. Phillip, que caminaba detrás, estuvo a punto de tropezar con ella. Desde la invitación a la velada en casa del vizconde Weymouth era la viva imagen de la mala conciencia y se había disculpado decenas de veces con Isabella. Sin embargo, ella no había aceptado conversar con él y se había limitado a echarlo de su habitación varias veces con voz gélida.

Por lo visto, ahora había asumido la misión de no apartarse de su lado y seguirla como un perro a cada paso que daba. Tampoco era muy difícil porque de momento no había llegado muy lejos.

El día después de la cena, Isabella no salió de su habitación. No solo porque tuviera ganas de vomitar, ni siquiera tuvo que fingir una enfermedad. Era mucho peor la decepción, puede que más bien el horror que sentía por que sus primos hubieran planeado echar a perder su reputación para luego darle carnaza a su tía. La habían traicionado, y la triste sensación de vacío que le invadía el pecho, que la asaltaba cada vez que lo pensaba, no remitía. Toda la historia era tan inefable que ni siquiera le había podido explicar muy bien a Betty lo que había pasado. Incluso le ocultó que Alexander Wilkinson la había acompañado a casa.

Pasó un día entero sin comer ni beber, hasta que incluso su tía se dio cuenta y tuvo un arrebato repentino de preocupación. Ordenó que le llevaran sopa de pollo y le hicieran la cama, incluso la obligó a estirar un poco las piernas con ella por Royal Crescent.

«Tienes que recuperarte, niña. Mañana hemos quedado con *lord* Shakleton. Con esa pinta, tan pálida y delgada, no llamarás su atención.»

Durante un breve espacio de tiempo se hizo la ilusión de que *lady* Alice realmente se preocupaba por ella…

Edward estaba de viaje en Londres con el vizconde Parker por negocios, según le había informado su tía, e Isabella se alegró de postergar un poco el enfrentamiento que sin duda la esperaba.

—¡Ahí está! —*Lady* Alice señaló una de las superficies de césped bien cuidado donde había indicado a los criados que organizaran un pícnic.

Había unas cuantas sillas con varias mantas y una alfombra persa con algunos cojines mullidos para sentarse más cómodamente en el suelo. Los cuatro sirvientes ya les habían preparado toda clase de exquisiteces. Había distintos tipos de carne fría y pescado ahumado cortado, rebanadas de pan tostado, unos cuencos con compota junto a un pastel de queso que olía de maravilla y una fuente entera llena de *scones*. Había mantequilla y diversas mermeladas dispuestas en platos de postre, y uno de los criados había colocado unas pequeñas bandejitas de cristal encima para no atraer a las abejas ni a las avispas. Una cazuela con pudín de vainilla aún caliente esperaba sobre un salvamanteles de madera, y unas cuantas manzanas y peras maduras servían de adorno en una elegante bandeja de servir de plata. En una jarra humeaba el té recién hecho, incluso hacía unas botellas de clarete junto a copas de vino. Saltaba a la vista que *lady* Alice no había reparado en gastos para organizar un pícnic agradable para Isabella. Aunque esta supiera perfectamente que lo hacía para casar cuanto antes a su sobrina, le estaba agradecida. Unos cuantos setos resguardaban al grupo del pícnic de las miradas curiosas de los paseantes en los caminos, y desde allí había buenas vistas de la orilla arenosa del Avon.

—*Milord*, qué alegría volver a verlo —le dijo *lady* Alice a Shakleton, que saludó a las dos mujeres con una reverencia. Isabella se inclinó y su tía le susurró—: Tú también puedes decir algo, querida.

Por supuesto, Shakleton lo había oído, esa era la intención.

—No se preocupe, querida —contestó Shakleton, que sacó a relucir sus dientecitos amarillos con una sonrisa—. El encanto de las jóvenes damas a veces reside precisamente en su silencio.

Tal vez no debería analizar todo lo que decía Shakleton. Puede que estuviera nervioso, que incluso lo dijera como un cumplido para liberar a Isabella de la carga de entablar una conversación animada con él. Sin embargo, su discurso le resultaba desagradable.

—¿Nos sentamos? —propuso Isabella—. Estoy un poco agotada del paseo.

No era cierto, claro. Justo empezaba a disfrutar de poder estirar un poco las piernas. Echaba de menos las amplias extensiones de Dartmoor y los numerosos paseos que daba allí casi a diario. Le entregó el parasol sin abrir a Phillip, lo llevaba solo como accesorio, y se sentó con la máxima elegancia posible. Con una mirada comprobó que Shakleton la observaba con un brillo en los ojos y, aunque se sentía ridícula, la alegró. Tenía claro lo que necesitaba conseguir esa mañana: que Shakleton le pidiera una segunda cita. A poder ser, que quisiera ir con ella a un concierto o al teatro.

—Hace ya unos días que no la veo por Pump Room, señorita Woodford. —Él también se acomodó en la manta. *Lady* Alice se sentó en una silla y se arregló con cuidado el vestido de color verde primavera.

—No sabía que usted iba todas las mañanas, *lord* Shakleton —contestó Isabella.

Se dio unos golpes en la barriga, que ahora que estaba sentado sobresalía claramente bajo el chaleco de seda color crema, e Isabella dibujó una sonrisa tímida con los labios.

—Pues sí. Me da la sensación de que el agua tiene un maravilloso efecto revitalizante. Cada día que paso en Bath me siento más joven y enérgico.

Sonó como si tuviera ya ochenta años.

—¿A usted no le pasa? —le preguntó a Isabella.

Isabella tardó en momento en contestar, estaba distraída. Durante unos segundos creyó ver una silueta conocida a lo lejos, en la entrada de Spring Gardens.

—Claro que sí, ¿verdad, tía? —Rozó el guante derecho de *lady* Alice e intercambió una sonrisa con ella. Parecía satisfecha con la deriva de la conversación—. Beber el agua medicinal es casi tan estimulante como el café —prosiguió Isabella, y la sonrisa del rostro de su tía se volvió más severa, algo que a la joven le hizo mucha gracia.

Shakleton pacía del todo ajeno a las tensiones porque estaba hurgando en el bolsillo del chaleco y sacó una cajita de porcelana con unos pensamientos lilas pintados y un borde dorado.

—¿Quieren? —ofreció al grupo cuando abrió la tapa. Era rapé.

—Es usted muy amable, pero la señorita Woodford y yo estamos bien.

Él amontonó una pizca en la palma de la mano entre el pulgar y el dedo índice, luego cogió el tabaco con los dedos y se lo metió en la nariz. Le quedaron restos de tabaco entre los labios y en la nariz, pero con un movimiento hábil sacó un pañuelo que ya no era del todo blanco y se limpió. Ahora Isabella sabía de dónde salía el penetrante olor a tabaco que emanaba de Shakleton esa mañana, y se estremeció sin querer al pensarlo.

—Tienen toda la razón, señoras —dijo—. Este tabaco es un vicio horrible. Mi madre me riñe siempre que lo consumo. Por cierto, tiene que conocer a mi madre, vizcondesa, usted y la señorita Woodford.

Uno de los lacayos les ofreció té en una bandeja en la que reposaban unas preciosas tazas de porcelana blanca.

—Será un placer —contestó *lady* Alice enseguida, y cogió una taza con un platito. Sin mirar al sirviente ni dar las gracias, como era de esperar.

Isabella había observado varias veces que en Bath se le daba ese trato al servicio. Los señores los trataban como si no existieran y, aunque Isabella entendía que esa era la manera de hacer las cosas allí, no se sentía a gusto. Cogió su taza y le dio las gracias al criado con un gesto de la cabeza.

—Mi madre da un paseo todos los días por Spring Gardens, hoy también. ¿Le gustaría acompañarla después? —preguntó Shakleton dirigiéndose a *lady* Alice.

«Qué casualidad.»

Sin embargo, antes de que su tía pudiera contestar, alzó la vista y parpadeó con dificultad hacia el sol porque había aparecido una sombra junto a la manta de pícnic. Se hizo el silencio entre los presentes e Isabella sintió un cosquilleo cálido en la nuca. Ahora tenía la certeza de que no se equivocaba.

Wilkinson.

Estaba allí, en Spring Gardens. De pie, justo detrás de ella.

—Wilkinson, siéntese, por favor. —Phillip fue el primero en reaccionar, y a Isabella le pareció notar cierto temblor en la voz.

Lady Alice lanzó una mirada furibunda a su hijo, pero él, prudente, seguía con los ojos clavados en Wilkinson. Se levantó y le dejó un sitio a su derecha. A Isabella le daba la sensación de que Wilkinson le daba miedo y, cuando se dio la vuelta, entendió por qué. Hasta ella se quedó sin aire al ver la mirada sombría, breve pero significativa, con la que el comerciante de telas observó a su primo.

—*Lady* Parker, *lord* Shakleton, señorita Woodford —saludó al grupo.

Posó la mirada en ella durante un instante fugaz, pero fue suficiente para que le asaltara como una ráfaga de viento el recuerdo de todas las cosas inadmisibles que había hecho dentro y fuera del coche, y de todo lo que le había contado. Le había confiado a alguien que era casi un desconocido su mayor deseo y aspiración. Notó perfectamente cómo las manchas rojas le pasaban del cuello a la cara. Acto seguido agachó la cabeza y se quitó unas cuantas briznas de hierba del dobladillo de la falda con la esperanza de que nadie notara la vergüenza que sentía.

15

Así que se acordaba.

La mirada gacha y cohibida y las mejillas sonrojadas la delataban. Alexander dirigió a Parker otra mirada de advertencia, pero el chico seguía tan amedrentado por el episodio de la noche anterior que no esperaba réplica por su parte.

En realidad, debería sentirse mal. Había amenazado a un hombre mucho más joven y ahora encima lo presionaba con su mera presencia. Sin embargo, Alexander pensó que Parker merecía un poco más de penitencia.

Lord Shakleton dejó la taza de té delante con mucha calma.

—¿Qué lo trae por Spring Gardens esta mañana, Wilkinson? —preguntó—. ¿No debería estar atendiendo sus... negocios?

Una frase tan sencilla que expresaba tantas cosas. Wilkinson era el único de los presentes que de verdad necesitaba hacer algo para ganarse la vida. No importaba que gracias a su trabajo honrado hubiera ganado ya más de lo que Shakleton, o seguramente también el joven Parker, llegarían a tener jamás. Él trabajaba y no era uno de los numerosos Comisionados de la Paz que de vez en cuando eran testigos de alguna firma y a cambio recibían cada año una hermosa suma de la Corona.

—De hecho, me dirigía a una reunión de negocios cuando he visto aquí sentado a mi buen amigo Phillip Parker y no he podido evitar acercarme un momento.

El muchacho torció un poco el gesto. Alexander esperaba una mirada airada de *lady* Alice, pero no llegó. Era evidente que no tenía la más mínima idea de lo que hacían sus hijos ni quiénes eran sus amigos.

Además, en su fuero interno le daba la razón a Shakleton. Alexander no tenía motivos para estar ahí. Tenía que actualizar los libros de pedidos con las últimas transacciones, revisar un montón de muestras de telas de Spitafield y dar unas cuantas indicaciones a un pez gordo de la moda del norte de Inglaterra muy reacio a pagar. Además, lo perseguía la misión de espionaje de Pitt y, aunque en el fondo sabía cómo proceder, iba aplazando la parte sucia de ese encargo.

No tenía motivos para pasear por Spring Gardens en pleno día como si estuviera ocioso.

Salvo uno: Isabella también estaba allí.

Desde la velada fatal en casa de Weymouth no había podido quitársela de la cabeza. No paraba de colarse en su mente, por mucho que hiciera o intentara concentrarse en sus obligaciones. Sabía por Parker que hoy tenía una cita con Shakleton, y sin saber por qué no podía permitir que quedara con ese horrible barón.

—Pero no quisiera aburrirles con los insulsos detalles de esa reunión de negocios. Sobre todo a las damas —explicó Alexander dirigiéndose a *lady* Alice e Isabella, que evitó su mirada y se puso a observar con un interés pasmoso la taza de té medio vacía.

—Pues no lo haga, Wilkinson —sugirió Shakleton, y miró al grupo en busca de su aprobación.

Era una orden clara, pero Alexander no tenía la más mínima intención de acatarla. Shakleton estaba entre personas afines y se sentía seguro. La presencia de Wilkinson no era bienvenida entre los nobles, como tantas veces. Ya conocía las miradas presuntuosas, de desprecio, que solían dedicarle los miembros de la clase alta. Si no fuera tan rico y triunfador, seguro que ni siquiera le dirigirían la palabra.

—¿Tal vez a usted sí que le interesan ese tipo de conversaciones? ¿Qué opina, señorita Woodford? —preguntó en tono amable, y se sentó al lado de Parker, que ya se había arrimado un poco a su prima para dejarle espacio.

Isabella le aguantó la mirada por primera vez, y él lo entendió en seguida. «¿Qué haces aquí?», le dijo sin palabras.

—Indudablemente, no son los ámbitos a los que se dedican las jóvenes damiselas. Incluso usted debería saberlo —lo reprendió *lady* Alice con frialdad, y sin querer dejó muy claro con la expresión de su rostro lo poco que le gustaba que Wilkinson eclipsara con su presencia a Shakleton. Otra vez.

—¿No dijo nuestro buen amigo Rousseau que las mujeres deben educarse y formarse solo para complacer al hombre y no para hacer negocios? Considero un gran logro de nuestra alta sociedad que sea justo así—aclaró Shakleton, se llevó la taza a la boca y frunció el labio superior.

Isabella sonrió y agachó un poco la cabeza.

—Exacto, *lord* Shakleton.

—Teniendo en cuenta la actual situación, ¿no le parece un poco inapropiado citar precisamente a nuestro vecino francés? —Por supuesto, la referencia a la guerra civil que se libraba en ese momento en Francia estaba un poco trillada, pero Alexander no pudo evitarlo. No tenía en mucha estima la opinión de Rousseau sobre las mujeres, el supuesto sexo débil, pero sí le interesaba la de Shakleton. Además, le sorprendería mucho que la señorita Woodford no pensara lo mismo, o Isabella, se corrigió mentalmente.

Un breve destello oculto apareció en el rostro de ella, y a Alexander le costó apartar la vista. La joven sonreía para sus adentros, con tanta discreción que solo se veía desde donde estaba él sentado.

Sin embargo, Shakleton no se dejó confundir, sorbió un poco de té, y *lady* Alice torció el gesto al oírlo. Continuó:

—Bueno, complacer tal vez sea una expresión un tanto egoísta La mujer es más bien una ayuda para el hombre que no se paga con oro, la madre de sus hijos, su consuelo dulce en los momentos difíciles y el mejor adorno en su salón.

—Habla usted como un poeta, querido Shakleton —intervino *lady* Alice encantada—. ¿Verdad, Isabella?

—Claro, tía.

Alexander sabía que mentía. Nada de lo que decía encajaba con la persona que él había conocido. Nada recordaba a la conversación pausada y sensata que había mantenido dos días antes en el coche con la hija de un cirujano. Aunque en ese momento estuviera bajo los efectos del opio. Pese a que intuía por qué fingía ser tan pudorosa e ingenua, le daban ganas de sonsacarle una palabra espontánea.

—Yo siempre he tenido la sensación de que las damas que yo conozco también tienen derecho a cumplir sus propios objetivos y a llevar una vida independiente —reflexionó el joven Parker, que se ganó una mirada severa de su madre.

—No me salga ahora con la excepción de la realeza. La mujer está hecha para gustar al hombre y someterse a él. Es así por naturaleza, ¿o no? —Shakleton parecía furioso, y Alexander tuvo que reprimir una sonrisa al ver el semblante acalorado de *lady* Alice. *Lord* Shakleton era una presa fácil. Le habían presentado a una candidata a matrimonio casi en bandeja de plata. Ni siquiera tenía que hacer mucho más que estar presente y ser educado, pero ese idiota hablaba demasiado.

—Bueno, bueno. No queremos asustar los oídos jóvenes e inocentes de la damisela —la vizcondesa no pudo evitar reprender a Shakleton.

Isabella le dedicó una mirada rápida a su tía. Por un momento, a Alexander incluso le dio la impresión de ver una expresión temerosa.

Era una reacción curiosa.

—Tampoco me refería a las excepciones en la realeza —repuso el joven Parker—. La señora Seagrave, por ejemplo, es una próspera empresaria. Dirige una de los mejores hostales de la ciudad. Por su casa pasa todo el que tiene rango y nombre. Y lo hace todo sola.

—Ah, mire, Parker. Solo de pensarlo se me revuelve el estómago. ¡Un hostal! Qué ambiente más inapropiado para una dama sensible. —Shakleton torció el gesto—. Además, también sé de buena tinta que la condesa de Cork y *lady* Glode evitan entrar en ese establecimiento justo por ese motivo.

—¿Y cómo puede estar tan seguro? —preguntó Parker.

—Por mi madre —se apresuró a contestar Shakleton con desdén, como si fuera una obviedad. Se hizo el silencio entre los presentes, y hasta el barón cayó en la cuenta de que un *lord* de casi treinta años no debería confiar en los chismorreos de su madre.

Alexander siguió la discusión encantado, hasta un chico de dieciocho años superaría a Shakleton. Tuvo que reprimir una sonrisa de satisfacción ante el fracaso del barón.

—Puede aprender algo de Rousseau, igual que yo, pese a su origen francés —se defendió Shakleton dirigiéndose a Alexander—. La valía de un hombre no reside en su encanto natural ni en su aspecto, como en la mujer, sino en su poder, dijo también, por cierto. No podemos dudar de la veracidad de esa afirmación. Miremos alrededor. La vida diaria nos da la razón.

Shakleton se deleitó mirando a Isabella, como si quisiera decir: «Delante de mí tengo el mejor ejemplo, ¿no les parece?»

Alexander vio que a ella le temblaban las comisuras de los labios. Se estaba conteniendo, le dio la sensación de que tenía ganas de contestar, pero al mismo tiempo sabía que no era en absoluto buena idea.

Esta vez fue *lady* Alice la que salió al rescate.

—Wilkinson, denos unas cuantas ideas de la última moda en la corte —dijo a media voz y con esa falsa simpatía que tan bien conocía él. Sin duda, *lady* Alice era capaz de mostrarse educada de forma creíble, pero quiso dar a entender una vez más a Alexander lo poco que le gustaba su compañía.

—Estoy seguro, *milady*, de que está usted tan bien informada como yo. ¿O acaso no lee la *Magazine à la Mode* o la *Gallery of Fashion*?

—Por supuesto que sí, pero me gustaría oír la opinión de un experto.

Wilkinson se preguntó si le estaba tendiendo una trampa que él no acababa de ver o si de verdad era puro interés.

—En la corte se llevan ahora telas de un tejido más fino. Trajes que caen con soltura, y no las pesadas telas de seda y brocados que predominaban hace diez años —explicó, solícito.

—Eso no me da ninguna pena… —comentó Isabella.

—Por desgracia las tejedurías de Spitafields no opinan lo mismo. Les pagan según el peso de la tela, y eso significa que hace años que asumen pérdidas importantes.

—Bobadas. Hace décadas que están protegidas por nuestro gobierno gracias a la prohibición de importaciones —afirmó Shakleton.

Tenía razón, pero Alexander pensó por qué se enfadaba tanto, o si solo intentaba desacreditar todo lo que salía de la boca de Alexander.

—Es cierto. La prohibición de vender telas de seda de fabricación extranjera lleva casi treinta años vigor—aclaró Alexander—. Por eso...

—Mamá —lo interrumpió Shakleton, que se incorporó con torpeza.

Una señora de mediana edad con un atuendo color lila demasiado ostentoso para esas horas se acercó a ellos. Llevaba el cabello empolvado erigido en un peinado en el que incluso se escondían algunas flores. Por lo menos Alexander pensó que eran flores, de lejos no las distinguía del todo. Agarrada de su brazo caminaba otra dama que guardaba un gran parecido con ella, pero vestía con más modestia y tapada hasta el cuello, incluso llevaba una cofia bastante pasada de moda.

—Permítame que les presente: mi madre, la noble viuda *lady* Shakleton, y su hermana, *lady* Verity Plankett. Estos son el señor Phillip Parker, la vizcondesa Parker y su sobrina, Isabella Woodford.

—Es un gran placer para mí conocerla por fin, *lady* Parker —contestó la baronesa, que se había parado a una distancia prudencial del grupo—. Mi hijo ya me ha hablado de usted en los términos más elogiosos.

—Bueno, bueno, seguro que exagera —respondió *lady* Alice.

—En absoluto, querida. —Se hizo una pausa, y las dos damas acapararon todas las miradas. La baronesa sonrió, tensa, se dio unos golpecitos en los labios con un pañuelo blanco y propuso—: ¿Le gustaría dar un pequeño paseo por el parque con mi hermana y conmigo?

Era repugnante. Toda esa palabrería, tanto rodeo prudente, esos modales tan estrictos. Durante unos momentos Alexander se arrepintió de haberse acercado.

Lady Alice se levantó.

—Phillip y *lord* Shakleton le echarán un ojo a Isabella, ¿verdad? —Lanzó una mirada de advertencia a Alexander, a la que él respondió con la sonrisa más encantadora que fue capaz de esbozar.

Mientras las tres damas se alejaban, Alexander continuó oyendo a medias el intercambio de cumplidos y lugares comunes.

Shakleton, esperanzado, siguió con la mirada a su querida mamá, que, como era natural, comentaría con *lady* Alice las formalidades del compromiso, y Alexander aprovechó la ocasión para lanzar al joven Parker una mirada un poco más insistente. Él lo entendió enseguida.

—Shakleton, ¿quiere jugar un partido de tenis conmigo? —preguntó con ímpetu, por lo que no le dio opción a rechazar la propuesta sin que pareciera una afrenta. A Alexander le sorprendió lo bien que sabía fingir Parker el entusiasmo por un partido de tenis. Sin embargo, poco a poco iba entendiendo que en esa familia se fingía muy a menudo. De hecho, más bien se preguntaba cuándo eran sinceros entre sí sus miembros...

Un criado con librea le dio a Parker y a su contrincante raquetas y una pelota, que Shakleton aceptó encantado.

—Atenta, señorita Woodford. El tenis es uno de mis puntos fuertes. —Siempre que alguien decía eso de sí mismo, Alexander estaba seguro de que no era cierto. Cuando uno era bueno de verdad en algo, no tenía necesidad de alardear. Los hechos hablaban por sí solos.

—Estaré muy atenta —contestó Isabella, obediente.

Los hombres se alejaron unos pasos para no dar con la pelota a Isabella ni a los sirvientes. Por supuesto, Shakleton no pudo evitar lanzar una mirada venenosa a Alexander por encima del hombro. Era evidente que sabía que iba a pasar un rato con su amada sin que los oyeran, pero no era lo bastante listo ni sagaz para saber escabullirse de la situación. A Alexander casi le dio pena.

Un criado había tensado una red provisional, una cuerda entre dos postes de madera y, antes de que Parker y Shakleton tomaran posiciones, Alexander se apresuró a preguntar:

—¿Cómo estás?

Escudriñó el rostro de Isabella con la mirada. Parecía cansada y estaba pálida. Seguro que aún sufría los efectos secundarios del opio y pasaría uno o dos días desagradables. Miró sus ojos grandes y de pronto los vio igual de sinceros y vulnerables que dos días atrás. Cruzaron la mirada un buen rato y entonces sucedió. Él percibió con toda certeza que algo ocurría entre ellos. Apartó la vista a duras penas, los dos miraron al frente de nuevo y luego Isabella soltó un profundo suspiro.

—Bien —contestó al final, y saludó con amabilidad a Shakleton cuando este le hizo una señal con ambos brazos a lo lejos—. Debo darle las gracias por su discreción.

—¿Su? ¿Volvemos a tratarnos de usted?

—Yo… a decir verdad, no me fío mucho de mi memoria de la otra noche —admitió Isabella—. Y puede que sea lo mejor.

—Como quiera, señorita Woodford —concedió Alexander, aunque sintió una extraña decepción por el trato formal que volvía a poner distancia entre ellos. Dos días atrás no existía.

Pese a todo, se acercó un poco más a ella. Ella se dio cuenta porque tenía los ojos clavados en su levita, pero no dijo nada. Tampoco se apartó.

Shakleton había ganado la primera bola, su habilidad con la raqueta era asombrosa. Isabella fingía seguir el intercambio de pelota, pero en realidad la mayor parte del tiempo miraba la manta de pícnic con la comida, aún prácticamente intacta.

Antes de que él o Isabella pudieran decir nada, a ella le sonaron las tripas. Agachó la cabeza y unas manchas rojas por culpa de los nervios se extendieron del cuello a la cara.

—La retahíla de situaciones lamentables que me han pasado en su presencia parece no tener fin —dijo ella.

Habían servido los platos como elementos de decoración y buenos modales, en realidad, y sobre todo las damas, nunca se mostraba la debilidad de tocar nada.

Alexander se apoyó en el brazo y ahora la parte delantera de la levita le impedía a Isabella ver a Shakleton y a su primo.

—¡Vamos, coma! —le susurró entre dientes—. Parece que no ha comido nada durante días.

—No se le escapa una —contestó ella con aspereza, lo desafió con la mirada y esperó un momento como si quisiera asegurarse de que su oferta iba en serio, luego agarró presurosa una tostada y se la metió en la boca. Cerró los ojos de placer y comió a dos carrillos.

Se le quedó una miga en la comisura de los labios, se la metió en la boca con el dedo índice y luego se la limpió de un lametazo.

Alexander notó que su cuerpo cobraba vida y apartó la mirada para que la situación no fuera aún más incómoda para Isabella, y para serenarse él.

Sin mirarla, apuntó:

— Por cierto, señorita Woodford, cuidar de uno mismo incluye comer. ¿No me lo prometió?

—Ya sabe que es mejor que una dama se abstenga.

—¿Respirar sí está permitido? —preguntó.

A Isabella casi se le escapó una carcajada que reprimió en el momento justo para que sonara más bien como una tos. Engulló un último trozo de carne y se lo tragó con disimulo con un gran sorbo de té.

Isabella clavó los ojos en las manos que tenía en el regazo, ahora grasientas. Buscó con la mirada, pero antes de que uno de los sirvientes pudiera ofrecerle una servilleta, Alexander sacó un pañuelo limpio del bolsillo del chaleco y se lo ofreció.

Isabella dudó, pero luego lo aceptó, se limpió los dedos y se lo escondió en la manga. Aunque la idea le pareciera un poco ridícula, Alexander se alegró de que ella tuviera algo suyo. Aunque solo fuera un pañuelo.

—¿Qué? ¿Ya está lo bastante impresionada con las capacidades de Shakleton con una pelota y una raqueta?

—Totalmente —contestó ella, y Alexander no estaba seguro de si lo decía en serio—. Como mínimo tanto como con usted, que ha resultado ser un auténtico caballero. Primero me salva de un compañero de baile desagradable, luego de las ansiosas garras de los libertinos de Bath y finalmente de morir de hambre.

El tono irónico era evidente.

—Pero me lo ha puesto usted muy fácil —confesó él con una sonrisa.

—¿Quiere decir que no respondo a la perfección al tópico de la joven damisela en apuros?

Wilkinson sacudió la cabeza.

—No sé si he conocido jamás a una dama joven que encaje menos con el tópico que usted.

Aquello pareció sorprenderla de verdad, y Alexander se percató de que le gustaba que opinara así de ella.

Isabella notó que él se daba cuenta, giró la cabeza enseguida y saludó de nuevo a Shakleton, cuyo talento con la raqueta superaba con creces el de Parker.

Después de su conversación en el coche, Alexander entendió que se había equivocado por completo con ella. El discurso que le había soltado en su primer encuentro, sus reproches por formar parte de esa sociedad afectada. No tenía razón. Puede que sí en lo superficial, pero tras la preciosa fachada de Isabella Woodford, con aires élficos, se escondía mucho más que una chica ingenua de campo.

Además, debía admitir que eso lo tenía fascinado. Quería saber más de ella, conocerla mejor.

—Dígame, señorita Woodford, si tuviera que escoger una habilidad que pudiera tener, cualquiera, ¿cuál elegiría?

Isabella lo escudriñó con una mirada breve, como si no estuviera segura de cómo tomarse la pregunta.

Sin embargo, reaccionó enseguida y sus labios incluso llegaron a esbozar una leve sonrisa. De nuevo Alexander se alegró de haber llevado la conversación por unos derroteros del agrado de Isabella. En el último momento no pudo evitar hacer gala de ello con el pecho henchido.

«Contrólate, fiera.»

Se estaba comportando como un colegial.

—A veces me gustaría volverme invisible.

—¿Para huir de los problemas, supongo?

—Para ver y vivir todas las cosas a las que no tengo acceso.

—Espero que no se refiera a cierta experiencia en la Card Room.

—En absoluto. Pero, por ejemplo, me gustaría presenciar una de sus negociaciones con socios comerciales.

—Para eso no hace falta que se vuelva invisible. Yo la llevo, si *lady* Parker da su permiso.

Ella torció el gesto.

—Me parece muy poco probable, ya ha oído lo que opina de la participación de las damas respetables en asuntos comerciales. Ella y *lord* Shakleton…

Cuanto más oía ese nombre, más agresivo se ponía.

—¿Quizá la presencia de su queridísimo y joven primo haría cambiar de opinión a la vizcondesa?

—¿Qué le ha hecho usted, por cierto? —preguntó Isabella.

Él se encogió de hombros con aire inocente.

—Nada de nada —mintió—. Solo es que es un joven muy cortés.

Isabella arrugó la nariz para darle a entender que no le creía ni una palabra. Sin embargo, en ese momento su reacción perdió importancia porque Alexander le siguió la mirada hasta su mano izquierda, que usaba para apoyarse, hundida en la hierba junto con la manta por el peso.

Isabella había acercado mucho la mano a la suya con disimulo, y ahora le acariciaba con suavidad el dorso. No llevaba guantes, su piel le rozaba la mano, y Alexander contuvo la respiración. Algo ocurrió durante la caricia. Era como si la piel de Isabella y la suya se entendieran, ese breve contacto le provocó un cosquilleo en el cuerpo.

—Gracias, Wilkinson, por salvarme en la cena de Weymouth.

Esa vez lo dijo sin ironía, en voz baja, casi ronca, con la mirada clavada en él. La mota dorada del iris color ámbar se iluminó. Isabella quería retirar la mano, pero él fue más rápido y la agarró con fuerza. Sin pensarlo, pasó sin más.

Fue un gesto posesivo, hasta él se dio cuenta, pero al ver los dedos finos sobre su mano la sensación que invadió su cuerpo fue tan oscura y potente, imparable como la lava ardiente, que borró de su cerebro cualquier fuerza de voluntad consciente.

«Es mía.»

En ese preciso instante hasta a él le asustó la idea. La soltó y creyó oír que Isabella suspiraba. Como si hubiera estado todo el tiempo conteniendo la respiración.

Tras los arbustos aparecieron las plumas del sombrero de *lady* Parker. El momento había pasado, y Alexander se levantó con agilidad y procuró disimular el calor que sentía.

—Ya es hora de que me vaya, señorita Woodford.

Vio perfectamente que Isabella le miraba primero el torso, luego los brazos y que tragaba saliva.

—¡Pero si usted ni siquiera me ha dicho qué habilidad le gustaría tener! —se apresuró a decir ella, como si quisiera retrasar un poco su marcha.

Alexander se la quedó mirando.

—Me gustaría ver dentro de la cabeza de algunas personas y saber qué están pensando.

16

—Perdona, ¿Qué has estado dónde? —preguntó Rebecca, y por primera vez Isabella vio a su amiga realmente sorprendida. Por no decir horrorizada—. Pero si el vizconde Weymouth es...

—Ya lo sé. Ahora sí —contestó la muchacha—. Antes no lo sabía, claro, si no, no habría ido.

Rebecca la miró pasmada, como si de pronto viera a Isabella con otros ojos. Ladeó la cabeza.

—Isabella, no pensaba que fueras capaz de algo así...

—¡No lo sabía! —repitió la otra con vehemencia—. No tenía ni idea de quién era ese vizconde. Después de la discusión entre Edward y Phillip debería haber fingido que me encontraba mal.

—Con permiso, señorita Woodford —intervino también Betty, que sonó bastante comedida. En su fuero interno seguro que esperaba una reprimenda por participar en la conversación.

—Llámame Isabella. Por favor, Betty. Estamos solas.

En realidad tenían prevista una incursión en la librería del señor Smith en Milsom Street, una de las tiendas de libros y revistas más grandes de toda la ciudad. Una vez más, Phillip se había ofrecido a acompañarlas, pero Isabella decidió espontáneamente visitar a Rebecca en el White Lion en vez de la librería. Necesitaba hablar, con carácter urgente.

Una vez más, Phillip la cubrió y fue a pasar unas horas en su club. Nunca había mencionado el nombre de ese lugar pero, después del episodio en casa de Weymouth, ella tampoco tenía interés en averiguar más. Había aprendido que algunas cosas era mejor no saberlas.

—Entonces, con permiso, Isabella. No esperabas que tus primos te jugaran semejante… mala pasada —reflexionó Betty.

—¿Verdad? —La joven volvió a coger la elegante taza de café, alta y curvada, de porcelana blanca y bebió hasta que solo quedó el poso del café. Rebecca les había refinado la bebida con nata a modo de celebración, era el colofón perfecto para el intenso aroma amargo de los granos de café molidos un poco gruesos. El sabor de esa combinación agridulce era delicioso, por un instante cerró los ojos de placer mientras seguía pensando.

—¿Y cómo…? Es decir… ¿Cómo fue la noche, quiero decir…? —Rebecca rellenó la taza de Isabella.

Le sentaba tan bien volver a tomar café por fin; hacía más fácil explicarle a alguien la absoluta locura que habían sido los últimos tres días. Estaban en el salón de Rebecca, en la primera planta, que daba al patio interior del White Lion, y adonde apenas llegaba el ruido y el barullo del bar. No era ni mucho menos tan grande como el de su familia en Royal Crescent, pero la decoración era acogedora. La pintura de las paredes era clara, y de ellas colgaban unos cuantos cuadros de tema paisajístico. En la chimenea se oía el leve crepitar del fuego, y no se habían sentado junto a la mesa de caoba, sino en las *chaises longues* de color albaricoque con tapizado de seda y las butacas a juego. Por las ventanas, abiertas solo una rendija, les llegaba el gorjeo de los pájaros, interrumpido por los golpetazos regulares de los barriles que estaban descargando de un carruaje en el patio interior.

—Un momento. —Isabella levantó una mano en un gesto teatral—. No sabes toda la historia.

—Eso me parece —murmuró Rebecca, visiblemente molesta, y se recogió el vestido para sentarse.

—También estaba Wilkinson —anunció Isabella.

—Dios mío… —Rebecca se dejó caer en la butaca. Se llevó la mano a la boca, saltaba a la vista que esperaba lo peor—. No habrás…

—¿Quién te has creído que soy? Cuando terminó la cena, me obligó a salir de allí. Incluso se peleó con Edward. Y creo que amenazó a Phillip…

Rebecca levantó la cabeza con brusquedad y miró boquiabierta a su invitada un instante.

No esperaba esa reacción, pero la verdad es que Isabella debía admitir que la historia era impactante.

Rebecca se recuperó rápido de la sorpresa porque acto seguido se le dibujó una sonrisa pícara en el rostro. Ella casi nunca sonreía porque sí. La sonrisa dulzona propia de las damas como ella no entraba en su repertorio. Cuando sonreía, casi siempre parecía que había algo más: una idea, una intención, a veces incluso un plan sólido.

—Wilkinson, el caballero. Casi diría que siente debilidad por ti, si no supiera que suele evitar a las jóvenes damas de la alta sociedad.

—Y ahora viene lo mejor. Esta mañana también ha aparecido de pronto en el pícnic en presencia de Shakleton.

—Le gustas —confirmó también Betty con el semblante serio.

—Lástima que no tenga nada que ofrecerle. Ni a él ni a nadie como él. —Por lo menos, de eso quería convencerse Isabella. A base de repetirse algo lo suficiente, se hacía realidad, ¿no?

—¿A qué te refieres con «como él»? —preguntó Rebecca.

—Bueno, ya sabes. Ese tipo de… hombres. —Isabella hizo un gesto de desprecio, empezaban a quitársele las ganas de seguir con la conversación porque se sentía como si estuviera ante la Inquisición. Quería contar la horrible noche en casa de Weymouth y de la falsedad de Edward, en vez de hablar de los sentimientos imaginarios de un tipo de hombres que no le interesaban.

Era cierto, ¿verdad? ¿No habría sacado el tema para en realidad hablar de él, de Wilkinson?

Además, que Wilkinson y ella se gustaran, ¡era un disparate absoluto! Él se había sentido responsable de ella, se la había encontrado en apuros, y solo hizo lo que habría hecho cualquier otro caballero. Wilkinson era alto y apuesto, igual que Ashbrook. Tenía labia y encanto, cuando le convenía, igual que Ashbrook. No tenía ninguna intención de comprometerse con nadie, se lo había dicho hasta a Rebecca. Encarnaba todo aquello ante lo que Isabella debía tener cuidado y en lo que se había jurado no volver a caer jamás.

Bebió un trago largo de café, ya era la tercera taza, y empezaron a temblarle las manos. Seguro que era por el café, y no por el tema que estaban tratando.

Algo en la actitud de Wilkinson de esa mañana le había dado que pensar. No tenía ningún motivo para presentarse en el pícnic e interesarse por su salud, y mucho menos para agarrarle la mano e incluso ofrecerle que lo acompañara a una reunión de negocios. ¿Por qué lo hacía, por el amor de Dios? Así conseguía que no parara de pensar en él, se preguntara dónde estaba y qué hacía. Y cómo estaba. Ya disfrutaba de cualquier roce de él como si fuera una droga extraña, y el corazón le latía en la garganta solo con que le dirigiera la palabra. Todo eso no podía ser. Se había jurado no volver a sentir nada parecido ni volver a enamorarse. La razón era la que debía guiar sus pasos, como los de todas las jóvenes decentes de la sociedad.

Vació de nuevo la taza de café.

—Me pregunto cómo sabía Wilkinson que estabas por error en la cena de Weymouth —reflexionó Rebecca.

Desvió la mirada hacia Betty, que tenía la cabeza ladeada para leer la portada de *The Morning Chronicle*. Estaba abierto a dos palmos de ella en la mesita auxiliar.

—Ten, lee lo que quieras. El *Chronicle* te gustará. Hay hasta una columna de la policía. —Le dio el montón de prensa a Betty y le guiñó el ojo; llevaba todo el tiempo comiéndoselo con los ojos. Eran ejemplares antiguos, del año anterior, pero no importaba. Libros, periódicos, revistas… fuera lo que fuera, en cuanto había algo que leer, ejercía en Betty una fuerza de atracción casi mágica. Cuando Isabella se sentía tan mal después de la cena de Weymouth, Betty se pasó todo el día sentada en su cama, le daba un vaso de agua de vez en cuando y le leía. Todo el día, incluso alguna revista, Isabella ni siquiera sabía de dónde las sacaba. Las devoraba y estudiaba todos los artículos.

Isabella entendía por qué. Betty era hija de un granjero. No tenía tiempo para estar ociosa, pintar, cantar o leer, como las hijas de casas de alta cuna. La obligada holgazanería, el aburrimiento y el descanso de salón que marcaban la vida de Isabella —o así debería ser, se corrigió mentalmente— eran un lujo para Betty. Ella tenía que ayudar a su familia con el trabajo en el campo y la granja, y poco a poco Isabella empezaba a entender que la vida de Betty como criada y acompañante tal vez fuera mucho más agradable que la que tenía antes de huir de Lydford con ella. Tal vez por eso había aceptado su oferta sin pensárselo mucho.

—Quiero decir, ¿y si hubieras ido a casa de Weymouth como invitada con toda la intención? —retomó Rebecca la conversación anterior—. ¿Y si en realidad solo hubieras querido divertirte?

—¡Rebecca! ¡Por supuesto que no!

—¿Qué pasa? ¿Qué te crees? ¡Cuántas damas y caballeros hay en Bath que, detrás de esa fachada de decoro, se desahogan con sus amoríos! Pese al marido, pese a la familia. Cuanto más ricos son los señores, más fácil resulta.

—Pero... eso no puede ser.

—Claro que sí. Solo tienes que decidirte a abrir los ojos y ver con más claridad. Todos lo hacen —afirmó Rebecca con rotundidad, pero al mismo tiempo se removió en su butaca, se echó hacia atrás y cruzó los brazos sobre el pecho. El lenguaje corporal no encajaba en absoluto con lo que estaba diciendo. Por lo visto, el tema la preocupaba más de lo que estaba dispuesta a admitir.

—Ya sé lo de las aventuras de los señores, no soy tonta —repuso Isabella con obstinación. Le daba la sensación de que su nueva amiga la trataba de ingenua.

Entre tanto, Betty ya había leído las portadas del *Chronicle*, y ahora el papel crujía cada vez que pasaba una página. Recorría con una mirada rápida el contenido entre los márgenes, un periódico tras otro. Isabella y Rebecca la miraron. Betty se quedó petrificada y se disculpó en voz baja.

—Pero las damas que se entregan a esos placeres están casadas o son viudas, Rebecca. Han dado un heredero a sus maridos y por tanto han cumplido con su deber —continuó Isabella.

—¿De verdad crees que el único deber de una mujer es dar un heredero a su marido?

—No importa lo que yo crea. Mientras nuestra sociedad me imponga ese deber, tengo que procurar cumplirlo.

Rebecca no contestó, miró pensativa su taza de café medio llena, sin duda ya frío. Por un momento sus ojos adquirieron una expresión muy triste.

—Entonces deberíamos empezar a quitarnos todo eso de encima —dijo a media voz, como si no se atreviera a decir en voz alta semejante atrocidad. Ni siquiera en su propia casa, delante de sus amigas. Isabella pensó en preguntarle a qué se refería Rebecca con «todo eso», pero decidió no hacerlo. Por lo que sabía de ella, tampoco le diría nada más.

—Mi deber es casarme —prosiguió Isabella con una alegría forzada para romper el extraño ambiente que se había impuesto entre ellas—. Por cierto, Shakleton me ha invitado a salir con él mañana por la noche. Al Theatre Royal de Orchard Street. Iré, por supuesto.

—Me da la sensación de que no te alegras —afirmó Rebecca.

«Bien visto.»

—No es verdad, desde que llegué a Bath he querido ir al célebre Theatre Royal.

—Entiendo. Al teatro, sí, pero a poder ser en otra compañía.

Isabella calló, y su silencio fue respuesta suficiente para Rebecca.

—A decir verdad, no entiendo por qué te esfuerzas tanto con ese horrible Shakleton. Si te das un poco de tiempo o incluso esperas a la siguiente temporada, seguro que encontrarás un candidato a marido que no sea tan terrible como el barón.

La muchacha se encogió de hombros. Oír la verdad en voz alta no le facilitaba las cosas.

—De verdad, Isabella. Algunas damas invierten incluso tres o cuatro años antes de decidir…

—Pero yo no tengo tiempo —le soltó.

—¿Por qué? —preguntó Rebecca de repente.

—No puedo contártelo. —El tono sonó más duro de lo que Isabella pretendía.

Rebecca levantó las manos para tranquilizarla.

—Me parece que hoy estás un poco susceptible.

Isabella se toqueteó la base de la nariz y dijo con los párpados cerrados:

—Perdona, Rebecca. Me escuchas todo el rato con paciencia, y yo encima te increpo. A lo mejor los últimos días me han superado un poco. —Ahora no tenía ganas de explicar por qué la apuraba tanto el tiempo. De hecho, ya no tenía ganas de hablar de sí misma.

Rebecca la cogió de la mano.

—No hay problema. Estamos solas, ¿te has olvidado? Aquí podemos gritar y patalear todo lo que queramos, ¿verdad, Betty?

Esta asintió y dejó caer el periódico cuando llamaron a la puerta.

—El señor Parker espera en el patio —anunció la criada. Isabella pensó un momento si había visto un solo empleado masculino en casa de Rebecca, y no recordó ninguno.

Se pusieron el abrigo, Rebecca le dio a Betty dos ejemplares más de *The Morning Chronicle* y bajaron.

Phillip hizo una reverencia exagerada ante las tres, parecía exultante.

Cuando estaban a punto de irse, Rebecca preguntó:

—Señor Parker, ¿puedo robarle un segundo?

Phillip parecía sorprendido.

—Con mucho gusto, señora Seagrave. ¿Queréis adelantaros? Nos vemos delante de la librería de Smith —propuso.

Isabella y Betty no caminaron mucho; para ser exactos, se pararon al llegar a la esquina del edificio.

—Me pregunto qué tienen que hablar esos dos —dijo Isabella.

Betty asintió.

—Si me correspondiera, yo también me lo preguntaría.

—A lo mejor no deberíamos ir solas a la librería de Smith. ¿Recuerdas la última vez?

—La cantidad de hombres, sí, claro. Fue muy desagradable —confirmó Betty—. Casi sería una irresponsabilidad ir sin el señor Parker.

—Mejor esperamos —decidió Isabella, que intercambió una sonrisa cómplice con Betty—. Mejor aquí, si no, puede que no veamos a mi primo.

—Yo también lo creo.

Silencio.

—¿Miras tú primero o lo hago yo? —se apresuró a preguntar Betty.

—Déjame a mí primero.

Isabella se asomó en la esquina que daba al patio interior del hostal, donde entregaban los suministros, y ahí seguían Rebecca y Phillip. Al principio parecía una conversación normal, pero de repente Rebecca se puso a gesticular, parecía que habían empezado a discutir.

—¿Qué ves? —susurró Betty, que estaba muy cerca, detrás de Isabella, pero no veía nada.

—Discuten.

—Ni siquiera sabía que se conocían tanto —se sorprendió Betty.

—Para mí también es una novedad.

Parecía un poco como si Rebecca le estuviera cantando las cuarenta. Tal vez se trataba de nuevo de la horrible noche en casa de Weymouth. Estaba bastante segura, ¿por qué si no iban a discutir ellos dos?

Phillip dio un paso hacia Rebecca y de pronto se acercó mucho a ella. Tanta proximidad era inapropiada. Agarró las manos agitadas de Rebecca, las apretó contra su pecho y entonces Isabella se quedó un momento sin respiración.

Parpadeó, volvió a mirar y luego se dio la vuelta con brusquedad.

Miró a Betty con los ojos desorbitados.

—¿Qué ha pasado? —preguntó la criada, que estaba como mínimo tan estupefacta como Isabella.

—Se han besado.

17

AL DÍA SIGUIENTE, el de la velada en el teatro, Isabella no pudo evitarlo y fue a hacer una visita a la tienda de Wilkinson. Aún tenía su pañuelo, y seguro que querría recuperarlo, ¿no?

La tienda era más oscura que las demás en las que había estado Isabella en Bath. Tal vez fuera por los estantes, de madera cara de nogal, o porque estaba hasta los topes de balas de tela. Había dos dependientes en las salas de venta que, cuando no estaban atendiendo a clientes, por lo visto se dedicaban a colocar con cuidado las balas de tela una encima de otra en las estanterías.

Se veía que la tienda era de Wilkinson porque su perfeccionismo se prolongaba incluso allí como por arte de magia. Isabella paseó junto a los estantes admirando las telas entretejidas con hilos dorados, los brocados, el damasco de seda, la seda y el tafetán, y las delicadas telas de muselina, que estaban tan de moda. Unas eran más bonitas y nobles que otras, y sin duda las telas se usaban también para los elaborados trajes que se llevaban en la corte de Londres. Isabella se paró casi con aire reverencial frente a una estantería con unas telas más extravagantes. Seda de color azul marino, con unas estrellas doradas bordadas, un color que guardaba un parecido desconcertante con el tono real de las estrellas en el cielo nocturno. Encima había una bala de calicó estampado con exóticas flores y hojas de palmera y, justo al lado, en el medio de la sala de ventas, había dos maniquís con unos vestidos color vino que parecían idénticos, de corte sencillo, pero que aun así atraían todas las miradas.

«En esta tienda hay almacenada una fortuna», pensó Isabella, y eso que, según le había contado Rebecca, la tienda de Bath era solo uno de sus muchos establecimientos. No podía ni imaginar lo rico que podía ser Wilkinson.

Acababa de salir de la tienda una señora con dos niños y, en la puerta, su cháchara se mezclaba con el ruido de la bulliciosa Milsom Street.

—¿En qué puedo ayudarla, señorita? —Uno de los dos dependientes se le había acercado y le habló con una sorprendente voz nasal.

Desvió la mirada un momento hacia la bolsita de papel con frutos secos que Isabella le había comprado a un vendedor ambulante. Ya se dibujaban unas manchas de grasa, e insistió lo suficiente para que Isabella lo entendiera. Guardó la bolsa en el bolsillo de la falda. No quería ni pensar en si tocaba algo de la tienda y dejaba una mancha entre esos montones de perfección.

—En realidad quería habar con el señor Wilkinson —contestó Isabella, pero la expresión altanera del hombre la desconcertó. Parecía un mayordomo. No de los amables y solícitos, más bien de los que te daban a entender que todo lo que hacías estaba mal de alguna manera, una exigencia, una metedura de pata condenable. Se imaginaba al hombre vestido con librea.

El dependiente enarcó las cejas al oír la respuesta y le lanzó una mirada elocuente a su compañero. Sin duda, ese hombre antes era mayordomo, el labio superior rígido y sobre todo la mano que mantenía todo el tiempo en la espalda lo delataban. El segundo dependiente se volvió hacia el hombre que acababa de entrar por la puerta situada al fondo de la sala de ventas.

Isabella ya lo había visto una vez al lado de Wilkinson. Un tal…

—Tom Miller, ¿verdad?

—¿Sabe mi nombre? —El hombre parecía sorprendido.

—El señor Wilkinson lo mencionó una vez. En el baile en Assembly Rooms, la semana pasada.

—Ah, y usted es la señorita Woodford.

«Me conoce.»

A Tom Miller se le dibujó una sonrisa de oreja a oreja en el rostro, y cuando se le acercó lucía un brillo cálido en los ojos. A primera vista le cayó simpático.

—¿En qué puedo ayudarlas, señoritas? —Hizo una reverencia impetuosa y, con lo desabridos y secos que le habían parecido a Isabella los dos dependientes, Miller aún le pareció más alegre, aunque solo fuera por su ropa colorida. Llevaba un chaleco amarillo chillón y encima una casaca de color verde lima que llamaba la atención por el contraste con la piel oscura. Además, lucía varios anillos de oro en los dedos.

Isabella tenía que dejar de mirarlo como si fuera un ave del paraíso.

«Ya has visto muchas veces personas de piel oscura. ¿Por qué lo miras ahora como una boba?»

—En realidad, solo quería dejar algo... —Buscó a tientas en el bolsillo y sacó la mitad del pañuelo de Wilkinson.

Miller clavó los ojos en los empleados, que fingían estar ocupados ordenando las balas de tela. Por supuesto, estaban escuchando, y a Isabella tampoco la sorprendería que se arriesgaran a mirar de vez en cuando por el rabillo del ojo.

—Venga conmigo a mi despacho —propuso él—. Usted y su acompañante, la señorita...

—Hartley, señor. Betty Hartley —completó Betty la frase, en tono firme y con una sorprendente sonrisa. Por lo visto, Isabella no era la única a la que Miller le caía bien.

—Soy el procurador de Alexander y dirijo su filial aquí, en Bath —aclaró, mientras recorrían un pasillo corto y oscuro—. Su representante, por así decirlo.

Entraron en el despacho. Por lo menos eso creyó Isabella, aunque no estaba del todo segura. El caos que reinaba allí era absoluto. En medio de la estancia había un escritorio abarrotado de papeles con un ancho ventanal detrás.

—Puede parecer que no sé dónde está cada cosa, pero mantengo la visión general —se defendió Miller, que había seguido la mirada de Isabella.

—Podría ordenarlos en pilas —propuso Isabella.

—Pero ¿entonces dónde estaría la gracia?

Ella soltó una carcajada.

—¿Wilkinson no viene muy a menudo a estas dependencias? —preguntó.

—De vez en cuando. Pero, entre nosotros, casi nunca se queda mucho tiempo.

—Ya, me lo imagino... —Isabella rodeó la mesa y echó un vistazo fuera. Pese a la estría en el cristal, vio una ardilla que subía por el árbol que había en medio del patio.

—¿Lo conoce un poco? —preguntó Miller.

—Solo de pasada. Pero fue tan amable que me prestó esto. —Sacó de nuevo el pañuelo. Betty lo había lavado a mano el día antes. Era de una tela suave y agradable, con las iniciales «A. W.»—. De hecho, esperaba verlo en persona.

«Porque eres una tonta de remate. Porque justo eso es lo que no deberías esperar.»

A primera hora de la mañana, tras la visita obligada con su tía a Pump Room y un breve y agotador encuentro con Shakleton, Isabella había pasado varias horas en su habitación. No había hecho otra cosa que contemplar el pañuelo bien doblado colocado en la mesita que había junto a la cama y... pensar. O, mejor dicho, luchar consigo misma.

Devolvérselo era la excusa perfecta para volver a verlo. Porque eso era justo lo que quería: verlo de nuevo. Durante los últimos días algo le había pasado. De camino a Pump Room no paraba de mirar a su alrededor, y en todas partes creía reconocer su silueta. Cada vez le daba un vuelco el corazón, aunque no era él. De noche le costaba dormir, y de día estaba siempre nerviosa y apenas podía comer.

Estaba en vías de enamorarse de un hombre que era un amor imposible. Por lo menos, ante sí misma tenía que admitirlo, por muy consciente que fuera de que no podía ser.

«Solo voy a devolver el pañuelo, nada más», se dijo. No tenía nada de malo. Pasó por alto la mirada maliciosa de Betty cuando le contó los planes que tenía para última hora de la mañana.

—Siéntense, señoritas. Acabo de hacer café.

—¿Se hace usted el café? —se asombró Isabella—. ¿No tiene criados que se lo hagan?

—No hace falta. —Hizo un gesto para restarle importancia—. Con tanto papeleo, hacer alguna actividad con las manos me resulta... refrescante.

«A lo mejor hasta se cocina él.»

—Ya veo que le sentaría bien tener a una esposa a su lado. —Isabella le había visto varios anillos en los dedos, pero estaba segura de que no estaba casado. Había algo en sus maneras, en cómo hablaba, cómo se comportaba. Ese hombre era un solterón empedernido, como su amigo Wilkinson.

Se encogió de hombros y les llevó varias tazas de porcelana. Entretanto, Isabella y Betty se habían acomodado en el pequeño sofá que había junto a la chimenea llena de hollín. Miller decía la verdad. No tenía criados, de lo contrario, la chimenea no estaría en un estado tan lamentable.

—Quizá por eso me llevo tan bien con Alexander —comentó Miller—. A simple vista podemos parecer como el día y la noche, pero en algunos aspectos nos parecemos mucho. Nos gusta hacer la mayoría de cosas nosotros mismos. —Dejó de hablar un momento y se concentró en servir. La cafetera era de plata con un asa de madera negra. No conjuntaba con las tazas que les había llevado, que también pertenecían a servicios distintos. La taza de Betty tenía unas florecillas amarillas pintadas, la de Isabella era mucho más elaborada y de color azul marino. Nada encajaba con la mesita auxiliar, y a Isabella le daba la sensación de que esa era la intención de Miller—. ¡Pero no se lo cuenten a nadie o nuestros clientes nos tomarán por locos!

Para los miembros de la nobleza, incluso de la burguesía, era impensable hacer con sus propias manos tareas tan sencillas como calentar agua. Otra cosa era preparar té o café. Muchas veces se guardaba en un bote en el salón, a veces incluso protegido con un candado. La dama de la casa en persona preparaba la bebida con agua caliente. El precio tanto del té como del café era prohibitivo, por eso no lo dejaban al alcance del servicio. *Lady* Alice le había dicho hacía unos días que no eran de fiar, y le lanzó una mirada elocuente cuando una de las criadas salió de la estancia.

Isabella se tragó su réplica con un gran sorbo del vino de Madeira que se tomaba con su tía por las tardes frente al fuego. De hecho, tenía la sensación de que bebía mucho más desde que estaba en Bath. Hacía que las tardes con *lady* Alice fueran un poquito más soportables.

—¿Y en qué más se parecen, el señor Wilkinson y usted? —preguntó Betty, que poco a poco estaba tomando la costumbre de no ser solo una compañía silenciosa. Cada vez era más una auténtica acompañante que participaba en las conversaciones, y que incluso expresaba su propia opinión.

—Nos educamos en circunstancias parecidas y hemos trabajado mucho para conseguir lo que tenemos hoy. —La respuesta fue vaga, Isabella ya estaba tomando aire para insistir, pero la carcajada de Miller se lo impidió—. Ya veo que las damas son curiosas. Estoy seguro de que a Alexander no le gustaría que fuera contando por ahí los secretos de nuestra juventud. Así que, si quieren saber más, tendrán que preguntárselo al propio Wilkinson.

Miró a Isabella más de lo estrictamente necesario. Mucho más, para ser exactos, incluso le pareció ver una expresión de reproche en sus ojos. Como si ella estuviera indagando sobre Alexander. Pero eran imaginaciones suyas, por supuesto que no quería hacerlo.

Seguro que no.

Empezó a acalorarse. Bebió un trago largo de la taza con cuidado y luego dijo:

—Tienen una cantidad increíble de telas en la tienda.

Era mejor cambiar rápido de tema, tal vez así desaparecería la extraña sensación que notaba en el estómago por los nervios. Tampoco quería saber nada más de Miller y Wilkinson. Los dos hombres eran distintos de la mayoría de caballeros acaudalados que conocía Isabella, comprobó a su pesar. Le imponían, y eso no era bueno. Para nada.

—Sí, es verdad —confirmó Miller, se sentó en la butaca que había libre a su izquierda y le dio un sorbo al café. Torció el gesto y cogió el azucarero con flores pintadas que había sobre la mesa. Retiró con cuidado la tapa de porcelana y añadió azúcar marrón en la taza. Cuatro cucharadas colmadas, y eso que el café ya estaba muy dulce, a Isabella casi le parecía que demasiado.

Miller removió la taza varias veces, dejó que bajara el poso de café, bebió otro sorbo despacio y luego se acomodó satisfecho contra el respaldo.

—Me está observando, señorita Woodford —aseguró, sin mirarla.

—Estoy fascinada —confesó ella.

—Me gusta dulce —se defendió él—. Además, me parece injusto que solo las damas puedan tomar bebidas dulces y los hombres siempre tengan que beber un vino tinto seco o incluso un asqueroso *brandy* ardiente. —Paseó la mirada de Isabella a Betty—. Pero preferiría dejar de aburrirlas con mis peculiaridades. Al final me tomarán por un excéntrico... —Hizo una pausa reflexiva y arrugó la frente—. Supongo que lo soy.

—¿Cuántas balas de tela tiene en la tienda? —preguntó Betty.

—Seguramente varios centenares, señorita Hartley. Seda, tafetán, *gros de Tours*... tenemos todo lo que pueda imaginar. Desde hace poco tenemos incluso vestidos de mujer ya confeccionados.

—¿De verdad? —contestó Betty, e Isabella se alegró de que su acompañante consiguiera tan rápido mantener una conversación distendida con Miller. Cuando se sentía a gusto, florecía. En presencia de Rebecca tenía una reacción parecida, Isabella se había fijado hacía unos días.

—Los dos granates de la sala de ventas, seguro que los han visto al entrar. Los vestidos ya confeccionados son el futuro, créanme. Dentro de unas décadas las ciudades estarán llenas de tiendas con más productos prefabricados.

—Tengo que contárselo sin falta a mi amiga Rebecca —decidió Isabella—. Tiene tantas telas distintas que casi podría abrir su propia tienda. Seguro que de todos modos es una clienta habitual de su tienda.

—¿Quién?

—Rebecca Seagrave, la propietaria del White Lion.

—Ya —dijo Miller—. No, la señora Seagrave no nos honra con sus visitas. Pero tráigala la próxima vez.

—Con mucho gusto.

Por supuesto, no lo iba a hacer porque jamás volvería a poner un pie en esa tienda, por el simple motivo de que nunca podría permitirse las telas nobles que vendían. Solo uno de los pañuelos de seda que había visto en el escaparate ya excedía su presupuesto.

—Pues el vestido que lleva puesto me parece también de lo más exquisito. —Miller se inclinó un poco hacia delante y observó la tela con mayor detenimiento.

Isabella llevaba la seda de color rojo intenso que le había regalado Rebecca. Sin embargo, esta vez lo había combinado con un pañuelo, un chal de lana ancho y de color claro que llevaba enrollado en los codos y un sombrero de paja. Al tener tan pocos vestidos, había que ser creativa.

—¿Usted cree? Sí, me lo…

Un acceso de tos de Betty interrumpió a Isabella. La pobre debía de haberse atragantado, Isabella intentó ayudarla dándole golpes en la espalda. Betty la miró de reojo, tosió una o dos veces más y luego se llevó el pañuelo de bolsillo a los labios.

Entendió que en realidad no tenía ganas de toser, solo quería impedir que Isabella siguiera hablando. De pronto, Miller también guardaba un silencio extraño, e Isabella comprendió que había sido una tontería sacar a relucir lo que había estado a punto de contar. No sabía de dónde había sacado Rebecca la cantidad de telas que tenía en su casa de campo, pero por lo viso hasta Betty había entendido que quizá su origen no fuera del todo legal. Y que no era algo de lo que presumir en la tienda de telas más respetable de la ciudad.

—Creo que deberíamos irnos, ¿verdad, Betty? —De pronto se sintió de lo más incómoda con todo aquello.

La respuesta fue un gesto de aprobación con la cabeza. De pronto, Betty tenía mucha prisa por salir del despacho del señor Miller. Isabella le dio las gracias por el café y ya casi había cruzado la puerta cuando se oyó su voz.

—¿Señorita Woodford?

—¿Sí?

Señaló con el dedo su bolsito.

—El pañuelo.

18

EN REALIDAD, LA vida de una dama de buena posición en Bath no estaba tan mal. ¿Tal vez hasta podría acostumbrarse? Bailes y veladas en el teatro intercaladas con mañanas en cafeterías, pruebas en la modista o alguna que otra visita a Pump Room.

Isabella carraspeó para deshacer el nudo que se le estaba formando en la garganta.

«Te morirás del aburrimiento.»

Siguió a Charles Shakleton por la amplia puerta de entrada al teatro, pintada de azul.

En cuanto puso un pie en el interior notó una oleada de aire caliente y húmedo. Cientos de invitados se agolpaban en el vestíbulo, conversaban, reían, gritaban e intentaban llegar a sus asientos: allí todo era ruidoso y caótico, muy distinto a como lo había imaginado.

Sin embargo, qué sabía ella, al fin y al cabo era su primera visita al teatro, y esta vez no había podido hablar antes largo y tendido con Phillip, que los acompañaba en esta ocasión, y escuchar sus indicaciones porque evitaba cualquier conversación con él. No solo porque al quinto día después de la cena de Weymouth seguía sin hablarle, sino porque había besado a Rebecca. A su amiga Rebecca. Estaba tan impactada con el descubrimiento que aún no sabía cómo afrontarlo.

—Cuando actúa Sarah Siddons vienen mil espectadores como mínimo —gritó Shakleton por encima del hombro para hacerse oír pese al ruido, mientras se abría paso entre la multitud. Isabella lo perdía de vista constantemente, pero, en vez de mirar alrededor o incluso cogerla de la mano, Shakleton seguía caminando. Ni siquiera notó que un señor la empujaba durante una acalorada discusión. Ella se paró, ofendida, a esperar si el barón se daba cuenta siquiera de que había desaparecido entre la muchedumbre. Sin embargo, abandonó el plan cuando Phillip se detuvo tras ella y luego hizo un amago de empujarla para que siguiera adelante.

«No te pongas así. Ya sabías lo poco galante que es Shakleton.»

Aun así, era una decepción ver lo poco atento que era Shakleton y hasta qué punto distaba de ser el caballero que le gustaría tener a su lado. Así estaban las cosas. La noche en el teatro era la ya la tercera cita de Isabella y Shakleton. Al cabo de como mucho unos días, se presentaría a tomar el té en casa su tía y tal vez incluso le propusiera matrimonio. Isabella volvía a tener la sensación, el instinto, la necesidad física de apartarlo de un empujón y salir corriendo solo con pensar en tener que pasar la vida junto al barón.

«Contrólate. Tendrás que aprender. No hace falta que lo quieras o lo desees. Aguantarás la cercanía y, cuando le hayas dado uno o dos herederos, de todos modos se alejará de ti.»

—Ahí está. —Por lo visto había decidido esperarla al pie de una escalera y la saludaba con un pañuelo blanco, con el que luego se limpió el sudor de la frente y el cuello. Ni siquiera podía tomárselo mal porque realmente hacía calor. Los centenares de velas que arrojaban una luz clara y festiva sobre los pasillos y la sala principal calentaban el edificio entero, incluso Isabella notó la fina película de sudor en la piel. Sin embargo, no se quitó la manteleta. No quería sujetarla en la mano y arrugarla, y además… aún no se atrevía del todo.

Había decidido darle un aire un poco aventurero a la velada un tanto aburrida que la esperaba al lado de Shakleton.

Esa noche no llevaba corpiño. Puede que no estuviera prohibido, pero para una dama de su posición era inconcebible. Era indecoroso y alocado, y, de momento, ya había tenido que reprimir varias veces una sonrisa porque la sensación de ir tan libre y ligera, sin sentir el cuerpo constreñido, era fantástica.

Una vez más, tuvo envidia de los hombres, que siempre tenían esa sensación de libertad y seguro que ni siquiera la apreciaban.

Nadie debería fijarse en que no llevaba corpiño. Su vestido nuevo de color rojo pasión era de una seda tan firme y se ceñía tan bien a su cuerpo que no necesitaba cordones. Además, durante los últimos días apenas había comido, y había adelgazado mucho.

Si se obligaba a aceptar el cortejo poco refinado de Shakleton, por lo menos debía ser capaz de llevarlo a su manera. Ya tenía ganas de verle la cara a Rebecca cuando se lo contara al día siguiente.

—Tenemos sitio en uno de los palcos, claro está —anunció Shakleton cuando lo alcanzaron, y señaló con el brazo estirado hacia lo alto de la escalera. Luego siguió caminando, ansioso como un colegial orgulloso de enseñar a sus padres un nuevo descubrimiento.

Isabella tuvo que reprimir una mueca de desesperación. Cada vez se cuestionaba más si de verdad quería aguantar a ese bobo el resto de su vida. Desde luego, no le había ofrecido el brazo para acompañarla a subir, como debería haber hecho. Phillip se compadeció y le ofreció el suyo al tiempo que le guiñaba el ojo. Ella se agarró a él y le dedicó una breve sonrisa. Era la primera desde la terrible cena.

Lo veía con otros ojos desde que había visto el beso con Rebecca. De pronto no percibía a Phillip como su primo pequeño, sino como un hombre. Jamás habría imaginado que Rebecca pudiera tener una relación con él. De hecho, ni siquiera lo sabía con certeza. Pero ¿a qué venía si no el beso?

Se pararon delante de las numerosas puertas de dos hojas pintadas de blanco.

—Nuestros asientos de esta noche. Usted primera, señorita Woodford —dijo Shakleton.

—Muy amable —no pudo evitar decir Isabella.

A continuación entró en el interior del palco, ya medio lleno, donde cabían dos docenas de espectadores. Había varias parejas jóvenes y un ejército entero de damas de cierta edad que cuchicheaban y reían como si tuvieran quince años. Todas llevaban vestidos ostentosos y amplios y los hombres, peluca, claro. Solo los caballeros muy adinerados y con título conseguían un asiento o un sitio de pie en un palco. Los demás tenían que contentarse con lugares menos preciados abajo, en la sala, o arriba, en la galería.

Igual que en Pump Room, en el Theatre Royal se mezclaban todas las clases sociales. Todo el que podía permitirse una entrada, las había muy asequibles, podía ver las obras. Un duque pasaba allí la velada al lado de un sastre; Isabella incluso había visto a la camarera del White Lion. En la entrada o en el vestíbulo, donde se vendían refrigerios, no había barreras. En Bath todo era un poco distinto que en casa, en Lydford. Existían reglas rígidas, convenciones y procedimientos, pero al mismo tiempo la vida allí parecía más libre y abierta. Eso a Isabella le gustaba.

Abrió el abanico y se dio aire mientras avanzaban hasta la balaustrada para echar un vistazo a la sala. Encima de ellos había una cúpula con un fresco de Apolo y sus musas, cuyas dimensiones superaban el tamaño natural. Habían ampliado el teatro varios años atrás para estar a la altura de la interminable afluencia de espectadores. El interior estaba pintado con un tono claro y acogedor, el mismo de las numerosas columnas de ladrillo tan características de la ciudad. La escenografía ya estaba montada; constaba de varios arbustos pintados sobre unos tablones de madera y de columnas a ambos lados del escenario modeladas con tanto realismo que Isabella no estaba segura de si eran auténticas o también atrezo.

Las filas de asientos situadas a un lado del palco las dejaron para las señoras mayores que seguían riéndose con disimulo. Saltaba a la vista que el buen humor no se debía solo al ánimo relajado, sino también una cantidad considerable del champán que bebían en unas copas alargadas de cristal. No se cansaban de declamar brindis absurdos. Algunas llevaban una vestimenta tan abigarrada y abierta que Isabella podría haberlas confundido con damas de un establecimiento muy distinto. Por supuesto, era imposible, porque Charles Shakleton las conocía a todas. Lo saludaron con aspavientos, incluso le pellizcaron los mofletes, y él se dejó hacer casi sin rechistar.

¿Su madre también se lo hacía?

La idea era perturbadora, y mientras el barón estaba ocupado con las señoras, Isabella prefirió dedicarse a los demás espectadores. Desde la balaustrada tenía buena panorámica de toda la platea y los palcos de enfrente.

Distinguió algunas caras conocidas. Era cierto que siempre estaban los mismos en los lugares más concurridos de Bath, como Pump Room, Assembly Rooms, Spring Gardens o allí, en el teatro. Miró alrededor con interés, hasta se planteó pedirle a Shakleton que le fuera a buscar también una copa de champán; a fin de cuentas, había que aprovechar al máximo la velada. Isabella intentó recordar qué obra se interpretaba esa noche. Alguna de Shakespeare, había dicho Shakleton, pero él tampoco lo recordaba con exactitud. Puede que uno de los Enriques. Enrique VI. ¿O era Enrique VIII? Daba igual. Seguro que la reconocería en cuanto el actor pronunciara los primeros versos.

DE NUEVO TENÍA a Tom a su lado, a él no parecía importarle en absoluto ir al teatro con su mejor amigo malhumorado en vez de con una joven dama. Alexander le había contado cuál era su objetivo esa noche: informarse y entablar contacto con damas que llevaran vestidos confeccionados con telas importadas. Debían ser encantadores, darles conversación y enterarse de dónde sacaban esos trajes y telas. Todo eso era la especialidad de Tom, y de momento estaba cumpliendo muy bien con su función. Estaba de un humor excelente, se reía mucho, como siempre, charlaba y rebosaba alegría de vivir. A veces Alexander tenía la sensación de que Tom se mostraba más enérgico y alegre cuanto más apagado estaba él.

Se volvió hacia su amigo y lo observó.

Él ni siquiera le devolvió la mirada, sonrió y saludó a una joven dama que se cruzó con él en la escalera, y dijo:

—Así que has venido a reflexionar en silencio con cara de malas pulgas.

«Más o menos.»

—A eso se dedica la gente cuando va una noche al teatro, ¿no? —continuó Tom con las puyas.

Alexander contestó solo con un gruñido de cascarrabias.

Durante mucho tiempo había intentado buscar excusas, pero tuvo que dejarlo porque eso no cambiaba los hechos: deseaba a

Isabella Woodford. Quería estar con ella con una fuerza que ni él mismo se explicaba.

Se había jurado no volver a caer jamás en esa trampa: desear a una mujer que sabía que era inalcanzable.

Tal vez Isabella no fuera inalcanzable. Podría seducirla, quizá ni siquiera se lo pondría muy difícil, puede que porque se sentía en deuda con él. O porque ella también sentía que había algo entre ellos. La manera de mirarlo en el pícnic y la reacción al roce de su piel, eso seguro que no habían sido imaginaciones suyas. Incluso estuvo en su tienda de Milsom Street para devolverle el pañuelo; que solo era un pretexto, hasta Tom lo había admitido. Cuando le contó la breve visita de Isabella, le dio mucha rabia haberse ido justo en ese momento y habérsela perdido.

La cuestión era que aun así no iba a seducirla porque iba en contra de sus principios.

La señorita Woodford tenía un objetivo claro, a saber: encontrar un marido rico, con título o poderoso. A poder ser, las tres cosas, y ni siquiera se mostraba muy selectiva, de lo contrario no se congraciaría de esa manera con Shakleton. Sin embargo, él notaba que en presencia del barón se retraía y fingía. Para él era un misterio cómo lo lograba. Le resultaba demasiado evidente que estaba fingiendo algo para que él le propusiera matrimonio. Hacía justo lo que él más detestaba. Incluso lo condenaba. Él había tenido sus experiencias con damas que querían comprometerse a toda costa con un pretendiente rico o poderoso y no escatimaban en recursos para conseguirlo...

Lo peor era que todo eso no lo desanimaba. Nada hacía que Isabella fuera menos atractiva a sus ojos, aunque debería ser así. Había estado pensando toda la tarde en cómo sería tenerla en su cama, saborear sus labios, sentirla debajo, y el deseo carnal que lo asaltaba al pensarlo era tan fuerte como...

Tragó saliva. Lo mejor sería no pensarlo más. No tenía ningún sentido.

Una preciosa dama pelirroja no paraba de mirarlos a él y a Tom desde su palco. Incluso sonreía con timidez, pero Alexander no entendió qué significaba hasta que notó el codazo de Tom entre las costillas.

—¿Te has vuelto loco? Una de las mujeres más guapas de la ciudad te presta atención. ¡Ve y habla con ella, por Dios!

—Pero no tengo...

—Me da igual. Es la señorita Henniker. Si la ofendes, ella y sus solventes amigas ya no nos comprarán a nosotros, sino a la competencia. Además, eras tú el que quería venir aquí a hacer averiguaciones.

Alexander le dedicó a Tom una mirada hostil. Una vez más, tenía razón.

—No entiendo que haya que obligarte a hablar con mujeres guapas, Wilkinson. ¿Tienes fiebre?

Tom levantó la mano para tocarle la frente, pero la mirada de advertencia de Alexander lo detuvo.

—De acuerdo, ya voy —accedió finalmente. Era verdad lo que decía Tom: siempre lo divertía coquetear un poco. Le haría pensar en otra cosa, tal vez incluso lo distraería de su fascinación con la hija del cirujano. Además, tenía una misión. Necesitaba destapar al grupo de contrabandistas, y ya era hora de encontrar una pista que no lo llevara al vacío. El tejido de la dama guardaba un sospechoso parecido con la seda francesa. Esbozó una sonrisa encantadora y cruzó el palco en dirección a ella.

Después de unas cuantas frases, ni siquiera le resultó difícil desviar el tema de conversación hacia su vestido porque era nuevo, y ella no se cansaba de elogiarlo y de recibir cumplidos.

Pese a que la conversación era bastante amena y hasta consiguió una pista muy interesante relacionada con Bristol, donde había adquirido la tela, no estaba del todo por la labor. La dama hasta había mencionado una dirección donde comprar telas exquisitas, una ubicación cerca del puerto donde sin duda no había telas inglesas. A continuación, engatusó a otra joven de su palco para que le diera el nombre de una de las modistas que incluso le habían ofrecido un vestido confeccionado con esa tela.

Las conversaciones no podrían haber ido mejor, y aun así estaba distraído porque no dejaba de sentirse observado. En su caso, no era algo fuera de lo común, sobre todo allí, en el teatro, donde se trataba nada más y nada menos que de ver y ser visto. Como sucedía en todas partes en esa ciudad con tanto afán por la diversión, pensó Alexander disgustado.

Aun así, no se quitaba esa sensación de encima. Dominaba sus pensamientos y lo distraía. Mientras tomaba asiento en la segunda fila al lado de la hija de *lady* Stanley y conversaba con ella, paseó la mirada con disimulo por las filas superiores y casi se quedó helado en su asiento al ver a Isabella Woodford.

En el mismo palco que ella, además del inútil de su primo Phillip Parker, estaba, por supuesto, *lord* Charles Shakleton, que charlaba con un grupo de damas un poco mayores mientras su verdadera cita estaba sola, de pie junto a la balaustrada.

A ella no parecía importarle en absoluto porque estaba ocupada observándolo.

Alexander le hizo un gesto con la cabeza. Fue un saludo comedido al que ella contestó con una sonrisa. Mejor dicho, la boca sonreía, pero los ojos con los que lo observaba lo atravesaban. Él contestó con naturalidad a las preguntas de la señorita Stanley. Ella estaba sentada muy cerca, en realidad más de lo que correspondía. Al poco tiempo, Alexander dejó de escuchar su cháchara porque con cada palabra que intercambiaba con la señorita Stanley, a Isabella se le ensombrecía más el semblante.

¿Podía ser que estuviera celosa?

Se le cruzó esa idea y le provocó una satisfacción irracional en el cuerpo. Se le dibujó una sonrisa en los labios y se concentró con ímpetu renovado en la conversación con su vecina de asiento. Por lo menos lo fingió, y disfrutó al ver que era obvio que la exasperación de Isabella Woodford aumentaba.

Luego empezó la obra, era alguna de Shakespeare, y la señorita Stanley desvió la mirada hacia delante.

Las conversaciones animadas que se mantenían por toda la sala y el nivel de ruido no variaron por el hecho de que los actores sobre el escenario se esforzaran por ganarse el favor de los espectadores. La sala de teatro seguía bien iluminada, y, en el mejor de los casos, las primeras filas guardaban silencio y prestaban atención a la actuación; los demás seguían charlando, riendo, comiendo y bebiendo. Otros se miraban, como la señorita Woodford y él.

La TAQUICARDIA QUE sintió al verlo en seguida se convirtió en otra cosa. Indignación, puede que rabia, aunque no quisiera admitirlo. Parecía que mantuviera una especie de juego con ella. En los sitios alrededor de él se congregaban cada vez más damas jóvenes y encantadoras con las que mantenía animadas conversaciones, y de vez en cuando desviaba la mirada hacia ella. Como si quisiera asegurarse de que estaba viendo lo que hacía. Se reía y bromeaba con las señoritas, y ellas se lo comían con los ojos. Ya tenía a cuatro sentadas justo al lado.

Alexander quería que lo viera con esas jóvenes.

La sensación era como si unas agujas pequeñas y afiladas se le clavaran en el cuello.

«Uno de los solteros más codiciados de todo Londres.» Hasta Rebecca lo había dicho, y él se comportaba como tal. Puede que no todas las mujeres jóvenes que lo rodeaban fueran damas con una posición. Tal vez hubiera bailarinas, actrices o cantantes de ópera que se permitían más libertades en su vida amorosa que la hija de un noble. Puede que hasta se llevara a una a su alojamiento en el White Lion. Y luego...

Isabella apartó la vista, miró al frente, al escenario, donde los actores luchaban con desesperación por atraer la atención del público. Tal vez debería intentar entablar otra conversación con Shakleton, aunque ya imaginaba de qué iría. Seguro que contaría alguna anécdota de su vida doméstica con su madre y su tía o de las ventajas de tomar un vasito de licor antes de acostarse. *Lord* Shakleton ni siquiera había ido a una escuela o a la universidad porque su madre había preferido que un equipo de profesores e institutrices le dieran clases en casa. Apenas había salido de su finca, y las historias que contaba eran también para morirse del aburrimiento.

Isabella había hecho todo lo posible por parecer interesada, por supuesto hacía alguna pregunta de vez en cuando, pero en su fuero interno siempre se alegraba cuando el barón paraba de hablar.

O Wilkinson la miraba ella o era al revés. Cuando uno apartaba la vista, no pasaba mucho tiempo hasta que sus miradas volvían a cruzarse. Shakleton había vuelto a colocarse al lado de Isabella junto a la balaustrada, pero sus admiradoras de avanzada edad no paraban de darle conversación. Sin embargo, por lo visto poco a poco se dio cuenta de que debía ocuparse más de su invitada, y se inclinó varias veces hacia Isabella con una gran sonrisa en los labios, le susurraba naderías sobre la obra de teatro y le ponía la mano en el brazo. Cuando ella notó sus dedos sudorosos en la piel tuvo que contenerse para no estremecerse.

Por supuesto, Wilkinson también lo vio, porque desde que Shakleton estaba justo al lado de Isabella, había dejado de conversar con sus vecinas de asiento y la miraba casi sin interrupción.

Cuando vio los intentos de aproximación de Shakleton, sacudió la cabeza de un modo casi imperceptible. No era un gesto para reírse de ella ni burlarse de Shakleton.

Ni siquiera se le veía una media sonrisa. Era evidente que no aprobaba el contacto de Shakleton, y a Isabella incluso le pareció que no quería permitirlo. Como si el barón no tuviera derecho a hacerlo e Isabella fuera solo suya.

La idea hizo saltar algo en su interior. Una especie de instinto que deseaba que Wilkinson desaprobara los roces de Shakleton, que le decía que Wilkinson era el único que podía tocarla, y nadie más.

Shakleton no se percató en absoluto del intercambio silencioso entre Isabella y Alexander, incluso parecía haberle encontrado el gusto a relatar todas las anécdotas posibles sobre sus visitas al teatro de la temporada anterior.

Cuanto más tiempo pasaba Shakleton a su lado, más intensa, penetrante, incluso furiosa, era la mirada de Wilkinson. Cuando estuvo seguro de que Isabella lo miraba, se levantó despacio sin quitarle el ojo de encima. Clavó la mirada un momento en la balaustrada y luego salió del palco.

Isabella entendió lo que quería decirle. Era una exigencia.

«Fuego. Estás jugando con fuego.» Era plenamente consciente, pero lo deseaba a toda costa.

En ese momento le daba igual que su misión allí fuera seguir embelesando a Shakleton y que no fuera apropiado salir sola del palco.

Una de las damas llamó de nuevo al barón, una tal señora Hayes, según la había informado. Se deshizo en disculpas hacia Isabella, pero luego se volvió hacia la señora con una sonrisa de oreja a oreja. No le importaba en absoluto que las señoras le robaran tiempo con su amada. De hecho, era capaz de conversar más animadamente con ellas que con Isabella. ¿Era una pequeña cata de lo que sería su matrimonio? Ella no quiso pensarlo más y le lanzó a Shakleton una última mirada. Estaba del todo enfrascado en la conversación con la señora Hayes, y ya no prestaba atención a Isabella.

—Ahora vuelvo —le susurró a Phillip, que la miró atónito un instante y luego hizo amago de acompañarla. En voz baja pero con dureza, Isabella masculló—: Tú te quedas aquí.

Recorrió el pasillo hacia el vestíbulo con el corazón acelerado. Solo dio unos pasos y lo vio. La esperaba cerca de la escalera, llevaba un frac de color negro azabache y una camisa blanca, y estaba impresionante.

Isabella se detuvo. Sabía que era su última oportunidad de huir, de escapar del deseo demencial de estar cerca de él y de la atracción que ese hombre ejercía sobre ella. Si se daba la vuelta en ese momento y volvía a su palco, no pasaría nada. Seguro que Shakleton aún no se había dado cuenta de que se había ido, y Phillip no la delataría.

Sin embargo, las piernas volvieron a ponerse en marcha como si tuvieran vida propia.

Wilkinson la observaba con una expresión seria y expectante. Isabella lo tenía por un hombre que manejaba la mayoría de las situaciones con ironía y burla. Esperaba un comentario grosero, que le hiciera una pequeña broma o que le tomara el pelo por pasar la velada en compañía de Shakleton.

Aquello era otra cosa. Isabella reconoció un brillo salvaje y hambriento en los ojos de Alexander, un ardor que también se apoderó de ella y la impulsó hacia él. Se paró a un palmo.

Alexander se limitó a mirarla, Isabella notó que tragaba saliva.

—¿Por qué has venido? —preguntó él con voz ronca.

Isabella no sabía qué decir.

Alexander esperó un poco más, pero, al ver que ella seguía callada, levantó la mano y le rozó la mejilla con las yemas de los dedos. Continuó bajando por el cuello hasta la clavícula. Aunque el roce fuera tan leve como un soplo de viento, a Isabella se le puso la piel de gallina.

Una ola de calor invadió todo su cuerpo cuando sus dedos volvieron a subir, y, en un movimiento involuntario, Isabella cerró los ojos y acercó la mejilla a la palma de la mano caliente.

Era una sensación muy agradable, se sentía protegida y segura, quería sentir algo más que las yemas de los dedos en la piel. Percibió que a Alexander se le aceleraba la respiración, abrió los ojos y vio un destello en los de él mientras observaba cada parte de su rostro y se paraba en los labios.

En algún sitio por detrás de ellos se abrió una puerta, y con un movimiento decidido Alexander la apartó a un lado hasta un pequeño cuarto. Puede que fuera un trastero, porque olía a polvo; con la escasa luz que entraba a través de los cristales de colores de la puerta Isabella distinguió unas cuantas sillas amontonadas.

Alexander se aseguró de que la puerta estuviera cerrada sin apartar la vista de ella. Isabella vio que todos sus movimientos eran lentos y conscientes, así le daba la posibilidad de detenerlo. Pero no lo hizo.

Isabella sintió el corazón desbocado, y por un momento la atenazó el miedo. De pronto, tan cerca de él fue consciente de su superioridad física. Pese a la cantidad de gente que había en el teatro, ahora estaba sola con él en ese cuarto. Era más alto y fuerte que ella, le imponía respeto ahí, de pie, con la mirada sombría clavada en ella.

—¿Por qué has venido? —preguntó de nuevo Alexander.

La apretó contra la pared y, aunque su cuerpo no llegaba a tocarla, la cercanía era como un líquido inflamable. Notó que el aliento de Alexander le acariciaba el rostro y que sus labios pendían sobre los de ella. Volvió a cerrar los ojos una fracción de segundo y se le escapó un ruido entre labios, un leve gemido, porque todas las venas de su cuerpo la empujaban hacia él.

—Dilo en voz alta, Isabella. Quiero oírtelo decir. —Sonaba casi como una orden.

Seguía manteniendo la distancia con ella, continuaba teniendo el control. Ni siquiera la tocaba, aunque en ese momento no había nada que ella deseara más que notar sus manos.

—Porque necesitaba verte —contestó ella al final en voz baja.

Alexander cruzó su mirada ardiente con la de Isabella, y luego fue ella la primera en superar sus reservas y ponerle una mano en el pecho. A él se le tensaron los músculos con la caricia. Isabella subió a tientas por el tejido bordado del chaleco hasta que llegó a la corbata y le rozó la piel cálida del cuello; le dio la sensación de que todo su cuerpo se ponía al rojo vivo.

Él se quedó un instante como petrificado, a continuación se abrió paso con la mano en el cuello de Isabella y por debajo del cabello recogido con soltura. El gesto era firme y seguro y despertó una sensación de deseo y lujuria en Isabella. Notó que perdía el control, un poquito más cada segundo que pasaba cerca de ese hombre. Olía a la combinación tan personal de su piel y otro aroma. Puede que a madera de sándalo, no era la primera vez que lo notaba.

—Alexander, de verdad que no deberíamos… —Intentó separase de él sin mucho empeño, pero Alexander no se movió ni un milímetro.

Era demasiado tarde. Lo que habían puesto en marcha ya no se podría parar.

Tampoco Isabella quería pararlo ya.

Se acarició un mechón suelto sobre la clavícula, que el vestido dejaba al descubierto, y agachó la cabeza hasta que Alexander le rozó el cuello con los labios y la besó con ternura. La sensación que invadió su cuerpo, cada rincón de su ser, era tan abrumadora que cerró los ojos y gimió. Agarró con fuerza el chaleco y volvió a gemir, casi sollozó. Él se separó y la miró de nuevo con ojos serios y escrutadores. Sabía que la estaba esperando. Aguardaba su consentimiento, y ella no pudo más que atraerlo de nuevo hacia sí.

Por lo visto era la señal que necesitaba, porque posó los labios sobre los de Isabella y fue como si le asestara un golpe que se propagara por todo el cuerpo. Isabella abrió los labios y le dio paso. La lengua de Alexander era enérgica y exigente al mismo tiempo, y dirigía la suya con movimientos regulares y decididos.

Ella cedió, se adaptó a su ritmo, lo sintió, lo saboreó.

Muy a lo lejos Isabella notó el eco de una idea. «No puedes…» Pero enseguida acabó arrollado, como una concha por una ola en la playa. Sintió que aumentaba el deseo, la necesidad de sentir más. Se separó de la pared en la que apoyaba la espalda y arrimó su cuerpo al de Alexander.

Algo cambió en la actitud de él. La presión en la nuca de Isabella se volvió más decidida, la agarraba del pelo con tanta fuerza que casi le hacía daño. Le acarició la espalda con la mano hasta llegar a las nalgas. La agarró un momento y le arrancó un leve gemido. Notar sus caricias, las manos en su cuerpo, la hacía perder el autocontrol. Ella demostró más valentía, lo agarró de los brazos y admiró los firmes músculos bajo las palmas. Mientras bailaba con la lengua suavemente alrededor de la de Alexander, le pareció oír un leve gruñido desde lo más profundo de la garganta. Poco a poco, la mano que tenía en la espalda fue subiendo, se detuvo ahí un momento y luego se deslizó a un lado, donde las costillas de Isabella daban paso a la fina cintura. Alexander separó los labios, abrió los dedos, respiró hondo, volvió a tocar y durante un momento pareció perder de verdad la cordura.

—Isabella, por favor, no me digas que no llevas…

—Es una de las ventajas de no comer nada.

Él le acarició la barriga con la palma de la mano, que se curvó levemente hacia él. Isabella notó el calor de la mano a través del vestido de seda. Se le escapó un sonido, entre el dolor y la queja. Él cerró los ojos y tragó saliva con dificultad antes de preguntar:

—¿Por qué lo haces? —La voz se le había puesto ronca, el deseo le nublaba la vista cuando los volvió a abrir y clavó su mirada en ella.

—Un pequeño acto de rebelión contra... —Hizo un mínimo movimiento en dirección al vestíbulo—. Todo esto.

—Si alguien se entera...

—Nadie se enterará jamás. Nadie que no me toque.

Alexander la atrajo hacia sí sin previo aviso y ella lo buscó con los labios con total naturalidad. Isabella notó su cuerpo, los músculos en tensión, los brazos fuertes que la abrazaban y la erección que la presionaba en el vientre y alejaba cualquier otra idea de su cabeza.

Empezó a notar un pálpito entre las piernas. El cuerpo de Isabella reaccionaba sin que pudiera controlarlo, dejó caer las caderas por instinto y contestó a la presión. Se entregó a él, su feminidad blanda y húmeda, quería sentirlo en su interior. El deseo era tan fuerte que la sensación era la de arder en llamas. Se restregó contra él y estuvo a punto de estirar la mano para sentir el miembro duro y acariciarlo.

La respiración de Alexander era entrecortada. Separó los labios y se alejó del cuerpo de Isabella, pero ella no lo dejó ir. Reaccionó con un gemido. Era un sonido casi de tormento, pero aun así ella lo agarró con fuerza.

—Isabella —dijo, retiró la mano de su pelo y se la puso sobre el hombro para poder mantener las distancias.

Ella lo entendió.

Aquello tenía que parar. Ya.

Era mejor así. Isabella no esperaba volver a vivir la sensación extática del deseo, el impulso incontrolable de notar a un hombre encima de ella, dentro de ella.

El pecho subía y bajaba con dificultad con cada respiración, notó que llevaba el vestido arrugado y se lo alisó a toda prisa. Cuando miró a los ojos a Alexander, le dio la impresión de que, como ella, tampoco podía creer hasta qué punto se habían dejado llevar.

—Perdona, Alexander, yo jamás...

—Chist —exclamó él, le puso el dedo en los labios al tiempo que le acariciaba suavemente la mejilla con el pulgar. Isabella cerró los ojos un momento y se dejó llevar por la cálida sensación que le suscitaba en el pecho ese pequeño gesto de cariño.

—Todo esto es culpa mía, no tuya. No volverá a pasar —oyó su voz.

—No, claro que no —confirmó ella, se distanció un paso y pescó distraída unos cuantos mechones sueltos que volvió a fijar en el peinado, aunque en ese momento lo que más deseaba en el mundo era que se repitiera lo que acababa de pasar entre ellos. Y mucho más.

Alexander observó a Isabella pensativo mientras se tocaba el cabello.

—Está bien —dijo, y tras una breve pausa continuó—: Ya sabes que no suelo hacer cosas así.

—¿A qué te refieres? —preguntó ella, aún sin aliento.

—Yo… con damas de la alta sociedad. Va contra mis principios.

—Todo esto también va en contra de mis principios —repuso Isabella—. Contra los principios de cualquier mujer decente. —Seguía sintiendo el calor entre las piernas.

Alexander se rio para sus adentros, pero con una tristeza peculiar.

—He visto a muchas mujeres supuestamente decentes. Señoras respetables, nobles, en el teatro, en la ópera, en los bailes. He perdido la fe en su hipocresía.

—Cuando son señoras lo llamas hipocresía, pero en el caso de los caballeros es una conducta tolerada —replicó ella, mordaz. Poco a poco se iba desvaneciendo la embriaguez de su cuerpo, sintió que recuperaba el control de sus sentidos y que lo que Wilkinson estaba diciendo la molestaba.

—Sabes que no tiene sentido echarme en cara las convenciones sociales. Supongo que me importan tan poco como a ti.

Tenía razón. A ella no le importaba mucho, pero, a diferencia de él, para ella el código de conducta social era como una jaula. Pocas veces Isabella lo había odiado tanto como en ese momento.

—Esto no puede volver a pasar entre nosotros —repitió él, casi como si quisiera convencerse a sí mismo.

—¿Por qué no? —La pregunta se le escapó demasiado rápido de los labios, sin pensar, y acto seguido agachó la mirada. Debía de considerarla una de esas jovencitas ingenuas e inmaculadas de buena fe que enseguida se enamoraban de un hombre y luego imaginaban que se iban a casar con él en cuanto les robaban un beso. Sin embargo, Isabella ya había tenido sus experiencias y sabía muy bien qué cabía esperar de Alexander.

«Nada de nada.»

—Por supuesto —se apresuró a añadir antes de que él pudiera contestar, y se alisó el vestido—. Estoy buscando un marido, y tú no tienes la más mínima intención de comprometerte con nadie. Tu reputación es de dominio público.

Él asintió levemente, pero no contestó. En lo más profundo de su ser Isabella esperaba que la contradijera y le confesara que no detestaba el matrimonio tanto como ella creía. Una esperanza de lo más demencial y atrevida.

—Aunque yo tampoco me casaría contigo, claro —aseguró, solo para romper el silencio y no sentirse tan poca cosa, tan insignificante. La frase no era en absoluto cierta, pero quería dejar claro que de ninguna manera era una polluela ingenua del campo. No tenía ningún tipo de esperanzas, sabía lo que se hacía y, como adultos, dejarían atrás el incidente para no volver a mencionarlo jamás. Al final eso era justo lo que quería también Wilkinson. Hasta él mismo lo había dicho.

Tras la última frase de Isabella, algo había cambiado en la expresión de Alexander, incluso la postura era distinta. Se puso tenso, como si tuviera que hacer un esfuerzo por controlar un espasmo.

—¡Por supuesto que no te casarías conmigo, no soy un barón ni un vizconde! —dijo él de pronto, en un tono tan frío y hostil que Isabella incluso se estremeció un poco.

Tenía razón, debía admitirlo. Estaba buscando un título, aunque fuera por pura necesidad y no por clasismo o afán de protagonismo. Aun así, no iba a aceptar ese reproche sin más. La Isabella Woodford de un año atrás, antes de la metedura de pata en el baile de la duquesa de Devonshire, jamás habría buscado un marido en función de la categoría de su título.

—Solo el hecho de que saques el tema ya dice mucho de ti —replicó con un desprecio intencionado. Ni siquiera sabía por qué, pero quería herirlo.

Tal vez fuera porque la había juzgado. Porque había tildado de hipócritas a las damas de origen noble y había dado por hecho que todas fingían tener convicciones morales, aunque pudiera tener parte de razón. Quizá se debiera a que de pronto sintió un dolor detrás del esternón, un ardor que hacía que le costara respirar.

Era la decepción por no haberle llevado la contraria. Porque el beso, por lo visto, no había significado mucho para él y ni siquiera quería que se repitiera. «Esto no puede volver a pasar», había repetido varias veces esas palabras exactas. No tenía ningún interés en casarse. Ni siquiera parecía tener muchas ganas de empezar una aventura con ella, de lo contrario su reacción habría sido muy distinta.

Porque ella, Isabella, no le gustaba lo suficiente.

Isabella le era indiferente y, aunque sabía que de todos modos no podían sentir nada el uno por el otro y ella tenía intención de casarse con otro, la idea le dolía. Le recordaba mucho a la sensación que se apoderó de ella durante semanas después de la noche con Ashbrook.

Era rechazo, y la conclusión de que ella no era suficiente para que un hombre sintiera verdadero interés por ella.

—Ah, ¿sí? ¿Y qué dice de mí?

El tono airado de Alexander la alejó de sus malos recuerdos. Isabella alzó la vista, reconoció la ira en sus ojos y se desmoronó por dentro. Apenas conocía a ese hombre. ¿Quién sabía de qué era capaz cuando se enfadaba de verdad?

«No te dejes intimidar.» Sin duda, era consciente de su superioridad física y lo estaba aprovechando.

Isabella levantó la barbilla en un gesto airado.

—Que tienes un problema con tu posición social —le reprochó ella, y se fijó muy bien en la reacción de Alexander. Le habría encantado ver que su recriminación le afectaba un poco y no le era indiferente, tal y como se temía. Que ella también tenía poder sobre él y era capaz de herirlo, igual que él hacía con ella.

Además, cada vez estaba más segura de haber acertado con su observación. Wilkinson despreciaba tanto a la alta sociedad porque, al ser un advenedizo que tenía que trabajar, no pertenecía del todo a ella.

Sin embargo, se le heló el semblante, que adoptó una expresión indescifrable para Isabella.

—Y tú crees que puedes juzgarlo, ¿verdad?

¿Eso no había sonado un poco a la defensiva?

—Tengo ojos en la cara, con eso basta en tu caso. —Lo que acababa de decir sonó arrogante y despiadado, y en seguida lamentó haber pronunciado esas palabras.

—Ese, justo ese, es el motivo por el que evito a las mujeres como tú.

—¿Y eso qué significa?

—No veis a la persona o al ser humano. Os fijáis en el origen y la posición social, y luego ya no veis nada más. Y en algún momento, si hay suerte, puede que veáis una fracción minúscula del verdadero ser humano que se oculta tras esa fachada.

El rostro era impenetrable y la expresión de los ojos muy severa, como no se la había visto desde la cena en casa de Weymouth.

En voz baja, con un matiz amargo en la voz, continuó:

—Si te tomas la libertad de juzgar con tanta franqueza, a poder ser hazlo en compañía de tu tía y sus hijos, tan bien educados. Para eso tendrás que prescindir de mí.

Se colocó bien la corbata, hizo un breve ademán con la cabeza, abrió la puerta del trastero y se fue.

Así, sin más.

A Isabella le costaba respirar. Acababa de besarla y ahora la dejaba ahí, sola, como si fuera una cualquiera. Como si fuera una buscona de pago.

No estaba pasando de verdad, ¿no?

«Sí, está pasando. Porque te has dejado llevar otra vez por tus sentimientos.»

Como siempre, había sido un error garrafal.

19

ALEXANDER SE SENTÍA fatal. Jamás debería haberse dejado provocar así ni debería haber dejado a Isabella sola en ese trastero. La había tratado como si fuera una de esas fulanas que poblaban las calles de Covent Garden. Era imperdonable. Era la última mujer a la que quería tratar así, pero, una vez más, había conseguido arrancarle una reacción muy, muy absurda y nada serena. Lo había irritado y también lo había desafiado al decir en voz alta con una puntería alarmante justo lo que hervía en su interior y le dolía de verdad. Desde que tenía uso de razón.

Alexander volvió al palco, le hizo un gesto a Tom desde la puerta y evitó a propósito mirar hacia el palco de Isabella.

Obediente, Tom se despidió deprisa de algunas damas y, antes de que terminara la representación, ya le habían dado la espalda al teatro.

Caminaron un rato en silencio por las callejuelas mal iluminadas.

—Perdona que pregunte, pero ¿has perdido la cabeza? —dijo Tom sin mucho tacto. Sonaba enfadado, y era bastante raro.

—¿A qué te refieres?

—¿Es que ahora quieres casarte o qué?

Alexander se paró con brusquedad, se enfrentó a la mirada desafiante de su amigo y luego siguió andando sin más, apretando los dientes. Un coche pasó por su lado a toda prisa y les salpicó agua sucia de los charcos en los zapatos y las medias. A Alexander le dio igual, también pasó por alto los gritos de indignación que Tom le profería al cochero con el puño levantado.

Por supuesto, Tom se había fijado en que Alexander se había ausentado un rato. Y con toda probabilidad había notado que Isabella estaba en el teatro y también había desaparecido un tiempo de su palco.

—No, no quiero casarme —contestó al final Alexander a media voz cuando Tom lo alcanzó de nuevo.

Este le lanzó a su amigo una mirada larga y pensativa, y añadió con cierta indulgencia:

—Entonces ¿por qué lo haces?

Alexander notó que cerraba los puños. No porque sintiera la tentación de abalanzarse sobre Tom, sino porque él tenía razón.

No tenía la más mínima intención de unirse a nadie en matrimonio. Se había dejado llevar por unos sentimientos inapropiados y encima había ofendido y tratado mal a la mujer que realmente le gustaba, que incluso le imponía. Iniciar una relación con una joven señorita solo podía terminar en desastre, Alexander lo sabía, era comportarse como un descerebrado.

—No te preocupes, no creo que la señorita Woodford lo espere después de nuestra pelea.

—¿En serio pretendes hacerme creer que os habéis encontrado en un pasillo poco iluminado del teatro para discutir?

—Ahora no importa para qué nos hayamos visto en el pasillo. Hemos discutido, y ya no hay ningún tipo de esperanza.

Tom asintió. Caminaron un rato tranquilos y en silencio, uno al lado del otro; Alexander ya creía que había dado por zanjado el tema, pero el otro no podía dejarlo.

—No entiendo del todo tu rechazo al matrimonio.

—¿De dónde sacas que la señorita Woodford tenga interés en casarse conmigo?

—Tengo ojos en la cara —se limitó a contestar Tom.

—Pues será mejor que te pongas gafas porque lo que la señorita Woodford está buscando es un hombre con título nobiliario. Me lo acaba de decir ella.

—Yo creo más bien que eso es lo que te gustaría oír. Yo te entiendo. Has tenido malas experiencias, de acuerdo, pero no por eso puedes estar toda la vida…

—Tienes claro que ese no es el único motivo, ¿no? —lo interrumpió con dureza. Tom calló, y Alexander insistió en un tono más conciliador—: Conoces la historia de mi familia y sabes perfectamente cuál es mi postura ante el vínculo del matrimonio y todo ese... delirio del casamiento. ¿Sabes qué aprendí de todo el lío de mi infancia y juventud?

—Seguro que me lo vas a decir...

—En cuanto las relaciones toman un cariz oficial, acaban en desastre. El matrimonio corrompe a las personas y las obliga a ser algo que no quieren ser en absoluto. Mira las jóvenes damas que vemos a diario en nuestras tiendas o en actos sociales. Están instruidas para buscar al marido más rico y poderoso, y solo causan daños. A sí mismas y a los hombres que caen en la trampa.

Alexander ni siquiera había terminado de hablar cuando Tom empezó a sacudir la cabeza. Con el bastón a la moda sin el cual Tom casi nunca salía de casa, golpeaba con vehemencia el adoquinado de la acera a cada paso. Puede que ni siquiera se diera cuenta de que lo hacía.

—¿Por qué sigues tan enfadado? Es eso, ¿no? —preguntó a bocajarro—. Se trata, como siempre, de lo que te pasó hace tantos años. ¿Cuánto tiempo vas a seguir permitiendo que tu pasado eclipse tu vida?

Alexander se paró de nuevo y cerró un momento los ojos. Era raro que hiciera alusión directa a ese asunto, que al mismo tiempo era como una puñalada. Incluso después de tanto tiempo, le molestaba comprobar su reacción exagerada.

—¿No acordamos no volver a mencionar esos incidentes? —preguntó Alexander, malhumorado.

—Prácticamente me estás obligando. —Tom parecía enfadado de verdad. ¿Por qué le afectaba tanto todo eso? La vida amorosa de Alexander no era asunto suyo.

—Entonces me juré que jamás volvería a pasarme —aclaró Alexander. Nunca había hablado con nadie del tema, le resultaba raro, de hecho era desagradable, admitir abiertamente de una vez la decisión que había tomado hacía ya mucho tiempo. Además, Alexander estaba seguro de que su amigo ya lo sabía, o por lo menos lo había intuido durante todos esos años. Aun así, ese asunto lo volvía vulnerable y sacaba una faceta de él que siempre procuraba mantener oculta.

Estupendo. La visita al teatro había terminado de un modo inesperado, más de lo que habría podido imaginar. La mayoría de veladas en las que estaba implicada Isabella Woodford siempre daban un giro imprevisto.

—¿Y por eso crees que tienes que pasarte toda la vida visitando burdeles y escondiéndote de cualquier tipo de afecto real?

Tom no aflojaba, y Alexander sintió que poco a poco la rabia se abría paso. Sí, se había sincerado con él, pero eso no le daba derecho a hurgar en la herida. Respiró hondo para pensar antes de dar una respuesta; era consciente de que volver a disparar no era la estrategia correcta.

—Pensaba que eras mi amigo —se limitó a decir.

—Tu amigo, justo eso es lo que soy. Créeme, hay cosas más agradables que hablar a medianoche con un tipo tan testarudo como tú sobre tu agitada vida sentimental.

—Pues dejémoslo, ¿qué te parece? —contestó Alexander, mordaz.

—Pero tienes que darte cuenta de que no puedes seguir viviendo así —insistió Tom, imperturbable—. O sea, aunque solo sea por tu negocio: te ganas la vida vendiendo telas a la élite de la sociedad. La gente a la que tanto desprecias te permite amasar tu fortuna.

—Yo no desprecio a las personas en sí, solo el comportamiento de algunas.

—¿O de todas?

—Por mí que hagan lo que quieran, siempre que me dejen en paz con sus remilgos y sus sandeces protocolarias. Yo trabajo con telas. Se trata de vestir a la gente con una calidad extraordinaria, para las ventas ya te tengo a ti.

—Entonces, supongo que deberías reunir tu fortuna y comprarte una isla desierta. Los remilgos y las sandeces protocolarias, como has definido con mucha precisión, están por todas partes. Y tú más que nadie deberías respetar las convenciones para que tus negocios sigan prosperando.

—¿A qué te refieres con «respetar las convenciones»?

—¿Hace falta que lo diga en voz alta?

—Sí, haz el favor.

—Pones en un compromiso a una joven dama de la que sabes a ciencia cierta que quiere casarse. Incluso ha encontrado un candidato que cumpliría ese deseo, y ahora vas y te entrometes y le haces perder la cabeza.

—¿Qué sabes tú de los deseos de la señorita Woodford?

—Menos que tú, y ese es el problema.

Tom tenía razón, desde su discusión con Isabella había quedado claro. Pero no iba a darle la razón a su amigo, por principios, aunque sus palabras acababan de provocar algo en Alexander.

Le daba la impresión de que Isabella esperaba que él no descartara del todo el matrimonio. El deseo mudo que había visto en sus ojos abiertos de par en par la había delatado, aunque a continuación hubiera afirmado justo lo contrario. Lo raro era que eso no había ahuyentado a Alexander, como le había ocurrido con las demás jóvenes damas que había conocido durante los últimos años. Al contrario: se había llevado una alegría. Tanto, que hasta le dio un pequeño vuelco el corazón.

Por un momento, la idea de tener a Isabella a su lado durante el resto de su vida no le pareció ni mucho menos tan fuera de lugar como se había convencido hasta entonces. Durante un alarmante segundo incluso tuvo la sensación de que era justo lo que quería.

Alexander sacudió la cabeza al pensarlo.

—Deberías evitarla —oyó que decía Tom por detrás—. Será mejor que te vayas de la ciudad.

Ya habían llegado al White Lion, donde se alojaba Alexander, como siempre. Debería haberse alquilado una vivienda adecuada hacía tiempo, porque al parecer tendría que quedarse unas semanas más en la ciudad. Sin embargo, no le apetecía hacerse cargo de la organización de un alquiler, contratar servicio y todo lo que implicaba.

—Sabes muy bien que no me resulta fácil. Aún tengo un encargo que cumplir.

Tom esbozó una media sonrisa.

—¿Te refieres a perseguir las faldas de las damas jóvenes?

—Cuidado con lo que dices.

Tom más que nadie en este mundo podía tomarse la libertad de criticarlo. Valoraba la opinión de su mejor amigo, mucho, de hecho, pero ahora estaba exagerando con tanta sinceridad.

—Por cierto, ¿desde cuándo te metes en mis asuntos?

—Desde el día en que me di cuenta de que vas camino de la perdición, amigo mío. Algo que casualmente coincide con el día en que conociste a la señorita Woodford.

—Como si a ti te importara algo ella —gruñó Alexander.

—Me cae bien —se defendió Tom.

—¿Sí?

—Es simpática, guapa, y encima tiene cerebro.

Había acertado de pleno con el problema.

—Y, antes de que te pongas en plan gallo de pelea celoso conmigo: solo me parece simpática, ¿de acuerdo? Nada más. Y, aunque espero que le quites las zarpas de encima, deberías librarte de una vez de eso de lo que no hablamos.

—Gracias por compartir conmigo tu infinita experiencia vital y tu sabiduría —apuntó Alexander con sarcasmo, al tiempo que buscaba la llave de la pesada puerta de entrada, que a esas horas ya estaba cerrada.

—Por desgracia, es mi obligación como amigo.

—A propósito de amigos —dijo Alexander, que ya estaba harto de esa conversación sensiblera—. Te necesito mañana a primera hora de la tarde. Nos vamos a Bristol.

—Qué se nos ha perdido en…

—Mañana te lo cuento. Cuanto menos sepas, mejor.

Tom hizo una mueca de desconfianza y miró a su amigo con gesto avinagrado, pero luego asintió.

Así era entre ellos. No hacía falta que Alexander le explicara de qué se trataba. Bastaba con decirle que lo necesitaba y ahí estaba el otro. Y al revés funcionaba igual.

20

WILKINSON ESTABA MUERTO para ella. De verdad. Para siempre. A Isabella le fue muy bien que Shakleton anunciara la mañana siguiente por carta su visita a primera hora de la tarde porque la velada anterior había sido «especial y encantadora». Si se había percatado de que Isabella se había ausentado del palco, lo obvió sin más, igual que Philipp. Isabella decidió no hacer caso de la mirada intrigada de su primo desde que regresó de su escarceo con Wilkinson, incluso al día siguiente por la mañana.

Por su parte, ella pensaba en su posible relación con Rebecca mientras él hacía sus cábalas sobre su ausencia esa noche, pero ninguno de los dos dijo nada. «Es terrible», pensó ella. Philipp era su primo, su familia, y tenían tantos secretos entre ellos, había tantas verdades sin decir, que parecían desconocidos.

Por supuesto, *lady* Alice se quedó entusiasmada con el renovado interés de Shakleton, y solo era cuestión de tiempo que por fin propusiera matrimonio a Isabella. Tal vez ese mismo día. Ella aceptaría y seguro que podría convencer a Shakleton para que la boda se celebrara lo antes posible. El consentimiento formal que necesitaban del padre de Isabella tardaría unos días, pero, en cuanto estuviera casada, le sonsacaría al barón con alguna excusa las cien libras que necesitaba para Ashbrook, puede que para ropa nueva. Como baronesa tenía que vestir bien, seguro que su marido no lo cuestionaría. Le daba la sensación de que apenas haría preguntas. Le daría espacio y podría hacer su vida sin que la molestaran. Lo haría sin ninguna pretensión, solo porque siempre pensaba en sí mismo, pero eso no importaba. Puede que incluso lograra seguir su interés por la medicina a escondidas. Solo con pensarlo, se le aceleró el corazón. Todo iría bien. Tal vez Shakleton tuviera una mentalidad anticuada y le gustara hablar de sí mismo, pero no era como los otros.

Christopher Ashbrook, Alexander Wilkinson. No importaba el nombre, eran todos iguales. Seducían a las mujeres, se divertían y solo pensaban en su propio provecho, por mucho que Wilkinson dijera que no solía comportarse así.

No decía más que tonterías.

Sus actos revelaban mucho más que las palabras. Siempre era discreto y solo se dedicaba al amor de pago, como decía Rebecca. Sin embargo, ella lo había visto coquetear con mujeres en el palco del teatro, y seguro que no eran solo chicas de vida alegre.

Aunque se casaran, ese tipo hombres engañaban a su esposa antes de que se enfriara la cama, a la mañana siguiente de la noche de bodas, Isabella estaba convencida.

Encima, ella había sido tan tonta de caer de nuevo en su trampa y dar rienda suelta a sus sentimientos.

La rabia había tenido despierta a Isabella toda la noche, y ahora estaba en el salón mientras lidiaba con un cansancio abrumador y sujetaba la aguja de bordar en la mano. El zarcillo de flores en el que llevaba más de una hora trabajando parecía la primera labor de una niña de cinco años. Sin embargo, no podía rendirse ahora, quería dar una buena impresión cuando llegara Shakleton. Seguro que le gustaba que su novia bordara. Incluso lo mencionó en el primer baile que había compartido con ella.

Desvió la mirada hacia el exterior. Una brisa templada entraba por la ventana entreabierta, el cielo estaba despejado ese día de mayo y, sin querer, Isabella empezó a balancear los pies. Preferiría tomar aire fresco y pasear por las calles.

Lady Alice dejó caer la aguja de bordar y el tapete en el que estaba trabajando y miró a Isabella con severidad. Ella enseguida escondió las puntas de los zapatos bajo el dobladillo de la falda. Llevaba el vestido de color azul cielo, con el escote tapado por una delicada capa de muselina. En realidad, la tela era demasiado fina para esconder nada, pero *lady* Alice le había dado el pañuelo de su colección, sin duda extensa. A Isabella se le seguía viendo el escote debajo de la capa de tela, y no dudaba de que esa era la intención de su tía. Existía un acuerdo tácito entre *lady* Alice y ella de que tenía que asegurarse a Shakleton, por todos los medios.

Al mismo tiempo, algo se removía en Isabella. Una mala conciencia, ¿tal vez incluso un sentimiento de culpa?

En el fondo, su tía y ella estaban haciendo justo lo que le había echado en cara Wilkinson. Isabella fingía y pactaba con la vizcondesa para que Shakleton le propusiera matrimonio. Seguramente el barón ni imaginaba que su amabilidad retraída solo era fachada, que no le gustaba estar con él y que ni siquiera le resultaba simpático. Era un poco inocente, a veces incluso bobo. Era evidente que su madre era la mujer de su vida, y su esposa no podría cambiar eso. Sin embargo, ella había decidido que no importaba. Al fin y al cabo, mantener una relación sin mucha pasión era mucho menos arriesgado que tener a un marido en su vida con el poder de romperle el corazón. Shakleton nunca podría turbarla ni herirla tanto como Christopher o Alexander.

Alexander. Sintió una puñalada entre las costillas porque, por mucho que intentara evitarlo, no paraba de evocar las imágenes de la última noche. La sensación indescriptible cuando notó sus labios en la boca y sus manos por todo el cuerpo. Ese deseo abrumador de sentir más a Alexander que superaba la razón.

Y luego la discusión; ni siquiera sabía cómo había empezado. Pasó, sin más, como siempre que se encontraban.

Debió de tocarle una fibra muy sensible, pensó mientras buscaba en el costurero un hilo verde claro para el tallo de las flores. Isabella también se había fijado en cómo lo habían mirado sus primos, su tía y sobre todo Shakleton en el baile y en el pícnic. Wilkinson no era de los suyos, tenía que trabajar para ganarse la vida, y eso estaba mal visto en la alta sociedad.

Todos entendían el protagonismo que habían ganado los recursos económicos, pero la nobleza hacía todo lo posible por apartarse de ese «nuevo» dinero. A Isabella le parecía un error absoluto, porque trabajar no tenía nada de reprobable. Al contrario. El padre de Isabella, por ejemplo, que probablemente también podría vivir de sus propiedades, prefería dedicarse a su interés por la cirugía y había educado a sus dos hijas para que pensaran igual. Por lo menos lo intentaba, porque la madre de Isabella no era de la misma opinión, claro.

El mayordomo, que se adentró un paso en el salón, interrumpió sus cavilaciones. Ella no dejó la labor en la cesta, la sostuvo en las manos para enseñarla cuando se levantó. *Lady* Alice la escudriñó con la mirada una última vez, y con un gesto de amonestación con la cabeza y una caída de ojos le dio la confirmación a Isabella.

«Vas a hacerlo ahora.»

—*Lord* Charles Shakleton —anunció el mayordomo. Al verlo en el marco de la puerta, Isabella pasó de la férrea voluntad al titubeo, y la invadió un leve sentimiento de decepción.

Quería que le gustara, quería admirarlo y adorarlo, ¿por qué le costaba tanto?

Tenía el rostro colorado, otra vez, y le brillaba un poco por el sudor.

—Queridas damas —saludó él, y se inclinó primero ante *lady* Alice y luego también delante de Isabella—. Disculpen mi aspecto, el sol de principios de verano pasa factura.

«O los nervios», pensó Isabella mientras sonreía a Shakleton y hacía una reverencia educada.

—No importa en absoluto, querido barón. Siéntese ahí. —*Lady* Alice señaló un asiento junto a su sobrina. Parecía muy decidida a no dejar escapar la oportunidad.

Isabella se sentó despacio, Shakleton también. Olía un poco a moho, a lana húmeda, sin duda no era la primera vez que la levita o la camisa que llevaba debajo acababa empapada en sudor.

—¿Le apetece un té? —le ofreció Isabella, pero primero dejó los utensilios de bordar en la cestita, y Shakleton se dio cuenta, por supuesto.

—Con mucho gusto, mi querida señorita Woodford.

Ella estuvo a punto de poner los ojos en blanco al oír esas palabras tan pomposas, pero se contuvo.

En realidad, Shakleton le daba pena. Aunque fuera Isabella a quien le urgiera casarse y esperara que el barón pronto le propusiera matrimonio, seguía siendo el deber de los hombres dar el primer paso y pronunciar las palabras adecuadas. Shakleton estaba nervioso; a Isabella le pareció más inseguro de lo normal. Casi dolía físicamente verlo así.

A lo mejor podrían llegar a ser, como mínimo, amigos. Intentó tener presente que una amistad era una base mucho mejor para una relación que la incontrolable maraña de sentimientos que se desataba en ella en cuanto Wilkinson estaba cerca.

Sirvió el té despacio en la taza de Shakleton, con el agradable ruido del líquido al verterse. Salvo por el gran reloj de pie, que hacía tictac, y el tenue canto de los pájaros, estaban en silencio. Y salvo por la respiración un tanto agitada de Shakleton.

Era... ruidosa. Muy ruidosa.

Isabella enseguida se recompuso. ¿Por qué la molestaban tanto sus defectos? Por lo general, a ella tampoco le importaban los modales.

El barón agarró la taza de té, que se tambaleaba sobre el platito por el temblor de la mano. Volvió a dejarla enseguida.

Era evidente que iba a ser hoy.

Shakleton tenía intención de proponerle matrimonio. Pese a que sabía que tarde o temprano tenía que ocurrir, incluso esperaba que fuera lo antes posible, la primera palabra que le pasó por la cabeza a Isabella fue un «no». Notó la aversión hacia Shakleton en todo su ser, cada vez cobraba más fuerza la sensación de que bajo ningún concepto podía pasar por alto sus propias necesidades y casarse con ese hombre. Por poco no se levantó del canapé y salió de la sala.

«Contrólate. Claro que puedes.»

Ya sentía un cosquilleo en los pies, pero soltó el aire despacio por la nariz, le dio un sorbito a su taza de té y la volvió a dejar sin prisa. Shakleton la observó como si buscara el momento o las palabras adecuadas.

—Debo confesar, *milord*... —empezó a decir Isabella por fin.

—¿Por qué no me llama Charles, querida señorita Woodford? —se apresuró a interrumpirla él.

185

«Vaya. El primer paso.»

—Con mucho gusto, Charles. Decía que debo confesar, Charles, que anoche casi me puse un poco celosa con las atenciones que le dispensaban tantas damas.

«Qué osadía decir eso. Cuando era ella la que…»

«Pero bueno.»

—No tiene por qué, querida. Son todas amigas de mi madre y, por tanto, también amigas mías. Unas señoras fantásticas, impresionantes.

«Otra vez su madre». A Isabella la sorprendió que *lady* Shakleton no estuviera también esa tarde manteniendo esa conversación en nombre de su hijo. De todos modos, seguro que a partir de entonces tendría que aguantar a su suegra más de lo que quisiera.

—Cierto, Charles. Eran todas de una amabilidad extraordinaria.

—¿Sabe? Una conversación con una mujer de ingenio es más valiosa para la formación de un hombre que toda la pedante ciencia libresca. ¿No le parece?

—No tiene en mucha estima el saber de los libros, ¿verdad, Charles?

¿Debería atreverse a decir eso?

Posó una mano en el brazo de Shakleton con dulzura y reprimió el impulso de apartarla enseguida. No quería tocarlo, de verdad que no, pero era importante que lo hiciera. Él clavó la mirada en sus dedos delgados sobre la manga, Isabella vio que tragaba saliva y que de pronto se le relajaban un poco los rasgos. Incluso sonrió un poco y se le vieron los restos del desayuno entre los dientes. Isabella apartó la vista con prudencia para no mirarlo fijamente y volver a hacerlo sentir inseguro.

Por su parte, Shakleton interpretó la reacción como timidez, igual que su tía. Eso era bueno. Si ahora encima se sonrojaba, su farsa sería perfecta, pero eso no se podía hacer a voluntad. Por lo menos, Isabella no sabía, aunque estaba segura de que otras jóvenes damas dominaban ese arte.

—Isabella —la reprendió de pronto *lady* Alice, pero se le dibujó una media sonrisa en los labios cuando ella retiró la mano, con la mirada aún azorada como si se avergonzara. Era evidente. Ella tenía que reñirle por su conducta, pero en el fondo aprobaba esa actitud directa.

—Recuerdo perfectamente cómo es el primer amor, pero deberías controlar tu anhelo por *lord* Shakleton hasta que sea oficial...

Una voz desde la puerta interrumpió a su tía.

—Hay otra visita, *milady* —anunció el mayordomo, que presentó una tarjeta en una bandejita de plata—. Dice que es un buen amigo de la familia de la señorita Woodford.

Todas las miradas se clavaron en Isabella. La de intriga de su tía y la de preocupación de Charles Shakleton, que seguro presentía que era otro pretendiente.

Lady Alice agarró la tarjeta y leyó el nombre.

—No me habías contado que tenías conocidos en el ejército —se sorprendió *lady* Alice.

¿En el ejército?

No sería... no. ¡No podía ser!

No debía ser.

Lady Alice la miró llena de expectación, pero Isabella estaba como petrificada.

—Y sobre todo no me habías dicho que esperabas visita.

—Es que no la esperaba, ni siquiera sé de quién podría tratarse —se apresuró a aclarar Isabella sin hacer caso de la mirada impaciente de Shakleton.

Era inocente, pero no tonto. Si volvía a aparecer otro hombre, en algún momento también a Shakleton se le acabaría la paciencia y perdería el interés por ella. Eso era lo último que quería Isabella.

—Entonces hágalo pasar. —*Lady* Alice envió al mayordomo a la puerta principal con un ademán de exasperación.

Cuando Isabella lo vio en el umbral de la puerta casi se le paró el corazón. Parpadeó con la esperanza de que todo fueran imaginaciones suyas.

Seguía ahí, así que supo que su mayor pesadilla se había hecho realidad.

Ante ella, en el salón de la vizcondesa, estaba Christopher Ashbrook, en carne y hueso.

—El señor Christopher Ashbrook —oyó de lejos la voz del mayordomo.

Estaba deslumbrante, igual que en el baile de la duquesa de Devonshire. Tenía la piel bronceada, algo que quizá no estuviera de moda, pero que le sentaba de maravilla y le daba un tono saludable a la cara, a diferencia de la tez un tanto flácida de Shakleton. Llevaba el pelo rubio cortado en una media melena y peinado hacia atrás, con algunos mechones más claros que salían furtivos por debajo del rubio oscuro. Era alto, de complexión fuerte y erguida, sin duda gracias al entrenamiento diario en el ejército, y cuando sonreía nadie podía escapar a su luz.

—*Lady* Parker. —Se inclinó ante su tía. —Isabella. —Se inclinó también ante ella, le agarró la mano y la rozó con un beso.

—Christopher —logró decir con la voz queda y la asombró poder hablar. Sintió un escalofrío en la espalda, y el corazón le latía tan fuerte en los oídos que pensaba que todos alrededor podía oírlo.

La iba a desenmascarar. Allí y en ese preciso instante, delante de su tía y del hombre con quien pretendía casarse.

Le iba a destrozar la vida.

La mera idea hizo que cayera presa del pánico. Notaba las intensas respiraciones contra el corpiño, y aun así sentía que no le llegaba el aire.

Christopher, galante, se volvió hacia Shakleton.

—Y usted debe de ser *lord* Charles Shakleton. Es el vivo retrato de su señora madre.

El desdén altanero que trasmitía el semblante del barón dio paso a una sorpresa agradable.

Con solo dos frases ya había engatusado a su pretendiente.

—Permítanme que me presente: coronel Christopher Ashbrook. Thomas Hickey me ha informado de que una tal señorita Woodford estaba en la ciudad y no he podido evitar hacerle una visita. Al fin y al cabo, nos conocemos desde niños, ¿verdad, querida Isabella?

Con qué naturalidad contaba Christopher una mentira tras otra. Casi lo admiraba por ello.

La expresión hasta entonces distante del rostro de *lady* Alice se ablandó cuando apareció el nombre del maestro de ceremonias. Por lo visto, todo invitado que fuera conocido de Hickey era bienvenido y considerado decente. Incluso su tía se dejó engañar, y en un tiempo mínimo.

—Entonces siéntese y háganos un poco de compañía —lo invitó su tía.

—No me gustaría molestar en su pequeña reunión, *lady* Parker. —Rechazó la invitación y se retiró de nuevo educadamente hacia la puerta.

«Mentiroso.» Como si pretendiera irse en ese momento.

—No molesta —contestó su tía. Isabella no podía creer que ni una sola frase de las que se estaban pronunciando en esa sala correspondiera a la verdad.

Complaciente, Ashbrook se sentó en una butaca frente a Isabella, y el mayordomo le puso delante otro servicio de té.

Ashbrook había cambiado. Al principio Isabella no sabía qué era. Seguía siendo guapo, incluso mucho, debía admitir, y se sintió muy incómoda al pensarlo. Los ojos le brillaban con el mismo gris verdoso fascinante que entonces, así que tardó un poco en comprenderlo. Una fina cicatriz le atravesaba la sien desde el ojo derecho. No podía ser muy antigua, además le dio la impresión de que parpadeaba más a menudo.

—¿Conoce a mi madre? —preguntó Shakleton, reservado y sin mirar a Ashbrook, mientras bebía de su taza, como si Christopher fuera un sirviente al que dar instrucciones. Su actitud era irrespetuosa, Isabella pensó que esa era su intención. Suponía que, como ella, debía de estar impresionado con la aparición de Ashbrook y no quería que un rival volviera a superarlo.

Ashbrook también debió de notarlo porque dijo:

—Parece que he llegado en un momento de lo más inoportuno.

—De hecho, es cierto, querido Christopher —le salió a Isabella. Tenía que decirlo, por muy maleducado que fuera. No iba a quedarse ahí callada sin más viendo como ese hombre la arrojaba al abismo. Porque, desde luego, estaba allí para presionarla o revelar de alguna manera su pequeño secreto.

Su tía giró la cabeza hacia ella. La respuesta que acababa de dar su sobrina era una insolencia, pero no había podido evitarlo.

Ashbrook tenía que irse, cuanto antes.

—Mi sobrina está hoy un poco nerviosa, no le haga caso —dijo *lady* Alice con una sonrisa altiva, y en ese momento Isabella se sintió muy tonta. ¿Por qué la sorprendía que su tía no se tomara en serio lo que ella decía o deseaba? Nunca lo había hecho. Los buenos modales a la hora de recibir a una visita eran más importantes que los deseos de su sobrina.

—Mi padre, el barón John Ashbrook, pasó algunas temporadas en Bath en compañía de sus padres. Creo que también me acuerdo de usted. De niño era un excelente jugador de tenis, ¿verdad?

—Es increíble que yo no lo recuerde, pero tiene usted razón. Aún hoy el tenis sigue siendo uno de mis fuertes. ¿Usted también juega? —preguntó Shakleton con renovado interés. Ahora que Ashbrook abordaba unos de sus temas preferidos, sin duda no por casualidad, Isabella ya no existía para el barón. Como casi siempre que algo despertaba el interés del *lord*, aunque fuera moderado. Era como un niño pequeño malcriado, pensó. Hasta la tía Alice se dio cuenta, porque se levantó y se acercó a ella.

—¿Vamos a dar un paseo por Crescent mientras los hombres hablan?

SHAKLETON Y ASHBROOK las acompañaron, pero se mantuvieron a unos pasos de distancia por delante de ellas. Con los parasoles abiertos en la mano, Isabella y *lady* Alice caminaron por las calles cubiertas de grava de Royal Crescent.

—Podrías haberme avisado, Isabella —le murmuró la tía Alice.

—No tenía ni idea de que Christopher… el coronel Ashbrook se presentaría aquí –contestó ella, enervada—. Jamás habría permitido que un día tan importante como hoy, en el que era vidente que Shakleton estaba a punto de…

—No te preocupes. Haremos que este día sea un éxito pese a la presencia de Ashbrook. —Por primera vez su tía dijo algo que tranquilizó de verdad a Isabella—. Conseguiré que paséis tiempo a solas, tortolitos, no te preocupes.

Isabella fijó la mirada al frente y la clavó en la espalda de los dos hombres. ¿De verdad hablaban de temas intrascendentes como el tenis? ¿O Christopher la estaba delatando ante Shakleton y por tanto echando por tierra todos sus esfuerzos con el barón?

Sin embargo, no tenía sentido. Esa información era su gran as en la manga, no lo iba a sacar sin más y perder sus cien libras, eso tenía que saberlo. Puede que fuera una demostración de poder, un recuerdo poco sutil de que, según él, Isabella le debía algo.

No iba a ahuyentar a Shakleton, seguro.

Aun así, ella necesitaba estar segura...

—¿Nos sumamos a los caballeros? —preguntó Isabella, y tiró de *lady* Alice con rudeza hacia delante.

—Está bien saber lo que uno espera de la vida —oyó que decía Shakleton cuando se acercaron lo suficiente.

—Cuánta razón tiene, *lord* Shakleton —lo secundó Christopher.

—¿En qué tiene razón? —intervino *lady* Alice por detrás, y los hombres enseguida les dejaron sitio—. Nos sentimos un poco abandonadas por ustedes —les reprochó con cierto tono crítico, pero aun así sonó encantadora.

—Estábamos hablando de que he dejado el ejército y estoy buscando una nueva ocupación. Mi hermano mayor administra las tierras de mi padre, y he pensado dedicarme a una profesión completamente nueva. —Hizo una breve pausa.

«¿A la coacción y el chantaje?»

—Al derecho y la ley. Me gustaría ser abogado, en otoño presentaré candidatura para uno de los Inns of Court.

Isabella consiguió reprimir una risa nerviosa.

—Te va que ni pintado, querido Christopher —dijo, en cambio. Seguro que solo Ashbrook captó el agudo sarcasmo en sus palabras, pero no se le notó. Isabella se separó de su tía, agarró el puño del parasol como si necesitara aferrarse a él y preguntó—: ¿Tienes un momento para mí, Christopher?

Fue un movimiento atrevido, pero Isabella no tenía elección y confiaba en que *lady* Alice entretuviera a *lord* Shakleton mientras tanto.

Caminaron un poco colina abajo por los anchos prados delante de Royal Crescent, desde donde había unas vistas fabulosas de la ciudad y del río. Se pararon delante de unas lilas que flanqueaban el sendero. La mayoría estaban ya en plena floración y olían de maravilla. No tardarían mucho, tal vez uno o dos días soleados, en alcanzar su culmen. Tres semanas atrás, cuando Isabella llegó a Bath, solo se veían los capullos. Tres semanas. En efecto, Christopher no había tardado mucho en cumplir con su amenaza.

—¿Qué, bonita, tu deseo por mí es tan intenso que hasta te atreves a tener una conversación íntima conmigo delante de las narices de tu amor?

Era como si lo hubieran cambiado. El joven encantador y solícito solo había necesitado un instante para convertirse en un canalla calculador. Qué rápido había entendido cuál era su relación con Shakleton.

Isabella sintió que la sangre le subía a la cabeza de la rabia y le entraron ganas de darle una bofetada. No, se imaginó cerrando el puño y golpeándole en plena cara.

—¡Cómo no te da vergüenza! —masculló.

—Mira, tengo la suerte de que la sociedad solo te atribuye a ti ese deber —repuso con aires de suficiencia—. Avergonzarte sigue siendo una cuestión personal para ti. —Desvió la mirada hacia Shakleton, que los saludaba con amabilidad a lo lejos—. Y queremos que siga siendo así, ¿verdad?

—Tendrás tu dinero —le juró a media voz, pero sin ocultar un tono irascible—. Pero si dices algo ahora, no verás ni un chelín.

—Con la misma pasión que aquella noche…

Isabella cerró los ojos, se sentía tan humillada que solo quería que se la tragara la tierra.

—Calla —se limitó a decir, y luego volvió a esbozar una sonrisa porque Shakleton y *lady* Alice se acercaban directos hacia ellos.

—Tengo que irme —anunció de pronto Christopher con la misma voz meliflua—. Ha sido un verdadero placer conocerlos, *lady* Parker, *lord* Shakleton.

—Espero que volvamos a vernos pronto —contestó Shakleton.

—Seguro, la ciudad no es tan grande.

«Por desgracia.»

Ashbrook se fue dando zancadas y, cuando volvieron a entrar en la casa, Shakleton carraspeó varias veces.

Su tía le dio una palmadita en el brazo a Isabella, giró a la derecha en el pasillo y de pronto la joven estaba a solas en el salón con Shakleton, que estaba a solo un paso de ella y no paraba de mirarla con los ojos desorbitados.

Había llegado el momento. Isabella lo notó y le entraron ganas de salir corriendo y esconderse en su habitación.

«Contrólate.»

Le vio las venitas en los ojos y notó el olor a sudor, que aparecía de nuevo.

Se humedeció los labios.

—Isabella —empezó.

En la mente de ella se agolpaban los pensamientos.

«Tienes que hacerlo, sabes que tienes que hacerlo. Es la única opción correcta», se convenció. Recordó la cara de Alexander, su mirada de deseo, y prácticamente sintió que todo su ser ardía en llamas.

—¿Isabella? —insistió Shakleton, y ella se concentró de nuevo en él.

—Me gustaría preguntarte algo.

Con los dedos temblorosos, sacó una cajita del bolsillo del frac.

«Dios mío. Está pasando de verdad.»

Despacio y tambaleándose un poco, Shakleton se puso de rodillas y se oyó un fuerte crujido. La miró desde abajo como si fuera un cachorro, las aletas de la nariz se le inflaban a causa de la respiración agitada. La aversión que sentía Isabella era cada vez más fuerte. Insoportable. Pero no iba a dejarse llevar más por sentimientos irracionales, por mucho que la arrastraran.

Cerró los párpados.

«¡Sé razonable! ¡Te lo juraste a ti misma, y ahora tienes que cumplirlo!»

—Isabella —empezó Shakleton por tercera vez, y aun así ella no consiguió abrir los ojos y mirarlo—. ¿Quieres casarte conmigo?

21

DEBERÍA HABER SOSPECHADO algo nada más oír la dirección. El nombre de la calle, Harbour Lane, ni siquiera sonaba a calle real. Más bien parecía un camino de tierra que transcurriera entre las barracas del puerto y los almacenes hasta introducirse en la ciudad. Y justo eso resultó ser el número cinco de Harbour Lane.

Se trataba de un almacén abandonado, habitado por las ratas, bichos y de vez en cuando puede que también algunos desgraciados que necesitaran refugiarse en algún lugar entre turno y turno después de haber disfrutado de toda la paga. Lo que seguro no era esa nave era un sitio de distribución de telas de seda refinadas.

Sin embargo, Alexander estaba distraído, algo lo había tenido ocupado durante todo el trayecto en coche hasta Bristol, y no había podido pensar. Seguía de tan mal humor que le tenía ganas de gritar y romper algo en pedazos. Por supuesto, no era buena idea tragarse esa rabia. De alguna manera buscaría una vía para desahogarse, y puede que fuera con alguien que no lo mereciera en absoluto.

No había tenido tiempo para desfogarse y pasar una hora en el club de boxeo porque tenía que viajar a Bristol. En el coche, Tom desvió la mirada varias veces hacia el puño de Alexander que, inconscientemente, mantenía cerrado sobre la levita, pero su amigo no hizo ningún comentario.

El motivo de su ira era algo que había observado esa misma tarde.

En realidad, solo quería reflexionar un poco, y sin querer los pies lo habían llevado hacia Royal Crescent. Paseaba por Royal Avenue, entre Avon y Crescent, cuando alzó la vista hacia el edificio en forma de media luna entre el césped. Por un momento incluso coqueteó con la idea de hacer una visita imprevista a la casa del vizconde y disculparse con Isabella. Aunque jamás lo reconocería, había reflexionado sobre lo que Tom le había dicho la noche anterior. ¿De verdad los desgraciados incidentes de su pasado seguían empañando su vida? ¿No debería dejarlos atrás y mirar hacia delante? Había pasado toda la maldita noche en vela, no podía dejar de pensar en Isabella, apenas podía contener la excitación y al final se alivió él solo.

No tenía sentido mentir, y la discusión no había cambiado nada. Besarse con ella era como una droga para él, la había probado y ahora su cuerpo quería más con toda sus fuerzas. Suspiraba por ella, y no se quitaba de la cabeza la idea de tenerla delante, desnuda y solícita, de acariciarla por todas partes para descubrir y explorar hasta el último rincón de su cuerpo suave. Había fantaseado con estar encima de ella y penetrarla despacio, muy despacio, y que ella le rogara que siguiera hasta llevarla al punto álgido y que gritara su nombre al llegar…

¡Pero qué bobo era!

La había visto. Mejor dicho: la había visto con él.

De todas las personas de este mundo, tenía que ver a Isabella Woodford paseando de un lado a otro delante de Royal Crescent justo con la que más odiaba.

Christopher Ashbrook. Ese hombre era como una maldición.

Al principio, Alexander no podía creer lo que estaba viendo, pero luego no le quedó ninguna duda. Ashbrook estaba en Bath y estaba hablando a solas con Isabella. Se conocían bastante bien, de lo contrario su tía jamás habría permitido que conversaran a solas. *Lady* Alice estaba un poco aparte con el indescriptible Shakleton, y al cabo de un rato los dos volvieron a unirse a Ashbrook e Isabella.

Alexander se había puesto hecho una furia, había vuelto andando a Milsom Street con el frac ondeando y acto seguido había obligado a Tom a dejar el papeleo y marcharse a Bristol. Eso significaba que no había preparado la visita a Harbour Lane, ni lo había vuelto a comentar con Tom. Incluso había dado plantón a sus amigos comerciantes de Bristol, a los que querría haber consultado.

En efecto, había sido un error, porque ahora estaba frente a un cobertizo abandonado y no delante de una tienda, o por lo menos de una vivienda que visitar o donde tomar el pulso a sus habitantes, como esperaba Alexander.

Tom observaba a su socio con una mirada de reprobación, en realidad de disgusto; y con razón, debía admitir. Comprobó las paredes de madera en busca de posibilidades de acceder al interior.

—Por cierto, hace unos días estuve en una de las subastas de Bristol que se celebran cada ciertos meses en las inmediaciones del puerto. Las del departamento de aduanas, en las que se subastan productos incautados —lo informó Tom mientras él tanteaba el candado que bloqueaba la puerta de la entrada, metía la mano en el bolsillo del frac, sacaba una espiga metálica y lo abría en unos segundos.

Alexander lo miró perplejo y no hizo ningún amago de agarrar el candado que le ofrecía.

—¿Qué pasa? ¿No creerás en serio que pensaba que íbamos a Bristol a una tertulia con café? Mírame, jamás me habría vestido así de soso. —Movió las mangas un poco y en ese momento Alexander se fijó en que no llevaba camisa de volantes bajo el frac, ni un chaleco colorido, ni siquiera se había llevado un sombrero de su inagotable colección, hasta lucía menos anillos en los dedos esa noche. Por lo menos, eso le parecía a Alexander, pero siempre perdía rápido la perspectiva.

—Eso no, pero ¿reventar un candado? No sabía que eras capaz de hacerlo.

La puerta se abrió con un sonoro chirrido y los dos hombres se asomaron al interior. Olía a polvo en la nave, y también un poco a excrementos de rata.

—Es uno de mis talentos ocultos. Y como tú no querías decirme a qué veníamos, me he preparado.

Se adentraron unos pasos en el cobertizo tenebroso, todo lo que pudieron con la última luz del día que entraba por la puerta.

—¿Y qué pasó con esa subasta? —Alexander limpió una capa de polvo de una de las pocas cajas que había en un rincón y ladeó la cabeza para descifrar la etiqueta.

—Tenías razón. La mayoría de lo que se introduce de contrabando son pañuelos y chales de seda india. Por supuesto, la Corona pierde un montón de impuestos —añadió Tom—. Pero en realidad eso no nos afecta. Nosotros comerciamos con tejidos para hacer túnicas, abrigos y fracs, y no con pañuelos de bolsillo.

—Mira por dónde —dijo Alexander a media voz.

—No hagas eso, tú aceptaste el encargo de Pitt. Francamente, me pregunto qué te ofreció.

—¿De dónde sacas que me ha ofrecido algo? Por lo demás, me refería a la etiqueta de la caja.

—Porque te conozco, Alexander. No moverías ni un dedo por la institución de la Corona si no recibieras a cambio algo de especial interés.

—Como te he dicho, cuanto menos sepas, mejor.

A Alexander casi le daba vergüenza admitir que se había dejado comprar para hacerle un favor a la Corona. Había renunciado a su independencia, que tanto valoraba, y ahora era igual que todos los nobles del país, que de un modo u otro estaban en deuda con la Corona. Le horrorizaba la idea de tener un vínculo tan estrecho con la casa real, no quería pensarlo, pero el pedido era tan gigantesco, tan imponente, que probablemente aseguraba la existencia de su empresa hasta mucho después de su muerte.

—Ya no soy un niño, Alexander. Soy tu socio, ¿no crees que deberías…?

—Mira eso —le interrumpió Alexander, y tiró de Tom para que se agachara con él.

—¿Qué es?

—Observa con más atención.

Tom ladeó la cabeza tanto como Alexander, y en ese momento reconoció también el dibujo que había pintado en la caja. Una especie de ave exótica, y debajo algo escrito en letra pequeña y con arabescos.

—«Batavia Arrack» —leyó Tom, confundido.

—No me refería a eso. Mira debajo.

Allí había pegada una dirección medio despedazada, pero una parte aún era legible. Alexander extendió el papel arrugado con los dedos para que Tom lo leyera mejor.

—… elock, 146 Brook Street… —descifró, y arrugó la frente—. Eso solo puede ser la tienda de telas de la señorita Lovelock, en Bath.

—Correcto, ¿y por qué la buena de la señorita Lovelock se llevaría a casa cajas de licor? —reflexionó Alexander.

—Solo las pediría si en las cajas no hubiera arrack, sino otras mercancías. Seda o brocado, por ejemplo —ató cabos Tom con una expresión de rabia en el rostro—. Lástima, siempre parecía tan respetable y digna de confianza, con sus angelicales tirabuzones rubios…

—¿Desean algo los caballeros? —se oyó una voz por detrás que sonó de todo menos amable. Alexander y Tom se dieron la vuelta.

Aparecieron varias sombras en la puerta de entrada, unos diez metros por detrás de ellos. Alexander contó cinco hombres. Llevaban unos garrotes, y el del medio se daba unos golpes a modo de ejemplo en la palma de la mano que provocaban un ruido leve, como un aplauso.

—De vosotros seguro que no —contestó Alexander con rotundidad.

—A los fisgones no se les ha perdido nada aquí —dijo el hombre, que hizo un leve gesto con la cabeza para que el que estaba en un extremo cerrara la puerta.

Tom lanzó a Alexander una mirada rápida de alerta.

Sí, en ese momento tenían un problema.

Uno muy grande, maldita sea.

22

Dos horas después estaban de vuelta en Bath, en el White Lion, pero había sido todo un reto, sobre todo porque Tom casi no reaccionaba ni podía caminar solo. Alexander abrió con un pie la puerta del hostal porque le daba miedo que, si soltaba a Tom, este se desplomara. Lo tenía agarrado por el torso y con la otra mano sujetaba el brazo sano por encima del hombro.

Justo cuando empujaba a su amigo de lado por la puerta oyó pasos en la escalera que se acercaban desde arriba. Miró alrededor, maldiciendo, abrió la primera puerta que encontró a la derecha y arrastró a Tom con él a la penumbra del cuarto. Era una despensa porque estuvo a punto de chocar con la cabeza con un jamón enorme que colgaba del techo. Con la mayor rapidez y sigilo que pudo, entornó la puerta, porque las voces de la escalera cada vez se acercaban más. Si la cerraba, haría demasiado ruido.

Los pasos se aproximaron y Alexander cerró los ojos.

Fantástico. Quienquiera que estuviera ahí fuera, los había descubierto. Justo lo que quería evitar. De hecho, había sido un error ir al White Lion. En su tienda podría haber tumbado a Tom mientras iba a buscar los vendajes a su habitación del hostal.

—¿Alexander? —oyó una voz delante de la puerta. La reconoció enseguida.

¿Por qué tenía que ser precisamente Isabella Woodford quien lo viera ahora manchado de sangre y en una situación muy comprometida?

La puerta se abrió, la luz de las velas iluminó el rostro de Tom, y su amigo reaccionó con un gruñido airado.

Por lo menos, aún percibía algo y no estaba inconsciente. Los golpes en la cabeza no podían ser tan graves. Tom se había llevado lo suyo, más que Alexander. Pero como era más bajo y flaco, no había podido hacer nada contra la mayoría de hombres altos y aguerridos. En poco tiempo, Alexander había derribado a sus dos contrincantes con unos cuantos golpes certeros, luego se había abalanzado sobre su amigo para protegerlo con su propio cuerpo de las patadas que le propinaban, pero tenía bastante mala pinta.

Oyó que alguien respiraba hondo.

—Salga ahora mismo de mi despensa, Wilkinson.

Era la inconfundible voz de Rebecca Seagrave.

—Por supuesto —se limitó a decir, se irguió y se apoyó un poco hacia la derecha para que le resultara más fácil equilibrar el peso de Tom.

Conocía Bath, si de pronto aparecían en la ciudad dos hombres malheridos enseguida empezarían a correr rumores. Su intención era volver sin que los vieran y cuidar de Tom para evitar los rumores que, inevitablemente, ahora se desatarían. Luego ya pensaría en quién hacía causa común en Bath con los hombres de Bristol y en quién podía confiar. Sin duda, no era casual que, justo en el momento en el que Tom y él se encontraban en un almacén prácticamente vacío, de pronto apareciera una tropa de matones.

Sin embargo, el plan se había ido al traste.

—Ha tenido días mejores —comprobó la señora Seagrave mientras él agarraba a Tom y lo sacaba fuera. Alexander distinguió dos siluetas en la penumbra, una de ellas debía de ser Isabella, y la otra seguro que era Betty Hartley, Isabella apenas salía de casa sin ella.

—Por el amor de Dios, pero ¿qué demonios han estado haciendo? —De nuevo era la señora Seagrave la que hablaba, con los brazos en jarras.

Isabella no dijo nada. Alexander desvió la mirada hacia ella y vio su cara de espanto, pero siguió callada.

—Un breve encuentro muy desagradable con unos tipos no muy amables, señora Seagrave. No es para tanto —mintió Alexander, y Tom, que colgaba flácido de su costado, lo confirmó con un gruñido.

—Deberíamos llamar a un médico, de verdad. En Bath hay un medicucho en una de cada dos casas —propuso la señora Seagrave.

—Justo ese es el problema —repuso Alexander.

Rebecca Seagrave lo miró confundida.

—La mitad ni siquiera tienen una formación adecuada y despluman a los que están achacosos a cambio de no sé qué jarabes y tinturas que no tienen ningún efecto. Además, tampoco es necesario anunciar esto a los cuatro vientos —aclaró Alexander, al tiempo que paseaba la mirada entre las presentes.

La señora Seagrave ladeó la cabeza con cara de disgusto. Seguro que no era la primera vez que le pasaba algo parecido. Aunque fuera justo cinco años menor que él y con su tez oscura y sus rasgos perfectos pareciera una cantante de ópera o una belleza exótica de la alta sociedad londinense a la que todos adoraran, Alexander sabía que las apariencias engañaban. Era empresaria y propietaria de un hostal; él prefería no pensar en todo lo que veía y vivía a diario. Al final también Isabella asintió.

—¿Por qué no puede enterarse nadie? —preguntó Tom, que de repente parecía despertar de su ofuscación. Levantó la cabeza y miró al grupo con los ojos vidriosos, uno de ellos cerrado por el dolor. Atrajo toda la atención y Alexander estuvo a punto de zarandearlo por su pregunta absurda.

—Ya sabes por qué —contestó entre dientes, y se preguntó si el cerebro de su amigo había quedado afectado.

—¿Qué le pasa en el brazo? —Isabella señaló el brazo izquierdo del joven, que colgaba inerte. Fueron las primeras palabras que dijo, y su voz no trasmitía ningún sentimiento. No era lo que Alexander esperaba. La angustia en el corazón que se había apoderado de él en cuanto oyó su voz y la miró por primera vez se volvió algo más intensa.

—Creo que está roto —contestó Alexander, aunque a decir verdad no lo sabía.

Isabella solo tardó un segundo en reaccionar.

—Una palangana con agua caliente, un palo de madera del tamaño de un brazo, o dos cojines de plumas pequeños, muchas vendas limpias y ron. A poder ser una botella entera —ordenó a los empleados horrorizados que habían aparecido por detrás de ellos.

—Un momento —intervino Alexander.

—Sin protestar —lo reprendió Isabella, y él ni siquiera intentó contradecirla.

Era como si de pronto tuviera delante a otra persona. Estaba tranquila y parecía segura y resuelta. Además, debía admitir que estaba impresionante, aunque se hubiera propuesto no dejarse influir de ninguna manera por esa mujer.

—También necesito clara de huevo, cinco onzas de almidón y un poco de polvo de yeso. ¿Tenéis? —preguntó, dirigiéndose a la señora Seagrave.

La otra la miraba un tanto incrédula, pero luego sacudió la cabeza.

—Huevos y almidón, sí. Polvo de yeso seguro que no.

—¿En Bath hay algún pintor o escultor...?

—El señor Tucker —la interrumpió la señora Seagrave—. En Orchard Street. —Y antes de que Isabella preguntara, añadió con el semblante serio—: Iré yo misma. Casi son las nueve, por lo que lo conozco, aún no se habrá ido a la cama.

—¿Qué pasa con tu cita con Shakleton, el concierto? —susurró la señorita Hartley por detrás, pero Alexander la oyó.

—Seguro que Shakleton sabrá divertirse solo. Esto es más importante. Además, de todos modos ya es demasiado tarde.

—¿Estás segura de que...? —La señorita Hartley calló al ver la mirada hostil de Isabella.

Por un momento se impuso el silencio.

—Le enviaré un mensaje a *lady* Parker diciéndole que estás indispuesta y que tienes que pasar aquí la noche. Que se ocupe ella de Shakleton, estoy segura de que lo hará encantada. —El tono de la señora Seagrave pretendía ser neutro, pero a Alexander le dio la impresión de que asomaba cierto sarcasmo.

Era lógico, él mismo había visto lo agradable que le resultaba a Shakleton la compañía de las damas de cierta edad.

—Llevadlo a mi salón —ordenó la señora Seagrave, y se puso sobre los hombros la manteleta que acababa de darle una de sus criadas—. Si puede ser, no lo tumbe en el canapé, hágame el favor. Las manchas de sangre lo echarían a perder. —Dicho esto, se despidió y se fue a toda prisa.

Alexander asintió, aunque la señora Seagrave ya no lo vio, y se puso en marcha con Tom hacia la planta superior. No era tan fácil subirlo a empujones por la escalera de madera un poco ajada sin que el brazo herido rozara con la barandilla.

Isabella y la señorita Hartley los siguieron por la lóbrega escalera y, cuando Alexander se paró en la primera planta y miró alrededor indeciso, Isabella se abrió paso por un lado y con una vela iluminó el camino que conducía al salón. Alexander nunca había entrado en las dependencias privadas de su hostalera. Mientras Isabella avanzaba, preguntó como si nada:

—¿Quién ha sido?

—Alguien que quería advertirnos. Está claro que esos hombres sabían lo que se hacían. Pero no le des más vueltas, ahora mismo no puedo contarte más.

Alexander sintió un gran alivio al ver que ella no seguía preguntando y se limitaba a asentir, señalar hacia delante y abrir la puerta que daba al salón de la señora Seagrave. Estaba bien iluminado, limpio y decorado con gusto, era cálido y el olor a canela y vainilla era muy agradable. «Sin duda la casa de una mujer», pensó al cruzar el umbral. Con la ayuda de Isabella, colocó a Tom sobre la larga mesa de caoba, y sus cabezas quedaron a solo unos palmos de distancia. Él notó la cercanía y alzó la vista, en ese preciso instante Isabella hizo lo mismo y sus miradas se cruzaron.

Mucho rato. Más de lo que les convenía.

Alexander se sumergió en el abismo de sus ojos de color ámbar y perdió la noción del tiempo que llevaban mirándose. Notó que de pronto se le aceleraba el pulso, le costaba tragar saliva e intentaba reprimir los sentimientos que lo asaltaban con fuerza. Por muy complicada que fuera la situación, por mucho que le doliera y por intensa que fuera la rabia que sentía hacia ella —o puede que incluso fuera miedo—, su cuerpo siempre reaccionaba cuando la tenía cerca.

Tras ellos entró en la sala una criada que hacía equilibrios con una palangana de agua y una montaña de toallas y vendas blancas. La señorita Hartley se acercó a ayudarla y ella lo dejó todo en la mesita baja que había entre los sofás. Entró una segunda criada con un cuenco con clara de huevo, el almidón que habían pedido y dos almohadas pequeñas y blandas. Isabella las tocó para saber si eran adecuadas y a continuación mezcló la clara de huevo con el almidón.

—¿Qué vas a hacer ahora? —preguntó Alexander, que la observaba. No sabía mucho de fracturas de huesos, pero todo aquello le parecía muy raro. Además, le costaba hacerse a la idea de que Isabella de verdad fuera a curar a su mejor amigo.

—Voy a echar un vistazo al señor Miller. ¿Sabes si tiene más heridas a parte de la fractura del brazo izquierdo?

—No, pero ¿estás segura de que es buena idea...?

—¿Confías en mí? —lo interrumpió ella, y lo miró a los ojos.

Estuvieron así un rato y, aunque Alexander había invertido horas ese mismo día en maldecir a esa mujer, se oyó decir con voz ronca:

—Sí.

—¿Qué está pasando aquí exactamente? —preguntó Tom desde la mesa, de pronto con una voz que sonaba muy despierta. De hecho, sonaba inquieto.

—Voy a corregirle la fractura de hueso, Miller —contestó Isabella con rotundidad.

—Perdone, ¿que va a hacer qué? ¡Ni hablar! —exclamó, y su miedo parecía sincero. Buscó con la mirada a Alexander—. ¿La sobrina del vizconde me va a entablillar el brazo? ¿Alexander? —intentó convencerlo. «¿Os habéis vuelto todos locos?», decían sus ojos, de nuevo vivos por la sorpresa.

—Sobrina del vizconde y además hija de cirujano —aclaró Alexander, lacónico.

Betty se acercó a la mesa, le puso una mano en el hombro a Miller para tranquilizarlo y lo empujó para que volviera a tumbarse.

—Les ha curado muchos huesos rotos a mis hermanos junto a su padre, más de los que puedo contar con los dedos de una mano. Sabe lo que se hace.

Miller volvió a tumbarse, pero seguramente no le quedó más remedio porque la señorita Hartley lo empujaba sin piedad.

—Fantástico. Maravilloso. Una adolescente me va a entablillar el brazo. —Observó con desconfianza el vaso que la señorita Hartley le ofrecía desde hacía un rato, pero que aún no había tocado por precaución.

—¿Alcohol? Ya veo que el procedimiento no va a ser muy agradable —comentó, y bebió el primer trago.

—Lo siento, pero no tenemos láudano a mano, ¿no? —Desvió la mirada hacia Alexander.

—¿Por qué me miras a mí?

Ella se encogió de hombros, se dio la vuelta y se puso a clasificar las vendas y toallas en distintos montones. La señora Seagrave había vuelto, les dio un saquito de polvo de yeso y se quedó en silencio un poco pálida cerca de la puerta de entrada. Saltaba a la vista que le costaba ver la herida abierta de Tom. Puede que la señora Seagrave, tan segura de sí misma como parecía, fuera incapaz de ver sangre, y a Alexander le hacía cierta gracia.

Tom tomó otro buen trago y torció el gesto porque, fuera lo que fuera lo que había en el vaso, era intenso y puro y, por lo tanto, fuerte, hasta Alexander lo olía.

Tom señaló la botella con la cabeza.

—¿Has visto? —preguntó a media voz.

Alexander entrecerró los ojos para leer mejor la etiqueta. Soltó un leve silbido entre dientes. Era el mismo licor que habían visto poco antes en Bristol.

—Arrack de Batavia. Una bebida selecta. Y seguro que también es cara. Parece que la señora Seagrave te quiere bien.

Tom clavó la mirada en Alexander y se entendieron sin decir nada. Casi le dio la sensación de que a Tom no le gustaba haberlo descubierto allí, en el hostal de la señora Seagrave.

—Bébaselo —ordenó Isabella, que se había acercado a la mesa y le remangaba las mangas como podía.

Le hizo una señal a Betty.

—Primero el frac.

Ella agarró con destreza el cuello y desvistió el brazo sano antes de sacar la prenda por debajo del trasero de Tom y tirar de ella con cuidado en el brazo herido. No era la primera vez que lo hacía, y a Alexander le dio la impresión de que esas dos mujeres formaban un equipo bien avenido.

Isabella estudió el antebrazo de Tom. Además de tenerlo hinchado, ahora estaba también azul. Lo palpó con suavidad y asintió, y Alexander lo interpretó como una buena señal.

Luego Isabella se volvió hacia Tom, se inclinó un poco sobre él y lo miró a los ojos, cada vez más vidriosos. Por suerte, el arrack surtía efecto poco a poco.

—Muy bien, Miller. Puede que ahora le haga un poco de daño.

DESPUÉS DE INMOVILIZARLE el brazo y empaparlo con la mezcla de yeso y huevo, lo llevaron al cuarto de Alexander, donde Betty se quedó sentada en su cama para vigilar que no hiciera ningún movimiento incontrolado debido a la embriaguez. Primero la mezcla tenía que secarse y la venda endurecerse alrededor del brazo, y podía tardar hasta un día. Al cabo de unas semanas la venda empezaría a desprender olor al humedecerse en contacto con la mezcla de yeso y huevo, pero era mucho mejor que entablillar el brazo con una simple férula sujeta solo con vendas. Las vendas se soltaban al cabo de unos días, y eso implicaba tener que vendar una y otra vez, con el riesgo de que el hueso volviera a romperse y el brazo quedara tullido. Así, en cambio, había muchas opciones de que el antebrazo se curara sin complicaciones. Según lo que había palpado Isabella, era una fractura sencilla que no había afectado a la articulación del codo, y el hueso tampoco parecía astillado. Tenía la sensación de que la herida se curaría sin problemas y Miller podría volver a mover el brazo si guardaba reposo durante las semanas siguientes. No siempre era así. Muchas veces los brazos, pero sobre todo las extremidades inferiores, se quedaban rígidos después de una fractura porque algo no se soldaba del todo o porque el paciente pasaba tanto tiempo con ellos inmovilizados que la articulación se deformaba.

Ella solo quería hacer una visita a Rebecca antes de su velada con Shakleton en el teatro para contarle todo lo que había ocurrido por la tarde. Ni en sueños esperaba que la noche acabara así. Rebecca se había retirado, probablemente al hostal. Durante la intervención, cuando Miller empezó a gritar desesperado, palideció aún más y se disculpó. Era la primera vez que Rebecca mostraba debilidad ante una situación, y a Isabella eso le dio una tranquilidad enorme. Ni siquiera Rebecca Seagrave era infalible.

Volvió al salón con Alexander, se acercó a la jofaina y se limpió la sangre de Tom de las manos. Tenía otras heridas abiertas y rasguños que también había curado. El agua seguía templada, Isabella disfrutó enjabonándose con generosidad y lavándose las manos. Echó un vistazo a Alexander mientras lo hacía. La estaba observando. En ese momento, a solas en el salón sin que se oyera nada más que el leve crepitar del fuego y el sonido regular del reloj de pie con arabescos que había junto a la puerta, recordó cómo se habían despedido en su último encuentro en el teatro. Hasta entonces no había tenido tiempo para pensarlo. Tom y Alexander necesitaban ayuda e Isabella había reaccionado sin más.

Sin embargo, ahora volvía la calma y la discusión del teatro se interponía entre ellos como una pared invisible.

Isabella sacudió las manos con cuidado encima de la jofaina metálica y un poco abollada, cogió la toalla que había al lado y se secó. Se tomó su tiempo, por lo menos así tenía algo que hacer y podía ignorar el silencio entre ellos, que se prolongaba y cada vez era más incómodo. Dobló la toalla y la dejó al lado de la jofaina; luego, por fin, reunió el valor para mirar a Alexander a los ojos. Se irguió y procuró parecer segura y desafiante. Alexander sabía que no podía mirarla de ese modo durante minutos, y encima sin decir nada.

De pronto la distrajo de nuevo una herida abierta en la ceja, que había empezado a cerrarse, y se preguntó si de verdad sería la única. Cuando Alexander se sentó con cautela en el canapé y una mueca de dolor lo delató, aunque era obvio que intentaba disimular, Isabella comprendió que tampoco había salido ileso.

Ella entornó los ojos y esperó a que él se reclinara en el respaldo, algo que hizo con evidentes titubeos, antes de preguntar:

—¿También estás herido?

Como mínimo, merecía la oportunidad de poder decírselo.

—No, estoy estupendo. Solo tengo este arañazo en la ceja.

Intentó cruzarse de brazos, pero luego abandonó la idea. Cualquiera que no estuviera ciego entendería que le dolían las costillas.

¿No se lo decía por vergüenza? ¿Porque no quería mostrar debilidad delante de ella? ¿O tal vez porque no quería que lo tratara?

Isabella decidió que daba igual.

—Quítate la camisa.

Él enarcó las cejas, sorprendido, y luego esbozó una sonrisa pícara. Sin embargo, no se movió ni un centímetro, seguro que para darle a entender que no tenía ni la más mínima intención de obedecer sus órdenes.

—No te esfuerces, me encuentro muy bien. Solo era importante que Tom recibiera ayuda.

Esa mentira resultaba interesante, saltaba a la vista que no se encontraba muy bien ni mucho menos.

Si de verdad habían caído en manos de unos auténticos matones, estos conocían bien su oficio. Sabían cómo hacer escarmentar y herir a alguien sin que fuera evidente. Isabella tenía muy claro qué significaba una «advertencia». Una mujer de Lydford había tenido un marido violento que le pegó durante años sin que nadie se enterara. Esos tipos pegaban siempre en el cuerpo, en las tripas y las costillas, donde no se advertía a simple vista pero el dolor era intenso.

—No te creo ni una palabra, Alexander. Estás herido, pero por alguna razón incomprensible no quieres que lo vea —aseguró Isabella.

—Bueno, pues aquí tienes. —Se levantó y estiró los brazos. Lo único que le tapaba el torso era la camisa, porque ya se había quitado la levita que tanto le molestaba mientras ella curaba a Tom.

De pronto a Isabella se le aceleró el pulso.

Él la miraba expectante, con un brillo turbio y penetrante en los ojos. Seguía con los brazos estirados, Isabella veía la silueta de su cuerpo a través de la fina camisa de algodón. Quería que se la quitara ella, y en ese momento Isabella no supo cómo interpretarlo.

¿Cómo había conseguido dar la vuelta a sus instrucciones para que ahora a ella no le quedara más remedio que acercarse?

«No te pongas así, como si no hubieras visto nunca a un hombre desnudo.»

Hizo caso omiso del cosquilleo que le recorría el cuerpo y agarró el dobladillo de la camisa de Alexander para levantársela. Estaba muy cerca, demasiado, notaba el calor corporal que emanaba. Él la miró a la cara mientras ella retiraba la camisa poco a poco. Isabella notó que sus ojos se detenían en los labios de él y procuró obviarlo como pudo. No sabía qué ocurriría si cruzaban las miradas y ella se perdía de nuevo en sus ojos, como siempre que estaban tan cerca.

Ahora que llevaba tan poca ropa también podía olerlo, su aroma tan peculiar mezclado con un leve matiz de sudor reciente. Le gustaba esa combinación, mucho, pero puso gran empeño en no rozarle la piel con los dedos.

Cuando terminó de levantarle la camisa sobre el pecho y vio su torso desnudo, tuvo que tragar saliva. Se le notaba cada respiración en el vientre plano y musculado, además de un pequeño rastro de vello fino que se perdía en la pretina del pantalón.

Apartó la mirada y se concentró en las heridas.

Aunque él lo negara, su cuerpo explicaba lo que le había pasado. Debía de estar tumbado en el suelo cuando le dieron patadas, durante un buen rato. Tenía manchas rojas y magulladuras por todo el torso que poco a poco se adoptaban un tonalidad lila y azul. Debía de sentir unos dolores horribles, y, con solo pensarlo, a Isabella se le formó un nudo en la garganta.

Ella evaluó su rostro con la mirada.

—¿Puedes respirar hondo? —preguntó con la voz tomada.

—Uf… —exclamó, se encogió de hombros con aire inocente y sonrió, lo que equivalía a un no.

Ella le tocó las costillas.

—Jamás habría pensado que volvería a vivir esto. Tus manos sobre mi piel desnuda —bromeó él en voz baja, pero el tono burlón era inequívoco.

Isabella apretó a propósito en uno de los hematomas de las costillas, no muy fuerte, pero lo suficiente. A Alexander se le puso todo el cuerpo rígido y respiró hondo.

—¿Quieres decir después de nuestra discusión en el teatro? —preguntó ella, ingenua, y al ver que Alexander callaba, continuó—: Puede que tengas algunas costillas rotas. Puedo ponerte una venda, pero no servirá de mucho. Lo que necesitas es reposo.

—No sé si será posible.

—¿No puedes estar unos días sin tus incursiones en Assembly Rooms o en el teatro para hacer perder la cabeza a las mujeres jóvenes?

—Eso no es justo —repuso él en voz baja. El breve intercambio de bromas había terminado, Alexander se puso serio de nuevo—. Además, tú tampoco paras de conocer a hombres jóvenes —le reprochó.

Ella arrugó la frente. No sabía a qué se refería Alexander.

—¿De qué hablas exactamente?

—De tu gran amigo Christopher Ashbrook —contestó.

A Isabella se le paró el corazón un instante. ¿Cómo sabía lo de Christopher?

Alexander debió de leer el horror en su rostro, porque se apresuró a decir:

—Por si te lo preguntas, os he visto hoy, delante de Royal Crescent.

Sin duda, Bath era peor que el minúsculo Lydford. No se podía dar un paso sin que alguien te observara.

Miró un rato a Alexander y luego sacudió la cabeza.

—No es amigo mío.

—¿Entonces qué te traías con él? —El tono era implacable, y eso indicaba que conocía a Ashbrook, y sobre todo su carácter.

Aun así, no le correspondía hacerle esa pregunta. En absoluto, Isabella tampoco tenía por qué contestar. Sin embargo, algo en su interior quería darle una respuesta. Sintió el impulso de contárselo todo y compartir con él todas sus miserias.

Pero ¿para qué? De todos modos ya era demasiado tarde. Había tomado una decisión y no podía echarse atrás.

—Es un simple conocido. Me lo presentaron en un baile organizado por la duquesa de Devonshire —dijo ella—. Está también en Bath por casualidad y me ha hecho una visita. Por cierto, es una parte del todo inofensiva de los buenos modales, que a ti te resultan indiferentes, como ambos sabemos.

Isabella se volvió y puso unos pasos de distancia entre ellos al darse cuenta de que la rabia por su último encuentro volvía a apoderarse de ella.

—Isabella.

—¿Qué? —Ella se había parado delante de la chimenea, que ardía débilmente.

—Necesito pedirte disculpas. Por todo lo que pasó entre nosotros en el teatro.

«Por fin», pensó, pero se limitó a mirarlo en silencio.

—Creo que tengo que contarte algunas cosas —continuó para sorpresa de Isabella. Se había hecho ilusiones de recibir una disculpa, incluso lo esperaba, pero no contaba con que se explicara.

—Ven, siéntate conmigo. —Levantó el brazo para invitarla a sentarse a su lado en el canapé.

Seguía llevando solo la camisa, con el cuello bien abierto, Isabella sabía que no era buena idea sentarse al lado de ese hombre medio desnudo. Aun así, lo hizo, pero dejando más de dos palmos de distancia.

Esperó un momento como si antes tuviera que ordenar las palabras, y el centelleante resplandor del fuego se reflejó en sus ojos.

—Ya estuve prometido una vez. Aquella mujer, una joven señorita... yo... me importaba de verdad. —Tragó saliva. La conversación parecía resultarle muy difícil—. Al final resultó que no me quería y que solo le interesaba mi dinero, me había mentido durante todo el tiempo que estuvimos prometidos.

Isabella sintió algo en el pecho. Era como si se le abriera y brotara de él un potente sentimiento: el deseo de proteger a Alexander; le dieron ganas de acercarse a él y abrazarlo. Se había enfadado muchísimo con él, más de una vez, pero nadie merecía que lo engañaran así. Isabella se puso furiosa con la mujer cuyo nombre ni siquiera conocía.

No le dijo nada de eso, solo:

—Lo siento.

—Fingía conmigo, todo el tiempo. Yo estaba ciego y no lo vi. Luego se casó con algún conde de Escocia.

—Por eso la aversión hacia las damas que quieren casarse —concluyó ella en voz baja, más para sí misma que para Alexander. Ahora que sabía sus motivos, muchas facetas de su comportamiento le resultaban más evidentes.

—Y hacia la alta sociedad y la nobleza —añadió él con una media sonrisa.

—¿Qué tiene que ver el engaño de una sola mujer con la alta sociedad y la nobleza?

—La alta sociedad, la nobleza —repitió él con desdén—. ¿Sabes lo que significa estar entre ellos, formar parte de su entorno, pero no ser de los suyos? ¿Sabes lo que se siente al ser excluido y despreciado, no porque seas más ignorante o tengas menos éxito que los demás, sino solo por tu origen?

—Puede que sí. Al fin y al cabo, soy una mujer. Me siento excluida muchas veces.

—Además de no tener título y trabajar para ganarme la vida, en vez de dedicarme a administrar mis bienes heredados, también soy un hijo ilegítimo, Isabella. Un bastardo. Un destino que comparto con Tom, por cierto. En algún momento, mi padre se ocupó de que tuviera una educación, incluso estudié en Oxford. Pero llevo mi origen pegado en la frente como una marca. Jamás podré deshacerme de ella, por muy rico que sea.

Isabella no sabía qué contestar.

—A mí me da igual —susurró al final, y le arrancó a Alexander una breve risa amarga.

«No te dejes provocar», se dijo ella. Estaba siendo abierto y sincero con ella. Tenía el alma herida, y el cuerpo también, sufría dolores y seguro que estaba agotado. Solo eso lo volvía más impaciente e irritable, y no iba a discutir de nuevo con él por el mismo tema.

—Tienes razón. Yo también buscaba un título —reconoció Isabella. A Alexander se le ensombreció el semblante, y ella creyó ver una sonrisa amarga en las comisuras de los labios—. Y no me queda más remedio que escoger a un hombre de buena posición. Estoy muy agradecida porque hayas confiado en mí, pero esta noche no puedo ni debo explicarte mis razones. Por favor, Alexander. No puede ser.

—No pasa nada —transigió él de repente en voz baja y ronca. Le notó cierto afecto en la mirada, y al verlo a Isabella le dio un vuelco el corazón.

Se dio cuenta de que era importante para él, de que confiaba en ella. Le importaba tanto que había querido hablarle de su pasado, sin esperar la misma sinceridad a cambio. Lo miró a los ojos y se perdió en el color gris verdoso, fue como si su mirada la engullera y la arrastrara a las profundidades de un mundo en el que solo existían Alexander y ella, y esa irresistible cercanía entre ellos.

Isabella desvió la mirada inquieta hacia la camisa abierta, vio brillar la piel desnuda bajo el tejido y en ese momento no había nada que deseara más que volver a tocarla. Tragó saliva, el aire entre ellos ardía y, si no salía de allí enseguida, ya no tendría la fuerza ni el control sobre ella misma para hacerlo.

—Debería ir a ver a Betty y Tom. —Se levantó con brusquedad y se alejó un paso de él, vacilante.

—Ah… —se limitó a contestar él, que también se puso en pie y le bloqueó el paso con un brazo apoyado en la pared. Estaba cerca, demasiado, sus labios quedaban a solo un palmo de los de ella. Isabella notó su aliento en la cara y tuvo que cerrar los ojos un momento. Intentó con todas sus fuerzas recuperar el control del ardor de su cuerpo. Quería estirar el brazo y tocarle el pecho, acariciar la piel con los dedos y notar el latido bajo la palma de la mano.

No podía hacerlo. No debía.

«Hoy has hecho una promesa y no puedes romperla.»

Abrió los ojos al oír un ruido, era un leve gemido, casi doloroso, procedente de lo más profundo de la garganta de Alexander, como si también intentara contenerse.

De pronto, Isabella sintió su mano en el cuello, la atrajo hacia sí, no era una caricia suave y prudente. Se quedó paralizada unos segundos, sin hacer nada, pero luego, cuando la rodeó con el brazo y la acercó aún más como si quisiera sentir cada centímetro de su cuerpo, cedió y se relajó en el abrazo. Alexander posó sus labios sobre los de ella, con fuerza y avidez. A Isabella le pareció notar dolor y pesar en ese beso. Era justo el sentimiento que hervía también en su interior y que cobraba fuerza con cada segundo que notaba sus labios en la boca.

Ese beso fue distinto del primero: más urgente, desesperado. Isabella le puso una mano en el pecho y sintió su corazón acelerado, igual que el suyo. Alexander la acariciaba con la lengua, y con cada roce Isabella perdía un poco más el control. Él llevaba las riendas y, aunque Isabella supiera que lo que estaba haciendo estaba mal, que era algo prohibido, algo en su interior le decía que a pesar de todo iba a seguir adelante.

Deseaba a ese hombre, tanto que le dolía físicamente, y todas las venas de su cuerpo le gritaban que cediera a su anhelo.

Alexander le acarició la espalda y deslizó las manos hacia los pechos, apretados en el corpiño. Los dedos se abrieron paso bajo la fina pechera, rozó con las yemas de los dedos la base de los senos y le puso la piel de gallina. Los agarró casi con rudeza con una mano al tiempo que con la otra le subía la falda y se deslizaba por debajo. Paró en las nalgas desnudas, Isabella no pudo evitar gemir y dejarse llevar por el deseo que ardía cada vez con más fuerza en su cuerpo.

Isabella notó la erección contra la cadera y despacio, muy despacio, bajó la mano por su vientre en tensión. Alexander contuvo la respiración cuando ella clavó los dedos en la pretina del pantalón. Luego siguieron indagando hasta que Alexander respiró hondo cuando llegaron al miembro erecto. Lo frotó con suavidad arriba y abajo, pero luego lo agarró por encima de la tela de los pantalones.

—Isabella —gimió él, y abrió los ojos. Cuando ella notó que su miembro viril se contraía con sus caricias, una euforia extraña se apoderó de su cuerpo, una auténtica satisfacción prohibida al ver cuánto la deseaba ese hombre.

Él le separó las piernas con la suya, y la sensación expectante en el vientre, el latido y el calor en la entrepierna eran casi insoportables. Él le rozó el vientre y le acarició los pechos realzados por el corpiño. Era como si quisiera sentir y descubrir cada rincón de su cuerpo, y al notar sus manos por todo su ser, Isabella olvidó sus últimas reservas. Deslizó de nuevo la mano hacia la pretina del pantalón para poder agarrarlo, pero con un solo movimiento él la cogió del brazo y la paró. Al mismo tiempo la buscó con los labios y le dio un beso largo y apasionado que dejó a Isabella sin aliento.

—Alexander, de verdad que deberíamos… —dijo ella jadeando cuando él apoyó la frente en la suya. La soltó un poco, posó los dedos en el cuello de Isabella y le puso la cálida palma de la mano en la mejilla.

—Chist —exclamó, le acarició los labios con el pulgar y ella los abrió un poco bajo la presión del dedo. Él tenía los ojos clavados en su boca, con un súbito brillo tan expectante, casi voraz, que Isabella enseguida notó el calor en su parte más íntima.

Como si notara lo que le estaba pasando, Alexander dijo:

—Hace mucho que hemos pasado el límite, Isabella. Yo lo sé, y tú también.

Tenía razón. Su cuerpo se abandonaba al deseo, Isabella le gimió en la boca cuando la volvió a besar. Él le acarició las nalgas con suavidad y, cuando la deslizó hacia delante y ella se arqueó al sentir el calor húmedo entre las piernas, no pudo más que hundir la cabeza en el pecho de Alexander. Él la sujetó con cuidado y la aguantó mientras con los dedos de la mano derecha, despacio y con ternura, empezó a dar vueltas con movimientos breves y seguros, y esta vez Isabella gimió más fuerte, suplicante.

Alexander le introdujo un dedo, solo un poco, y ella dejó escapar una exclamación de sorpresa, pero se dejó llevar y le dejó a él el mando. Cuanto más se soltaba, más se entregaba a él, más fuerte era el deseo que sentía. Se concentró en la zona íntima y se fue contoneando cada vez más hasta que notó que se dirigía de forma imparable hacia el éxtasis.

—¿Has pensado en mí, Isabella? —le susurró al oído, y ella notó el aliento cálido en el cuello. Los movimientos de Alexander cobraron fuerza—. ¿Has pensado en mí? Dímelo —le exigió en un tono bajo y seductor.

—Sí —gimió ella—. Sí, he pensado en ti.

—Yo también, cariño. Mi maravillosa y fuerte Isabella. Todas las noches, desde la primera vez que te vi.

Volvió a deslizar un dedo en su interior, lo volvió a retirar y siguió moviéndolo en círculos, Isabella notó que estaba húmeda y que poco a poco empezaban a temblarle todos los músculos del cuerpo.

—Tenemos que estar juntos, ¿entiendes? —susurró—. Tú y yo estamos hechos el uno para el otro.

En ese momento ella llegó al orgasmo. La arrolló una ola, se contrajo y se desplomó con fuerza contra el cuerpo de Alexander cuando las piernas cedieron y unas motas blancas bailaron ante los párpados cerrados. Él la agarró con fuerza y ella se derritió en sus brazos.

De pronto, Isabella notó que se le llenaban los ojos de lágrimas y la sensación de euforia que acababa de invadir su cuerpo se convirtió en otra cosa. Era deprimente. Sin poder evitarlo, se le cayó una lágrima, que le rodó por la mejilla. Ella seguía con la cara oculta en el pecho de Alexander, pero él notó un temblor sospechoso en los hombros.

Lo siento. Lo siento mucho, no quería... —se disculpó él, le cogió la cabeza entre las manos e intentó mirarla a la cara.

Isabella se separó de él, pero no consiguió formular una frase. En su lugar le salió un sollozo, y se tapó la boca con la mano.

—Tengo que irme —dijo entre dientes, buscó con movimientos nerviosos su manteleta y su sombrero, que seguían en una de las butacas.

—Claro, lo siento. No quería... —insistió Alexander, y sonó bastante desvalido. Parecía abrumado por el arrebato de Isabella, igual que ella.

A Isabella solo se le ocurrió huir de él y del doloroso vínculo que los acababa de unir. Se puso la manteleta a toda prisa y notó la mano de Alexander en el antebrazo. Era como si quisiera retenerla y decirle algo más, incluso movía los labios. Sin embargo, soltó un sonoro suspiro y retiró la mano.

—Te deseo lo mejor —dijo Isabella, que llegó a ver la cara de sorpresa de Alexander antes de salir al pasillo. Cuando cerró la puerta en silencio estaba segura de que era una despedida para siempre, y echó a correr. Necesitaba salir de esa casa lo antes posible.

«Es la última vez. Nunca va a volver a tocarte, y tampoco lo vas a volver a ver jamás», pensó, y por un momento el dolor que sentía en el pecho era tan intenso que tuvo que esforzarse para reprimir otro sollozo.

Las lágrimas le empapaban las mejillas. Intentó secárselas mientras bajaba la escalera a toda prisa y miraba la cara de espanto de Betty. Para entonces, Phillip también había llegado al hostal, era evidente que lo había enviado *lady* Alice para que cuidara de su prima.

—Isabella —dijo Betty, compungida, pero ella sacudió la cabeza y siguió andando hacia la salida.

Necesitaba borrarse de la cabeza a Alexander y todo lo que la unía a él. Estaba prometida y, si todo iba como estaba previsto, la semana siguiente ya estaría casada con *lord* Charles Shakleton.

En ese momento esa idea era lo que más odiaba en este mundo.

CUANDO ALEXANDER VOLVIÓ a su habitación, aún consternado por el repentino arrebato de Isabella, Tom lo miró desde la cama con los ojos un poco vidriosos, pero sin duda despierto. Estaba medio incorporado con algunas almohadas bajo la espalda y con el brazo escayolado sobre unas cuantas mantas. Alexander creyó ver cierto reproche en su expresión.

—Lo siento —dijo Alexander en cuanto cerró la puerta, y se preguntó cuántas veces había pronunciado ya esas palabras esa noche—. Debería haber preparado mucho mejor nuestra incursión en Bristol. Todo esto es culpa mía.

Tom no le contradijo.

—¿Cómo te encuentras? —preguntó después para arrancarle por fin alguna reacción.

—Gracias a las manos angelicales de tu amada, ya no me siento como si me hubiera atropellado un coche de cuatro caballos.

Alexander decidió no entrar en las peculiares palabras que había escogido.

—¿Qué tal la cabeza?

—Como un bombo. —Aun así, sonrió, y para Alexander fue un alivio enorme.

—Entonces será mejor que te contengas un poco con el arrack, mañana iré a buscar láudano a casa de uno de los médicos de por aquí.

—¿Para que me quede vegetando y completamente aturdido? Ni hablar. Ahora tenemos una buena pista, tenemos que seguirla sin falta. —A Tom le brillaban los ojos de entusiasmo. Estaba claro que la búsqueda de contrabandistas le hacía más gracia que al propio Alexander, pese a la paliza que acababan de recibir.

Alexander miró indeciso a su amigo, luego dejó vagar la mirada y la posó sobre el brazo vendado de Tom. Se acercó y dio unos golpecitos con el dedo en la capa superior.

—Sigue húmeda —comentó.

—Bah —contestó el otro con una buena dosis de sarcasmo.

—Solo era un comentario. Tienes que mantener el brazo en reposo hasta que la venda se haya secado del todo. Ya has oído lo que ha dicho Isabella.

Los dos guardaron silencio un momento.

—¿Estás seguro de que no deberíamos buscar un cirujano mañana? —preguntó al final Tom con prudencia. Era evidente que no sabía si iba a ofender a Alexander con sus dudas.

—Cuando te hizo eso parecía bastante experimentada. Seguro que te ha curado mejor que la mayoría de matasanos que trabajan aquí, en Bath.

—Tienes razón —gruñó Tom, que meneó los dedos que sobresalían de la venda para probar, pero luego se desplomó de nuevo con una mueca de dolor sobre las almohadas.

Alexander había rodeado la cama y se había parado delante de la mesita. Le dio un golpecito con el dedo índice al borde del vaso que Isabella había llenado dos veces con arrack de Batavia y ahora solo contenía un triste resto.

—Por cierto, creo que antes de elaborar teorías locas sobre la señora Seagrave deberíamos tantear a la señorita Lovelock.

—Podemos hacerlo, pero aun así la señora Seagrave será nuestro próximo punto de partida.

En efecto, el arrack de Batavia era poco común, y sin duda era mucha casualidad que dieran con una botella de esa noble bebida justo en el White Lion. Sin embargo, con eso no bastaba, ni mucho menos, para acusar a la hostalera de contrabando de telas. No tenían ninguna prueba, nada que inculpara de alguna manera de la señora Seagrave.

—Créeme, estamos muy cerca de atrapar a la banda de contrabandistas. —Alexander pensó que sonaba bastante convencido, y eso le hizo sospechar un poco. ¿Qué sabía Tom que a él se le escapaba?

—¿No crees que los golpes en la cabeza te han… han perjudicado un poco el discernimiento?

El otro lo negó con la cabeza y se mantuvo muy serio. Era raro, por lo general se sumaba a todas las bromas que le hacía Alexander. Debía de sentir dolores muy fuertes. O…

—Primero tuve que pensarlo un poco.

—Vaya —se sorprendió Alexander. Comprobó con cierta inquietud que le temblaba un poco la voz. Poco a poco comprendió que lo que Tom estaba a punto de decirle no iba a gustarle nada.

—Rebecca Seagrave e Isabella Woodford… colaboran con los contrabandistas.

—¿De dónde sacas que justo ellas dos tienen algo que ver con la banda? Suena un poco pillado por los pelos, ¿no te parece?

Por muy absurdo que sonara, Alexander sintió una desagradable punzada en la nuca. Había visto el vestido que llevaba en la cena de Weymouth. No era de una tejeduría inglesa, se fijó enseguida. Era evidente que la tela del vestido era de contrabando, pero no había querido verlo.

—No puedo dejar de pensar que subestimas a la señorita Woodford. Todavía —dijo Tom.

—¿Qué significa eso de «todavía»?

—Tú te has formado una idea de ella y bajo ningún concepto la vas a cambiar.

No era cierto en absoluto. Durante los últimos días había cambiado mucho su opinión sobre sí mismo y sobre Isabella.

—¿Cómo vas a saber lo que pienso de ella? —preguntó Alexander.

—¡Lo llevas escrito en la cara, mendrugo! Te gusta más de lo que quisieras. Intentas protegerla y por eso cierras los ojos. Además, hay algo entre vosotros dos.

—¿Estás celoso? —repuso Alexander, mordaz.

—No, por una vez, no. Pero como quieras. Primero haremos una visita a la señorita Lovelock. Si no encontramos nada sospechoso, observaremos con más atención a Isabella y a la señora Seagrave. Esta noche me han dado una buena paliza, amigo, y me apuesto lo que quieras a que nuestros cinco amigos de Bristol tienen algo que ver con los contrabandistas. Haremos saltar por los aires esa maldita banda porque espero que esto haya servido para algo. —Señaló con un dedo acusador el brazo vendado.

¿Por qué Tom tenía siempre razón?

23

«Necesito un lugar de encuentro discreto», exigió Isabella. Sin embargo, tenía que ser lo bastante público para no dar lugar a rumores. Rebecca mencionó sin dudar Grosvenor Gardens.

Habían inaugurado el parque años atrás y contaba con un laberinto, un salón de té, un invernadero y varios estanques con peces; en una palabra: todo lo que desearía el corazón de alguien que visitara Bath en busca de una recuperación. Pero, sobre todo, Grosvenor Gardens estaban tan alejados de la ciudad que no era tan habitual encontrarse a un montón de amigos y conocidos durante una visita allí. Si se daba el caso, la gente prefería apartar la vista, sobre todo cuando estaban cerca del laberinto, conocido por sus rincones sombríos y recónditos que servían de lugar de encuentro un poco privado para los enamorados.

Eso no era lo que necesitaba Isabella, desde luego.

Por Dios, no.

Necesitaba ver a Ashbrook en un entorno público, pero donde pudieran hablar sin que nadie los molestara. Le había hecho llegar otro mensaje después de pasar la tarde con Shakleton y *lady* Alice. Por lo visto, sufría graves apuros económicos porque había vuelto a pedirle las cien libras que Isabella aún no tenía, claro, y por eso había pedido hablar con él cara a cara.

No le había contado a Rebecca con exactitud de qué se trataba, ni con quién había quedado. Sin embargo, con la palabra «discreto» y por la cara de preocupación de Isabella, sabía que esa conversación no iba a ser un placer. Por supuesto, había insistido en acompañarla.

Isabella aceptó, también incluyó a Betty, que quería estar como su acompañante, solo con la condición de que se callaran cualquier pregunta en tono de crítica.

Ashbrook ya la esperaba. Se retiraron en silencio junto a uno de los sauces llorones que había cerca de la orilla del río. Ahí quedaban resguardados del camino principal y de las miradas curiosas de los paseantes. Los más aventureros que daban una vuelta en barca por el Avon los veían delante del árbol, pero por una vez Isabella confió en las reglas tácitas de Grosvenor Gardens que le había contado Rebecca.

—Aún no tengo el dinero, Christopher —aclaró ella, de brazos cruzados, y se forzó a sostenerle la mirada.

«Si apartas la vista, te mostrarás débil.»

—Pues es una lástima —dijo él a media voz con una expresión cálida en los ojos. La combinación de gris y verde le quedaba tan bien con el pelo rubio, ligeramente ondulado, que por un momento se sintió tentada a olvidar su enfado con él. Solo fue un instante, porque luego se acordó. Era la misma mirada que había usado para seducirla. ¿Todo lo que ocurrió aquella noche entre ellos fue una mentira?

—No me vengas con tu falsa amabilidad —lo reprendió ella—. De todos modos, ya no me la creo. Podemos hablar con total sinceridad: tendré el dinero cuando me case. Antes puedes escribirme todas las cartas amenazadoras que quieras, que no irá más rápido.

—No sabía que tu familia se muriera de hambre —se sorprendió.

—Deja a mi familia al margen. Esto es solo asunto mío. —Solo de pensar en que Christopher fuera a buscar a su padre para pedirle dinero cayó presa del pánico. Debía evitarlo a toda costa—. Tampoco servirá de nada que andes husmeando detrás de mí ni que impliques a más gente, como, por ejemplo, al tan apreciado maestro de ceremonias Thomas Hickey, porque así tampoco conseguiré antes el dinero. Al contrario.

—Lo de Hickey solo fue una mentira piadosa —contestó Christopher en tono de confidencia, casi como si hablara con alguien afín que también llevara una vida de mentiras y engaños y pudiera entenderlo.

Isabella sintió un cosquilleo desagradable en la nuca porque se le pasó por la cabeza la angustiosa idea de que era cierto. Nunca había mentido tanto en toda su vida desde aquella noche aciaga con Christopher.

—En una ciudad como Bath no es necesario conocer al maestro de ceremonias. Tu nombre y tu dirección figuran en el libro de visitas que todo el mundo puede consultar en Pump Room —continuó Christopher.

—Entiendo. —Por lo menos aún no le había dicho a nadie más que se conocían, comprobó aliviada.

—Deberías haberte buscado un sitio mejor para esconderte de mí, cariño.

—Yo no soy tu cariño —replicó Isabella, furiosa—. Y tampoco me estoy escondiendo de ti.

—Bueno, bueno. ¿Por qué te pones tan negativa?

—Deja que lo piense un momento, ¿porque me sedujiste y ahora me coaccionas, tal vez?

—Es una visión muy parcial de cómo fueron las cosas, ¿no te parece?

—Es la verdad, nada más.

Christopher se rio con una voz grave y melodiosa y mostró los dientes, tan simétricos. Estaba guapísimo cuando se reía. En su fuero interno, Isabella procuró resistirse.

«Sí, es guapo. Pero no vuelvas a caer. Su belleza es su arma.»

—Buscas las verdades según te conviene, Isabella. En un momento dado juegas a ser la hija de cirujano que sabe imponerse, y al cabo de un segundo eres la pobre virgen inocente y sin voluntad propia a la que han seducido. No me tomes por tonto.

—Para de decir sandeces, Christopher. —Pese a todo, una sensación desagradable se apoderó de ella, porque en cierto modo hasta tenía razón. ¿Por qué se dejaba intimidar de esa manera? ¿Por qué no le hacía frente y lo enviaba al cuerno con sus absurdas pretensiones? Ningún hombre de mundo se sometería sin más a las descaradas peticiones de Ashbrook, ¿no?

—Sabías perfectamente dónde te metías esa noche, en el palacio de la duquesa —replicó él con inquina—. Y ahora te comportas como una mosquita muerta y le haces creer a ese tal Shakleton que eres una chica virgen y casta.

—Porque necesito el dinero para comprar tu silencio —le rebatió ella, acalorada, y miró alrededor con disimulo. Lo había dicho demasiado alto, y Rebecca y Betty, que estaban a unos veinte pasos de ellos, ya les lanzaban miradas de preocupación. No podía creer que ahora tergiversara los hechos y encima le reprochara la situación en que la él la había metido.

—¿Sí? ¿Así te convences? ¿Todo esto lo haces solo por el dinero? ¿No será también que es muy cómodo tener un marido un poco idiota al que poder controlar porque eres muy superior a él? Al fin y al cabo, para ti será una fuente segura de dinero durante toda la vida y puedes moldearlo a tu antojo. Tú y tus extraños gustos e intereses.

Isabella también lo había pensado, pero solo después de hacerse a la idea de que tendría que pasar el resto de su vida con un hombre que no le gustaba. De todos modos, daba igual, porque lo más importante era que Ashbrook había estado indagando y recabando información en Devonshire, de lo contrario no sabría todo eso.

—¿Has estado con mi familia? —se apresuró a preguntar.

—Aún no.

—Si te acercas a ellos, jamás recibirás el dinero. —Era una advertencia bastante osada, pero poco a poco iba entendiendo que tenía que imponerle unos límites. Por lo visto, solo funcionaba si ella también lo amenazaba—. Y mantente alejado también de Shakleton.

—Vaya, ahora defiende a su querido futuro esposo como una leona. En realidad, me das pena, Isabella. El barón es un auténtico fantoche.

Pese a que ella se inclinaba por darle la razón, le pareció muy arrogante cómo juzgaba Christopher a un hombre al que apenas conocía. Ashbrook era un presuntuoso y un engreído, y eso la molestaba.

—Puede que Shakleton tenga sus defectos, pero por lo menos no es tan hipócrita y falso como tú. Si no me hubieras coaccionado, seguro que no me habría prometido tan rápido.

Eso no era del todo cierto, porque Isabella había huido a Bath para encontrar marido y ocultar el escándalo. Pese a todo, nunca se habría comprometido con el primero que hubiera aparecido si Christopher no la hubiese presionado tanto.

«Porque permites que te presione», le pasó por la cabeza.

Isabella se detuvo. ¿Era verdad? ¿Tenía alguna otra opción para salir de ese atolladero? También podía ser del todo sincera, permitir que Christopher fuera divulgando lo que sabía y asumir sin más lo que había hecho aquella noche.

Eso le cortaría las alas porque luego no tendría nada con qué presionarla.

«Y eso destruiría, además de tu vida, seguramente la de tu hermana. No estás sola en este mundo. Eres responsable de tu familia, y sobre todo de Elizabeth.»

Sintió un dolor en el pecho. Sus padres sabían dónde estaba. Elizabeth había estado al corriente incluso antes de que ellos supieran de la huida de Isabella. Sin embargo, pese a las cartas de disculpa y arrepentimiento que le había escrito a su madre, nadie le había contestado. Ni su padre, que hasta entonces siempre la había apoyado en todo lo que hacía. Él, que por lo general no insistía en las normas sociales, pero que por otra parte jamás habría dejado que Isabella participara en su trabajo.

Ni siquiera Elizabeth había dado señales de vida durante las últimas semanas.

«Dales tiempo», se dijo Isabella. Quería hacerlo, de verdad. Pero ¿por qué sentirse sola y excluida le provocaba una sensación tan horrible?

—No le des la vuelta para sentirte mejor, querida Isabella.

—¿No es lo que haces tú? —repuso ella con malicia—. De verdad me pregunto cómo puedes mirarte al espejo por la mañana con la conciencia tranquila.

—Te sorprendería lo bien que funciona. No es que yo le quite el sustento a alguien que no pueda renunciar a él. No dejas de ser la sobrina de la vizcondesa. Y es más que dudoso que ella, o, mejor dicho, su valioso cónyuge, hayan amasado su fortuna de una forma honrada.

Isabella nunca había pensado en cómo había alcanzado el vizconde tanto bienestar. Tal vez había decidido no pensarlo, reconoció con creciente inquietud. Sabía que tenía algunas propiedades en ultramar, entre ellas plantaciones, y era de sobras conocido que se cultivaban gracias al trabajo de los esclavos.

Durante los últimos años se había ido formando un frente cada vez más amplio contra el comercio de esclavos. William Pitt, el primer ministro, había pronunciado una filípica contra el comercio de esclavos en la cámara baja que apareció en todos los periódicos, y en consecuencia se había decidido su abolición gradual por una mayoría aplastante. La oposición a esa abominable fuente de ingresos del imperio que despreciaba al ser humano iba en aumento, pero poco a poco.

Isabella ya no sabía qué contestar porque tal vez Christopher tuviera razón. Con toda probabilidad, el bienestar de sus tíos se había creado a base de la sangre y el sudor de los esclavos. Pero ¿eso justificaba sus maniobras de presión dirigidas a ella?

—Dime —intentó cambiar de tema—, ¿qué te ha pasado aquí? —Señaló su propia sien, justo donde él tenía una larga cicatriz.

Se le endureció el semblante. Isabella se sorprendió, no contaba con que su fachada de falsa simpatía empezara a desmoronarse con una sola frase. Debía de resultarle incómodo hablar de ello. Mucho, y eso le pareció muy interesante.

—No te incumbe —contestó con aspereza, y parpadeó.

Isabella relajó el brazo izquierdo, sacudió un poco el pañuelo de seda y luego lo dejó caer.

Christopher ni siquiera reaccionó. Tenía el ojo herido, y veía mucho menos con el derecho porque no había visto lo que ella acababa de hacer con el pañuelo. ¿La herida era el motivo por el que había dejado el ejército, o lo habían obligado a dejarlo?

—Sea como fuere, Christopher, tienes que esperar unas semanas más. Pregonar a los cuatro vientos nuestra aventura de una noche no te ayudará. Así que haz el favor de ahorrarte las amenazas. Mi padre ya ha recibido la carta con la propuesta de matrimonio de Shakleton para que dé su consentimiento. Dentro de unas semanas podremos volver a hablar. Hasta entonces te estaría muy agradecida si me dejaras en paz.

«Y dentro de unas semanas habré encontrado la manera de hacerte callar, sin dinero.»

—Como quieras, tesoro.

Hizo una leve reverencia, le plantó un beso en la mano y se fue a paso ligero, atravesando el césped empapado por la lluvia como si acabara de tener una charla agradable. Cuando Isabella lo vio marcharse así, tuvo un mal presentimiento.

Por primera vez se le ocurrió la idea de que quizá no iba a dejar de presionarla. A lo mejor había calculado mal y quizá Ashbrook no tendría reparos en coaccionar a una baronesa y pedirle cien libras más cuando estuviera casada. Si algo había aprendido de la conversación era que Ashbrook no respetaba nada ni a nadie, y que podía ser que en el fondo le causara placer desplumar a un noble.

«Tendrás que confesárselo a Shakleton, pero después de la boda.»

Por muchas vueltas que le diera, tenía que empezar a ser sincera. Con ella misma y con los demás. Necesitaba decirle la verdad al hombre que iba a compartir su vida con ella. No podía ni quería empezar esa nueva etapa vital con una mentira. Shakleton era bueno con ella, no podía aprovecharse y engañarlo antes de contraer matrimonio. No se lo merecía. Isabella siempre le mostraba al barón su cara alegre y bonita. Así era como ocultaba su oscuro secreto, y cada día tenía más remordimientos.

Además, había permitido que volviera a pasar algo entre Alexander y ella.

Sintió una puñalada en el pecho al pensar en él, se le encendieron las mejillas y seguro que las orejas también se le habían puesto rojas. Mientras caminaba sobre la hierba bien cortada para reencontrarse con Rebecca y Betty, se puso las manos en los mofletes para refrescarse.

Sus dos amigas estaban de espaldas a ella, observando a Ashbrook, que se había puesto a hablar con un grupo de jóvenes damas que paseaban por el parque. Saltaba a la vista su extraordinario encanto, porque hasta desde allí se oían las voces agudas y afectadas y las risas de las chicas. Era el mismo tono que se empleaba para recompensar a un perro faldero por haber aprendido un truco.

—No me gusta —Betty dijo lo que seguramente pensaban las tres.

—¿Qué se trae entre manos con esas damas? —se extrañó Rebecca.

—Seguro que nada bueno. —Isabella se cruzó de brazos y procuró obviar la atenta mirada de Rebecca, que sin duda ya se imaginaba algo.

—Creo que está ciego de un ojo.

—¿Qué quieres decir? —preguntó Rebecca.

—No ve nada. El derecho, donde tiene la cicatriz. —Isabella se señaló la sien con el dedo índice.

—Yo pensaba que te referías a algo muy distinto. Por ejemplo, que está a punto de enfrentarse a las rivales equivocadas —dijo Rebecca, y la naturalidad con la que lo soltó resultó sospechosa.

Isabella giró la cabeza hacia Betty, que levantó las los manos a modo de disculpa.

—¡Yo no le he contado nada!

—No hace falta, tengo ojos en la cara y suficiente imaginación para deducir qué pasó entre vosotros —acudió en su ayuda Rebecca—. Deberías alejarte de ese hombre.

—Espero que esta haya sido la última conversación en mucho tiempo entre Ashbrook y yo.

Rebecca la miró con detenimiento.

—Sabes que ya no estás sola con tus problemas, ¿no? Betty y yo te ayudaremos. Para eso están las amigas.

La angustia que oprimía el corazón de Isabella como si fuera un corpiño de hierro se alivió un poco.

Sí, Rebecca tenía razón. Ya no estaba sola, y la idea era maravillosa.

24

La TIENDA DE la señorita Lovelock debía de ser el sueño de cualquier joven dama, Alexander estaba convencido. Estaba toda decorada de... rosa y otros colores pastel cuyos nombres ni siquiera conocía. Los estantes para las telas estaban lacados en blanco y adornados con arabescos, igual que el armario de detrás del mostrador, con infinidad de cajones blancos que escondían botones, lazos y ribetes de encaje. En unos grandes jarrones y cestitas había colecciones de parasoles, plumas y abanicos, incluso percibió un olor floral y dulce, como si las empleadas rociaran perfume a menudo. En la tienda había varias clientas que la señorita Lovelock y sus dependientas se esforzaban por atender.

—¿No te parece que deberíamos ser un poco más... femeninos en nuestras filiales? —Alexander tocó un chal de seda de color crema y lo puso a contraluz para examinarlo. El material era de calidad, costaba distinguir si era inglés o de importación ilegal.

—No sería mala idea tener a una o dos dependientas en nuestra filial de Bath. —Tom se había unido a Alexander y vio cómo volvía a colocar el chal justo encima de los demás.

—Ni hablar —contestó Alexander mientras ladeaba la cabeza para comprobar si los chales estaban ordenados unos encima de otros—. Las volverías locas enseguida.

Tom hizo un ademán para mostrar su buena fe con un hombro, el otro lo tenía inmovilizado por la venda y el cabestrillo.

—Yo había pensado más bien en elegir otro color para la pintura de las paredes. Y puede que unos cuantos muebles nuevos —concretó Alexander.

—Señor Miller, ¿qué le ha pasado? — A sus espaldas se oyó una voz áspera por la edad avanzada.

—Doctor North —saludó Tom al anciano, y le dio la mano. El hombre llevaba peluca y una levita negra raída, y las cejas canosas se le movían de un modo gracioso al hablar. Llevaba del brazo a una chica joven que debía de tener unos quince años y que lucía el cabello rubio oscuro peinado con tirabuzones bajo la cofia de paja, como una joven dama. Sonrió coqueta y luego hizo una reverencia educada al ver que los dos hombres la miraban.

—Permítanme que les presente: mi nieta, la señorita Serena North. —Le dio un golpecito en la mano, que descansaba sobre su antebrazo. Era evidente el orgullo que sentía por poder mostrar a su nieta.

—Un placer —contestó Tom, y besó con suavidad la mano de la señorita Serena—. Doctor North, este es Alexander Wilkinson, propietario de nuestra tienda en Milsom Street. El doctor North es miembro de la Asociación de Cirujanos de Londres, de vez en cuando viene a Bath a visitar a su hijo. Y a su encantadora nieta.

Alexander se conformó con asentir. Sabía que a menudo su actitud retraída se interpretaba como arrogancia, pero es que no le veía el sentido a dejarse la piel en ser amable, como hacía siempre Tom. De hecho, incluso le parecía absurdo, pero ese era otro tema...

—Un desafortunado accidente a caballo —continuó Tom con una mueca de dolor. Estaba acostumbrado a lidiar solo con las conversaciones con conocidos, así que no se dejó desconcertar por el obstinado silencio de Alexander—. Los caballos y yo nunca nos hemos llevado muy bien.

Habían acordado que era la historia más inofensiva para dar una explicación sobre el brazo roto de Tom.

—¿Puedo preguntar quién le ha tratado la fractura? —El doctor North había sacado las pinzas de la nariz del bolsillo del chaleco y ahora observaba el brazo con detenimiento.

—¿Por qué lo pregunta? —indagó Tom.

—Me parece muy bien hecho. La venda está reforzada, es un método muy moderno. Tiene que haber sido un médico que sepa un poco del tema. ¿Uno de mis colegas de Bath?

O bien lo preguntaba porque se sentía ofendido por que Tom no hubiera acudido a él, o bien la venda y la tablilla que se ocultaba debajo estaban perfectamente colocadas. Alexander no pudo evitar una pequeña sonrisa de orgullo.

—¿Y si le digo que fue una mujer quien trató esta fractura? —Añadió este sorprendente dato a la conversación.

—Diría que es usted un soñador, señor Wilkinson. ¿Qué mujer iba a tener los conocimientos necesarios...?

—Pues es cierto. Debería hablar algún día con esa dama, estoy seguro de que sería una conversación de lo más fructífera. —Por un momento, Alexander pensó si se había arriesgado demasiado con esa afirmación. Ni siquiera sabía si a Isabella le interesaría hablar con el doctor North, pero ese hombre era miembro de la Asociación de Cirujanos de Londres. Era justo lo que ella quería, se lo confesó en el coche cuando la acompañó a casa después de la desastrosa cena en casa de Weymouth.

El doctor North parecía reflexionar.

—¿Cómo se llama la dama?

—No creo que le pareciera bien que revelara su nombre, pero podría organizar un encuentro si de verdad le interesa conocerla.

—Tal vez en alguna ocasión —contestó el médico con evasivas, pero aceptó la tarjeta que le tendió Alexander con mucha predisposición, se despidió y se dirigió a la colección de botones forrados de tela que su nieta había observado ansiosa durante toda la conversación.

Entre tanto, la señorita Lovelock había atendido a algunas clientas y se acercaba a ellos con cara de pocos amigos. Era una dama de treinta y pocos años, soltera y un poco gruesa que dirigía con resolución su tienda de Brook Street. Se había especializado en accesorios para damas, pero también confeccionaba vestidos y abrigos. Había pocas profesiones en las que se aceptara a las mujeres sin ser nobles, y en las que además pudieran prosperar, como en todos los oficios relacionados con las telas, la ropa y los accesorios de moda. Por lo menos, siempre que las mujeres no se casaran, porque entonces todas sus propiedades pasaban a manos de su marido, igual que la decisión de si podían trabajar o no. Alexander supuso que ese era justo el motivo por el que la señorita Lovelock, a su edad, aún no estaba comprometida.

—Qué honor que la competencia visite mi tienda, ¿qué los trae por aquí, caballeros?

Alexander enarcó las cejas, sorprendido. Tom le había mencionado que a la señora le gustaba mostrarse segura, pero ese saludo rayaba casi en la insolencia. De alguna manera, le imponía.

—La señorita Lovelock, encantadora como siempre. —Tom hizo una breve reverencia—. En realidad solo queríamos echar un vistazo —afirmó, y fingió que observaba con interés los guantes de la vitrina que tenía delante.

—Por supuesto —contestó la señorita Lovelock con aspereza, y Alexander pensó en lo poco que encajaba un apellido que sonaba tan amable con su personalidad.

Sin embargo, si a ella no le interesaban las formalidades, algo que él entendía perfectamente, tampoco iban a seguir ellos por ese camino.

—En realidad queríamos una botella de arrack —dijo Alexander sin rodeos, y la señorita Lovelock lo miró como si le faltara un tornillo—. Una botella de arrack de Batavia, para ser exactos.

Nadie dijo nada, y Tom le lanzó a su amigo una mirada rápida. Había sido muy directo, pero a Alexander le daba la sensación de que, si quería averiguar algo de la señorita Lovelock, la estrategia a seguir era la encerrona.

—¿Sabe que esto es una *boutique*?

—Por supuesto.

—Entonces sírvase de las numerosas de botellas de arrack de Batavia que guardo en las estanterías de mi *boutique*. Y llévese también una botella de vino de Madeira y de Oporto. Hoy corren a cuenta de la casa —bufó ella.

Alexander dedujo que el sarcasmo que empleaba la señorita Lovelock era una especie de defensa. ¿No se había puesto un poco pálida cuando él había mencionado la bebida?

Ella les dio la espalda y Tom lo volvió a intentar.

—Señorita Lovelock —dijo.

Ella se detuvo.

—Nos está entendiendo, ¿verdad? —Sonó amable, como siempre en el caso de Tom. Sin embargo, había algo, un leve matiz en la voz, que llamó la atención de Alexander. Por lo visto, también en la de la señorita Lovelock.

—Si quieren arrack, vayan a un hostal. Al White Lion, por ejemplo. Allí encontrarán más arrack del que les convendría a ambos. —Dicho esto, desapareció en la trastienda, y la dependienta, muy joven y desbordada por el grosero desplante de su jefa, les sonrió cohibida.

Había sido clara: debían seguir indagando en el White Lion. Tom tenía razón, y Alexander tuvo que reconocer que no era en absoluto lo que esperaba.

25

ALEXANDER ESTABA DE pie en la penumbra y miraba la aldaba de la puerta de dos hojas pintada de rojo. La luz de las lámparas a ambos lados de la entrada se reflejaba en el bronce fundido, y desde dentro le llegaban ruidos amortiguados. Voces masculinas graves y risas, el tintineo de la vajilla y, en algún lugar en el interior de la casa, alguien que tocaba el piano.

Solo había pasado un día desde que Isabella los había ayudado a Tom y a él, y desde entonces no había transcurrido un solo segundo, no había respirado ni una sola vez, sin que Alexander pensara en ella. Creía estar saboreándola aún en los labios, notar su piel suave bajo las palmas de las manos y oír su voz cuando hundió la cabeza en su hombro y gimió de placer.

Ya había tenido algunas experiencias con distintas damas, pero no recordaba haber sentido nunca semejante felicidad porque una mujer se entregara a él y le regalara su confianza. Por lo menos, un poco, y solo con ese vago recuerdo algo se movió en los pantalones. Apretó los dientes para librarse de la excitación que le revoloteaba en el estómago.

Poco a poco dejó de intentar convencerse de que no era cierto. Sí que se trataba de eso.

Estaba enamorado.

Estaba enamorado de Isabella Woodford, y fue consciente ahí, frente a la puerta del York Club, como si fuera un golpe. Admitirlo era alarmante y liberador al mismo tiempo, aunque en ese momento no supiera qué hacer con lo que sentía. Sobre todo no sabía qué pensar de la extraña reacción de Isabella al final de la noche. Por un horrible momento temió que todo lo que había ocurrido entre los dos hubiera sido contra su voluntad. Que él la hubiera presionado hasta obligarla a hacer algo que no quería. Sin embargo, había visto su reacción, había sentido su deseo, incluso la había llevado al éxtasis mientras él se quedaba con las ganas.

¿La había asustado al decirle que estaban hechos el uno para el otro? Los dos sabían los esfuerzos que hacía Isabella con Shakleton y que se estaba planteando en serio casarse con ese hombre. Para Alexander era una absoluta locura.

El caso es que aquella noche había pasado varias horas en vela. No solo porque le había dejado a Tom su cama y el canapé con el que tuvo que conformarse era demasiado corto para él. También intentaba poner orden en el caos interior y sacar algo en claro, pero fue en vano.

El día siguiente, tras la visita a la señorita Lovelock, lo pasó en el despacho de Tom. Él tenía el brazo oculto bajo una gruesa venda y colgado en cabestrillo, pero eso no le impedía querer cumplir con sus tareas diarias en la tienda. Mejor dicho, Alexander las hacía en su lugar porque insistió en que Tom se sentara en una de las butacas tapizadas con brocado, se moviera lo menos posible y delegara en Alexander lo que tuviera que hacer.

Este no tardó ni media hora en perder la paciencia y la perspectiva ante el caos absoluto que reinaba en el escritorio de Tom.

—Necesitas un secretario —lo riñó Alexander.

—Y tú una noche en un local de esos que yo me sé —contratacó Tom—. O mejor dejas de ser tan testarudo y le propones matrimonio de una vez a la señorita Woodford.

Alexander reaccionó dejando solo a su amigo tras soltar un bufido nervioso y se retiró a sus dos habitaciones alquiladas en el White Lion. No aguantó mucho allí, claro, y decidió ir a pasar la tarde al York Club, uno de los pocos clubs de caballeros de Bath. Seguro que allí pensaría en otra cosa con una partida de billar y uno, o mejor varios *whiskies*.

Por fin Alexander hizo uso del picaporte y no tardó en abrirle un sirviente con librea. Alexander le dio su tarjeta y lo dejó pasar.

Todos los hombres de categoría y renombre que estaban en Bath pasaban buena parte de las noches en el York Club. Estaban entre iguales, podían comer, beber, jugar y hablar de política, incluso pasar la noche allí, y todo ello sin presencia de damas, que tenían prohibida la entrada. La mayoría de los clubs de caballeros eran como un segundo hogar para los hombres de la alta sociedad, y, aunque a Alexander no le gustaban mucho esas instituciones de aire elitista, varios socios comerciales y algunos de sus clientes le habían recomendado el York Club de Bath, y esperaban verlo ahí. No se podía ser miembro sin una recomendación, era un honor que le habían concedido, así que mal que bien había que dejarse ver de vez en cuando por allí, por muy ridículo que le pareciera. Alexander no se moría de ganas porque la mayor parte de los miembros pertenecía a la nobleza, cuya compañía evitaba fuera de los negocios. De hecho, estos eran a menudo el principal motivo por el que Alexander iba a los clubs de caballeros. Aunque no le gustara que lo vieran, había cerrado allí varios tratos de lo más lucrativos.

Pagaba el importe correspondiente una vez al año, y a cambio tenía acceso en cualquier momento a las ventajas del local. Ese día tenía pensado aprovecharlas por una vez.

Mientras Alexander recorría el pasillo cubierto de seda granate, notó el ligero olor a comida que debían de estar sirviendo en el comedor. Pese a que le rugía el estómago, decidió no comer. Quería distraerse y eso lo conseguía sobre todo en la sala de juegos. Había varias mesas de billar en medio de la sala, y a los lados, medio ocultas, más mesas para jugar a las cartas y a los dados. Como todas las mesas de billar estaban ocupadas, Alexander se conformó con un *whisky* doble, se sentó en la penumbra a una de las mesas redondas que quedaban libres y dejó vagar la mirada por la sala. Estaba revestida de madera salvo por los altos ventanales, el tapizado de los asientos era de piel de color verde oscuro, del mismo que el fieltro de las mesas de billar. Había una barra en un extremo de la sala, y varios mayordomos con peluca y librea roja se ocupaban de servir bebidas fuertes a los asistentes. El interior de la sala de juegos tenía una apariencia masculina y exclusiva, y la luz tenue y las nubes de humo que pendían en el aire hacían que la estancia pareciera un poco más lóbrega de lo que en realidad era.

«O deprimente», pensó Alexander. Bebió un trago largo del *whisky*, disfrutó del ligero ardor en la garganta y se preguntó por qué había ido allí. Cogió un montón de cartas del centro de la mesa y las barajó entre los dedos con movimientos repetitivos. Tenía ganas de jugar y, aunque por lo general se mantenía alejado de las cartas, hoy incluso estaba dispuesto a jugar por dinero.

No llevaba mucho tempo sentado cuando le llamaron la atención dos recién llegados.

Alexander se disgustó al ver que el primero era *lord* Shakleton, y, aunque supiera que el barón prefería pasar las noches en compañía de su madre, no le sorprendió. De momento, en Bath solo había un club de caballeros con verdadera reputación, y era ese. Todo el que se preciara un poco se dejaba caer por allí de vez en cuando. Decidió no hacer caso del barón. Lo último que necesitaba esa noche era escuchar las bobadas de su rival.

«Rival.» ¿De verdad acababa de pensar eso?

Así que estaba considerando casarse con Isabella, y eso que se había jurado no volver a pronunciar jamás la palabra «casarse». Además, ella le había dejado más que claro que solo pensaba contraer matrimonio con un hombre que tuviera título nobiliario.

«Entonces tendrás que convencerla de que eres mejor candidato.»

Mientras bebía otro sorbo, fue asimilando la idea. Alexander notó que no se sentía tan mal como antes. De hecho, la idea incluso lo hacía sentir bastante bien, casi eufórico.

Un movimiento detrás del barón hizo que Alexander volviera a mirar hacia la puerta. Era evidente que Shakleton no había llegado solo.

Se quedó sin aliento.

El hombre que entró en la sala de billar después de Shakleton era Christopher Ashbrook.

A Alexander le ocurrió algo raro. Se volvió más cauteloso y atento, incluso le pareció que los ruidos a su alrededor eran más fuertes, veía con más nitidez y se le tensaron los músculos de manera involuntaria.

El recién llegado debió de notar los ojos de Alexander clavados en él porque, como si hubiera gritado su nombre por toda la sala, desvió la mirada hacia él.

Tuvo el leve presentimiento de que la noche terminaría en desastre.

¿Ashbrook tenía que ir al York Club justo esa noche? ¿Cómo podía permitirse la costosa admisión? Al fin y al cabo, según tenía entendido Alexander, Christopher solo era el tercer hijo de un vizconde y un simple coronel en el ejército, siempre corto de dinero. Le habría extrañado mucho que eso hubiera cambiado en los últimos años.

Sin quitarle el ojo de encima, Alexander vació el vaso y le indicó a un sirviente de librea que quería otra ronda de lo mismo.

Los dos hombres se acercaron a la pequeña barra de madera situada en el fondo de la sala de billar y pidieron bebidas. Cuando las tuvieron en la mano, Shakleton reparó por fin en la presencia de Alexander y lo saludó con un gesto de la cabeza. Alexander lo vio de reojo porque seguía concentrado en Ashbrook.

Le asaltaron los recuerdos, imágenes y escenas que había expulsado tiempo atrás de la consciencia y que no quería volver a recordar jamás. Por mucho que hubiera conseguido reprimirlo durante años, en ese momento se sentía como si hubiera ocurrido el día anterior. Alexander notó un viejo y conocido dolor en el pecho, que era poco habitual, pero aun así extrañamente familiar. Como si hubiera notado su dilema interno y quisieran llevarlo al extremo, los dos hombres intercambiaron impresiones y se acercaron a él.

—¡Wilkinson, qué sorpresa! —exclamó Ashbrook cuando se paró delante de la mesa como si saludara a un buen amigo.

Alexander se limitó a asentir, y un silencio funesto se impuso entre los tres.

—¿Podemos sentarnos con usted, Wilkinson?

Desvió la mirada hacia Shakleton, y Alexander pensó un momento si la pregunta del barón iba en serio. Sin embargo, tal vez

Shakleton frecuentaba tan poco el club, y aún menos la compañía masculina, que Alexander era la única persona que conocía allí. O tal vez Shakleton se sentía tan seguro de sí mismo que le daba igual lo que Alexander pensara de él. Sin embargo, no podía ser; tras la fachada elitista del barón se escondía su inseguridad, que salía a relucir a la mínima ocasión.

—Si no hay más remedio —contestó Alexander al final, apático.

—Disculpe, *lord* Shakleton, pero seguro que el mal humor de Wilkinson se debe a mi presencia. Será mejor que me despida por hoy —empezó a decir Ashbrook, y levantó las manos a modo de disculpa.

—Pero quédese, insisto —repuso Shakleton—. Al fin y al cabo, todos somos caballeros y podemos conversar con educación con una copa o dos, ¿no?

Alexander no tenía ninguna gana de «conversar con educación» con Shakleton. Al barón se le había metido entre ceja y ceja pasar un rato con él. Como si quisiera sellar una amistad, era absurdo.

—No, de verdad. Nos vemos en otra ocasión —insistió Ashbrook, en un tono bastante apocado. Alexander no le dijo ni una palabra.

—¿Saben qué? *Lord* Shakleton, Ashbrook, he cambiado de opinión. Siéntense los dos. Con una condición. —Mostró el juego de cartas—. Jugamos. Con apuestas.

Fue una ocurrencia espontánea. Aunque Shakleton y Ashbrook fueran los hombres en todo Bath, puede que en toda Inglaterra, que menos quería tener cerca, los invitó con un ademán a ocupar los dos asientos que había libres a su derecha.

Ashbrook se inclinó hacia Shakleton y le susurró algo.

—Podemos jugar —contestó el barón—. Pero, por desgracia, nuestro amigo en común no se nos unirá. Tendrá que contentarse conmigo.

Alexander le dedicó una breve sonrisa de satisfacción a Ashbrook. No esperaba que el coronel no llevara dinero en el bolsillo, por lo visto ni un chelín, de lo contrario ese hombre jamás se perdería una partida. Alexander sintió un gran gozo. Solo por descubrir que Ashbrook era pobre como una rata la partida de cartas ya valía la pena, por mucho que pudiera llegar a perder. Además, y Alexander ya se había fijado en eso la primera vez que lo vio, no llevaba uniforme. Por lo visto había dejado el ejército y no recibía la paga.

—Parece que sigues sin tener buenas intenciones conmigo —comentó Ashbrook cuando se acomodó—. ¿Después de tanto tiempo seguimos siendo enemigos? —Su aflicción sonaba sincera, pero Alexander lo conocía bien.

—Siempre seremos enemigos —aclaró, y reprimió el impulso de levantarse y largarse. Era lo que debería haber hecho en realidad, levantarse e irse. Habría sido lo único sensato.

En cambio, se terminó la copa y pidió otra, aunque supiera que era una solemne tontería. Sin embargo, el alcohol le hacía compañía y permitía que la velada fuera un poco más soportable.

—Creo que deberíamos brindar por esta noche y olvidar todas las viejas rencillas. —Shakleton intentó relajar un poco la tensión.

—Tiene razón, *milord* —lo secundó enseguida Ashbrook—. De todos modos, me temo que no podremos convencer a nuestro amigo Wilkinson.

Alexander lo fulminó con la mirada. Como si el conflicto que se había producido hace años entre ellos hubiese sido culpa de Alexander. Como si hubiera sido él quien le hubiese embaucado y mentido. Y como si de verdad existiera alguna opción de que Alexander lo perdonara algún día. Jamás lo haría mientras siguiera vivo.

—Bueno, ¿empezamos? —Alexander levantó el juego de cartas con actitud exigente. Unos cuantos hombres ya se habían reunido alrededor de la mesa para seguir la partida.

—Empezamos con cien libras por cada partida perdida —aclaró Alexander, y se oyó un murmullo. Si Tom hubiera estado con él, le habría impedido empezar con una cifra tan absurda.

De hecho, Alexander tenía que admitir que era una idea infantil, pero si Shakleton se empecinaba tanto en que eran caballeros respetables, él iba a pararle los pies también como un caballero, y con un juego de azar. Buscaba el cosquilleo nervioso y el riesgo, y solo por sacarle del bolsillo a ese pavo real engreído unos centenares o incluso mil libras, aguantaría toda una noche en su compañía.

Además, y en realidad eso era mucho más inmaduro por su parte, tenía ganas de demostrarle a Ashbrook que tenía dinero y que podía permitirse jugarse unos miles de libras. Que algo había conseguido durante los últimos años y que iba a aventajarlos a los dos, por lo menos esta vez.

Jugaron al *whist* y, como en muchos juegos de cartas, el azar era decisivo. Sin embargo, Alexander había pasado muchas noches adoptando la estrategia adecuada. Sabía cómo hacer colar un farol, con qué carta era mejor quemar los cartuchos buenos y con cuál los de menor valor, y cuándo era mejor cambiar de mano. Tenía ganas de desenmascarar a Shakleton, y no le cabía duda de que iba a conseguirlo.

El juego se mantuvo a favor de Alexander porque, pese a sus esfuerzos, Shakleton perdía una partida tras otra, aunque Alexander admitía que esa noche la suerte estaba de su parte.

Dos horas después, le había sacado a Shakleton casi mil libras. Un importe con el que podía pagar a los ocho empleados de su domicilio en Londres durante un año.

—Vaya, la diosa de la fortuna le es favorable, Wilkinson —reconoció el barón después de la última partida, y empujó los dos últimos billetes de cincuenta libras en la mesa. A Shakleton parecía importarle menos perder dinero de lo que Alexander pensaba.

Poco a poco se dispersaron los espectadores, y algunos le dieron al ganador algún golpecito de reconocimiento en el hombro.

—Deberíamos dejarlo por hoy. Mi madre no estará muy contenta cuando se entere de lo que he hecho con tanto dinero —se excusó Shakleton. A diferencia de Alexander, que llevaba un buen rato sin tocar el vaso de *whisky*, que estaba medio lleno, el barón seguía dando buena cuenta del vino de Oporto.

Alexander había usado la concentración y la memoria para el juego y para mantener el control. Solo el tener que oír la respiración profunda de Ashbrook y sus aspavientos ocasionales de dolor porque su supuesto amigo Shakleton perdía sin remedio, despertaba en él una agresividad subliminal.

—Como quiera, barón. De todos modos, quería retirarme —aclaró Alexander, y se guardó el montón de billetes en la levita.

Shakleton lo estuvo observando. Tal vez poco a poco era consciente de la cantidad de dinero que acababa de perder. Sacó una cajita de rapé de porcelana y tomó una pizca.

—Pero, como suele decirse: desafortunado en el juego, afortunado en el amor ¿verdad, Ashbrook?

A Alexander le dio un vuelco el corazón al oír la frase. Aunque no quería que Shakleton siguiera hablando porque tenía un mal presentimiento, algo en su interior necesitaba saber a qué se refería el barón.

Alexander fingió no haber oído a Shakleton.

Ashbrook había estado en un segundo plano durante las últimas horas y contestó con una sonrisa falsa, era lo bastante listo para no querer protagonismo en presencia de Alexander.

—Por cierto, tengo un motivo de celebración —continuó Shakleton, y levantó la copa.

—Muy bien. —Alexander brindó con él y se le aceleró el pulso. Poco a poco se fue apoderando de él el instinto, la sensación de que ahora sí tenía que irse, y cuanto antes.

Sin embargo, se quedó.

Se terminaron las copas y se impuso un silencio tenso entre ellos. Shakleton estaba ansioso por compartir el motivo de su ánimo festivo, Alexander lo notaba, pero no encontraba las palabras adecuadas. O le daba apuro hacerlo. Alexander lo desafió con la mirada, la hostilidad que habían disimulado los tres desde su encuentro era cada vez más palpable. Contemplaron las partidas de billar de las tres mesas mientras se estudiaban los unos a los otros, pero con so siego y desconfianza, como si estuvieran esperando a que a uno diera un paso en falso.

O dijera la frase equivocada.

—Me lo ha puesto muy difícil, Wilkinson —aseguró Shakleton a continuación, un poco entonado porque había pedido otra copa de vino de Oporto, se había bebido la mitad con tragos ansiosos y arrastraba un poco las palabras.

—¿De verdad? —preguntó Alexander.

—La señorita Woodford.

—¿Qué pasa con ella? —Se le aceleró de nuevo el corazón.

—Bueno, ahora ya no importa… —Shakleton bebió otro trago, eructó con fuerza y se rio de su propio comportamiento—. Al final yo soy el honroso ganador, parece que ha entendido cuáles son mis ventajas. —Echó el aliento en el sello de oro que llevaba en el dedo, le sacó brillo en los pantalones y a Alexander se le revolvió el estómago.

—Ah, ¿sí? —preguntó él con gesto imperturbable y con toda la calma de la que fue capaz, pues ya notaba la mirada curiosa de Ashbrook clavada en él. Bajo ningún concepto podía enterarse ese hombre de que Isabella significaba algo para él. De ninguna manera.

—Sí, claro, claro. Al final estamos prometidos. Si todo va como está previsto, la boda se celebrará la semana que viene en la Octagon Chapel. Creo que le hace mucha ilusión.

Si el vaso que Alexander sujetaba en la mano no hubiera sido tan grueso, lo habría hecho añicos con los dedos. Todos los ruidos, los movimientos, la vida entera se paralizó a su alrededor. Un ruido de fondo le llegaba a los oídos, se le contrajeron todos los músculos del cuerpo y durante uno o dos segundos solo se concentró en respirar. Inspirar y espirar con calma y control.

—Mi enhorabuena, *lord* Shakleton —exclamó, y para su asombro sonó incluso bastante tranquilo. Aun así, Ashbrook no le quitaba ojo de encima, incluso ladeaba un poco la cabeza. Observaba a Alexander, cada mueca en su rostro, y él temía bajar la guardia y que Ashbrook sospechara.

—¿Puedo preguntar desde cuándo está en la feliz situación de poder decir que la señorita Woodford es su prometida? —Sonó a falsa amabilidad y un poco forzado, pero era lo mejor que se le ocurrió en ese momento.

—Desde ayer por la tarde. Le regalé la sortija de brillantes de mi abuela como anillo de compromiso. Mi madre insistió en ello. La tradición es la tradición, ¿verdad?

Alexander sintió cómo la sangre abandonaba su rostro. Intentó esconderse como pudo detrás del vaso de *whisky*, que bebía a tragos lentos y controlados.

«Cómo ha podido», fue la primera frase que se le pasó por la cabeza en el vacío absoluto que se había impuesto en ella.

Luego llegó el dolor, que invadió su cuerpo como una oscura y potente ola.

Isabella estaba prometida.

Iba a casarse con Shakleton, y la noche anterior ya lo sabía.

Se había sincerado con ella, le había mostrado su cara más vulnerable, le había contado aspectos de su vida que nadie conocía, salvo Tom, y había hecho el ridículo más absoluto ante ella. Volvieron a besarse, incluso...

—Disculpe, tengo que irme a casa —se excusó, dejó de un golpe el vaso sobre la mesa y los hombres que estaban sentados cerca los miraron intrigados. Por dentro, Alexander era un caos absoluto. Necesitaba salir y tomar el aire. Tenía que largarse de allí de inmediato.

Se levantó con brusquedad, y Shakleton también se puso en pie.

—Creo que nosotros también deberíamos irnos, ¿verdad, Ashbrook? Ya he perdido dinero suficiente esta noche.

—Será mejor que me dejen solo... —dijo Alexander con voz ronca y la mirada fija en Shakleton, que sin embargo hizo caso omiso de la advertencia. Le dieron ganas de abalanzarse sobre el barón y darle una buena paliza, pero no iba a hacerlo, claro.

—No se ponga así, acaba de quitarme varios centenares de libras, ¿no podemos irnos a casa como hermanos?

Una vez más, Alexander se preguntó si la propuesta de Shakleton iba en serio. ¿Es que no tenía ningún tipo de olfato para saber quién lo apreciaba y quién no?

No lo tenía, de lo contrario tampoco habría pensado que a Isabella le gustaba de verdad. Detestaba al barón.

Sin embargo, ella se había comprometido con él porque era como todas las damas jóvenes que conocía. No le importaban los sentimientos auténticos ni un vínculo profundo. En un marido solo veía el rango y el prestigio, y por eso se comprometía con un necio como Shakleton.

«Tienes que olvidarla ya. Y todo lo que ha pasado entre vosotros.»

Alexander clavó la mirada en el barón, que forzó una sonrisa triunfal mientras se daba golpecitos con el pañuelo en el rostro rubicundo. Enarcó un poco las cejas como si le costara levantar los párpados, parecía que iba a quedarse dormido de pie en cualquier momento. Alexander cerró los ojos, indignado.

Necesitaba desahogar la rabia. El White Lion no estaba muy lejos, y durante los escasos minutos que tardaría en recorrer el camino encima tendría que aguantar la compañía de esos hombres.

Justo ese era el motivo por el que ya no disfrutaba de las largas veladas bañadas en alcohol en los clubs de caballeros. En algún momento, uno de los presentes perdía dinero, el honor o el control. Entonces los demás hombres, testigos de la metedura de pata o del arrebato de ira, tenían que ocultar los secretos sucios de sus compañeros. Si querían. En el momento indicado podían recordarle al pobre desgraciado que había cometido una imprudencia y pedir un favor a cambio de su silencio. Era el extraño vínculo que se producía dentro de un club de caballeros. Oscilaba entre la confianza y la coacción, y todo aquel que no siempre se mantuviera perfectamente sobrio y en su sano juicio, podía caer en la inevitable trampa.

Esa noche no le pasaría a Alexander. Era dueño de sí, por eso le dio a entender a Shakleton con un breve gesto de la cabeza que se irían juntos.

Salieron del club, situado en las afueras de la ciudad, y se dirigieron a pie y en silencio hacia el centro histórico.

Cuando pasaron por Parade Gardens, un pequeño parque con algunos árboles y arbustos, Shakleton levantó una mano y se tambaleó hacia las plantas para hacer sus necesidades.

—¡Bravo! —exclamó Ashbrook mientras veían que Shakleton desaparecía en la oscuridad entre varios árboles. Oyeron el leve susurro de la tela y luego el sonido inconfundible de un chorro. Le indicó a Alexander que caminara unos pasos con él para que no los oyera—. Le has vaciado bien los bolsillos, al bueno del barón. —Ashbrook se rio para sí mismo—. Ha sido casi como antes. No lo soportas.

Alexander le lanzó a Ashbrook una mirada furibunda, pero no se dejó llevar por sus provocaciones. Christopher era la última persona a quien diría una sola palabra de lo que estaba pensando en realidad.

—Es un idiota —siguió hablando Christopher, Alexander habría preferido que cerrara el pico de una vez.

Ahí estaba de nuevo: la verdadera cara de Christopher Ashbrook. La faceta calculadora y vil. Despreciaba al hombre con el que fingía ser tan amable. Alexander estaba seguro de que quería o necesitaba algo de él, seguro que su dinero. Ashbrook no hacía nada sin sacar un provecho. Sobre todo, nunca entablaba amistades sin esperar algo; como siempre, no tenía respeto a nada ni a nadie.

Durante un tiempo, a Alexander eso lo había intimidado. Ashbrook sentía desdén por la decadencia de la alta nobleza igual que él, era inteligente y astuto, y en su época de estudiantes en Oxford más de una vez habían puesto juntos en evidencia la arrogancia y presunción de un joven conde, una vez incluso las del hijo de un duque. Sin embargo, poco a poco Alexander fue conociendo la verdadera cara de Ashbrook.

Por desgracia, cuando ya era demasiado tarde.

—Te sigue gustando juzgar igual que antes. Hazme el favor de guardarte tu opinión.

—No, creo que te gustará lo que tengo que contarte, la historia es muy buena.

Había un brillo expectante en los ojos de Ashbrook. ¿Estaba intentando congraciarse de nuevo con Alexander?

Se quedó callado, y por lo visto Ashbrook lo interpretó como un consentimiento.

—La apreciada novia de Shakleton, esa tal señorita Woodford… —siguió contando, y Alexander notó que se le tensaban todos los músculos del cuerpo—. La preciosa e ingenua muchacha de campo —se burló. Había perdido la acostumbrada precisión en la pronunciación, y en ese momento Alexander se dio cuenta de que también debía de estar borracho, porque de lo contrario habría notado su mirada de alerta mucho antes—. ¿También la conoces? Alégrate de que hayan apartado de ti ese cáliz —exclamó con displicencia.

—¿Por qué debería alegrarme? —preguntó Alexander en voz baja y amenazante, con la mirada fija en Ashbrook. Notó que la rabia le subía por la garganta, y sin ser consciente cerró los puños.

—Le está tomando el pelo. Se hace la casta y pura, cuando yo la desfloré hace ya un año, a la dulce, dulce Isabella.

Alexander no pudo contenerse más.

Tomó impulso y le dio un puñetazo en la cara a Ashbrook. Este no lo vio venir y se tambaleó hacia atrás agitando los brazos, Alexander lo siguió y le volvió a pegar.

—¡Cerdo asqueroso! —rugió, y acto seguido notó algo en la espalda y unos brazos alrededor del cuello.

—¡Cálmense, caballeros! —le gritó Shakleton al oído.

—¡Suélteme! —Con solo un movimiento se zafó del barón y golpeó de nuevo a Ashbrook, que estaba a punto de levantarse.

Shakleton apareció de nuevo a su lado y Alexander lo apartó de un empujón, pero luego se volvió hacia él y señaló a Ashbrook con el brazo estirado.

—¿Sabe quién es este hombre en realidad? ¿Lo que ha hecho?

No hubo respuesta.

—¡Desfloró a su prometida y ahora alardea de haberse acostado con ella antes de la boda! —vociferó Alexander.

El barón parpadeó.

—No entiendo nada.

—No, tampoco me sorprende.

—¿Isabella está mancillada? —preguntó Shakleton, y fue como si pensara en voz alta. Cuando lo entendió abrió los ojos de par en par—. ¿Sabe lo que está diciendo? —Su mirada saltaba insegura de Alexander a Ashbrook, pero la sonrisa torpe y el gesto de culpabilidad que hizo Ashbrook con los hombros fueron respuesta suficiente—. Entonces no puedo casarme con ella de ningún modo —anunció.

—Porque a usted no le importa nada Isabella —concluyó Alexander, que poco a poco recuperaba el aliento—. Le da igual quién es, qué desea y cuáles son sus inquietudes. Lo único que quiere es un accesorio bonito a su lado para que su madre no siga suplicándole que se case de una vez. A lo mejor debería buscar en otro lado, barón.

Ashbrook, que se había incorporado y se limpiaba con la manga la nariz, que no le paraba de sangrar, observaba fascinado a Alexander.

—Te gusta —concluyó.

—No quiero volver a verte, Ashbrook —dijo Alexander, y los dejó plantados a los dos.

Por detrás oyó la odiosa carcajada de Ashbrook.

Le dio igual.

En ese momento, si el mundo se hubiera hundido, y le habría sido completamente indiferente.

26

ISABELLA CONTEMPLABA EL patrón floral del baldaquín de encima de su cama y, cuanto más lo miraba, más convencida estaba de que las flores se movían. Se agrandaban y empequeñecían, se curvaban un poco... no, seguramente se había vuelto loca. Era primera hora de la mañana y no había dormido nada, había visto cómo las franjas que se veían entre las cortinas de terciopelo se aclaraban poco a poco. Igual que la noche anterior, en la que Alexander y ella se habían vuelto a besar.

Las palabras de él la acechaban en la mente, y cada vez que lo pensaba sentía que el corazón, en realidad todo el cuerpo, iba a gritar de dolor.

«Tenemos que estar juntos, ¿entiendes? Tú y yo estamos hechos el uno para el otro.»

El deseo de volver a ver a Alexander y hacerle una visita dominaba todos sus pensamientos. El día anterior se había puesto varias veces los zapatos, con el sombrero ya en la mano, pero luego siempre se paraba frente a la puerta de su habitación y entraba en razón.

¿Por qué le decía algo así, por qué le susurraba esas palabras al oído si ni siquiera tenía intención de casarse? ¿Pensaba que ella iba ser una aventura? ¿Su querida, tal vez? A fin de cuentas, tenía dinero suficiente y sabía que ella buscaba marido.

Además, ¿qué tipo de pensamientos absurdos eran esos? No debería hacerse esas preguntas, estaba prometida con Shakleton, por el amor de Dios. Nada de lo que le había dicho Alexander importaba porque hacía tiempo que se había decidido o, mejor dicho, se había visto obligada a decidirse. Salvaría su reputación y protegería a su familia casándose con el barón. Era la decisión sensata.

Pero ¿por qué dolía tanto ser razonable?

Unos insistentes golpes en la puerta interrumpieron sus cavilaciones.

—Isabella —susurró Betty—. Isabella, ¿estás despierta? —Más golpes.

—Sí, ¿qué pasa? —Quedaba poco para las ocho de la mañana, Isabella le había pedido a su tía que fuera sin ella a Pump Room. Debía de estar a punto de salir de casa mientras ella seguía en camisón en la cama, agotada tras una noche en vela.

—Tienes que levantarte. Ha venido Shakleton. Algo ha pasado.

Betty entró e Isabella se vistió a toda prisa con su ayuda. Se recogió el cabello en un moño alto y austero, incluso se lavó los dientes rápido en la jofaina antes de bajar al salón, donde ya se oían voces alteradas.

Cuando entró en la sala, primero miró a *lord* Shakleton, que estaba recto como un palo y en una extraña postura rígida delante de la chimenea apagada. Se le veían unas manchas de color rojo intenso en el cuello, estaba inquieto, y desde el otro extremo de la habitación se notaba lo mucho que sudaba.

Edward y hasta el espigado James, que con el pelo rubio un tanto desgreñado saltaba a la vista que también lo habían arrancado de la cama, estaban de pie en un rincón, de brazos cruzados y con una sonrisa autocomplaciente en el rostro. Edward por lo menos llevaba peluca. O tal vez aún no se la había quitado, porque tenía los ojos inyectados en sangre como si no hubiera dormido y acabara de volver a casa. *Lady* Alice estaba sentada en uno de los sofás amarillos. La mirada que le dedicó trasmitía tal desprecio y… ¿puede que fuera incluso odio lo que brillaba en sus ojos? A Isabella le provocó una sensación de angustia en el estómago.

—Isabella —dijo *lady* Alice en un tono gélido—, *lord* Shakleton quiere decirte algo.

Se le aceleró el corazón, se le subió a la garganta y sintió la tentación de tapársela con la mano para calmar el latido desbocado.

Sin embargo, le fallaron las fuerzas, estaba como aturdida y se quedó ahí de pie, junto al tresillo, esperando despertar en cualquier momento de esa pesadilla. Intuía lo que se avecinaba, un peligroso cosquilleo le subió por los brazos y las piernas y le atravesó todo el cuerpo.

Isabella giró despacio la cabeza hacia Shakleton, lo miró a los ojos y durante solo unos segundos él le aguantó la mirada. Luego la desvió hacia *lady* Alice, que estaba quieta como una estatua, sentada erguida en el sofá. Él abrió la boca y la volvió a cerrar, parpadeó varias veces, respiró hondo y luego dijo, como si Isabella no estuviera presente:

—He venido a romper mi compromiso con la señorita Woodford.

La joven no pudo más que sacudir un momento la cabeza, confundida.

—Puede seguir hablando, *lord* Shakleton. Mi prima también tiene que saber por qué. —Ella oyó la voz de Edward como si viniera de muy lejos.

—Señor Parker, si así lo desea. —Le hizo un gesto a Edward y luego volvió a mirar a Isabella con un extraño brillo en los ojos—. Ha llegado hasta mí la noticia de que es usted una mujer mancillada, señorita Woodford. Solo el rumor hace que me resulte imposible casarme, como sin duda comprenderá. Y me sorprende mucho que la sobrina de la vizcondesa Parker me haya hecho creer falsedades y sea capaz de semejante infamia.

Aquellas palabras fueron como una bofetada para Isabella y la sacaron de su estado de letargo.

Estaba pasando, estaba pasando de verdad.

—Le aseguro, *lord* Shakleton, que no teníamos ni la más mínima idea del terrible pasado de la señorita Woodford. Jamás habríamos esperado o aceptado un comportamiento tan inadmisible de ella. —Aquellas palabras en boca de Edward a Isabella le sonaron a burla.

—Denota una gran falta de escrúpulos, un acto desdeñable —oyó también a James, y entonces Isabella se volvió hacia los dos hermanos.

Su prometido, o más bien su exprometido, la estaba dejando en evidencia y ninguno de los presentes se ponía de su parte y la defendía. Ni sus primos ni su tía. Aunque en el fondo no esperara otra cosa de los Parker, fue como una puñalada en la espalda.

Sin embargo, era justo lo que buscaba Edward desde su llegada: verla caer, de un modo u otro, y luego deshacerse de ella. Su deseo se había cumplido, pero en ese momento Isabella se preguntó por qué la odiaban tanto los Parker.

—Por supuesto, esperamos que las intrigas de mi sobrina no eclipsen durante mucho tiempo nuestra buena relación —tomó de nuevo la palabra su tía.

—Bueno —contestó Shakleton con displicencia, arrugando un poco la nariz—, eso ya lo veremos. Me voy a ir de Bath el resto de la temporada, por las habladurías de la gente, ya me entiende.

—Desde luego que lo entendemos, barón —repuso *lady* Alice.

—Además, tengo que pensar muy bien si hago público el vergonzoso comportamiento de la señorita Woodford. Lo que ha hecho su sobrina es nada menos que una estafa matrimonial.

¿Estafa matrimonial? ¿Como si tuviera previsto quitarle a Shakleton su fortuna y luego dejarlo en la estacada? La conversación era cada vez más absurda.

—Por supuesto, le rogamos que no lo haga —susurró su tía con un hilo de voz, casi quebrada por las lágrimas—. Jamás olvidaría ese favor.

Escudriñó con la mirada a Shakleton, al parecer era justo la frase que el barón quería oír. Ahora los Parker le debían un favor, Isabella tenía la sensación de que ese había sido su objetivo en esa conversación.

No lo creía capaz de tanta astucia, pero por lo visto los favores mutuos, ¿o debería llamarlos coacciones?, estaban a la orden del día en la alta nobleza.

—El anillo —exigió él, y le tendió la mano a Isabella.

Ella se lo quitó del dedo con un gesto mecánico. Se lo había puesto hacía dos días nada más volver del White Lion como recordatorio de que estaba prometida con otro y que debía expulsar a

Alexander de su corazón. Sin embargo, todo el tiempo lo sentía como un cuerpo extraño en la mano.

Él asió el anillo con las puntas de los dedos, Isabella incluso tuvo la impresión de que evitaba cualquier roce con ella.

—Por cierto, por si se preguntan cómo he sabido de su vergonzoso pasado...

«Vergonzoso pasado.» Qué manera de expresarlo. Por lo visto, a ojos de Shakleton, Isabella estaba a la altura de una buscona.

—Alexander Wilkinson fue tan amable de explicarme esa atrocidad. Se ve que aún existe algo parecido a la lealtad entre caballeros.

A Isabella se le paró el corazón un segundo y notó que palidecía. Se mareó, y durante un segundo pensó que iba a desmayarse. Se tambaleó hacia un lado y movió la mano dos veces hacia atrás, en el vacío, hasta que agarró el respaldo de la silla. Por supuesto, ninguno de sus primos acudió en su ayuda, se limitaron a mirarla con una combinación de interés y asco, como si fuera una figura deformada en un gabinete de curiosidades.

Lo que Shakleton decía no era cierto. No podía ser verdad. Alexander y ella se habían sincerado, conocían muchos secretos el uno del otro, incluso se habían ayudado en situaciones de apuro, él jamás en la vida la perjudicaría de esa manera a propósito. ¿O sí?

Algo se despertó en Isabela, un punto de renuncia que aumentaba con cada respiración que lograba arrancarle a sus pulmones, hasta que se convirtió en ira.

—Juzgue lo que quiera, Shakleton. Disfrute de su superioridad moral y regodéese en la supuesta vergüenza que me atribuye su buen amigo Wilkinson. ¿No se le ha ocurrido preguntarme si esa acusación corresponde a la verdad?

Shakleton seguía con la mirada sombría, las aletas de la nariz se le inflaban al respirar, pero, como siempre, carecía de la más mínima capacidad de réplica necesaria para rebatir a Isabella.

—Sin embargo, voy a hacerle un favor, *milord*. Lo que dice Wilkinson es cierto, ya he perdido la inocencia.

—Dios mío, me voy a desmayar... —exclamó *lady* Alice entre tanto, se dio aire con fuerza con el abanico y se reclinó sin fuerzas sobre el respaldo del sofá. James corrió hacia ella, se arrodilló y le dio unos golpecitos en el guante de la mano derecha. ¿No era eso lo que su madre había intentado inculcarle? Cuando la situación se complicaba demasiado, desmayarse para atraer la atención. Ahora sabía de dónde lo había sacado...

—Es una insolencia —murmuró James, que se apartó los rizos rubios de la frente con la palma de la mano y fulminó a Isabella con la mirada. Ella decidió no hacer caso de los ademanes afectados de los Parker y se concentró en el barón, plantado delante de ella, furioso como un toro embravecido.

—¿Y sabe qué, Shakleton? A partir de ahora voy a asumir mi vergüenza.

¿Qué remedio le quedaba? De todos modos, lo que había querido evitar, que saliera a la luz su aventura con Ashbrook, ya había ocurrido. Ya no tenía nada que perder, y además estaba harta de hacerse la pusilánime y la tímida. Ya no iba a fingir nada más. Sería ella misma, Isabella.

—Por cierto, se trata de un «vergonzoso comportamiento» que cometen usted y sus amigotes masculinos casi a diario. Sin embargo, nadie se queja, porque es usted un hombre, ¿verdad?

—¡Cómo se atreve! —se acaloró Shakleton, y se sonrojó aún más.

—No la escuche, Shakleton, por favor. Habla con la desesperación de una demente.

¿Una demente? Isabella miró atónita a su tía. Incluso a ella la sorprendía que *lady* Alice la tachara ahora de demente.

— Bueno, aún debo rumiar hasta qué punto voy a tener en cuenta las ofensivas palabras de la señorita Woodford. Me parece que he cumplido con mi cometido. —Se guardó la sortija de brillantes en el bolsillo del chaleco y le hizo un último gesto con la cabeza a *lady* Alice. A Isabella la ignoró sin más. Ni siquiera la miró para despedirse.

«Y con ese hombre has estado a punto de pasar toda tu vida.»

Isabella sintió que un escalofrío le recorría la espalda.

El barón atravesó el vestíbulo dando zancadas, cerró la puerta y, como si esa fuera la señal que estaban esperando los Parker, los tres centraron su atención en Isabella. Los dos hermanos dieron un paso a la vez hacia ella con actitud amenazadora.

—Pedir un favor a *lord* Shakleton —se indignó *lady* Alice. Ya no había rastro del vahído—. Ahora ese hombre tiene la capacidad de perjudicar notablemente nuestra reputación. Quién sabe qué jóvenes damas estarán dispuestas ahora a tratar con Edward y James. No lo entiendo, Isabella.

—Ayer mismo, para ti ese hombre era un partido excelente y querías que me casara con él —se defendió Isabella, que poco a poco iba recobrando la compostura. La trataban como si fuera una criminal peligrosa, como si hubiera matado a alguien.

—Por qué no, de todos modos no vas a conseguir nada mejor. Y ahora aún menos —repuso *lady* Alice.

Isabella asintió con amargura.

—Eso es cierto. Tus queridos hijos Edward y James se divierten en las camas de las jovencitas, su dudosa fama llega hasta Dartmoor, pero en cuanto yo me permito un paso en falso, uno solo, me convierto en una leprosa —se encolerizó.

—Es que no tengo palabras. ¡Eres una víbora desagradecida! —gritó *lady* Alice.

—Basta —la calló Isabella—. Ya estoy harta de dejar que me insultes.

—Tampoco vas a tener más oportunidades porque te vas a ir ahora mismo de nuestra casa. No quiero estar ni un segundo más bajo el mismo techo que tú. Ahora me voy a Pump Room, y cuando vuelva no quiero ver ni el más mínimo rastro de que hayas estado jamás aquí.

Isabella esperaba la ira de su tía si se descubría su encuentro con Ashbrook, pero en ningún momento pensó que la insultaría de esa manera y la echaría a la calle como si fuera una criada caída en desgracia. Sin embargo, estaba claro que *lady* Alice nunca había considerado que Isabella formara parte de su familia, era más bien un apéndice incómodo del que uno podía deshacerse porque así lo exigían los buenos modales.

La etiqueta. Isabella sentía náuseas solo con pensar en esa palabra.

—No te preocupes, madre. Nos aseguraremos de que ya no la veas cuando vuelvas. —Edward se plantó delante de ella—. Vamos, recoge tus cosas —ordenó, y hasta le dio un brusco empujón en los hombros.

—No me toques, Edward, o no respondo —masculló ella, y lo cierto era que ya estaba a punto de darle una bofetada. Se recogió el vestido y subió a toda prisa a su habitación.

Betty ya estaba en la puerta con la maleta de Isabella. No era de extrañar, seguro que el servicio había oído los gritos en el salón. Cuando Isabella se paró delante de ella jadeando, acalorada y con el corazón acelerado a ritmo de un *staccato*, Betty solo dijo:

—Bien hecho, Isabella. —Y le abrió la puerta.

Cuando entraron, Isabella empezó a notar un escozor en los ojos. La puerta se cerró, la envolvió el silencio de la habitación y le rodaron las primeras lágrimas por las mejillas.

27

AÚN NO HABÍAN llegado muy lejos. Acababan de girar desde Royal Crescent por Brock Street cuando alguien, sorprendido, gritó el nombre de Isabella. Betty detuvo el paso, pero Isabella fingió no haberlo oído.

«Tú sigue andando», se dijo. Quienquiera que fuese, seguro que desistiría si no le hacían caso.

—¿Señorita Woodford? —oyó de nuevo, al final se paró y abrió los ojos de par en par.

No podía ser verdad.

Isabella se sonó la nariz y se dio unos golpecitos con un pañuelo en los ojos hinchados y enrojecidos de tanto llorar.

Tom Miller apareció en su campo de visión, con la cabeza inclinada hacia delante y ladeada para poder ver mejor la cara de Isabella. Llevaba el abrigo medio puesto, con la hombrera y la manga del brazo fracturado solo colocado por encima para proteger la venda. Aun así, agarraba el bastón con la mano, nunca salía de casa sin él.

Vio el susto que reflejaban sus rasgos al contemplar el rostro lloroso de Isabella.

—Por el amor de Dios, pero ¿qué le ha pasado?

—Yo… —empezó ella, pero de nuevo notó el siguiente ataque de llanto convulsivo, y no consiguió soltar más que un gemido lastimero. Se tapó la cara con el pañuelo y sintió una vergüenza horrible por su falta de control. Betty se colocó a su lado. Isabella no lo vio, pero oyó los pasos sobre el adoquinado y notó el leve roce del hombro de su acompañante contra el suyo. Llevaba un pesado bolso de cuero en cada mano, y los dejó en el suelo de golpe.

—¿A dónde van? —preguntó Miller, y señaló con el bastón los dos bolsos.

—Aún no lo sabemos muy bien. A lo mejor al White Lion —contestó Betty. Hizo bien, porque Isabella no habría podido hacer más que sollozar. Sintió un agradecimiento infinito hacia Betty por no quedarse tras ella sin más como otras sirvientas, ni dejarla sola con sus miserias. Había tomado las riendas con calma y determinación, ya en casa de los Parker. Ayudó a Isabella a hacer las maletas lo antes posible, incluso buscó un mozo que llevara también los macizos arcones de madera de Isabella al White Lion durante la tarde.

—¿A pie? ¿Con todo ese equipaje?

—Necesitamos otro alojamiento.

Miller parpadeó una vez, luego otra, sin parar de mirarlas.

—Ustedes vienen a mi casa. Serán mis invitadas, yo las invito ahora mismo —anunció. Así, sin más.

Isabella puso cara de sorpresa, y Betty también lo miró indecisa.

No podían ir a casa de ese desconocido, bueno, tampoco era un desconocido en realidad, pero, de todos modos, no podían aceptar su hospitalidad porque era un hombre soltero, apenas lo conocían y encima era el mejor amigo de Alexander. Solo era cuestión de tiempo que Isabella se lo encontrara en casa de Miller o en los locales comerciales. No podía ser.

—¿A qué están esperando? Vamos, vengan conmigo. Está cerca.

Al ver que ninguna de las dos reaccionaba, agarró sin vacilar uno de los dos bolsos del suelo con el brazo sano, avanzó por la acera y a Isabella y Betty no les quedó más remedio que seguirlo.

—Pero no podemos hacerlo —empezó a decir Betty sin mucho empeño por detrás de él, pero Miller ni siquiera la dejó terminar la frase.

—Por supuesto que pueden, somos amigos y es evidente que se encuentran en un apuro. Tampoco aceptaría un no por respuesta —dijo por encima del hombro, y siguió andando.

Isabella y Betty se entendieron con un breve intercambio de miradas y siguieron las instrucciones de Miller. Por lo menos al principio.

Cuando entraron en la tienda y los dos dependientes las miraron molestos, les dijo:

—Roderick, vaya al White Lion a buscar a la señora Seagrave. Que venga de inmediato.

Isabella notó que se le volvían a llenar los ojos de lágrimas, pero esta vez por el inesperado gesto de amistad de Miller. Miró de soslayo a Betty y vio que ella también sonreía satisfecha.

Se dirigieron a la trastienda de Miller. Él abrió la puerta con el pie y las invitó a pasar a las dos.

—Siéntense —dijo. Isabella no esperó mucho y se dejó caer en el canapé. En ese momento notó lo agotada que estaba y lo blandas que sentía las piernas. Miller le dio un vaso de agua y se lo bebió mientras Betty dejaba los bolsos, se quitaba el sombrero de la cabeza y se limpiaba el sudor de la frente con la manga.

—Lo siento mucho —se disculpó Isabella—. Todas las molestias que hemos vuelto a sufrir por mi culpa. No era mi intención.

En ese momento le dio igual si Miller lo oía todo. Si Shakleton cumplía su amenaza y contaba por todo Bath el pasado de Isabella, pronto se enteraría. Si es que no se lo había contado ya Alexander.

—Has tomado la única decisión correcta. Me alegro de que nos hayamos ido por fin de esa casa horrible. —Betty se sentó al lado de Isabella y el acolchado de la tapicería cedió con el peso. Aceptó agradecida el agua que le ofrecía Miller también a ella.

El joven se sentó sin prisas frente a ambas y las miró.

—Bueno, ¿qué ha pasado?

Así que Alexander aún no había hablado con él. Qué raro. ¿Le había contado a Shakleton el secreto de Isabella pero no a su mejor amigo? Todo aquello no tenía sentido. ¿O había algo que se le escapaba?

Isabella interrogó con la mirada a Betty, que la miró como si quisiera decirle: «¿De verdad deberíamos contárselo?»

Si ponía al corriente a Miller, su secreto se sabría y no habría vuelta atrás. Quizá después de todo Shakleton y los Parker no dijeran nada. Además, Isabella no se creía del todo que Alexander chismorreara sobre ella. Pero si ahora empezaban a contar a todo el mundo…

No siguió con sus cavilaciones porque de pronto se abrió la puerta y Rebecca irrumpió en la habitación. El empleado debía de habérsela encontrado por la calle, porque no podía llegar del White Lion a la tienda en tan poco tiempo.

No paraba de mirar asustada a Isabella, Betty y Tom Miller, luego se plantó delante del procurador y puso los brazos en jarras.

—¿Qué les ha hecho?

Él abrió los ojos de par en par.

—¿Perdone?

—¡Dígamelo!

—Rebecca, nos ha ayudado y nos ha acogido muy amablemente porque… —Isabella miró insegura a Tom, que levantó la mano.

—Por supuesto, disculpen. Será mejor que las deje un rato solas.

Salió de la habitación, Isabella esperó a que cerrara la puerta al otro lado del pasillo que conducía a las dependencias comerciales. Luego apretó los labios, respiró hondo y se apresuró a decir:

—Shakleton acaba de romper su compromiso conmigo.

Rebecca la miró un momento con semblate inexpresivo.

—Gracias a Dios —exclamó luego, y a Isabella le pareció que lo decía muy en serio.

—¡No, gracias a Dios no! —La vehemencia de la joven sorprendió a Rebecca, que entornó los ojos, como hacía siempre que reflexionaba.

—Necesito ese compromiso, ¿entiendes?

—¿Estás embarazada? —preguntó acto seguido Rebecca, e Isabella la miró furiosa.

—No, claro que no. Necesito un marido porque me hacen falta cien libras. Y porque tengo que proteger a mi hermana.

—¿Ha bebido? —le preguntó Rebecca a Betty, pero ella se encogió de hombros a modo de disculpa y luego miró suplicante hacia Isabella.

Esta cerró los ojos, le costaba mucho hablar de ello, pero tenía que hacerlo.

—Ya no soy virgen —confesó, sin atreverse apenas a mirar a Rebecca.

Ella puso cara de confusión.

—Pero eso no es motivo, ni mucho menos, para que un hombre como Shakleton...

—Me están coaccionando —añadió con más vehemencia—. El hombre con el que hace casi un año... me exige cien libras a cambio de su silencio. Nos vio una sirvienta, que fue a ver a mi padre para que le pagara por su silencio, y ahora quiere...

—Déjame adivinar —la interrumpió Rebecca furiosa—: Ashbrook. Con el que te vimos en Grosvenor Gardens.

Isabella se ajustó en vano el chal alrededor del cuello.

—Sí, Ashbrook —repitió—. Quiere que le dé dinero o empezará a hablar para echar por tierra mi reputación. Y la de mi hermana. La de toda mi familia.

La mera idea le resultaba tan insoportable que sintió que el pánico le provocaba calor en todo el cuerpo.

Todo había sido inútil: su huida a Bath, el suplicio de las mañanas y noches en compañía de Shakleton. Se había esforzado mucho, pero daba igual. Todo era en vano porque ya no era virgen, y eso la convertía en una apestada.

No había manera de deshacer una noche de pasión, por mucho que se lo propusiera y se doblegara. Todo eso le pasaba solo porque era mujer. Si fuera un hombre, a nadie le interesarían sus aventuras; sus primos eran el mejor ejemplo.

Sin embargo, a la otra mitad de la sociedad, formada por mujeres, se le aplicaba otro código moral.

Era tan, tan injusto, maldita sea.

Isabella apretó los dientes y notó que estaba al borde de las lágrimas, pero esta vez las reprimió.

—¿Y cómo se ha enterado Shakleton de todo eso?

—Dice que se lo ha contado Wilkinson.

—¿Y tú te crees a Shakleton, así de fácil? —dudó Rebecca, que solo estaba expresando lo que le preocupaba a Isabella todo el tiempo.

¿Cómo demonios podía haberse enterado Alexander de su metedura de pata? ¿Y por qué tendría que habérselo contado a Shakleton?

—Ashbrook —intervino Betty con firmeza, y pronunció el nombre como si fuera una enfermedad contagiosa—. ¡Tiene que habérselo contado a Wilkinson, no hay más opciones!

Las otras dos la miraron sorprendidas, hasta entonces se había mantenido al margen de la conversación, como casi siempre.

—¿Por qué iba a hacerlo? Le aseguré que iba a recibir su dinero. Si habla ahora, no recibirá jamás un chelín.

—¿Y si existe otro vínculo entre Ashbrook y Wilkinson que no conoces? —planteó Rebecca.

Era cierto que existía esa conexión, pero Isabella no tenía ni idea de qué relación tenían. Solo sabía que Alexander no soportaba al excoronel.

—Al parecer, se conocen. Quiero decir, Wilkinson y Ashbrook, no podemos descartar del todo que hayan hablado —admitió Isabella después de respirar hondo—. Además, Alexander y yo… —buscaba las palabras adecuadas. Aunque sabía que no había nadie en este mundo que fuera a juzgarla menos que Rebecca, le resultaba de lo más incómodo hablar de ello—. Wilkinson estaba celoso. Creo que él…

—Está loco por ti —la ayudó su amiga—. Y, además, ya habéis intimado, lo sé.

Isabella la miró sorprendida.

—Por cierto, por mí no tienes por qué avergonzarte de lo que hay entre Wilkinson y tú —continuó Rebecca, y sacudió la cabeza—. Como si las mujeres tuviéramos menos valor solo porque hemos hecho con un hombre…

—Pero valemos menos. Ya no valemos nada, para ser exactas —la interrumpió Isabella, que se limpió los ojos con un pañuelo de bolsillo—. Eso dijo más o menos Shakleton, por cierto.

Había sido tan humillante la manera de exponerla delante de las narices de su envidiosa familia.

—¿Y por qué crees que Wilkinson iba a contarle tu noche de amor precisamente a Shakleton? Según tengo entendido, él tampoco soporta al barón. No tiene motivos para decírselo. —Hizo una breve pausa—. Salvo, tal vez, que quisiera sabotear tu compromiso a propósito... —El tono era cada vez más bajo. De pronto soltó un grito ahogado y dijo—: Tienes que hablar con Wilkinson.

—¡No puedo hablar con él! —Isabella se echó hacía atrás en el sofá y se hundió en el respaldo. Ni siquiera se dignaría a mirar nunca más a ese traidor. Para entonces ya veía claro como el agua lo que había ocurrido: Wilkinson la había delatado, y no importaba si lo había hecho por celos o por otros motivos. Para ella estaba muerto.

Rebecca se había levantado y echaba un vistazo al despacho. Con las puntas de los dedos sacó uno de los papeles que había en un montón sobre el escritorio, pero lo dejó y fue directa a por una botella y unas copas que había sobre el aparador. A juzgar por la forma de la botella, era vino de Madeira. Rebecca se lo llevó todo y fue hacia ellas.

—¿Estás segura de que podemos...? —preguntó Betty con cautela.

—Seguro que no tiene nada en contra. Vosotras dos necesitáis relajaros un poco. Ya habéis vivido suficientes emociones por hoy. —Sacó el corcho provocando un leve estallido y sirvió el vino granate, que fluyó con un sonido prometedor en las dos copas altas. El aroma invadió la habitación, Betty bebió enseguida un buen trago y, aunque Isabella no había comido nada en todo el día, hizo lo mismo que su amiga.

Vació la copa de un trago y disfrutó del ligero ardor en la garganta y del calor que sintió enseguida en el estómago. Una gotita se derramó por el borde de la copa y se abrió paso hacia los dedos de Isabella. Mientras observaba cómo llegaba a su piel, se apoderó de ella una sensación que hasta entonces no se había permitido.

—Wilkinson —dijo en voz baja—. ¡Lo odio! —Isabella alzó la vista hacia Rebecca, que la miraba a los ojos para invitarla a seguir hablando—. ¿Sabes lo que me dijo? Que estamos hechos el uno para el otro. Incluso me abrió su corazón y me confesó algunas intimidades. Seguro que se las inventó sobre la marcha, que me lo contó solo para ablandarme y que...

Isabella cerró los ojos de la vergüenza que le daba recordarlo. Se había dejado embaucar dos veces para que lo besara, pese a haber vivido en carne propia las consecuencias que acarreaba semejante conducta.

—Me ha utilizado y luego me ha traicionado, igual que hizo Ashbrook. —Cuanto más hablaba Isabella, más agresiva se ponía y más intensos eran el dolor y la decepción que anidaban en su pecho—. Aparenta ser sincero y comprensivo, pero es un... hipócrita como todos los hombres. Solo estaba jugando conmigo, yo era su pasatiempo, y ahora me deja caer y disfruta destrozándome la vida con toda la intención.

—Pero no te parece que... —intentó Betty interrumpir el discurso de Isabella.

—¡No! ¡No me parece! Por mucho que diga siempre que «va en contra de sus principios». Sabía muy bien lo que estaba haciendo, el muy canalla. Seguro que ahora está en el White Lion riéndose para sus adentros de mi ingenuidad al ver que Shakleton ya se ha encargado de hacer correr el rumor. Y es culpa mía. Jamás debería haber tenido nada con él ni dejarme llevar por mis intereses. ¡Solo he conseguido provocar este desastre! Tenía una oportunidad de volver a encarrilar mi vida, y la he estropeado.

Desesperada. Su situación era del todo desesperada.

Elizabeth, su madre, su padre. Jamás la perdonarían.

¿Qué iba a hacer ahora?

Un tumulto en el pasillo sacó a Isabella de sus pensamientos.

La puerta se abrió y se quedó helada. Reconoció a Alexander en el umbral, y delante de él, a Miller, que intentaba detener a su amigo con una sola mano pese a la evidente superioridad física del otro.

—Ah, Wilkinson. Ya estamos todos, mira qué bien. —El tono de Rebecca era de burla.

Él no contestó, se limitó a clavar los ojos en Isabella por encima de las cabezas de los demás, y ella comprendió que estaba furioso. Mucho.

28

—Apártate de mi vista —susurró Isabella con aspereza. Debió de sonar amenazante, porque Betty parecía muy asustada.

—No, no voy a hacerlo. Tenemos que aclarar esto de una vez por todas.

Isabella notó que la presión que le oprimía el pecho aumentaba. No podía estar en la misma habitación que ese hombre.

—No hay nada que aclarar. —Se dio la vuelta, clavó la mirada en la chimenea apagada y se dio cuenta de que Rebecca y Betty salían de la estancia en silencio. Isabella no podía creer que sus amigas la dejaran sola en ese momento. Estuvo a punto de agarrarse a Betty como una niña pequeña, pero luego se dio cuenta de que era una conducta del todo inadecuada. Era adulta, por el amor de Dios. Tenía que mantener esa conversación y por lo menos decirle lo que pensaba de su traición.

La puerta se cerró con discreción y, como siempre, sintió que Alexander no se había dejado intimidar y seguía ahí. Isabella cerró los ojos y procuró relajar las manos, que agarraban con furia la manteleta. Intentaba tomar aire y expulsarlo con calma, pero en ese momento estaba demasiado alterada.

—¿Isabella?

Ella se dio la vuelta muy de prisa.

—Me tienes envidia, ¿verdad? Por haber tenido la suerte de encontrar un marido que me dé seguridad. Primero me mientes y me dices que te gusto, y luego difundes rumores con el propósito de arruinarme la vida.

—¿Rumores? ¿Entonces lo que dice Ashbrook no es verdad?

Isabella tragó saliva y notó la horrible sensación de vergüenza, ya tan familiar para ella, que la abrumaba y le apagaba la rabia. Giró la cabeza. Era demasiado. Con Shakleton y su familia aún tenía fuerzas para admitir lo ocurrido con la cabeza bien alta, pero ya no podía más.

—Lo que dice es cierto —reconoció con un hilo de voz, y esta vez decirlo en voz alta no fue una liberación, sino más bien una derrota.

Isabella perdió el dominio sobre sí misma; la fachada de ira que hasta entonces le había servido para guardar las distancias con Alexander se desmoronó. En ese momento se sentía pequeña, insignificante y abatida. Al parecer, él también se dio cuenta.

—Ashbrook estaba borracho. Quería alardear conmigo y por eso me contó lo de vuestra... noche juntos —le explicó Alexander en un tono mucho más conciliador que antes—. Sabía que Shakleton no me caía bien, y no tenía ni idea de que me importabas. Por suerte.

—¿Yo? ¿Que te importo? —repitió ella, y se puso furiosa de nuevo. ¿De qué hablaba ese hombre? Le entraron ganas de atravesar la habitación, agarrarlo por los hombros y zarandearlo.

—¿Es que no lo entiendes, Isabella?

—¡No! ¡No lo entiendo! Si alguien te importa, lo proteges. Lo cuida y procuras que le vaya bien. ¡No lo traicionas ni le destrozas la vida! —gritó.

—¡Esa no era mi intención! —repuso él en el mismo tono.

Ah, ¿no? ¿Entonces cuál era?

—Yo... —Infló los mofletes, levantó las manos en un gesto de desconcierto y se acercó un paso. Isabella retrocedió enseguida. No soportaba su cercanía, necesitaba distancia entre ellos; cuanto más cerca estaba él, más le costaba respirar—. No lo sé. Me salió así, sin más. Fue espontáneo y... una estupidez. Lo siento. Pero la idea de que tú y Ashbrook... —Cerró los ojos, saltaba a la vista hasta qué punto le repugnaba la idea.

—Sí, me dejé seducir por Ashbrook, y fue un error. Fui una ingenua y esa noche no pensé en lo que estaba haciendo. Así que, por favor, ahora que lo has escuchado de mi propia boca, puedes juzgarme como todos los demás.

Él la miró un momento y luego sacudió la cabeza.

—¿Cómo quieres que te juzgue por algo que yo mismo hago? —Lo dijo en un tono muy bajo.

Isabella aguzó los oídos, buscó su mirada y notó que se le encendía una chispa de esperanza. ¿Lo había entendido bien? No podía ser. La había delatado, y la última noche había hecho todo lo posible por poner su vida patas arriba. Pese a sus explicaciones, ahora no podía mostrarse débil y disculpar su conducta. Ni perdonarlo. Era la última persona del mundo a la que perdonaría semejante traición. No después de besarla y decirle que estaban hechos el uno para el otro. ¡Qué mentiroso!

—¡Claro que me juzgas! —le reprochó—. De lo contrario no habrías sacado a la luz mi deshonra.

—¡Fue un descuido, Isabella! ¿Cuántas veces tengo que decírtelo? —exclamó él.

«Todas las que quieras, porque no me importa.»

Isabella había cometido un error, y ahora era un secreto a voces. Peor, había cometido el mismo error una segunda vez. ¿Qué diferencia había entre la breve aventura con Ashbrook y lo de Alexander? «Ninguna», se dijo, y se sintió fatal al pensarlo.

—¿Sabes qué? Todos esos hombres que no paran de hablar de las mujeres caídas en desgracia, que se entregan a sus pasiones y luego nunca vuelven al camino de la virtud... tienen razón.

—Tonterías —se limitó a decir él.

—Míranos. Yo podría haberme contenido y no hacer nada contigo, yo...

—Lo nuestro es distinto —la interrumpió.

—Eso ya lo hemos visto. Me has utilizado y me has arrojado al precipicio con una sola frase, Alexander. —Se le quebraba la voz por la rabia que hervía en su interior o por las lágrimas que empezaron a brotarle de repente. O por las dos cosas, Isabella no lo sabía con exactitud porque tenía la sensación de que ya no notaba su cuerpo. Como si estuviera fuera de él, observando cómo se peleaba con Alexander.

—¿De verdad crees que «utilizar» es la palabra adecuada? No me dio la sensación de que lo que pasó entre nosotros fuera unilateral —dijo él con algo parecido a un tono de reproche, y a ella le pareció percibir cierta inseguridad.

—No, no lo fue. Me gustas... Me gustabas de verdad —se oyó contestar, y en ese momento ni ella entendió por qué acababa de decir eso. ¿Por qué le abría el corazón y encima admitía que significaba algo para ella? Ese hombre no merecía su sinceridad—. Me dejé llevar por sentimientos totalmente confusos, y fue un gran error —continuó.

—Y aquella vez, con Ashbrook, ¿también te dejaste llevar por tus sentimientos? —preguntó con aspereza, y sonó como si le diera miedo la respuesta. Como si no soportara que Christopher pudiera haber sido importante para ella alguna vez.

Isabella clavó la mirada en las franjas de hollín de la pared por encima de la chimenea. Alguien, seguramente Miller, había intentado limpiarlas y había dejado un manchurrón gris de la longitud de un brazo en la pared blanca.

—Entonces me lo echas en cara —dijo ella a media voz. Acababa de delatarse. ¿Cómo iba a ser de otra manera? ¿Cómo iba a pasar por alto algo que la sociedad entera consideraba una mácula y una vergüenza? Por mucho que lo negara, lo corroía por dentro, Isabella lo notaba. Al fin y al cabo, la había delatado, recordó. Había pregonado su oscuro secreto a su prometido, y le había arruinado la vida.

—No, no es eso. Pero me pregunto si aún sientes algo por Ashbrook —se apresuró a contestar él con vehemencia.

Aquellas palabras hicieron que algo estallara en el interior de Isabella. La invadió una ira incontrolable y, llevada por un impulso, se acercó un paso a él y le dio un fuerte empujón con ambas manos.

—¿Te has vuelto loco? —gritó.

Él se tambaleó un momento pero, antes de que ella pudiera retirar las manos, la agarró de la muñeca.

—No sabes el tipo de hombre que es Ashbrook —masculló él, que de pronto parecía igual de furioso que ella. Isabella le miró la mano aferrada a su antebrazo, notó la piel cálida y sintió una ola de calor en la espalda. Aquel roce hizo que algo empezara a cambiar en su interior. Estaba tan cerca de él que notaba su olor, y se le ablandó el corazón, tan traidor y débil.

Cerró los ojos. «No puedes permitirlo.»

—Sé muy bien qué tipo de hombre es Ashbrook, Alexander. Y no ha pasado un solo día desde que se cruzaron nuestros caminos en el que no me haya arrepentido de haberlo conocido.

—¿Lo dices de verdad?

¿Qué pregunta era esa?

—¿Qué importa? Y ahora suéltame, por favor —añadió con más suavidad, aunque sin mucha insistencia. Notar su cercanía era como una adicción que no había podido satisfacer durante los últimos días y que le hacía perder el control.

No quería que la soltara.

Sin embargo, tenía que hacerlo. Isabella volvió a desviar la mirada hacia las manos de Alexander.

—Jamás debería haber permitido todo esto. Debería haberme contenido y mantener a raya mis sentimientos —admitió Isabella en voz baja—. Porque cuando los muestras y te permites sentir algo, siempre acaba en desastre. Si no me hubiera dejado llevar contigo, nada de esto habría ocurrido. Estaría prometida con Shakleton, y todo estaría en orden.

—¿Lo dices de verdad?

Alexander estaba solo a un palmo de ella y seguía sujetándola con fuerza. El deseo que sentía Isabella de arrimarse a él, sentir su cuerpo y dejarse envolver por esos brazos fuertes, era casi abrumador.

—El problema es justo ese, que fingiste y le hiciste creer a Shakleton que sentías algo por él —le oyó decir, y notó que le acariciaba el pelo con el aliento.

—¡Es que no me queda más remedio que fingir! Si soy yo misma, nunca encontraré marido. ¿Quién quiere a una mujer que siente pasión por la anatomía y la medicina? Cualquier hombre normal saldría corriendo. Ni siquiera un bobo como Shakelton aceptaría a una mujer así. He echado a perder mi valor. He intentado huir de ello, pero he desperdiciado mi gran oportunidad y mi falta de control me perseguirá toda la vida. A mí y a toda mi familia.

—No, no es verdad.

—Acabamos de verlo, ¿no?

—La gracia del pasado es que ya no existe —empezó a decir él, pero Isabella no lo dejó terminar.

—¿Que no existe? ¿Te parece que ya no existe? —se indignó ella, pero Alexander no se dio por aludido.

—No todo el mundo utilizará tu pasado en contra de ti. Los que conocen y ven a la auténtica Isabella no se dejarán impresionar por un desliz.

Ella no pudo evitar soltar una carcajada amarga y burlona.

—Primero tengo que conocer un hombre así.

—Ya lo conoces —dijo él a media voz.

Isabella parpadeó.

La expresión de los ojos de Alexander era seria y concentrada cuando cruzaron las miradas y un cosquilleo recorrió el cuerpo de la joven.

—Isabella. —Se puso de rodillas delante de ella.

A ella se le paró el corazón, se le secó la boca, ni siquiera era capaz de tragar saliva.

—Isabella Woodford, ¿quieres casarte conmigo?

Se impuso el silencio entre los dos, Isabella no paraba de mirarlo. Luego tomó aire, cuando se dio cuenta de que lo había estado conteniendo todo el tiempo.

—No puedo casarme contigo.

—¿Por qué no? —Él sacudió un poco la cabeza, sonrió como si de todos modos ya hubiera quedado todo claro.

—Ya no soy virgen, soy una repudiada…

—Me da igual.

—Pero no puede darte igual, ¿entiendes? Te arruinarás la vida si te casas con alguien como yo…

—Isabella —la interrumpió él—, deja de definirte en función de lo que ocurrió una sola noche. No tiene nada que ver con quién eres en realidad.

—Pero ¿quién soy entonces, eh? Todos quieren una sola cosa de mí. Mi dote, mis vínculos con el vizconde, puede que mi aspecto o mi cuerpo para que conciba herederos. Pero nadie me quiere como soy, Isabella Woodford, con mi pasado y mis intereses del todo inadecuados y a los que jamás renunciaré. Ashbrook no estaba dispuesto, ni siquiera Shakleton lo ha aceptado, y eso que no me conocen de verdad, y contigo pasará exactamente lo mismo. Así que deja de proponerme matrimonio por compasión, porque no voy a aceptar.

Esas fueron las palabras que salieron de su boca, pero una minúscula parte de ella esperaba que Alexander la contradijera y afirmara que nada de eso era cierto.

Él se levantó, parecía bastante enfadado. Con razón, acababa de rechazarlo. De humillarlo en lo más profundo.

—Para de menospreciarte. Eres la mujer más impresionante que conozco. ¡Tal y como eres!

No sabía de lo que hablaba. De verdad que no.

—¿Y si quisiera asistir a clases en Londres? ¿Si me pasara todo el día consultando libros de medicina y atendiendo a personas, en vez de cumplir con mis obligaciones de esposa y encargarme de la casa? Jamás lo aceptarías.

—¿De verdad crees que sabes lo que pienso y las decisiones que tomo? Sé cuáles son tus aspiraciones y las acepto. Te quiero como eres.

—Aun así, no podemos casarnos.

Porque lo que él decía no era cierto. Puede que en ese momento lo creyera, pero llegaría el día en que la detestaría a ella y sus defectos, como todos. Además, Isabella sabía el tipo de hombre que era Alexander. Según él, era distinto de Ashbrook, pero era igual. La engañaría y se iría con otras mujeres, seguiría disfrutando en los clubs de caballeros y otros establecimientos, como todos. En el caso de Shakleton lo habría aceptado porque no significaba nada para ella.

Con Alexander era diferente. Tenía el poder de arrojar el corazón de Isabella a los abismos más profundos. Ya lo había hecho, la noche anterior, y no hacía ni tres semanas que se conocían. Lo volvería a hacer, Isabella lo sabía, y le daba miedo.

—¿Por qué no? —preguntó él a gritos, fuera de sí, pero el nudo que sentía Isabella en la garganta era tan grueso que no llegó a contestar.

Él la agarró con más fuerza y la atrajo hacia sí.

—Aceptarás mi propuesta de matrimonio —le dijo al oído y le acarició la mejilla con el aliento. Isabella notó que se le tensaban todos los músculos del cuerpo de tan enfadado como estaba—. No tienes otra opción.

—Ah, ¿no? —Intentó zafarse de él, pero era inútil.

—¿Cuántos hombres hay haciendo cola para pedir tu mano? —preguntó—. ¿Puedes decírmelo? ¡Yo no veo ninguno!

Esas palabras fueron como una bofetada. Isabella calló. ¿Qué iba a decirle? Tenía razón. Su vida estaba hecha pedazos, y casarse con Alexander era en realidad la única opción. Solucionaría todos sus problemas de una vez. De todos modos, le daba pavor.

—Destrozarías tu reputación para siempre —insistió por última vez, y hasta ella se dio cuenta de lo débil que sonaba su voz.

Él soltó una carcajada, divertido.

—A estas alturas deberías conocerme mejor. Me da igual mi reputación. Pero tú no.

Isabella cerró los ojos. Notó que se le llenaban de lágrimas y que estas se le acumulaban bajo los párpados cerrados. Sintió la mano de Alexander en el brazo, que de pronto empezó a acariciarla con suavidad.

—Confía en mí, Isabella —susurró.

Confiar. ¿Podría volver a hacerlo algún día? Todo lo que había sucedido durante las últimas horas lo llevaba grabado a fuego en el alma. Podía reprimirlo, pero jamás lo olvidaría. Por mucho que quisiera creer las palabras de Alexander, sentía como si algo se le hubiera roto en el pecho.

Con todo, Alexander se había disculpado por su comportamiento. Había sido sincero y se había mostrado dispuesto a pasar el resto de su vida con ella y a cuidarla. Su oferta era tentadora y sería una locura no aceptarla. ¿Acaso casarse con Alexander no era lo que había deseado en secreto en lo más profundo de su ser durante las últimas semanas, pero nunca había querido reconocerlo? ¿Ni siquiera a sí misma?

Isabella soltó la tensión, el miedo y la resistencia que sentía y que ni ella misma se explicaba. Se dejó llevar, abrió los ojos bañados en lágrimas y vio el rostro tenso de Alexander. Por lo menos, de momento silenciaría sus dudas y creería en Alexander.

Se casaría con él.

Asintió para dar su consentimiento y dejó que él la estrechara entre sus brazos. Por primera vez en muchas horas no tuvo la sensación de caer.

29

AL CABO DE pocos días recibió una autorización del obispo, incluso el padre de Isabella respondió rápido, aunque con poca amabilidad, y dio su consentimiento. El texto era breve, pero el señor Woodford manifestaba su sorpresa por la ruptura del primer compromiso y la celebración de un segundo. Hizo una oferta de dote y Alexander la aceptó sin discutir. En el fondo, debería haberla rechazado porque no necesitaba el dinero, en absoluto, pero, tal y como había acordado con Isabella, lo pondría en un fondo y así ella tendría cierta seguridad. Al fin y al cabo, se había visto obligada a aceptar el matrimonio con él. Dependía del todo de Alexander, y él quería concederle por lo menos cierta libertad económica. Debía hacerlo. Era el legado que le había dejado su madre, Alexander haría todo lo posible porque su mujer y sus hijas, si las tenía algún día, no acabaran como ella.

Por lo demás, el padre de Isabella dejó claro que él tenía otras ocupaciones, y que su mujer y su hija menor, Elizabeth, tampoco podrían viajar a Bath para la boda.

Salvo su primo Phillip y sus dos amigas, Betty y Rebecca, no asistió a la boda nadie de la familia o del círculo de amigos de Isabella. El resto de los Parker se mostraron inflexibles y la trataron con indiferencia. Ni siquiera contestaron a la breve carta en la que Alexander informaba al vizconde y la vizcondesa sobre la inminente boda de su sobrina. La boda no fue un gran evento. El breve enlace se celebró en una iglesia seguido de un desayuno en la intimidad, y por la tarde los novios se despidieron como era la costumbre antes de irse de luna de miel o para volver a sus quehaceres. Pese a todo, a Isabella le dolió la ausencia de su familia, por mucho que lo disimulara y mantuviera la serenidad.

No había habido problema a la hora de reservar la Octagon Chapel para la ceremonia. Como todo en Bath, de hecho en toda Inglaterra, solo había sido cuestión de dinero. La Octagon Chapel era una iglesia de gestión privada, erigida por inversores que, siguiendo el ejemplo de la Mayfair Chapel de Curzon Street en Londres, alquilaba espacios previo pago durante unos días, semanas o incluso durante toda la temporada. No eran asientos normales y corrientes en bancos de iglesia duros y expuestos a corrientes de aire. Se reservaba un espacio propio arriba, en la galería, para tener una buena visión del altar y del párroco, había incluso pequeñas chimeneas, y por supuesto el servicio se encargaba de atender a los asistentes durante el servicio religioso. No era raro que salieran bebidas del sótano abovedado de la iglesia, previamente arrendado a un vinatero...

El caso es que Alexander enseñó un billete y enseguida consiguió un día. Hacía siglos que existían esas iglesias privadas en toda Inglaterra. La mayoría las habían construido filántropos muy creyentes que querían cubrir la creciente demanda de apoyo espiritual, sobre todo en las ciudades, y por eso la Iglesia de Inglaterra toleraba esas instituciones.

En la Octagon Chapel hacía un calor agradable que no resultaba asfixiante gracias al techo alto con cúpula y a la galería que rodeaba el espacio sobre unas columnas. Los rayos de sol entraban por las ventanas de las paredes laterales e iluminaban el interior. Las paredes pintadas de blanco y la galería estaban decoradas con estucado, y a Alexander le recordaba mucho más a un salón o una sala de estar que a una iglesia. Los bancos de la iglesia de la nave principal estaban flanqueados por unos ramitos de margaritas y nomeolvides; hasta en el altar había un jarrón de porcelana con unas exuberantes peonias blancas que impregnaban todo el espacio con su aroma. Sin duda, su boda no era la única que se iba a celebrar en la capilla ese día.

Phillip llevó a su prima por el pasillo central. Además de acompañar a la novia, el joven Parker era uno de los dos testigos de la boda; el otro era Tom.

Aparte de las breves cartas a la familia de Isabella y de la autorización para la boda, Alexander había delegado en Tom el resto de los preparativos. Había pasado los días previos al enlace en Londres, donde había tenido que asistir a una reunión de lo más desagradable con Pitt, que le había reclamado información sobre los avances de sus indagaciones. No podía ofrecerle más que insinuaciones vagas y teorías sin confirmar. Por eso, después del enlace no volvería enseguida a Londres con su esposa, sino que se quedaría en Bath hasta resolver de una vez por todas el fastidioso encargo.

Por eso le había pedido a Tom que pusiera en marcha los preparativos necesarios para la boda, entre otras cosas, vestir a Isabella para la ocasión. Sin duda, Tom había demostrado una vez más que era un gestor competente, porque en cuestión de días había encargado el vestido de la novia. Por supuesto, Alexander le había dado a su amigo un presupuesto holgado: Isabella se casaba con uno de los comerciantes de telas más importantes del país y debía hacerlo con el vestido adecuado.

Parker solo había dado tres pasos con Isabella del brazo y Alexander ya no podía apartar la vista de ella.

Llevaba un vestido de seda, brillante y dorado, al estilo *chemise à la reine*, una moda que había llegado a Inglaterra procedente de París hacía unos años. Los vestidos de ese estilo se inspiraban en las túnicas griegas, que caían con soltura, y eran mucho más cómodos de llevar que los ropajes ajustados que se llevaban aún en la corte inglesa. La falda era un poco abultada, pero sin necesidad del miriñaque ni de almohadas en las caderas. La faja fina no se anudaba en la cintura, sino justo debajo del pecho, e iba atada a la espalda con un lazo. Seguro que Isabella no llevaba corpiño. Le había dado esa instrucción específica a Tom porque sabía lo mucho que ella odiaba los cordones. El escote era sencillo y dejaba al descubierto el canalillo. Llevaba al cuello una cadena de diamantes de varias vueltas que brillaba con la luz oblicua del sol. Estaba deslumbrante. Alexander sabía que estaba en una iglesia, pero cuando la vio recorrer el pasillo del brazo de su primo, todo su cuerpo reaccionó. Le ocurría siempre que estaba cerca de ella sin que pudiera hacer nada por impedirlo.

Sintió en las venas el latido de un intenso deseo incumplido que le nubló el pensamiento y le aceleró el corazón.

Tragó saliva para reprimir la sensación, pero no sirvió de nada.

Alexander sentía una opresión en el pecho desde el día en que le había propuesto matrimonio a Isabella, y no lograba que desapareciera.

¿Qué había pasado con su decisión de no casarse jamás, con no adquirir nunca un compromiso que nadie podía cumplir?

«No tenías elección, debías pedirle la mano.»

De lo contrario, no habría podido mirarse en el espejo. Su vida había quedado totalmente descarrilada por culpa de su conducta irreflexiva la noche que volvía a casa desde el club. No le hicieron falta las duras palabras de Tom para recuperar el juicio y entender las consecuencias de su falta de control. Por su culpa, Isabella estaba al borde del abismo y, cuando la vio en el despacho de Tom deshecha en lágrimas y notó en ella la desesperación palpable que tanto le costaba disimular, actuó sin reflexionar.

Tal vez había sido un error.

No estaba seguro, ni siquiera en ese momento en que lo miraba con sus ojos color ámbar mientras Parker se acercaba con ella del brazo.

Se había dejado seducir por Ashbrook, justo por ese tipo. La única mujer en el mundo que significaba algo para él había caído en la trampa de ese granuja. Aunque no tuviera derecho a estar enfadado por eso y aunque hubiera pasado mucho antes de que se conocieran, seguía tratándose de él.

¿Cómo había podido ser tan ingenua?

«Al final, contigo también pasó algo», oyó una vocecita en la cabeza que se le clavaba en el cuero cabelludo como si fueran miles de alfilerazos. ¿Cómo sabía que Ashbrook y él eran los únicos? ¿Que Isabella Woodford no se entregaba al placer con los hombres y era justo el tipo de mujer que encadenaba un amante tras otro? ¿Y si Edward Parker la había llevado a la fiesta en casa de Weymouth con toda la razón?

«Y aunque así fuera. ¿Tú detestas la sociedad y sus convenciones, y de repente, cuando te conviene, juzgas igual que ellos?»

Además, no era cierto, la había observado aquella noche en casa de Weymouth. No era como las actrices y cantantes de ópera conscientes de su feminidad que jugaban con sus encantos para seducir a los hombres y disfrutar con ellos de sus pasiones carnales. Ella no le engañaría durante el matrimonio, Alexander tenía que dejar atrás el pasado de una vez y aprender a confiar.

Isabella ya estaba justo enfrente, notó el discreto aroma a limón de su perfume. La luz del sol se enredaba en sus tirabuzones rubios y la envolvían en un halo dorado, casi sobrenatural. Llevaba algunas flores trenzadas en el cabello recogido, y con ese vestido, que resaltaba a la perfección su delicada figura, parecía el hada de una leyenda o de los cuentos que se solían contar a los niños.

El pecho le subía y bajaba a causa de la respiración agitada y superficial. Estaba nerviosa, igual que él. Los dos entendían que se estaban atando para siempre.

Parker puso la mano de Isabella encima de la de Alexander; la de ella estaba fría y sudorosa. Alexander entrelazó los dedos y, de forma muy consciente, apartó sus miedos y dudas. A partir de entonces su deber sería proteger a Isabella, y quería demostrárselo. Deseaba ahuyentar el miedo que intuía tras su apariencia controlada, así que le acarició el dorso de la mano con el pulgar. Ella se miró la mano, pero no reaccionó. No sonreía, tenía la mirada fija en la tira de botones del chaleco de Alexander.

Tal vez se equivocaba y no era miedo lo que le parecía ver en ella. En realidad no tenía ni idea de lo que estaba pensando.

La expresión de sus ojos cuando se miraron un instante, antes de que ella fijara la vista al frente, de cara al cura, era difícil de interpretar. Poco a poco, Alexander empezaba a pensar que Isabella había enterrado sus verdaderos sentimientos en lo más profundo de su ser. Que el dolor y la decepción de los últimos días habían sido tan intensos que su mente había levantado un muro que ocultaba con celo a la auténtica Isabella y sus sentimientos. Se había refugiado en ella misma y había cortado el inexplicable vínculo que existía desde el principio entre los dos. Para Alexander, eso era más duro de soportar que todas las dudas que lo atormentaban.

Isabella se aseguró de que estuvieran presentes sus dos amigas, Betty y Rebecca. Estaban sentadas en el primer banco y asintieron para animarla. Alexander también le dedicó una sonrisa, y ella se la devolvió mecánicamente, sin que se le reflejara en los ojos.

La ceremonia fue rápida porque el cura, que sin duda tenía que oficiar el resto de los enlaces del día en la Octagon Chapel, les soltó el discurso a bocajarro.

«Qué raro», pensó Alexander. «Tanto alboroto alrededor de este día, la juventud se muere durante años por que llegue, y el juramento se convierte solo en una obligación.» Isabella y él se dieron el «sí, quiero», pero estaban tan alejados como el día en que se conocieron.

Ella lo miró a los ojos cuando juntaron la mano derecha y pronunciaron sus votos matrimoniales. Seguía teniendo los dedos helados.

—Usted, Alexander Wilkinson, ¿acepta a esta mujer como su fiel y legítima esposa, en el sagrado vínculo del matrimonio según las leyes de Dios…

«¿Y si te equivocas con Isabella?», le pasó de nuevo por la cabeza. También se equivocó con Ellen aquella vez. Isabella lo engañaría y su pesadilla se repetiría.

Respiró hondo para aliviar la presión que sentía en el pecho.

—… hasta que la muerte os separe?

Se hizo el silencio y Alexander notó todas las miradas clavadas en él. Se le aceleró el corazón y sintió el pánico en la boca del estómago.

El tiempo parecía haberse detenido. Oía el estruendo de su propio latido en los oídos como el ruido amortiguado de los cascos de un caballo sobre la tierra húmeda.

No era capaz de contestar.

Isabella lo atravesó con la mirada y le vio el horror reflejado en los ojos y la incredulidad en el rostro.

Alexander parpadeó.

«No va a pasar, esta vez lo vas a hacer todo bien. Vas a superar el pasado. Vencerás tus miedos si te casas con ella.»

—Sí, quiero —dijo en un tono firme, y alguien por detrás suspiró aliviado.

Isabella también contestó con un áspero sí a la pregunta del cura.

La ceremonia continuó, Alexander estaba como obnubilado. No tuvo la sensación de volver en sí hasta que no intercambiaron los anillos y él le deslizó en el dedo el anillo de oro con filigranas con un peridoto brillante de color verde claro y vio que ella abría un poco los ojos. Se alegró de ver su cara de sorpresa al darse cuenta del valor que tenía el anillo.

—Con este anillo yo te desposo, te venero con mi cuerpo y te entrego todos mis bienes terrenales —pronunció el juramento después de ponérselo. El texto le salió como si nada porque, aunque aquellos juramentos ante Dios y la Iglesia le parecían muy pomposos, todas y cada una de esas palabras eran ciertas. Se dio cuenta de que pensaba justo lo que estaba diciendo, y entonces sintió una gran emoción y las consecuencias de lo que estaba haciendo, y le dio un vuelco el corazón. Isabella iba a pasar el resto de su vida a su lado.

La ceremonia terminó. Tom no paraba de parpadear de forma sospechosa mientras se dirigían todos juntos hacia la sacristía. Por el camino los acompañó la música del órgano, que puso fin al enlace con una melodía festiva.

El empleado municipal los esperaba en la sala contigua con el libro de la ciudad de Bath, donde ambos se registraron. Isabella escribió despacio y con mesura su apellido de soltera, y una sensación extraña de felicidad invadió el cuerpo de Alexander al ver cómo sujetaba la pluma con su mano delgada y elegante.

Le ofreció el brazo para atravesar la iglesia y salir a la puerta, donde ya esperaban los invitados a la siguiente boda.

Recorrieron a pie la bulliciosa Milsom Street hasta el White Lion, donde se iba a celebrar el desayuno. Los escasos invitados a la boda y los novios estaban a unos pasos de distancia, y Alexander decidió romper el silencio.

—¿Isabella?

—¿Sí? —Ella giró la cabeza hacia él, como si estuviera esperando que hablara por fin con ella.

—Sé que no somos amigos, pero lo seremos. Aprenderemos a comprometernos el uno con el otro. Incluso diría que debemos hacerlo.

—Debemos. —Ni siquiera lo había formulado como una pregunta. Había sido una afirmación, y a Alexander le pareció percibir cierta resignación.

¿Entonces todo eran imaginaciones suyas, todos los sentimientos? Isabella se mostraba fría y distante, como si él le importara tan poco como Shakleton.

No, era imposible. Con él no fingía nada, como con el barón. Al menos, no lo conseguía, porque siempre la descubría y adivinaba lo que pensaba de verdad. Iba a sacarla de su cascarón, como muy tarde cuando terminara el desayuno. Además, sabía cómo hacerlo.

—Porque ahora somos marido y mujer —contestó él al final—. He puesto mi vida en tus manos y tú la tuya en las mías. De forma incondicional, con todo lo que comporta. Ya has oído lo que acaba de decir el cura. —Se inclinó tanto hacia ella que le rozó la oreja con los labios—. Amarse en lo bueno y en lo malo, honrarse y ayudarse hasta que la muerte nos separe —murmuró, y vio que a Isabella se le ponía la piel de gallina en el cuello.

30

LO QUE ALEXANDER acababa de decirle en la puerta del White Lion había sonado casi como una amenaza.

«Amarse, honrarse y ayudarse.» Desde luego, había escogido justo esas palabras del juramento por un motivo.

Isabella lo miró de reojo, atenta, pero no tuvo tiempo de contestarle porque Rebecca la agarró de la mano y tiró de ella para cruzar la puerta. No entraron en el comedor, donde se oían las voces y las risas de la multitud de clientes, sino que fueron hacia la derecha, a una salita destinada solo a celebraciones privadas.

Rebecca había montado un desayuno festivo. El olor a gofres y pan recién hecho, jamón asado y huevos revueltos era delicioso y, en el medio de la mesa, flanqueado por jarras llenas de chocolate caliente y café humeantes, se erguía una tarta nupcial cubierta de nata montada y pequeñas rosas de mazapán. Los candelabros estaban encendidos, había unos pétalos de rosa de color crema esparcidos sobre el mantel de damasco de seda; Rebecca respondió a la mirada de asombro de Isabella con una sonrisa satisfecha.

—Aunque todo haya sido un poco precipitado, tenemos que celebrar el día como es debido, ¿no crees? —Rebecca invitó a pasar a Betty con un gesto y cerró la puerta.

—Esto es… gracias —Isabella parpadeó para secarse una lágrima de emoción. No se lo esperaba, Rebecca se había preocupado y esmerado mucho, seguro que había apartado a algunos de sus empleados de sus tareas habituales para prepararle ese desayuno.

Miller, que estaba justo detrás, murmuró con aspereza:

—Es lo mínimo.

—Ah, ¿de verdad? —Betty se volvió hacia él.

Sin embargo, no lo decía con mala intención, Isabella vio enseguida un brillo pícaro en los ojos de Betty. ¿Desde cuándo tenían tanta confianza esos dos? A decir verdad, Isabella había pasado los últimos tres días encerrada en una de las habitaciones de Rebecca engullendo grandes cantidades de pasteles y bollos, en un intento por reconciliarse con su vida; cuando no estaba en la habitación de Miller haciendo las pruebas del vestido de novia. Además, la buena de Betty le había comprado otro manual médico en la librería de Milsom Street y por las noches se sumergía en él.

¿Se había perdido algo entre Betty y Miller?

—Al fin y al cabo, los dos tortolitos se conocieron en el White Lion, de la señora Seagrave, bajo su tutela. Todo esto es casi culpa suya —continuó Miller.

Alexander forzó una sonrisa, pero no pudo evitar contestar a su amigo con un codazo. Lo entendió, pero eso no impidió que Miller soltara un grito y agitara el brazo malherido delante de las narices de Alexander para quejarse. Él lo silenció con una sola mirada elocuente.

Miller se encogió de hombros.

—Valía la pena intentarlo.

Luego se dirigió hacia la mesa opulenta y admiró los gofres y su delicioso aroma.

Mientras tanto, Phillip había abierto la puerta con dos botellas de vino de Madeira polvorientas en las manos, y las levantó con un ademán prometedor.

—Brindemos por los novios —proclamó, descorchó la primera botella y sirvió en las copas preparadas en el aparador.

Isabella lo observó. Durante la ceremonia se había producido algún que otro gesto de confianza entre Rebecca y Phillip. Ambos parecían moverse con mayor libertad entre los presentes y ocultaban menos su aventura. Tal vez ya no era una aventura, sino una relación de verdad. Era evidente que Phillip conocía muy bien el White Lion. Seguro que las botellas de Madeira eran existencias de la bodega bien surtida del White Lion. Y allí no entraba nadie que Rebecca no conociera muy bien.

Miller hizo unas cuantas bromas más a las que Phillip se sumó enseguida; Rebecca y Betty ni siquiera podían beber vino por la risa. Incluso Alexander se soltó un poco y se rio con ellos sin parar de mirar a Isabella con atención. Ella fingía no darse cuenta siempre que podía. Había decidido poner distancia entre ellos, pero sus largas miradas y el cosquilleo que notaba cada vez en el estómago no ayudaban.

Alexander llevaba una levita de seda azul marino que le quedaba como un guante, unos calzones a juego y un chaleco amarillo bordado con infinidad de zarcillos dorados. El cuello de la camisa almidonado y la corbata de seda de color blanco inmaculado le enmarcaban el rostro y, por mucho que Isabella no quisiera, la tenía maravillada. El corazón le había dado un vuelco varias veces al observarlo con disimulo. No paraba de hacerlo aunque se esforzara en evitarlo.

Por eso no le había pasado desapercibida la mirada difícil de interpretar que Alexander había cruzado con Miller y que provocó que, de pronto, ambos se pusieran serios.

Miller también se había vestido de punta en blanco, aunque solo había podido ponerse el frac de terciopelo negro sobre los hombros. Para compensarlo, llevaba en la mano sana un montón de anillos dorados.

Después del desayuno, Rebecca decidió que todos debían tutearse. Además, había Negus, un vino especial, especiado y caliente, que solía servirse en las bodas. Como todos estaban ya un poco borrachos por las botellas de Madeira que habían vaciado, cuando se agarraron del brazo para brindar, armaron un buen caos. El vestido verde de Betty acabó con algunas manchas, al igual que los pantalones de seda clara de Tom.

A Isabella le caían bien Tom Miller. Y Betty. Y Rebecca y Phillip. Estaba emocionada con la amistad que le habían demostrado todos los presentes, y el interés y la naturalidad con la que celebraban ese día. Ni siquiera sabía si se habría sentido tan a gusto en compañía de su familia como con esas personas. Jamás habría imaginado que su boda, celebrada en circunstancias tan adversas, pudiera terminar en una fiesta tan relajada y alegre.

Todo allí la hacía sentir bien, segura y protegida; un poco como en familia, pero mucho más divertido. A pesar de ello, la perseguía la certeza de haberse casado y atado para toda la vida. Es más, se había convertido en propiedad de Alexander, del todo. Pertenecía al hombre que la había delatado y, por mucho que disfrutara de la actitud relajada de sus amigos y quisiera reír y bailar con ellos, no lograba ahuyentar del todo el peso y la oscuridad que sentía en el alma.

Debía admitir que el futuro con Alexander le daba miedo.

COMO DE COSTUMBRE, Tom había atraído a los presentes en torno a él. Seguro que era por las historias que contaba, aunque Alexander juraba que la mitad de lo que decía no había ocurrido de verdad, pero también por su carisma, siempre tan afable y simpático que era imposible resistirse.

Rebecca se levantó para llenarse de nuevo la copa de vino especiado. Había insistido en que no hubiera nadie del servicio presente, y con eso se ganó las simpatías de Alexander, como tuvo que reconocer a regañadientes. Cuando estaba junto al aparador, un poco apartada de los demás, llenándose la copa, Alexander vio su oportunidad. Se levantó sin que lo vieran los demás, que estaban pendientes de Tom mientras imitaba a una clienta entrada en años con peticiones extravagantes. Hacía reír tanto a su público que tenían lágrimas en los ojos.

—No parecen interesarte mucho las anécdotas de Tom —afirmó Alexander cuando se colocó a su lado. Solo hacía una hora que habían empezado a tutearse, así que aún le resultaba extraño un trato tan cercano, sobre todo por el tema que iba a abordar. Necesitaba hacerlo, porque cuanto más sabía de lo mucho que había ayudado Rebecca a su esposa durante los últimos días y lo estrecha que era la amistad entre las dos mujeres, peor se sentía.

Quería que Isabella confiara en él. Lo deseaba de verdad, pero sospechaba que su mejor amiga hacía contrabando e incluso se estaba planteando entregarla a las autoridades. Lo mejor era no pensar más en las consecuencias que podía tener para la relación que acababan de empezar Isabella y él.

Rebecca lo miró un momento, pero no contestó. Se sirvió con parsimonia el vino especiado de una olla. Parecía intuir que él tramaba algo y se concedió tiempo para pensar qué decir a continuación.

Alexander tragó saliva para quitarse el sabor amargo de la lengua y agarró una de las botellas del arsenal alcohólico que guardaba en el aparador. Le dio vueltas y fingió que estudiaba la etiqueta.

—Ron de arrack. Una bebida maravillosa que apenas da dolor de cabeza al día siguiente —comentó al final. «¿No se te ocurre nada más inteligente?»

Rebecca ladeó la cabeza y le dedicó una mirada burlona.

—… eso lo puede confirmar sobre todo nuestro amigo Tom —prosiguió Alexander. Luego hizo una pausa y la miró a los ojos—. Por cierto, ¿de dónde lo has sacado?

Ahí estaba. Un parpadeo inoportuno. Hasta la infalible Rebecca se delataba. Puede que fuera empresaria y viuda, pero aún era muy joven, y en su piel inmaculada, siempre un poco bronceada, aún no se dibujaba ni una sola arruga.

—Ahora no me acuerdo. Servimos tantas bebidas que una pierde la perspectiva —contestó a la ligera, pero al mismo tiempo lo desafió con la mirada. Las palabras no encajaban con la expresión de su rostro, y de todos modos estaba diciendo tonterías.

A Rebecca no le pegaba nada la mala memoria. Era una de las mujeres más inteligentes que Alexander había conocido. Hablaba varios idiomas, incluso había oído cómo le mostraba a un cliente la solución a un cálculo muy complicado. Mentalmente. El hombre había apostado a que no solucionaría el cálculo y perdió una suma considerable. Fue la primera noche que pasó en el White Lion. Debió de ser unos tres años atrás. Lo impresionó tanto que desde entonces convirtió el hostal en su alojamiento habitual cuando tenía que pasar la noche en Bath.

Alexander se acarició el brazo con suavidad y la apartó un poco de Betty e Isabella, que observaban entre risitas cómo el joven

Parker cortaba la tarta nupcial. Más bien la estaba desmigajando para luego colocar montones de pastel en los platos que le daban las chicas entre carcajadas. Tom también esperaba el primer pedazo con una sonrisa apacible en los labios. Le encantaban todos los dulces, ese desayuno debía de ser el paraíso para él.

—No nos engañemos. Los dos sabemos que detrás de esto se esconde algo muy distinto, de hecho, estoy harto de andarme con rodeos. La señorita Lovelock fue igual de testaruda que tú.

Rebecca asintió y dijo despacio:

—Así que has estado con la señorita Lovelock. —Le dio un sorbo al vino y observó a Alexander como si fuera un desconocido. O como si de pronto lo viera con otros ojos—. ¿Por qué te interesa tanto? —preguntó.

Ninguno había mencionado abiertamente el auténtico tema de la conversación, así que no podría acusar a Rebecca de nada si la denunciaba. Además, si no se equivocaba con ella, podía continuar durante horas con esa disputa.

—¿Porque no quiero competencia? —se atrevió Alexander con el primer intento.

Rebecca apretó los labios. Él casi podía ver cómo procesaba los pensamientos, y entonces ella tomó una decisión.

—Pero hasta ahora no te importaba. ¿No crees que sobre todo aquí, en Bath, hay sitio para todos?

¡Ah, por fin! No estaba haciendo alusiones directas, sería una imprudencia, pero lo insinuaba.

—Casi me da la impresión de que conoces mis libros de cuentas y sabes dónde están los balances.

—Dios me libre. —Rebecca levantó los brazos a la defensiva—. ¿Entonces dices que lo que crees que se esconde detrás del ron de arrack perjudica a tu negocio?

Estaba claro que no iba a contestar a eso. Se limitó a sonreír, y Rebecca hizo lo mismo.

—Creo que podríamos ahorrarnos quebraderos de cabeza —dijo ella luego—. Solo puedo darte un consejo: no pierdas el tiempo y concéntrate en algo útil. En tu preciosa mujer, por ejemplo. Vete con ella a Londres y sed felices, pero no sigas husmeando por aquí. No te hará ningún bien. Tu amigo Tom puede confirmártelo.

—¿Es una advertencia?

—Un consejo bienintencionado. El rival al que te enfrentas es demasiado poderoso.

Alexander no respondió a eso.

—¿No habéis tenido suficiente con el aviso que os han dado ya? —insistió ella.

—¿De verdad? ¿Tú nos enviaste a los matones?

Ella soltó un leve bufido.

—Yo uso otros recursos para protegerme que la violencia. —Desvió la mirada un momento hacia Isabella, o por lo menos eso le pareció ver a Alexander. Tal vez se equivocaba, pero el nudo que sentía en el estómago cobró fuerza.

—Francamente, no importa cómo creas que te proteges, no te servirá de mucho. El repentino interés por, digamos, determinados hechos, procede de las más altas instancias —dijo.

Rebecca lo miró un buen rato.

—¿Y has pensado alguna vez por qué las altas instancias no se ocupan de ello?

Sí, varias veces. Cualquiera de las respuestas que encontraba no le gustaba, pero luego recordaba la tarea que le habían encomendado y eso eclipsaba las preguntas sin respuesta. Además, Rebecca Seagrave sería la última persona a la que le expresaría sus dudas.

—Si la Compañía te envía un aviso, deberías hacer caso. La próxima vez no saldréis tan bien parados —le recomendó ella.

La Compañía.

¿Cómo no? Por supuesto, la todopoderosa Compañía Británica de las Indias Orientales tenía que meter mano en ese asunto. Era una sociedad de comerciantes que controlaba el comercio entre Inglaterra y Extremo Oriente, tan poderosa que incluso contaba con privilegios como la jurisdicción, una fuerza militar y moneda propias. Solo hacía una década que la Compañía Británica de las Indias Orientales estaba bajo supervisión del Gobierno, pero incluso los gobernadores generales impuestos por este defendían sus intereses. Era una entidad independiente, casi un poder estatal, y en el fondo a Alexander no debería sorprenderle que participara del contrabando organizado. La pregunta era: ¿qué función tenía Rebecca en todo eso?

—¿Te están presionando? —preguntó Alexander con absoluta espontaneidad. Por un instante le pareció ver algo parecido al miedo en el rostro de Rebecca.

—Creo que la conversación ha terminado —dijo ella sin mirarlo, se agarró la falda con un aspaviento y se unió a los demás en la mesa, que la recibieron con un gran hurra y un plato lleno de pastel.

No se equivocaba. Algo tenía a Rebecca atemorizada.

Alexander se quedó un rato más junto al aparador, Tom debió de ver su mirada penetrante porque se levantó y se acercó a él con la copa aún medio llena. Mientras Tom se bebía el resto del vino, Alexander dijo:

—No deberías cogerles mucho cariño. —Notó que sonaba más amargo de lo que pretendía.

Tom no reaccionó y siguió bebiendo con calma, luego dejó la copa.

—Y tú deberías disfrutar de los últimos días felices con tu esposa antes de que hagas algo que la ponga en tu contra.

Tom lo miró a los ojos y Alexander lo interpretó como una propuesta. La de dejarlo estar, ir a ver a Pitt y explicarle que en Bath y Bristol no había ninguna banda de contrabandistas que destapar. De igual modo que, oficialmente, tampoco existían los numerosos aristócratas que hacían contrabando en cada uno de sus viajes con infinidad de telas francesas de las más delicadas sin que nadie les pidiera cuentas nunca. Porque tenían demasiados vínculos con la corte o un alto cargo en el Parlamento, o simplemente porque tenían un título que los protegía.

¿Sería justo por ese motivo por lo que le habían encargado a él buscar a los contrabandistas? ¿Porque Alexander no tenía título y pensaba de forma muy distinta a los empleados de la administración tributaria, cuya función era recaudar los aranceles y poner fin al contrabando? ¿Porque el respeto o, mejor dicho, el servilismo de estos empleados hacia la nobleza no tenía límites y nunca denunciarían a un *lord* o a un conde, pero él sí? Y, sobre todo, ¿porque la Compañía Británica de las Indias Orientales no había comprado a Alexander y él no tenía motivos para encubrirla?

Tragó saliva.

Si daba marcha atrás ahora, no sería mejor que los contrabandistas. Se convertiría en cómplice, y a la larga sus escrúpulos y su sentimentalismo perjudicarían a su propia empresa. Eso era lo último que quería.

Se apoyó en el aparador, cruzó los brazos y observó a los presentes.

Le caían bien, todos y cada uno de ellos. Su mejor amigo, Tom, al que le unían tantas experiencias compartidas. La serena Betty, con esa risa tan contagiosa y que a todas luces se había enamorado perdidamente de Tom. Rebecca, la belleza enigmática que dirigía su negocio con destreza y un asombroso conocimiento de la naturaleza humana. Durante los últimos días incluso había llegado a apreciar a Philipp Parker, que podía ser muy divertido, y, salvo por su metedura de pata en la fiesta en casa de Weymouth, siempre había respaldado a Isabella.

Alexander se sentía a gusto en su compañía, eran como los hermanos que nunca tuvo. De hecho, le daba la sensación de que en Bath había pasado a formar parte de una comunidad.

Dentro de unos días lo iba a echar todo por la borda.

Cuando miró a su esposa y la observó se le aceleró el corazón.

Isabella. Su esposa. Aún no podía creer que estuviera casado de verdad.

¿Sus planes iban a destruir la confianza que habían empezado a crear? ¿Cabía la posibilidad de que Isabella llegara a odiarlo? ¿La mujer a la que amaba?

Las palabras se formaban en su mente por sí solas y lo asustaron un poco.

«¿También estás borracho o qué?»

Apretó los dientes e ignoró las dudas sobre sus planes que iban cobrando fuerza poco a poco y empezaban a desgarrarlo por dentro.

Iba a cumplir con su cometido, le había dado su palabra al primer ministro.

Era la única decisión correcta, ¿no?

31

Había bebido demasiado, ni siquiera la tarta nupcial con relleno de mantequilla había podido mitigar el efecto de las cuatro copas de vino especiado. A lo mejor fueron cinco, Isabella hacía tiempo que había dejado de contar. El suelo se movía un poco bajo los pies, y notaba la cabeza como si la tuviera llena de algodón. Por lo menos el alcohol le había aplacado un poco los nervios.

Estaba inquieta. Era última hora de la tarde y acababan de retirarse a la habitación de Alexander, en la primera planta, y ahora Isabella no sabía dónde meterse.

Era muy absurdo estar nerviosa en ese momento.

Se detuvo de espaldas a la puerta y miró alrededor. Rebecca se había encargado de que llevaran la maleta de viaje de Isabella, y también vio su segundo par de zapatos bien colocado al lado de las botas de Alexander, delante del perchero.

La habitación era espaciosa. Junto a la cama había un escritorio y dos elegantes armarios roperos de madera oscura. Las paredes estaban cubiertas de papel de seda amarillo por el que trepaban flores y pétalos de geranio. Un espejo con marco dorado colgaba al lado de la puerta, y la chimenea tenía un voladizo de mármol ornamental.

La estancia era… maravillosa. Si el mobiliario de todas las habitaciones era tan elegante, Isabella hasta entonces no había entendido lo rica que era Rebecca en realidad y el dinero que ganaba con su hostal.

Durante la celebración Alexander y ella apenas se habían dirigido la palabra, de hecho, había sido así desde su precipitado compromiso hacía tres días. No había resultado muy difícil porque, al igual que a lo largo de ese día, si se veían, siempre era en compañía de más personas. Ni siquiera en ese momento, a solas, se decían nada.

Alexander no quería hablar con ella, pero la miraba todo el tiempo. Isabella notaba su mirada penetrante, pero no acertaba a averiguar qué significaba. ¿Y si se sentía tan inseguro como ella?

Él cerró las pesadas cortinas de brocado color rosa con unos pocos movimientos decididos. La luz era crepuscular, Isabella tragó saliva sin querer. Entonces sí pretendía, ahora...

Cuando cerró las cortinas de la segunda ventana, se detuvo un momento y dijo de espaldas a ella:

—Ya sabes lo que toca ahora.

El tono era frío, casi impersonal. No le estaba haciendo una pregunta, había sonado como una imposición. Isabella se preguntó si eso era el vínculo matrimonial para él. Un acuerdo que ambas partes del contrato debían cumplir. Isabella no sabía el importe de la dote que había acordado con su padre, pero seguro que Wilkinson había recibido una buena suma. Se había casado con ella, le había puesto en el dedo un anillo tan caro que resultaba absurdo y ahora le tocaba a ella cumplir con la obligación que eso implicaba.

Isabella no se movió, tampoco le hizo el favor de contestar a su pregunta. Ni siquiera asintió, solo intentó controlar el cosquilleo nervioso que sentía en el estómago.

¿No llevaba días pensando en cómo sería tocar su cuerpo? ¿No se lo había imaginado desnudo y había fantaseado con ver sus ojos llenos de lujuria y sentirlo encima y dentro de ella? Había tenido sueños húmedos y prohibidos con él, sobre todo después de la noche en el salón de Rebecca, cuando le curó las heridas. El deseo se había apoderado de su cuerpo como la fiebre, y en varias ocasiones se había aliviado ella misma tras acalorarse mucho pensando en esa noche.

Sin embargo, luego la delató y estuvo a punto de destrozarle la vida.

Estaba muy sorprendida y desengañada, por mucho que se hubiera disculpado y le hubiera dado explicaciones sobre su comportamiento.

Que Alexander, el hombre al que había besado, de quien pensaba que la respetaba y se sentía atraído por ella, que justo él hubiera divulgado su secreto había sido tan doloroso como si le hubieran metido la mano en agua hirviendo. Era peor que el hecho de que la vizcondesa la hubiera echado y su familia hubiera cortado el contacto con ella. Igual que con una quemadura, el dolor no remitía sin más. Perduraba, seguía escociendo, día tras día, y el roce más imperceptible lo encendía de nuevo.

Que se hubiera casado con ella no cambiaba nada porque Isabella sufría las consecuencias de su traición. Se había dejado convencer para celebrar la boda, tampoco tenía elección, y el matrimonio evitaba lo peor, es decir, convertirse en una repudiada y acabar en la calle sin recursos.

Pese a todo, jamás podría volver a confiar en él. Seguro que la traicionaría y lastimaría de nuevo, Isabella estaba convencida. Por eso se había cerrado con Alexander, como una concha al percibir un movimiento en el agua. Se había retraído en sí misma, había decidido que no quería sentir más.

Durante los últimos días se había percatado de que algo había cambiado también en la actitud de él. Había cambiado. Estaba muy serio y muy poco juguetón. Isabella notaba que algo lo afligía. No paraba de asomar un lado oscuro y furibundo tras su fachada comedida que lo perseguía como una sombra desde la noche que estuvo con Shakleton y Ashbrook.

Ocultaba algo, y además Isabella intuía qué era.

Su falta de pureza. Era por eso.

Por mucho que asegurara que no le importaba, a sus ojos Isabella estaba mancillada. ¿Y quién se casaba por voluntad propia con una deshonrada? Shakleton no lo había hecho.

Isabella lo había besado, habían tenido un acercamiento físico, pero aún no se había entregado del todo a él. Y eso precisamente era lo que buscaba, su cercanía y su cuerpo. Isabella hasta podía entenderlo. Otra persona lo había hecho antes que él, tenía la vaga sensación de que Alexander solo quería vengarse. De Ashbrook. O de ella. Tal vez le repugnara la idea de que se hubiera acostado con otro hombre y quizá por eso se mostraba tan reservado y todo lo que estaba a punto de suceder solo era una obligación que debía cumplir.

Eso era para ella, nada más.

Iban a consumar el matrimonio, Isabella lo aguantaría, pero había decidido no dejar que Alexander se acercara más a ella. Era lo único que le serviría. Ahora y en el futuro. No podía permitir que él la turbara en lo más íntimo, su alma, como tantas otras veces.

Así no podría hacerle daño.

Se frotó la nuca con la palma de la mano, notó los dedos entumecidos y temblorosos y dejó caer el brazo de nuevo.

¿Por qué la miraba así todo el tiempo? ¿Por qué se plantaba delante de ella, a una distancia prudente, pero recorría su cuerpo con tal deseo en la mirada que Isabella sentía retumbar el corazón en el pecho? Alexander ya no era tierno, sincero y vulnerable, como aquel día en el salón de Rebecca. Todo su ser trasmitía intransigencia y dureza, y, por mucho que Isabella no quisiera, por más que se resistiera, su seriedad provocaba algo en ella.

Un tirón leve en el bajo vientre, un instinto que quería justo eso: dominio y seguridad, y que ella podía calmar con su feminidad.

Alexander no hizo más preguntas, se quedó ahí de pie y se desató despacio el pañuelo del cuello sin apartar la vista de ella. Se quitó la levita azul marino y la dejó junto al pañuelo en el respaldo de una silla.

—¿Isabella?

—¿Sí?

—¿Por qué estás tan retraída conmigo? —preguntó sin rodeos—. ¿Por qué estás tan fría y distante, como si fuéramos desconocidos? Y no intentes negarlo porque lo noto perfectamente.

—Ya sabes por qué. Porque me traicionaste.

—A lo mejor te he librado de algo.

—Me delataste y yo he sufrido las consecuencias —insistió Isabella. Esa era la frase que llevaba días repitiéndose como si fuera una plegaria. «Te delató, y ahora sufres las consecuencias.» Alexander tenía que oírla. Debía saber qué pasaba en su interior—. Puedes tener mi cuerpo —se dio un golpecito en el pecho con el dedo, justo encima del corazón—, pero a mí no me tendrás. Ya no.

Alexander se acercó mucho a ella, Isabella se obligó a no retroceder hasta que vio su rostro a solo unos centímetros.

—Claro que sí, Isabella. Vas a entregarte a mí con todo lo que tienes y lo que eres. Esta noche.

Isabella notó que una ola de calor le invadía el cuerpo y procuró reprimirla. Lo miró a los ojos, vio la expresión segura y decidida y se juró que no lo dejaría ganar. Esta vez no.

—No me tendrás.

—Ya lo verás. Porque ahora mismo vamos a consumar el matrimonio. Eso no puedes negármelo, ¿verdad?

Isabella esperó y luego contestó en voz baja:

—No.

—El vestido —dijo él, de pronto con una ternura asombrosa—. Quítatelo, por favor.

Isabella notaba lo que estaba haciendo con ella, su voz cálida hacía vibrar algo en su interior que le generaba dudas, aunque no quisiera. Su determinación le resultaba muy atractiva, era como si su cuerpo entregara el mando y le dijera que podía confiar en él, que todo iría bien.

Isabella cerró los ojos.

Tenía que imponerse a su cuerpo, también al deseo.

Pero también podía quitarse el vestido. Tenía que hacerlo de todos modos si iba a… En todo caso, no era un problema. Isabella se palpó la espalda. Betty la había ayudado a vestirse y, aunque su atuendo seguía la última moda de París y no llevaba corpiño, no conseguía deshacer el lazo de detrás.

—Te ayudo —se ofreció Alexander, y esperó a que Isabella asintiera con cautela.

Por primera vez en muchas horas, la tocó. Le acarició el cuello suavemente con los dedos y le puso la piel de gallina antes de inclinarse sobre ella y deshacer el nudo entre los omoplatos con una sola mano. Alexander llevaba el cuello de la camisa abierto, Isabella notó el calor corporal que irradiaba, cerró los párpados y absorbió su olor. Él la tranquilizó, la envolvió como si fuera un capullo en el que se sentía segura y protegida.

Alexander se había quedado muy quieto e Isabella abrió los ojos. Él la miró con un brillo triunfal, como si viera perfectamente su lucha consigo misma y con su deseo. Le acarició las mejillas suavemente con las yemas de los dedos, cada roce de su piel con la de Isabella era como una llamada, una cata prometedora de algo que no quería permitirse.

No podía. No podía entregarse, entonces estaría perdida.

Alexander la acarició con los dedos el cuello, los pómulos, las sienes. Inclinó la cabeza hacia delante y rozó con la mejilla la de Isabella.

—Déjate llevar, Isabella. Solo esta noche —le susurró.

Ya no era una orden, era una súplica. Sintió que él liberaba todo su ser y concentraba toda su energía en ella, y fue como una tormenta que la arrastrara y ante la que no podía hacer nada. El corazón le latía tan rápido y con tanta fuerza que el estruendo le llenaba los oídos.

Él le puso la palma de la mano sobre el corazón. Isabela notó la calidez y contuvo la respiración.

—Lo oigo, lo noto. Tu corazón no tiene nada que temer —le aseguró.

Lo deseaba tanto, dejarse llevar por su cercanía, por sus caricias, y entregarse a él.

Notó la otra mano de Alexander en la espalda, la atrajo hacia sí y sus cuerpos se juntaron como si tuvieran vida propia, Isabella notó que se le llenaban los ojos de lágrimas. «No puedes hacerlo. Te has jurado no permitir que se acerque a ti.»

Isabella parpadeó.

Los labios de Alexander estaban sobre los suyos, su aliento cálido le acariciaba el rostro, y le limpió una lágrima con un beso.

—Confía en mí, Isabella —dijo a media voz, y en ese momento ella empezó a ceder.

Ya no quería ganar. Daba igual. Todo daba igual. Solo quería sentir a Alexander, su cuerpo, su cercanía, a él.

«No tienes nada que temer», le susurró Isabella a su corazón. Pasara lo que pasara, saldría bien. Alexander sería cuidadoso con ella y no la obligaría a hacer nada que no quisiera. Por lo menos esa noche podía abrirse a él.

Pese a que las ideas le seguían dando vueltas sin rumbo en la cabeza, su cuerpo reaccionaba a su proximidad y le decía que podía hacerlo: confiar en él.

—De acuerdo —susurró ella, pero Alexander apenas la oyó. La miró a los ojos y un segundo después posó sus labios sobre los de Isabella.

Fue como si un terremoto le sacudiera el cuerpo. Se abrió paso con la lengua y acarició con suavidad la suya. Isabella gimió en su boca y, como si fuera una señal, el beso se volvió más hambriento y salvaje. Alexander hundió la mano en sus rizos y todo, incluso su mente, pasó a ser absolutamente irrelevante. Isabella notó que los músculos del pecho de Alexander se movían cuando soltó los cordones de seda del vestido con dedos hábiles. Se lo deslizó por los hombros, le bajó las mangas y cayó al suelo. Llevaba una combinación de seda fina debajo y medias hasta las rodillas, sujetas con unas ligas de color azul cielo. Al ver que no ocurría nada más, Isabella alzó la vista hacia él. Sin decir nada, pero con la mirada ardiente, le tendió la mano. Isabella la aceptó, y Alexander la ayudó a deshacerse del vestido y de los zapatos.

—He soñado contigo, Isabella. Tantas veces que pensaba que estaba perdiendo el juicio —dijo con la voz más ronca. Las manos, que bajaban despacio desde los hombros, parecían chamuscarle la piel. Le rodeó los pechos suavemente con ambas manos y ella soltó un gemido tenue y profundo.

Isabella cerró los ojos sin querer y sucumbió a la sensación que le provocaban esas caricias. Notaba un cosquilleo en la piel, en todos los puntos que habían tocado sus manos, y un deseo animal, incontrolable, se iba gestando en su vientre y la despojaba de toda voluntad. Se puso de puntillas, colocó una mano en la nuca de Alexander y lo acercó hacia ella. Luego colocó los labios sobre los suyos con un suspiro, con la misma exigencia que acababa de demostrar él, y, al cabo de un segundo, Alexander cedió y le devolvió el beso. La rodeó con el brazo para atraerla y, a través de la tela de los pantalones, ella notó que su virilidad le presionaba el estómago.

Isabella le acarició el pecho y fue bajando las manos, quiso agarrarlo, pero él la paró con destreza y la calmó con un sonido gutural.

—Tenemos tiempo —dijo—. Primero tienes que desnudarte.

—Pero tú aún... —repuso ella.

Alexander le puso un dedo en los labios para hacerla callar.

—Una cosa después de la otra.

Ya le había bajado por los hombros los tirantes de la combinación transparente, y la deslizó con cuidado por las caderas hasta que cayó a sus pies como una cascada de seda. Aún llevaba las medias, Alexander recorría su cuerpo con una mirada que trasmitía tanto deseo y admiración que ni siquiera se le ocurrió sentir vergüenza. Estaba desnuda delante de él, y Alexander seguía vestido.

—Eres la mujer más guapa que he visto en mi vida, Isabella. De verdad —aseguró él.

Con ternura, recorrió los pechos y el vientre con una mano, acarició como un soplo de aire cálido el vello que se rizaba entre las piernas hasta que se detuvo en las nalgas y, de pronto, las agarró con fuerza.

Del susto, Isabella soltó un grito ahogado.

—Siéntate —le susurró Alexander al oído con voz ronca, aunque quizá lo habría hecho de todos modos porque de pronto le flaqueaban tanto las rodillas que ni siquiera estaba segura de si podría seguir de pie.

Se dejó caer en el colchón blando, Alexander alzó la vista un momento y luego se arrodilló ante ella. Con la mano derecha acariciaba la piel blanca de sus caderas, fue bajando por los muslos e Isabella sentía que se ponía al rojo vivo con sus caricias. Con movimientos lentos y premeditados, Alexander deshizo el lazo de la liga, bajó la media y luego se la quitó por el pie. Mientras hacía lo mismo con la otra pierna, le besó el interior del muslo, le mordisqueó la piel, Isabella se estremeció.

Cuando las dos medias quedaron en el suelo junto a la cama, le separó las rodillas con suavidad para que quedara completamente desnuda y expuesta ante él. Isabella sintió el impulso de taparse con las dos manos.

—Alexander, no puedo... —empezó a decir.

—Chist —exclamó él, y empezó a besarle las rodillas, fue subiendo poco a poco y besó también el interior del muslo. Isabella notó que toda la sangre de su torso se concentraba, el corazón se le aceleraba y bombeaba excitación con cada latido. Y vergüenza por dejarse atrapar de esa manera. Jadeó, quiso apretar las rodillas, pero Alexander se lo impidió.

—¿Qué te da miedo?

—No lo sé, me siento tan...

—¿Confías en mí? —la interrumpió él.

Isabella lo miró, cada vez más insegura.

—Yo... no lo sé —admitió por fin.

—Entonces tienes que aprender a confiar en mí. Hace unos días me hiciste la misma pregunta, ¿se te ha olvidado ya?

—No —se apresuró a contestar ella—. No, no se me ha olvidado, pero aquello era distinto.

—Entonces me puse en tus manos, a mí y a mi mejor amigo, y ahora tú te pones en las mías. Así de sencillo.

—Pero... —Alexander ahogó su réplica con un beso, le agarró la mano, que Isabella había puesto en el hombro de Alexander a regañadientes, y la empujó hacia el colchón.

—Agárrate bien, cariño —susurró, y empezó a besarla de nuevo. Isabella obedeció y se inclinó hacia atrás. Alexander le separó un poco más los muslos y se abrió paso hacia arriba con suavidad entre besos y lametones. La sensación de deseo, el cosquilleo que la invadía se volvió casi insoportable a medida que se acercaba al centro de su cuerpo. Alexander lo acarició con los labios suavemente. Isabella soltó un gemido, fuerte y sin control, y le dio igual si alguien la oía. La abrió un poco con dos dedos y recorrió con la lengua los puntos más sensibles. Isabella reprimió un grito, se llevó una mano a la cabeza por instinto y el mundo empezó a diluirse a su alrededor. El calor se apoderó de ella y eliminó de su mente cualquier pensamiento lúcido. Se desplomó hacia atrás, boca arriba, y se dejó llevar por la lengua de Alexander y las sensaciones que recorrían su cuerpo.

—Está bien, mi amor —dijo él en voz baja, y empezó a dibujar círculos con la lengua, cada vez más decididos e intensos, mientras ella se retorcía.

—Oh, Dios —gimió ella, agarró con más fuerza los rizos de Alexander mientras él subía y bajaba la lengua con movimientos rítmicos. Notó que poco a poco perdía el control, se le aceleraba el corazón y se acercaba al éxtasis de forma inevitable. Una energía imponente se generaba en cada punto que él acariciaba con la lengua.

Sin embargo, cuando ya se le tensaban los músculos y estaba a punto de llegar, él se apartó, se levantó y la miró con la respiración entrecortada.

Ella gimió, no pudo evitarlo, incluso notó que se le llenaban los ojos de lágrimas.

—Te deseo, Isabella, más que nada en este mundo. —Su voz sonaba grave y ronca por la excitación—. La cuestión es si tú también me deseas.

La miró expectante e Isabella no pudo evitar que una carcajada se abriera paso en la garganta.

La estaba atormentando con toda la intención. Quería hacerle perder la razón. Isabella emitió un sonido gutural de frustración y se incorporó a medias.

—Claro que te deseo, Alexander. Soy tuya. —Tragó saliva—. Has ganado, por lo menos esta noche —susurró.

Como si eso fuera justo lo que esperaba oír, Alexander asintió, se quitó las botas a toda prisa, se bajó los pantalones y se deshizo de la camisa.

Aún se le veían los moratones, que poco a poco habían pasado del azul al amarillo verdoso, pero eso no cambiaba nada: estaba frente a ella en todo su esplendor. Isabella tragó saliva al ver su cuerpo desnudo, los hombros torneados, los músculos de los brazos y el pecho, donde se le rizaba un poco de vello; el torso esbelto, donde un rastro de vello bajaba hacia su miembro viril erecto.

Alexander era perfecto.

Se tumbó a su lado en la cama y empezó a acariciarle el cuerpo, recorrió sus curvas y tiró un poco de los pezones, duros y erizados bajo sus dedos. Isabella gimió al notar la mano entre sus piernas, y sus partes íntimas se contrajeron con esa nueva caricia.

—Por favor, Alexander —suplicó.

Estaba tumbado muy cerca de ella, le rozaba la cara con el aliento, y notaba su erección en la cadera.

—No me engañarás nunca, Isabella —dijo de pronto con insistencia, casi en tono suplicante—. Nunca, ¿me oyes?

Ella contuvo la respiración y de pronto entendió a qué se debían la rabia y la resistencia que tanto intentaba disimular. No eran más que inseguridad y miedo a que lo volvieran a engañar, como ya le había ocurrido. Había iniciado una relación con ella, para siempre, y eso lo volvía vulnerable. Entendió que le pasaba lo mismo que a ella.

Isabella envolvió su rostro con las manos, lo miró a los ojos y le dijo:

—No, no lo haré. Te lo juro.

A ALEXANDER LE dio un vuelco el corazón cuando notó sus finas manos en la cara.

Isabella estaba siendo sincera, no lo decía solo para tranquilizarlo. Lo notaba en su voz y lo leía en sus ojos. Había escogido las palabras precisas para disipar sus dudas, al menos de momento. No necesitaba saber más, tampoco podría contener más la excitación.

La agarró por las rodillas, la atrajo hacia sí y ella se sorprendió.

En el fondo tenía muy claras sus intenciones. Quería derribar el muro que ella había levantado alrededor y hacerle sentir que estaban juntos. No debía quedar ni rastro de Christopher en su memoria, ni en su cuerpo ni en su mente. Esa noche iba a poseer por completo a Isabella y a demostrarle que ahora estaban unidos.

Le separó un poco más las piernas con la cadera, desplazó el peso a los antebrazos y se colocó encima.

Isabella se hundió en las almohadas bajo su peso y cerró los párpados cuando se arrimó a ella y estaba a punto de penetrarla.

—Abre los ojos, Isabella —le ordenó—. Quiero que entiendas lo que significa. Aquí y ahora. Para siempre.

Ella obedeció, abrió los ojos y le sostuvo la mirada mientras empujaba. Eran movimientos firmes, exigentes, impacientes. Ella jadeó, por un instante a Alexander le dio la impresión de que intentaba separarse de él y paró. Buscó con la mirada malestar o dolor en el rostro de Isabella. Sin embargo, ella lo rodeó con los brazos y le tapó la boca con la suya, ansiosa.

Era tan agradable al tacto, tan húmeda y caliente. Alexander gimió. Empezó a moverse con mucho cuidado dentro de ella y enseguida se dio cuenta de que aquello era muy distinto que con las demás mujeres con las que se había acostado hasta entonces. Tenía experiencia, incluso bastante. Se había acostado con mujeres voluptuosas y delgadas, jóvenes y mayores, había despertado el deseo en ellas y había llevado a muchas al éxtasis. El sexo siempre había sido algo puramente físico para él. Alexander se había masturbado y también había provocado la lujuria en sus parejas, casi siempre solo una noche.

Sin embargo, ahora era como si sus cuerpos hablaran, como si se creara una conexión, una cercanía y una confianza entre ellos que aún no habían alcanzado en otros ámbitos.

—Ahora estás conmigo, Isabella. ¿Lo entiendes?

La besó al retirarse y luego volvió a entrar en ella hasta colmarla del todo. A Isabella le temblaron los párpados, lo miró con la vista nublada y emitió un leve gemido cada vez que Alexander se adentraba en ella.

—Solo quiero ser tuya, de nadie más —dijo ella, subió las rodillas, se arqueó hacia él y Alexander supo que ya no podría contenerse mucho más. La besó con más avidez, más intensidad, intentó contenerse con todas sus fuerzas y mantener el control. Ella gimió en su boca, cada vez más fuerte, y estaba bien así.

Ella tenía que ser la primera.

—Hazlo por mí, Isabella —le rogó, y le dio un mordisco muy suave en el cuello que le ofrecía ella. La respiración de Isabella era cada vez más fuerte e intensa y, mientras se movía en círculos en su interior, Alexander notó que el cuerpo empezaba a temblarle poco a poco, clavaba los pies en el colchón y todos los músculos se le tensaban. Alexander posó los labios en los de ella, le acarició la lengua con suavidad con la suya y con eso la llevó a la cima. Gritó su nombre, fuerte y sin parar, y Alexander notó las contracciones en el miembro y ya no pudo más. Solo unos segundos después que ella dejó salir la ola de su cuerpo, y eyaculó con tanta fuerza e intensidad que olvidó todo lo que lo rodeaba.

Se dejó caer a su lado con la respiración entrecortada, los dos necesitaron un momento para volver en sí. Alexander vio una pequeña gota de sudor en el esternón de Isabella y la atrapó entre las yemas de los dedos.

—Ha sido… no sabía que… —Isabella no llegó a terminar la frase. Alexander se rio por lo bajo en su oído y le acarició la mejilla mientras se le relajaba poco a poco la respiración. Por primera vez en muchos días Isabella tuvo la sensación de verlo relajado. Isabella le recorrió la espalda con las puntas de los dedos, admiró los músculos que notaba debajo y miró por encima del hombro hacia las cortinas. Fuera aún había claridad, puede que ni siquiera hubiera empezado a atardecer.

—Tenemos que levantarnos. No podemos pasarnos el resto del día aquí metidos.

—¿No podemos? —preguntó él con una sonrisa pícara en los labios.

Tal vez lo que se esperaba de ellos ese día era que no aparecieran en ningún sitio.

Isabella tampoco tenía nada que objetar, en cuanto saliera de esa habitación y dejaran de estar a solas, la asaltarían de nuevo la realidad y sus problemas. Alexander tenía razón. Por una noche podía entregarse a él, y confiar el uno en el otro.

Además, jamás habría pensado que sería así con él.

La noche con Christopher… la impresionó, sin duda. El deseo que había sentido era un mundo nuevo, pero nada en comparación con la sensación que acababa de provocarle Alexander, que seguía resonando en su interior y le generaba un agradable hormigueo hasta en los dedos de los pies.

—Tom mencionó una vez que vosotros dos tenéis mucho en común. Hace días que me pregunto qué debe de ser —empezó a decir Isabella, al tiempo que observaba con atención a Alexander, sin saber cómo reaccionaría a preguntas tan personales. O si querría contestarle.

—Es un chismoso incorregible. —Alexander se había estirado boca arriba, apoyado en las almohadas, Isabella apoyó la cabeza en su pecho y tenía los dedos enredados en el escaso vello.

Era raro estar tumbada así con él. Desnudos del todo y confiados, por un instante la invadió una peculiar sensación de felicidad.

—¿No vas a contármelo? —insistió ella.

Alexander le agarró la mano, la apretó y le acarició los nudillos con el pulgar.

—Sí, claro que puedes saberlo. Igual que yo, Tom se crio sin padre, al ser hijo ilegítimo. En cierto momento, mi padre entró en razón y mi madre como mínimo disponía de dinero suficiente para que yo recibiera una educación adecuada a su posición social. La madre de Tom lo crio completamente sola.

—¿Adecuada? ¿Quién es tu padre?

Alexander se limitó a sacudir la cabeza, apretó un poco los labios e Isabella entendió que no hacía falta seguir insistiendo.

—Y tu madre…

—Tenía una tienda de telas, yo me hice cargo después de acabar los estudios y la consolidé. Era costurera.

—Seguro que no fue fácil —afirmó Isabella.

Se encogió de hombros.

—Uno madura cuando tiene obligaciones.

Isabella bajó los párpados un poco, le acarició el cuerpo con la mano y la fue bajando cada vez más.

Alexander se quedó sin aire cuando ella le puso los dedos entre las piernas y le agarró el miembro.

—Creo que algo de cierto hay —murmuró ella, mientras con movimientos lentos y besos suaves lo devolvía a su máximo esplendor.

32

Esa tarde se amaron varias veces, hasta altas horas de la madrugada, y luego se durmieron juntos, agotados.

Al día siguiente Isabella estaba un poco dolorida y apartó a Alexander de un empujón cuando volvió a arrimarse a ella con reclamos. Además, le rugía el estómago, así que decidió desayunar con Betty y Rebecca en su salón. De todos modos, Alexander tenía algunos asuntos que tratar con Tom en su tienda, y a ella le pareció muy bien.

Respondió a las sonrisas picantes y los comentarios entre risitas de sus amigas poniendo los ojos en blanco, y se dedicó con todo su ser a la tostada con mermelada. Después de comer estuvieron un rato juntas, Betty leyendo, como siempre, y Rebecca revisando unas cuentas que se amontonaban en su pequeño pupitre mientras Isabella le daba vueltas al pedacito de tarta nupcial que tenía delante, en un plato de postre decorado con flores rosas.

—Rebecca, ¿puedo preguntarte algo? —En algún momento tenía que decírselo.

La otra asintió ausente.

—Entonces Phillip y tú... —Isabella pensó un momento cuáles eran las palabras más inofensivas, pero Rebecca se le adelantó.

—Tenemos una relación. Eso es lo que querías preguntar, ¿no?

La joven contuvo la respiración.

«Exacto.»

En el fondo ya sabía la respuesta, pero oírlo de forma tan directa en boca de su amiga la desbordó. Las viudas gozaban de más libertades que las damas solteras. No era extraño que asumieran la gestión de los negocios de sus difuntos maridos, y tampoco era raro que tuvieran amantes o aventuras. La sociedad imponía muchas menos reglas a las viudas que a las mujeres solteras.

—¿Por qué nunca dijiste nada?

Betty, que estaba repantingada muy cómoda en la *chaise longue*, leyendo el último número de *Ladie's Magazine*, y que no paraba de coger la taza de café sin mirar, dejó caer la revista. Era todo un fenómeno ver cómo se quedaba en apariencia absorta leyendo página tras página, pero luego se enteraba perfectamente de lo que se hablaba a su alrededor.

Rebecca no dijo nada durante un momento.

Se estaba debatiendo, y eso sorprendía a Isabella porque en realidad esperaba un «¿Por qué no me lo preguntaste?». O un: «Tampoco te incumbe». Pero ver a Rebecca escogiendo las palabras era asombroso. Incluso sospechoso, si Isabella lo pensaba bien.

—No estaba segura de cómo ibas a reaccionar —reconoció.

—Pero... ¿cómo pensabas que iba a reaccionar?

Al ver que seguía sin obtener respuesta, Isabella ladeó la cabeza.

—¿Rebecca?

Había empezado a dar tirones nerviosos de un pañuelo, luego lo arrugó en el puño y al final levantó la vista.

—Porque tenemos que separarnos.

Se hizo un silencio absoluto en el salón, salvo por el ruido que hacía Betty al tragar el café. Isabella no fue capaz de contestar nada de tan sorprendida como estaba por lo que acababa de escuchar.

—¿Phillip lo sabe? —dijo al final.

—No —admitió Rebecca—. Aún no. Pero ¿cómo iba a decírselo, con vuestra boda y todo eso? —Gesticulaba en el aire, pero luego bajó de nuevo los brazos—. Me gusta. Me gusta de verdad, pero no puedo destrozarle la vida.

—Tener una aventura contigo no significa que le vayas a...

—Es joven —la interrumpió Rebecca—. Es siete años menor que yo.

—Sí, ¿y?

—Yo no voy a volver a casarme, es así. Nunca.

En realidad a Isabella no debería haberla sorprendido. En su primera conversación, Rebecca le dijo lo mismo, pero no había atado cabos a la hora de pensar qué significaba eso para la relación que tenía Rebecca, si es que lo era. Ni siquiera sabía la naturaleza exacta de lo que había entre Rebecca y su primo.

—Phillip tiene toda la vida por delante. Es simpático, solícito y adorable. Merece tener una esposa a su lado y poder formar su propia familia. Aparte de que la vizcondesa es su madre. Me gusta discutir, de verdad, pero la perspectiva de enfrentarme toda la vida a la oposición de *lady* Alice me desanima hasta a mí.

—¿Y estás decidida a no volver a casarte? —preguntó Betty.

—No soy la mujer adecuada para él. Voy con mucho equipaje que no quiero cargarle. —Betty estaba tomando aire para contestar. Era evidente que quería saber a qué se refería exactamente Rebecca, pero ella se le adelantó—. No sigas preguntando, no os lo voy a contar. Ahora no. —Se levantó y fue hacia la ventana. De espaldas a ellas, dijo con la voz entrecortada—: Es el precio a pagar por mi libertad.

Las tres se quedaron calladas un rato hasta que Betty dejó la revista a un lado con cuidado, como si fuera un tesoro.

—A veces me harto de verdad de este corsé en el que vivimos.

Las otras dos la miraron sorprendidas. La crítica a su situación era una nueva faceta de Betty. Por lo visto, era contagioso el trato con Rebecca, que de pronto sonrió.

—A Isabella sí que le ha salido bien. Ha escogido al hombre adecuado, el que le gusta de verdad. Estoy segura de que vuestro matrimonio no se convertirá en la tiranía en que acaban la mayoría de relaciones —aseguró.

Betty cogió la cafetera para llenarse de nuevo la taza. También parecía haberse sumado al amor por el café. Isabella se alegraba de poder compartir con alguien su pasión por esa bebida amarga y oscura, aunque no podía demostrarlo porque algo le oprimía el pecho, tanto que tuvo que inspirar hondo y luego exhalar el aire despacio. Eso siempre la calmaba.

—No es verdad —dijo luego en voz baja. Cuando las otras dos la miraron asombradas, se aclaró la garganta porque volvía a sentir ese nudo y dijo—: Yo no he escogido a nadie. Shakleton se separó de mí y luego Wilkinson me propuso matrimonio por pena. En el fondo, no hay ninguna diferencia.

Rebecca arrugó su frente inmaculada, una reacción muy poco frecuente en ella.

—¿Perdona?

—Shakleton, Wilkinson: tanto el uno como el otro se habrían casado por cumplir con las obligaciones sociales.

—Eso no es verdad, en absoluto —intervino Betty de nuevo en la conversación. Estaba sentada muy recta en el borde del sofá y parecía muy indignada.

—Si mi tía no me hubiera echado y no nos hubiéramos encontrado con Tom, Wilkinson jamás me habría propuesto matrimonio.

—Eso no lo sabes —lo intentó de nuevo Betty, sin mucha convicción.

Sí, la noche anterior había habido un acercamiento, y no solo físico. Volvió a surgir la conexión que había existido entre ellos desde un principio. Se habían amado con un deseo puro, casi desesperado, y la sensación era buena, muy distinta de aquella vez con Ashbrook. Sin embargo, todo eso no significaba nada. Le daba demasiada importancia a una sola tarde, tal vez por el alcohol del vino especiado que le nublaba el recuerdo. Qué otra cosa iba a hacer Alexander, al fin y al cabo estaban casados y tenían que consumar el matrimonio para legitimar su unión.

Alexander tenía sus motivos para celebrar esa boda, y seguro que no lo hacía solo por cariño. Puede que fuera por mala conciencia. El deseo de todo hombre de tener a una mujer en casa que se ocupara del hogar y le diera herederos. A fin de cuentas, ese hombre era dueño de todo un imperio. Además, había algo más que ella no acababa de ver. Algo hervía en su interior, Isabella tenía la sensación de que impregnaba cada frase que intercambiaba con él. Una cierta… rabia. O miedo. O ambos. Y no era solo por no haber conservado la virginidad, pues le había asegurado en multitud de ocasiones que eso no era un problema para él.

No debería darle tantas vueltas, ni a él ni a lo que pensaba. Seguro que en ese momento él no se estaba devanando los sesos pensando en ella. Al día siguiente de la boda volvía a dedicarse a su negocio, y ella sabía cuál era su reputación. Además, Isabella había comprobado la víspera que era un amante con experiencia y versado en el amor. Incluso era miembro del Hellfire Club, el más famoso de todos los clubs de Londres, con tan mala fama que una dama de verdad ni siquiera se atrevía a pronunciar el nombre. El hecho de haberse casado con Isabella no le impedía seguir su camino y acabar en camas ajenas. O ausentarse sin más, como todos los hombres.

Eso le rompería el corazón en pedazos. Cada día un poco más.

—No le he dicho que Ashbrook me está coaccionando —dijo de pronto, ni ella sabía con certeza por qué había saltado con el comentario en ese momento.

—Por favor, no me digas que te estás planteando en serio pagarle. No puedes hacerlo. —Rebecca clavó la mirada en ella, pero luego al parecer se dio cuenta de que su reacción había sido demasiado vehemente y continuó con mucha más calma—: Deberías confiar en Alexander. Ya sabe que pasaste una noche de pasión con él. Tienes que contarle toda la historia.

—No puedo.

—¿Por qué no? —Rebecca no aflojaba.

Isabella sintió un dolor sordo en el estómago. Comprobó indignada que era miedo, de Alexander y de que hiciera una tontería sin pensar.

—Lo matará —susurró, y fijó la mirada en las últimas migajas de la tarta nupcial que quedaban en el plato.

Lo interesante fue que nadie la contradijo.

—Tampoco Ashbrook sería una gran pérdida —dijo Betty al final a media voz—. Aun así, ahora Alexander es tu marido. ¿No te parece que deberías ser sincera con él y…?

—Como si él fuera sincero conmigo —se oyó decir Isabella, y sonó bastante infantil porque, de momento, no había tenido la sensación de que le ocultara algo a propósito. El problema era otro—. Ya no puedo confiar en él, después de todo lo que ha pasado entre nosotros. Sobre todo con Ashbrook. Si Alexander se entera y le hace algo, se arruinaría la vida.

—Puede que tengas razón —reconoció Rebecca, y volvió a sentarse con ellas en el sofá—. Si esos dos estuvieran juntos en una misma habitación, seguro que no sería la cabeza la que tomara las decisiones, sino... ya sabéis qué. —La escandalosa risita de Betty la interrumpió, luego fue Rebecca la que se tapó la boca y las dos se partieron de risa.

Isabella observó a sus dos amigas. ¿Qué les pasaba hoy a esas dos? Se comportaban como si tuvieran catorce años. Cuando Rebecca advirtió que Isabella no se sumaba a sus bromas, se incorporó de nuevo, hizo evidentes esfuerzos por reprimir otra carcajada y dijo, esta vez seria:

—Estoy segura de que no eres la única a la que Ashbrook le está haciendo eso. Ya hemos visto cómo revolotea alrededor de las jóvenes, a poder ser hijas adineradas, y les pone ojitos. Incluso a mí me lanzó miraditas aquel día en el parque. Es su modelo de negocio.

Tenía razón. Por la manera disciplinada y fría de coaccionar a Isabella, seguro que no era la primera vez. Mientras miraba a Rebecca y a Betty, tomó una decisión.

—Tengo que encontrar otra manera de parar a Ashbrook.

No iba a permitir que les arruinara la vida a más mujeres jóvenes.

—Tenemos —la corrigió Betty con insistencia, después de secarse una lágrima del ojo provocada por la risa—. Tenemos que encontrar otra manera. —Se le dibujó una pequeña sonrisa de orgullo en los labios al ver que Rebecca asentía.

—Creo que ya tengo un plan —empezó a decir Isabella, apartó el plato vacío y les hizo un gesto cómplice a las dos para que se acercaran.

—Da igual cuál sea, ya me gusta —declaró Rebecca, y luego juntaron las cabezas.

33

PUEDE QUE FUERA un mal plan. El peor y el más disparatado que pudiera haber, por lo menos en ese momento daba esa sensación.

Isabella estaba en la sala de invitados donde habían celebrado el desayuno nupcial. Esperaba nerviosa. Cuanto más tiempo llevaba ahí, más segura estaba de que todo lo que habían planeado solo podía salir mal.

Estaba a punto de verse con Ashbrook. Lo habían citado en la casa solariega de Rebecca para, llegado el caso, retenerlo allí, solo si era necesario, por supuesto. Sin embargo, él se había negado y se habían decidido por el White Lion en poco tiempo. Isabella le había escrito para decirle que por fin tendría sus cien libras. No iba a darle ni un chelín, pero eso él aún no lo sabía. Alexander se había ido de viaje cerca, a Bristol, Tom y él no volverían antes del atardecer. Así, Isabella podría hablar con Ashbrook sin que nadie los molestara y a salvo de miradas curiosas. Betty y Rebecca estarían esperando en la puerta o en la sala contigua, Isabella no lo sabía con exactitud. En todo caso, las dos estaban muy cerca. Era la única concesión que les había hecho Isabella, que había insistido en plantar cara a Ashbrook y mantener la conversación a solas con él. Solo llamaría a sus amigas en caso de emergencia.

Ashbrook se acercó a la puerta y Betty, que había abierto, lo atravesó con la mirada por la espalda. Hizo un gesto con la cabeza hacia Isabella y luego cerró la puerta sin hacer ruido.

La sonrisa de satisfacción que lucía Ashbrook provocó que Isabella sintiera un escozor furioso en la garganta. Se lo tragó y esbozó una sonrisa igual de encantadora que la de él.

Isabella se percató de que llevaba ropa nueva: una levita de terciopelo granate y una camisa almidonada, y en la mano sujetaba un bastón negro y uno de esos sombreros modernos de fieltro negro en forma de cilindro. Parecía un rico comerciante o un barón. Seguro que esa era justo la impresión que quería dar...

—Ya no esperaba tener noticias tuyas, Isabella. Como recién casados, tu marido y tu debéis de estar muy ocupados.

La sonrisa de Isabella perdió fuerza, ella misma lo notó, pero no podía permitir que la ira la venciera en ese momento. Iba a llevar la voz cantante en esa conversación y a pararle los pies de una vez por todas a Christopher. Nada se lo impediría.

Él se acercó al aparador, observó las botellas de vino y de coñac, levantó algunas con interés y leyó con más detenimiento las etiquetas. Como si hubiera ido a tener una charla agradable, nada más.

«Lo hace con toda la intención. Te trata como si no fueras digna de tomarte en serio.»

—No nos andemos con rodeos. No te voy a dar ni un chelín, Christopher, y tampoco vas a coaccionar nunca más a mujeres jóvenes con tus trucos. —El tono era firme y decidido, hasta entonces había conseguido reprimir la inseguridad que siempre la asaltaba en presencia de ese hombre. A pesar de ello, un temblor nervioso acechaba en el estómago de Isabella, pero lo iba a mantener a raya porque ya no había motivo para sentirse insegura. Tenía a ese hombre en sus manos.

—No seas ridícula, por supuesto que no hago eso —se defendió él de los reproches. Era de esperar.

—No hace falta que sigas mintiendo. Sé que lo haces. Y también sé por qué.

—Ah, ¿sí? —Seguía con su sonrisa victoriosa, como si la conversación fuera solo un juego para él. Iba a darle un poco de diversión a la pequeña Isabella antes de pararle los pies de un modo u otro.

—Tienes muy poca visión, Christopher. Tampoco has dejado el ejército para dedicarte a otra carrera, sino porque no eres apto —afirmó ella, que procuró sonar lo más tranquila posible. Sin embargo, se le subió el corazón a la garganta, y notó que el sudor asomaba bajo las axilas.

Durante un momento no pasó nada, luego él soltó una carcajada. A ella la risa le sonó un poco estridente y forzada.

—De repente la dulce y pequeña Isabella se vuelve valiente.

—Puedes ponerme todos los motes cariñosos que quieras, ya no me seduce ni me intimida.

—Vaya —dijo él—, la señora Isabella Wilkinson. ¿Ahora que estás casada, ya no me tienes miedo? —Dio un paso hacia ella, pero Isabella antes moriría que retroceder ante él.

Levantó la barbilla y contestó:

—Nunca te he tenido miedo.

Él paseó la mirada por el rostro de Isabella, la voz se volvió más grave y un poco más... seductora.

—Si tú lo dices, cariño.

Seguramente estaba a punto de estirar la mano hacia ella y acariciarle la mejilla. Si lo hacía, Isabella le daría una bofetada. En serio. Se clavó las uñas en la palma de la mano y exhaló aire despacio antes de mirarlo a los ojos y decir:

—No me extraña que coacciones a mujeres jóvenes. Jamás podrás estudiar derecho, con tu lesión. Necesitarías leer durante horas. —Chasqueó un poco la lengua—. Por mucho que quieras convencerte de que funcionará, nunca lo conseguirás.

Ashbrook mudó de semblante. Como si hubiera dejado caer una máscara, la expresión se volvió furiosa. Isabella nunca lo había visto así.

—Cállate —le ordenó con brusquedad.

Así que sus suposiciones eran ciertas. Le daba miedo no poder leer. Además, Isabella le vio un brillo inesperado en los ojos. Pese a haber pasado noches imaginando cómo vengarse de él, deseando ver justo esa expresión en sus ojos, ahora que lo tenía delante no le causaba satisfacción. Christopher tenía miedo.

—Si sigues con tus tejemanejes, solo será cuestión de tiempo que acabes en un duelo. Con ese ojo jamás saldrás vivo de un duelo.

—Menos mal que escojo muy bien a mis damas para que no haya parientes masculinos que quieran restablecer su honor. —Se acercó un paso más.

—¿Entonces lo admites?

—Si eso te devuelve la paz interior, Isabella. —Sonó displicente y tan despectivo que resultaba repugnante.

—¿La paz interior? Me la dará algo muy distinto. Voy a contar a todo el mundo lo que les haces a las mujeres. Todos sabrán que eres un estafador. ¡Todo Bath lo sabrá! Cuando tú vas, yo ya estoy de vuelta.

Isabella hablaba rápido y con ímpetu, y se acaloró. Necesitaba calmarse. En cuanto perdiera el control se volvería vulnerable, y no se lo podía permitir.

—Lo considerarán habladurías de una repudiada. La palabra de una mujer nunca cuenta tanto como la de un hombre. Aparte de que Alexander jamás te lo permitiría.

Estaba muy cerca de ella, Isabella apretó los dientes para no apartarlo. No soportaba la proximidad con él.

—Aunque nadie me crea, has cometido un error, porque aún tengo tu carta. Y creo que el departamento de pensiones estará muy interesado en conocer las maniobras de presión que lleva a cabo uno de sus coroneles condecorados. Perderás la pensión, que de todos modos ya es exigua, si no dejas de coaccionar a mujeres. Y luego estarás arruinado de verdad.

—No llegaremos a eso… —Christopher levantó una mano, Isabella contuvo la respiración y entonces se abrió la puerta.

A Isabella se le paró el corazón.

Ya no latía, ella no respiraba, todo su ser se paralizó. El mundo también se ralentizó de pronto. Cada ruido, cada movimiento se prolongaba y alargaba como en una pesadilla, y por instinto algo en su interior se negaba a creer lo que veían sus ojos.

Alexander irrumpió en la sala, su mirada saltaba de ella a Christopher, que se había separado unos pasos de Isabella. En el rostro de su marido la estupefacción dio paso a la ira, e Isabella esperaba que en cualquier momento se abalanzara sobre Christopher. O sobre ella. O sobre los dos.

—¿Qué está pasando aquí? —masculló entre dientes, y le dio un fuerte empujón a Christopher en el pecho, que se tambaleó hacia atrás y recuperó el equilibrio agitando los brazos. Entre tanto había agarrado del brazo a Isabella, tan fuerte que soltó un grito de dolor.

Rebecca apareció en el marco de la puerta.

—Wilkinson, cálmate. No es lo que parece —intentó reconducir la situación.

—Tú calla —le ordenó, y sonó tan irritado que ella puso cara de espanto.

—Puedo explicártelo todo. — Isabella intentó atraer su atención—. Solo tienes que escucharme con calma. Yo...

Una sonora carcajada de Ashbrook ahogó sus explicaciones.

—Esto sí que es raro —dijo entre jadeos—. Me recuerda a lo que pasó hace diez años.

—¡Cierra la maldita boca! —le soltó Alexander, que lo fulminó con la mirada, el aura de ira que lo rodeaba de pronto inundó toda la sala y, sin pretenderlo, Isabella se apartó un poco de él—. Eres la peor escoria con la que me he encontrado jamás. Debería haberte matado cuando te pillé con Ellen —dijo, e Isabella notó que se ponía tensa bajo su brazo.

«Cuando te pillé con Ellen.»

Le salió un grito ahogado. Se tapó la boca con la mano y tuvo la sensación de que le iban a fallar las piernas.

—¿Sabes qué? Voy a hacerlo ahora. —Alexander sacó una pistola de debajo de la levita y apuntó a Ashbrook.

Un grito resonó en la sala. Puede que fuera su propia voz, pero tal vez fuera la de Rebecca o a la de Betty, ahora estaban las dos. Por el amor de Dios, ¿de dónde había sacado un arma ese hombre? De pronto entró Tom también en la sala.

—Alexander —dijo en tono de súplica—, es la mayor tontería que podrías hacer. Levantó las manos para tranquilizarlo y se acercó despacio a él—. No eches a perder todo lo que tanto te ha costado construir durante tantos años. Por él, no. No vale la pena.

—Escucha a tu amigo, Alex. No valgo la pena —imitó Christopher a Tom, Isabella albergaba la sospecha de que ese hombre estaba cansado de la vida.

Tom estaba a solo dos pasos de ellos.

—Si le haces algo, no tendrás protección como los demás hombres de buena posición. Tú no tienes título ni perteneces a la nobleza, él sí. —Señaló a Ashbrook—. Acabarán contigo, ¿me oyes? Déjalo.

Alexander no reaccionó, seguía apuntado a Ashbrook.

Rebecca se separó despacio de la pared y se colocó al lado de Tom. Se enderezó antes de empezar a hablar:

—No se va a derramar sangre bajo mi techo. Enfrentaos mañana en un duelo en las afueras de la ciudad y por mí podéis romperos la cabeza, pero aquí seguro que no. No lo voy a tolerar, Wilkinson.

La voz sonaba tranquila, infundía respeto y surtió efecto.

Alexander emitió un sonido gutural al bajar la pistola. Para entonces, Tom, Betty y Rebecca se habían colocado delante de él, lo habían rodeado y, aunque hubiera querido, no podría haber disparado a Ashbrook sin herir a uno de sus amigos. O matarlo.

No lo hicieron para proteger a la rata de Ashbrook, pensó Isabella, sino para salvar a Alexander. De sí mismo.

Alexander intercambió una breve mirada con Tom, que asintió en un gesto imperceptible, volvió a agarrar a Isabella con fuerza del brazo y la sacó de la sala para subir a la primera planta.

34

—¿Tu PROMETIDA TE engañó con Ashbrook? —preguntó Isabella antes de entrar en la habitación—. ¿Ashbrook era muy amigo tuyo?

No obtuvo respuesta. En cambio, Alexander cerró de un portazo, puso unos pasos de distancia entre ellos, seguramente para protegerla, y exclamó en un tono tan duro que para Isabella fue como una puñalada:

—¿Qué hacías con Ashbrook en la misma sala?

Isabella se lo quedó mirando unos segundos antes de estirar los hombros y contestar:

—Quería pedirle explicaciones.

—¿Explicaciones de qué? —preguntó él acto seguido.

Dudó. Ashbrook no podía andar muy lejos. Si le contaba ahora a Alexander que la estaba coaccionando, iría tras él y cumpliría con su amenaza.

—¿De qué crees? De la noche del baile en casa de la duquesa de Devonshire, claro —soltó furiosa—. La noche en que…

No podía ni decirlo en voz alta. Era incapaz, se avergonzaba tanto en ese momento que no le salían las palabras.

—Podrías haberlo hecho en cualquier sitio. En la calle, en la cafetería. Para eso no hacía falta un cuarto apartado.

Alexander se volvió hacia el escritorio, cogió la botella de ron que había siempre encima y se llenó un vaso con los dedos temblorosos. Nunca lo había visto tan alterado. Ni siquiera cuando se comprometieron.

—No era un cuarto apartado; además, Rebecca y Betty estaban en la puerta y habrían entrado enseguida si se me hubiera acercado demasiado. Habría gritado.

—¡Ya estaba demasiado cerca, Isabella!

—¿No creerás en serio que yo iba a...? Jamás volvería a hacerlo.

—¿No? ¿Entonces qué es lo que parecía? ¡Estabas sola en una habitación con él! ¡Con él! Aunque quisiera creerte, haces que me resulte imposible —exclamó.

—No me he acercado a él en actitud indecorosa, solo estábamos hablando. Además, ¿por qué no me contaste que tu prometida te había engañado con él?

Sí, Alexander estaba furioso con ella, Isabella hasta podía entenderlo. La situación en la que la había sorprendido podía interpretarse como muy comprometida porque Ashbrook estaba delante de ella cuando entró su marido. Demasiado cerca, Alexander tenía razón.

Sin embargo, eso no impedía que ella también estuviera enfadada. De haber sabido que Ashbrook había tenido una relación con la antigua prometida de Alexander, nunca habría quedado con él en una sala apartada. Se habría inventado cualquier otra cosa para frenar sus movimientos.

—¿Y por qué iba a contártelo precisamente a ti? —preguntó. El tono era hostil y distante, como si hablara con una desconocida. Aunque ya habían tenido más de un altercado, esta vez era distinto. Más real y doloroso.

Lo miró fijamente.

—Yo también me dejé... embaucar por ese hombre. ¿No crees que debería saber que le pasó lo mismo a otra mujer?

Isabella se frotó el brazo donde Alexander la había agarrado. Aún notaba un rastro de dolor. Alexander posó la mirada un segundo en el mismo sitio, Isabella creyó ver una sombra de arrepentimiento, pero eso no cambiaba lo furiosa que estaba.

—Aquella vez Ellen no se dejó embaucar por él —aclaró, esta vez más tranquilo—. Sabía perfectamente lo que hacía. Era de origen humilde y quería casarse con un noble a toda costa. Poco después de que yo le propusiera matrimonio y ella aceptara, inició una relación también con Ashbrook. Al fin y al cabo, es hijo de un vizconde. Sin embargo, él la tuvo en vilo durante mucho tiempo, por eso conservaba las simpatías de los dos. Visto desde ahora, ni siquiera sé si sentía algo por alguno de los dos. O si era capaz de tener sentimientos. Más adelante se comprobó que Ashbrook no tenía intención de casarse con ella. Tampoco fue un inconveniente para Ellen porque, según tengo entendido, ha pescado a un conde. —Sonaba un poco… amargado.

—¿Aún lloras su pérdida? —La idea fue como una puñalada en el corazón.

—No seas ridícula —reaccionó él a su reproche.

—¿Te parece tan fuera de lugar? —preguntó ella a gritos y disgustada—. ¡No puedo saber cómo te sientes respecto a ella porque me lo has ocultado todo! Tendrías que habérmelo dicho. ¡Nos hemos jurado respeto y sinceridad el uno al otro! —Estaba a punto de perder los estribos, pero, pese a ser consciente, no podía evitarlo.

—¡Si de verdad el respeto y la sinceridad fueran tan importantes, no habrías quedado con Ashbrook, tu antiguo amante! Me estás echando en cara algo que tú no cumples.

Alexander tenía razón, debería haber sido sincera y confesarle su problema con Ashbrook. Hasta Betty y Rebecca se lo habían aconsejado, pero ahora no iba a admitirlo, desde luego.

Pese a que sabía que no era buen idea mantenerse en sus trece, y que tenía claro que no era cierto, afirmó:

—Esto es distinto…

Antes de terminar la frase, Alexander levantó el brazo y lanzó el vaso con todas sus fuerzas contra la pared. Al ruido sordo que provocó el choque lo siguió un tintineo cuando las esquirlas cayeron al suelo y los últimos restos de ron se derramaron por el papel que cubría la pared.

—¡Esto no es nada distinto! —rugió.

Isabella se estremeció al ver su reacción y el vaso estrellándose contra la pared. Ahora estaba petrificada y notó que poco a poco se apoderaba de ella un sentimiento nuevo: el miedo a su marido.

No podía ser. No iba a amedrentarse por la cruda violencia que estaba empleando con ella. Al contrario.

—¿Cuántas veces tengo que decirte que no ha pasado nada entre Christopher y yo? — vociferó.

Alexander se pasó la mano por el pelo y luego se frotó la cara. Gimió como si sintiera un dolor físico.

—¿Y por eso quedáis en una habitación a puerta cerrada? ¿De verdad estás tan ciega para no ver lo que Ashbrook piensa y espera?

—Ah, entonces se trata de lo que Ashbrook piensa de mí, no de lo que ha pasado en realidad.

—Lo demás lo he impedido con mi aparición, ¿verdad? —dijo Alexander con inquina.

—Quería quedar con Ashbrook para pararle los pies. Porque lo que me hizo a mí se lo hace a otras mujeres,

—¿Te refieres a tener aventuras con mujeres tan ingenuas y tontas como tú?

—Cuidado con lo que dices —repuso ella con aspereza.

Funcionó. Se impuso el silencio, y Alexander la miró con la respiración agitada y el pelo alborotado. Por primera vez desde que se habían retirado a la habitación, Alexander se calló y le dejó espacio para hablar. Isabella incluso tuvo la sensación de que poco a poco se iba desvaneciendo una pizca de la tensión que había entre ellos.

—¿Por qué no confías en mí? —lo intentó ella en un tono más conciliador—. Soy tu mujer, por el amor de Dios, te he jurado fidelidad eterna hasta el fin de mi vida. Y decía en serio cada maldita palabra de ese juramento. —No era propio de ella decir palabrotas, pero le sentó muy bien. Era liberador.

—La traición de Ellen y la falsedad de Ashbrook —empezó a decir, Isabella vio que se le tensaba la mandíbula. Estiró la mano hacia Alexander, pero él retrocedió un paso para evitar el contacto; en ese momento, Isabella le habría dado una bofetada, no podía sentirse peor.

Sin embargo, Alexander no le quitó el ojo de encima ni un segundo.

—De verdad que tengo la sensación de que todo se repite. Ashbrook es como un castigo divino que me persigue hasta la antesala del infierno. Una y otra vez.

—Nada se repite porque yo no te he engañado —dijo Isabella en un tono suave y suplicante, pero Alexander no la escuchaba.

—Solo que esta vez le he jugado una mala pasada y le he arrebatado a su amante delante de las narices. —En el rostro de Alexander apareció un rastro de satisfacción rabiosa, y aquellas palabras sonaron a amenaza en los oídos de Isabella.

—¿Qué dices?

—Me he casado contigo, no puede aceptarlo y ahora intenta quitarme a mi esposa.

Una idea se apoderó de Isabella, y fue como si le atravesaran el pecho con una lanza. Soltó un grito ahogado de impotencia, y aun así sintió que no le llegaba aire suficiente a los pulmones.

—¿Lo dices en serio? ¿Por eso te casaste conmigo? ¿Para vengarte de Ashbrook? —Isabella se llevó una mano al corazón, le dolía tanto que pensaba que le iba a estallar en cualquier momento y a rompérsele dentro del su cuerpo. Alexander no se había casado con ella por decencia o porque lo deseara.

Quería vengarse de Christopher Ashbrook. Así de sencillo.

—Si te soy sincero, ahora mismo no tengo muchas ganas de explicarte los motivos por los que me casé contigo —dijo con frialdad.

Isabella se hundió en la cama sollozando. Ya no tenía fuerzas para mantener el control.

¿Quién era ese hombre que tenía delante? Era imposible que fuera la misma persona con la que se había casado.

—He quedado con Ashbrook porque me pide cien libras a cambio de guardar silencio sobre nuestra noche de pasión —logró decir al final, porque ya le daba igual que lo supiera.

Alexander parpadeó.

—Seguro que lo hace con otras mujeres. Me coaccionó, y ahora quería presionarlo yo y obligarlo a dejar sus fechorías.

Él la miró horrorizado.

—¿Y no se te ha ocurrido contármelo? ¿Qué habrías hecho, sacarme cien libras con alguna excusa y entretener con eso a ese canalla?

—Claro que no. Quería solucionar mi problema, sola. Tú habrías hecho lo mismo. ¿O me pides ayuda cuando uno de tus socios te deja en la estacada?

Alexander no contestó. Se acercó a la ventana y miró hacia la calle. Poco a poco caía el atardecer y la habitación también se iba oscureciendo.

—Lo mataré —dijo después.

A Isabella se le aceleró el pulso. Era justo lo que se temía y el motivo por el cual no había querido contárselo.

—¿Desde cuándo piensas en esos términos feudales? ¿Desde cuándo estás igual de loco que todos los barones y condes que deambulan por ahí? ¿Quieres batirte en duelo?

Fue lo único que se le ocurrió: enfrentarlo a sus propios argumentos. Jamás permitiría que hiciera algo así. Sin embargo, sus palabras no surtieron efecto. Alexander seguía mirando por la ventana con los puños cerrados.

Isabella respiró hondo.

—Eso —exclamó encolerizada y lo señaló con el dedo índice con la esperanza de obligarlo a ceder con la simple fuerza de su voz—. Justo ese es el motivo por el que no te conté nada. ¡Porque los hombres siempre os comportáis como unos descerebrados!

Se le llenaron los ojos de lágrimas, odiaba que volviera a ocurrirle. ¿Por qué no podía mostrarse tan fría como Alexander y llevar una pelea hasta el final con entereza? ¿Por qué tenían que desbordarla sus sentimientos?

Cuando la oyó sollozar, Alexander se dio la vuelta con un destello de tristeza en los ojos.

—Creo que los dos nos hemos callado algunas cosas. Nuestro matrimonio es una maravilla: empezó con una mentira, justo lo que siempre había tenido y la razón por la que no quería casarme.

—Pero seguiste adelante, y ahora no se puede deshacer —dijo Isabella en voz baja.

—¿Es lo que quieres? —Por un momento ella tuvo la sensación de que a Alexander le daba miedo la respuesta, como si supiera que ya no estaba segura.

—No lo sé —confesó ella, y en su interior no sentía más que un enorme vacío.

Alexander la observó un buen rato. No se acercó, no la agarró del brazo, se quedó inmóvil como si estuviera anclado en el suelo.

Para ella era muy importante sentirlo cerca, que le demostrara que, pese a las discusiones, todo iría bien. Que todo aquello tenía solución.

Sin embargo, en vez de acercase, hizo algo mucho peor.

Abrió las puertas del armario ropero, sacó una bolsa y metió una camisa, unas medias de seda y unos elegantes pantalones oscuros.

Estaba haciendo la maleta.

La iba a dejar.

—¿Qué haces? —preguntó ella con voz trémula.

—Tengo que solucionar un asunto.

Isabella se obligó a no dejarse llevar por el pánico. Se clavó los dedos en la falda, apretó los dientes y luego se relajó de nuevo.

—¿Sí? ¿Así es como queremos hablar entre nosotros a partir de ahora? ¿Tienes un asunto que resolver y no me dices qué es, como si fuera una niña pequeña? No seas ridículo —dijo a media voz, pero con aspereza.

Alexander se detuvo, miró la elegante levita que sujetaba en las manos y luego se volvió de nuevo hacia ella.

—¿Quieres saber lo que voy a hacer esta noche? Muy bien. Pues te lo voy a contar. —Sonó hostil y amargo.

Isabella albergaba la sospecha de que lo que iba a decirle no era nada bueno.

—¿Recuerdas que hace dos días me contaste que Rebecca iría al baile de máscaras del duque de Sommerville? ¿Y que te sorprendía mucho porque no había ido a ningún baile desde que la conoces?

—Sí, claro, pero ¿qué tiene que ver eso?

—El primer ministro en persona me encargó destapar a una banda de contrabandistas aquí, en Somerset —anunció.

Isabella sintió una náusea al ver que Alexander la estudiaba con la mirada. Intuía lo que se avecinaba.

—Y adivina hasta quién lleva la pista —continuó Alexander.

—No tengo ni idea —mintió ella, una reacción igual de infantil que su absurdo juego de preguntas.

—Claro que lo sabes, y una vez más he encontrado algo que me has ocultado todo este tiempo. —Alexander hizo una pausa, casi como si celebrara el descubrimiento—. Rebecca Seagrave.

—Imposible.

—Créeme, durante mucho tiempo no he querido verlo y me he resistido, pero ya he dejado de negarlo. Rebecca hace contrabando.

—Pero no tienes pruebas —repuso ella mientras pensaba en la sala de la casa de campo de Rebecca, llena hasta los topes de las telas más caras. En la generosidad con la que regaló vestidos nuevos a Isabella y también a Betty. En el hecho de que Rebecca no hubiera sido clienta de la tienda de Tom ni una sola vez y nunca la hubiera visto comprar a modistas de Bath, pese a ir siempre vestida de forma impecable.

—Ahora no te voy a preguntar qué sabías y qué me has ocultado. Al fin y al cabo, tú misma llevas un vestido de tela de contrabando.

—No sabía nada…

—Chist —exclamó él—. Es mejor que no digas nada. Solo espero que Rebecca no te mencione como una de sus clientas cuando la detengamos y tenga que confesarlo todo.

Isabella se puso de pie y se plantó con osadía delante de la puerta. En realidad era una tontería, pero quería hacer hincapié en lo que iba a decir:

—No lo permitiré. Jamás. —Por muchas pruebas que tuviera Alexander, tenía que haber otra opción para resolver el problema. No iban a arrestar a Rebecca.

—Déjalo —la interrumpió él—. Puedo, y debo.

Lo que Alexander estaba diciendo era absurdo.

—Tú único deber es escuchar a tu esposa y mostrarle el debido respeto. No hace mucho que conozco a Rebecca, pero, además de

Betty, es la persona a la que más cariño le tengo y que más me ha ayudado cuando lo he necesitado de verdad. No como mi familia, o incluso tú. No vas a detenerla —aseguró, se dio cuenta de que sus exigencias no funcionaban y reculó—: Puedo hablar con ella, encontraremos la manera de solucionar el problema.

—Créeme, la voy a detener —insistió Alexander.

—No —dijo sin añadir nada más, y se cruzó de brazos.

Él la escudriñó con la mirada, Isabella vio que se debatía consigo mismo.

—Entonces no me dejas otra elección. Nunca seré como esos maridos tiranos y autoritarios que tratan a sus mujeres como si fueran incapaces. De hecho, nunca quise ejercer de marido, pero ahora solo me queda una opción.

Se acercó a ella, la apartó de la puerta y sacó la llave de la cerradura. Isabella seguía sus movimientos y al principio no entendía lo que estaba haciendo.

—A partir de ahora te quedarás aquí y no te moverás —ordenó.

—¿Qué?

Al ver que no contestaba, dio un paso hacia él en actitud amenazadora y fue a coger la llave.

—Pero no puedes…

Él movió la mano hacia delante, la agarró con tal fuerza que le hizo daño y se acercó mucho a ella.

—Sí, Isabella, sí que puedo. Porque soy tu marido. Y que no se te ocurra volver a desobedecer mis instrucciones —dijo con voz ronca, con tanta rabia contenida que Isabella se puso a temblar.

Ni siquiera notó que la soltaba un poco y la hundía de nuevo en el colchón blando. Lo único que era capaz de sentir era el pánico paralizador que se extendía en su interior como si fuera veneno.

La estaba encerrando.

—No puedes hacerlo —protestó con un hilo de voz.

Alexander había vuelto a su bolsa, hurgó de nuevo en el armario y sacó una máscara para llevarla esa noche en el baile. Por un instante tuvo la sensación de que Alexander quería decir algo más, pero luego se limitó a sacudir la cabeza.

A Isabella le cayó una lágrima caliente que le rodó por la mejilla. Vio con la vista borrosa cómo Alexander salía de la habitación. La puerta crujió, y luego cumplió lo que había dicho: Isabella oyó que giraba la llave en la cerradura, perdió el control y rompió a llorar a lágrima viva.

35

—¿ISABELLA? —Oyó UNA VOZ amortiguada al otro lado de la puerta. Gracias a Dios, era Betty—. ¿Estás ahí dentro?

Había anochecido, en el aire se había extendido un manto azul que poco a poco se fue volviendo helado. Isabella ya no sabía cuánto tiempo llevaba en la cama llorando a mares.

¿Acaso podía hacer otra cosa? Estaba sola en su habitación. Encerrada. Por su marido.

Corrió hacia la puerta, apoyó la oreja en la madera y se percató de que era del todo absurdo lo que estaba haciendo. Tenía que contestar.

—Sí —gritó contra la puerta. Añadió «por desgracia» a media voz, solo para sus adentros.

—¿Te ha...? —Betty no terminó la frase.

—Encerrado. Sí, me ha encerrado —terminó la frase en voz alta—. Y se ha llevado la llave, ¿no?

—Sí, no hay llave.

—¿Puedes sacarme de aquí?

—¿Cómo? —preguntó Betty—. Después de la boda le pidió a Rebecca que le diera también la copia de la llave. No hay manera de entrar. —Sacudió el pomo, pero la puerta no se movió. Durante un rato no ocurrió nada, Isabella ya pensaba que Betty se había ido cuando oyó—: ¡Apártate de la puerta!

No estaba segura de haberla entendido bien. ¿Cómo iba a...?

El primer golpe la sobresaltó cuando estaba apoyada en el marco. Abrió los ojos de par en par y se puso a salvo alejándose de la puerta.

El siguiente embiste fue aún más fuerte y provocó que unos trocitos de revoque cayeran al suelo.

El tercer golpe fue tan fuerte que la cerradura cedió y la puerta se abrió de repente. Betty entró dando tumbos en la habitación y se cayó al suelo. Enseguida se levantó y se frotó los hombros.

—¡Has tirado la puerta abajo! —dijo Isabella, que miraba incrédula a su amiga mientras se colocaba bien el vestido.

—Para algo tenía que servir mi complexión robusta —contestó con una media sonrisa, y estudió la cerradura, que estaba rota—. No era una buena pieza —confirmó—. Pero mejor para nosotras. —Entornó la puerta y miró absorta a Isabella.

—¿Te ha hecho algo?

Su amiga negó con la cabeza.

—Bien. Eso es bueno. —Betty miró alrededor, cogió una vela y la acercó a la chimenea para poder encender el fuego. Como siempre, Betty era pragmática, y una vez más Isabella sintió un agradecimiento infinito por contar con ella. Cuando el fuego crepitó y un calor agradable empezó a invadir la habitación, se acercó a Isabella y se dejó caer en la cama con un suspiro.

—¿Y ahora qué hacemos? —preguntó.

—No lo sé, Betty. De verdad. Estoy completamente…

—Aturdida —la ayudó Betty—. Es lógico. Al fin y al cabo tu marido te acaba de encerrar. Jamás lo habría imaginado de él.

—Sospecha que Rebecca hace contrabando con telas. A lo grande —la informó Isabella, mientras Betty clavaba la mirada en el montón de añicos de cristal que había junto a la puerta.

—¿Ha sido él? —Señaló con el dedo índice.

—Sí —murmuró Isabella—. Rebecca está también en el baile de máscaras del duque, ¿verdad? En Drayfield. —Betty asintió. —Alexander quiere pillarla allí con las manos en la masa, o algo parecido.

Se quedaron en silencio un momento, luego Betty sacudió la cabeza. Sus gestos eran cada vez más vehementes.

—No podemos permitirlo. Es nuestra amiga, sea inocente o no. Tenemos que ayudarla.

—¿Y jugarle una mala pasada a mi marido? No hay nada que desee más —contestó Isabella con amargura—. Nosotras también iremos al baile. Ahora mismo —decidió.

—¿Nosotras? —repitió Betty, que palideció un poco.

—Por supuesto.

—Pero yo no puedo ir así como así, ni siquiera me han invitado.

—A mí tampoco. Ya encontraremos la manera. Tienes un vestido, y seguro que en el armario de Rebecca encontraremos dos máscaras adecuadas. No creo que le moleste que las cojamos, es una emergencia.

—Isabella —Betty la agarró del brazo—, ni siquiera sé cómo comportarme —admitió a media voz, pero con insistencia.

—Bueno, no es tan difícil. Sonreír y asentir un poco, nada más. Además, tienes que venir, ¿o quieres dejar a Rebecca en la estacada?

—No, claro que no.

Isabella se levantó, se pasó la mano por el cabello revuelto y abrió las dos puertas del armario.

—Entonces vamos a vestirnos.

36

—¿Ha ido mal tu «conversación» con Isabella? —preguntó Tom. Qué manera de hacer hincapié en esa palabra. Estaba presente cuando Alexander arrastró a su mujer a la primera planta como un loco. Seguro que esa noche Tom le iba a hacer algún comentario mordaz sobre el tema. O lo iba a criticar abiertamente, como siempre que consideraba que Alexander hacía algo mal.

Al menos esa noche estaba del todo justificado.

—Ha ido fatal. —No había manera de maquillarlo. Lo que había ocurrido entre Isabella y él había sido un desastre, y cuando pensaba en lo que había hecho y en cómo había reaccionado, se sentía muy mal.

Se había comportado como un idiota. Era un idiota.

—La he encerrado.

Tom, que llevaba todo el tiempo intentando colocarse el abrigo negro sobre el hombro del brazo vendado, de pronto se quedó muy quieto a su lado. Ni siquiera se movía.

—Será una broma.

Alexander lo negó con la cabeza.

—No te lo va a perdonar nunca —aseguró Tom. Seguramente tenía razón.

—¡Ha quedado con Ashbrook! —se defendió Alexander, por lo visto demasiado alto, porque una señora mayor ataviada con una amplia túnica de color verde pino se volvió hacia ellos. Incluso se bajó la máscara pintada cono florecitas para mirarlo con cara de pocos amigos.

El baile del duque de Somerville era imponente, uno de los eventos privados más importantes de toda la temporada en Somerset. Cada año acudían más de cien invitados a Willow Hall, un extenso conjunto palaciego construido con la misma arenisca amarilla tan característica de Bath, a dieciséis kilómetros de la ciudad. Willow Hall era un complejo con varias alas situado en un parque gigantesco cuidado de manera impecable. Por todas partes en el palacio y también en algunos caminos que atravesaban los jardines ardían lámparas que lo sumían todo en una luz cálida y festiva. Unos farolillos chinos de color rojo y naranja flanqueaban la terraza delante del salón de baile, donde decenas de invitados enmascarados disfrutaban ya de sus copas llenas de ponche y champán. Grupos de invitados cada vez más numerosos se dirigían a la sala donde se celebraba el baile formando una corriente constante sobre la grava.

—Es imposible que supiera que justo él era el hombre con el que te engañó tu prometida. ¿O no?

—No, no podía saberlo —admitió Alexander rezongando. Se había puesto hecho una furia y se había comportado como si no estuviera en su sano juicio, pero Isabella estaba muy cerca de Ashbrook, esa carroña, en la misma habitación donde hacía pocos días habían celebrado su boda, y todo unido lo desbordó. Tras la pelea cogió la levita y la máscara y se mudó a las dependencias de Tom. Habían ido al baile juntos.

Un baile con unos cuantos miembros destacados de la aristocracia inglesa era lo último que le apetecía esa noche. Somerville atraía con sus embriagadoras fiestas a todo el que dispusiera de rango y apellido, y la actitud afectada y la elevada percepción de sí mismos que esa gente emanaba por cada poro de su piel le provocaban dolor de estómago. Pitt, o puede que uno de sus secretarios, se había ocupado a petición de Alexander de que recibiera una invitación para él y un acompañante. De lo contrario, un comerciante, por muy próspero y poderoso que fuera, no tendría acceso a esos círculos.

Los bailes de Somerville eran legendarios. Todos los años se le ocurría algo para divertir a sus ilustres invitados, y la noticia aparecía en diversas revistas, entre ellas *The Gentleman's Magazine*.

Ese año era un baile de máscaras.

Alexander se quitó un momento la máscara negra que le cubría medio rostro, hasta los pómulos. Era muy incómoda, le limitaba el campo de visión y lo hacía sudar. Todo en esa velada se le antojaba muy desagradable, aunque nada mejor que un baile de máscaras para cumplir con su cometido. Así podría acercarse y vigilar a Rebecca Seagrave sin levantar sospechas. Solo tenía que colocar a Tom en un lugar donde no llamara mucho la atención. La piel morena, pero sobre todo el brazo vendado que apenas tapaba con el abrigo ancho, lo convertían en un bicho raro que atraía todas las miradas.

Habría sido más inteligente acudir solo, pero Tom advirtió que Alexander estaba de mal humor e insistió en acompañarlo. Puede que no se fiara de él y temiera que aprovechara la velada para seguir haciendo disparates. Quizá no le faltara razón…

Como Tom disfrutaba con la perspectiva de cazar contrabandistas, al menos hasta el momento que tuvo claro que era Rebecca la persona a la que tenían que detener, Alexander estaba más relajado con su amigo cerca. Además, sabía que a Tom le gustaba ir a bailes, ver a los invitados y sus atuendos y disfrutar del ambiente festivo y las danzas.

—Estás horrible —comentó Tom, que lo observaba sin disimulo. Acto seguido Alexander volvió a ponerse la máscara.

—Qué suerte que sea un baile de máscaras, ¿verdad? —Alexander se apretó las cintas en la nuca y luego hizo un lacito—. En realidad, Rebecca es muy lista. Justo en estas veladas el alcohol corre a raudales, la gente está de buen humor y dispuesta a soltar dinero. Hará negocios muy suculentos.

—Sí, pero aún no sabemos si de verdad ha traído telas o solo hace contactos —reflexionó Tom.

La hija joven, no muy prudente, de un baronet le había dado la pista definitiva a Alexander en Pump Room. En los bailes como el del duque se podían conseguir telas muy exclusivas o encargar un vestido. Alexander la colmó de elogios. Ella incluso había pestañeado con coquetería. Sin embargo, Alexander no la recompensó por sus esfuerzos con una invitación a Assembly Rooms o al teatro, y ella perdió enseguida las ganas de conversar con él.

Cuando luego Isabella le contó que Rebecca iba a ir al baile de máscaras y que encima había recibido una de las tan ansiadas invitaciones, ya no fue difícil atar cabos. Las cajas de arrack de Batavia, la agria conversación con la señorita Lovelock y su alusión al White Lion: las pruebas la acorralaban.

—¿Y estás seguro de que Rebecca no es solo una pieza menor y que su papel en la banda de contrabandistas no es secundario?

—El pequeño eslabón al final de la cadena siempre son las patronistas y las modistas, que luego llevan las telas a las clientas. Los dueños de los barcos que alquilan sus embarcaciones a la Compañía Británica de las Indias Orientales y a otras empresas introducen las telas, pero alguien centraliza aquí el flujo de mercancías y maneja los hilos. —Con sus explicaciones, Alexander tuvo la sensación de que debería volver a plantearse por qué hacía todo eso—. Y ya oíste lo que dijo el departamento de aduanas de Bristol —continuó—. En casi todas las rutas procedentes de Francia y en la mayoría de barcos de la Compañía Británica de las Indias Orientales procedentes de China y la India se apartan una o dos cajas, que se envían al White Lion.

—Pero podrían ser solo bebidas alcohólicas. El White Lion es un hostal muy grande, y nosotros hemos bebido arrack de Batavia.

—Isabella, e incluso Betty, llevan vestidos confeccionados con telas que les regaló Rebecca. —Alexander se quitó de nuevo la máscara y miró a su amigo. Se sentía muy ridículo con esa cosa—. Isabella te contó que Rebecca tiene muchas telas en su casa de campo, ¿no?

Tom asintió, comedido.

—Es ella. Estoy convencido. —Ya estaban delante de la amplia terraza que daba directamente al salón de baile. Solo les faltaban unos cuantos escalones para acceder, pero Alexander y Tom se quedaron un poco apartados para no tener a oyentes indeseados. Desde la terraza había vistas a un pequeño lago donde borboteaba una fuente. Unos farolillos de colores flotaban en la superficie, y el ambiente estaba lleno de las risas y las conversaciones de los invitados, que llevaban unos trajes preciosos y extravagantes. Ya había visto a varias damas con turbantes o kimonos japoneses, y un hombre llevaba incluso una especie de uniforme ruso con cuello de piel y botas de cordones. Aunque a Alexander esos bailes le hacían mucha menos gracia que a Tom, debía admitir que estaba impresionado con la ambientación y los trajes.

—Es una lástima. Rebecca me cae bien. He conocido a pocas mujeres jóvenes tan inteligentes y con… tanta capacidad para imponerse como ella. Te deslumbra con su belleza juvenil, pero hay mucho más detrás —lo sacó Tom de sus cavilaciones.

—Puede que justo ese sea su problema —murmuró Alexander. Además, era simpática, tenía que reconocerlo, y había ayudado a Isabella más de una vez. Le estaba agradecido por todo lo que había hecho por Isabella y se sentía fatal por entregar a la mejor amiga de su reciente esposa. En cierto modo sentía que estaba mal, pero tenía que hacerlo porque el encargo que le esperaba a cambio era muy sustancioso. Si esa noche destapaba al grupo de contrabandistas, la continuidad de su empresa estaba garantizada durante décadas.

—Sin embargo, lo que hace va contra la ley —se recordó Alexander, a sí mismo y a su amigo, miró alrededor con disimulo y asintió a los dos hombres que se mantenían en un segundo plano, también con máscaras. Hoy contaba con dos alguaciles llegados desde Londres para ayudar a Alexander con la misión. Se tanteó el bolsillo de la levita con la mano. Además, tenía una carta del Comisionado de la Paz local que lo autorizaba a detener a la sospechosa si era necesario.

—Además, está perjudicando nuestro negocio y al país entero. Ya sabes lo mucho que sufren los tejedores ingleses por culpa de las mercancías importadas de manera ilegal.

—Ya lo sé. Pero me preguntaba si no podríamos hablar con ella para que renuncie a su contribución en el contrabando —dijo Tom—. Isabella podría intentarlo, por ejemplo.

—Isabella no tiene nada que ver con todo esto y me gustaría implicarla lo menos posible. Además, ya le he contado lo que voy a hacer esta noche.

—¿Lo sabe? —Tom miró alrededor a toda prisa como si Isabella pudiera presentarse allí en cualquier momento y eso pudiera acelerar sus planes.

Era una idea absurda.

—Estoy harto de no ser franco con ella —se defendió Alexander—. ¿Yo le exijo sinceridad absoluta y al mismo tiempo le escondo que estoy planeando detener a su mejor amiga?

Tom sacudió la cabeza.

—Ahora sí que te has buscado la ruina.

—Muchas gracias por tu comprensión.

Guardaron silencio un momento y Alexander notó un dolor en el pecho. Hacía un rato que lo sentía. Isabella y él llevaban cinco días casados y la urgencia por hablarle de su misión era importante. Cada día era más acuciante, y casi le dolía físicamente tener que mentirle y luego encima reprocharle lo mismo. Por eso hasta había empezado a evitar su presencia, aunque era lo último que deseaba.

La necesidad de hablarle de la situación crítica con Rebecca había aparecido como una enfermedad que llevaba demasiado tiempo reprimida. Luego no se le ocurrió otra cosa que encerrarla en un arrebato del todo irracional. Como si fuera un perrito faldero maleducado y no su esposa. Quería evitar que ella fuera también a Drayfield y avisara a Rebecca de alguna manera.

Dios mío, era urgente que se disculpara con ella. Lo que había hecho era imperdonable; Tom tenía toda la razón. Sin embargo, era demasiado tarde. Primero tenía que acabar con su misión y todo lo demás se vería más tarde.

Entretanto habían subido los escalones y se movían entre el gentío hacia el salón de baile. Un sirviente con librea se plantó delante de ellos sosteniendo una bandeja con copas altas de champán y una bebida burbujeante de color rosa. Tom cogió una entusiasmado, le dio un sorbo y luego le hizo una seña a Alexander para que se sirviera. Él probó y lo sorprendió el sabor suave y dulzón a frambuesa que se expandía en la lengua con un cosquilleo. Por lo visto, habían mezclado sirope con el champán. Tom estaría encantado esa noche…

—Podrías haber esperado un día más y luego contárselo todo a Isabella —propuso cuando entraron en la sala. Ya se había bebido una copa y Alexander le puso la suya en la mano, con cierto alivio. Tenía la mirada fija en el suelo de baldosas negras y blancas, que llamaba mucho la atención por el contraste con las paredes pintadas de color azul claro y con adornos de estuco. Por todas partes ardían velas, al fondo de la sala una pequeña orquesta había tomado posiciones y, entre las columnas corintias que flanqueaban las diversas puertas de acceso a la sala, ya se congregaban los primeros invitados. Alexander y Tom se retiraron junto a uno de los ventanales, que también disponían de bancos y procuraban algo de calma.

—Tu consejo llega un poco tarde. Además, si se hubiera enterado luego, habría sido peor. Aún se creería menos toda esta desafortunada historia.

—Y si se lo hubieras contado antes, estoy seguro de que habría removido cielo y tierra para impedírtelo —admitió Tom—. Con todo lo que has invertido en hacer hablar al hombre del departamento de aduanas del puerto de Bristol, previo pago de la suma correspondiente.

—Yo creo más bien que fue la imagen clara del cañón de la pistola que le puse delante de las narices lo que lo motivó a hablar.

De regreso en Bath, Alexander apuntó con ella al pecho de Ashbrook como un loco. Pero ahora prefería no pensar en eso…

—Me pregunto una vez más qué te ofrece Pitt —caviló Tom.

El otro calló.

—Proveedor de la corte real —dijo al final, y oyó la exclamación de sorpresa de su amigo. Ya le daba igual que supiera lo que iba a conseguir a cambio de sus indagaciones. Estaban muy cerca de terminar con su misión, y tarde o temprano se enteraría de todos modos—. Un contrato de suministro exclusivo, para ser exactos. Lo que invertimos en el departamento de aduanas por culpa de ese codicioso no es nada en comparación con el contrato.

—Debería haber imaginado que había algo así en juego.

Sí, había mucho en juego, Tom tenía toda la razón. Pero primero tenían que mezclarse entre los invitados y averiguar el lugar exacto donde Rebecca hacía sus negocios en Willow Hall.

37

LA MÁSCARA LE provocaba picor. Mucho. Isabella no paraba de pasar el dedo entre las mejillas y el material duro para encontrar qué era lo que la incordiaba tanto.

Betty seguía sentada a su lado, solo los dedos enguantados se movían sin parar. Entrelazó las manos, se dio golpecitos con las puntas de los dedos en el muslo y se alisó el vestido por enésima vez.

Isabella desvió la mirada y observó los arbustos que pasaban a toda velocidad junto al coche como si fueran siluetas oscuras. Había invertido algunas de sus últimas monedas en pagar el coche que las llevaba a Drayfield. El trayecto duraría una hora, según les había dicho el cochero, así que ahora se arrepentía de no haber bebido nada antes de partir. Notaba la garganta reseca.

Además, no se quitaba de la cabeza las palabras de Alexander. Las tenía grabadas a fuego en la memoria.

Se había casado por venganza. No porque le gustara, como aseguró cuando se comprometieron, o porque se sintiera en la obligación. Sus motivos para ese matrimonio eran aún peores que los de Shakleton. En el caso del barón fueron las expectativas sociales y, sin duda, las de su madre, las que lo habían empujado al compromiso. Alexander, en cambio, tenía un objetivo puramente egoísta y vil: quería perjudicar a Ashbrook, Isabella solo era el instrumento que lo había ayudado a lograrlo. No se trataba de ella, de Isabella. Ella solo era una pieza en el tablero de ajedrez que daba vueltas entre los dos hombres.

La idea la hacía sentir como si alguien le abriera el pecho y le arrancara el corazón, que ahora latía desnudo y desprotegido.

A lo mejor Alexander sabía desde hacía tiempo que había pasado una noche con Ashbrook. Tal vez había planeado el enlace con mucha antelación y los encuentros constantes no habían sido casualidad. Poco a poco Alexander había hecho que se enamorara de él. Porque eso era justo lo que había pasado: estaba enamorada de él, lo tenía metido en el corazón y en el cuerpo, y le había dado su confianza.

Y él solo la había utilizado para jugarle una mala pasada a Ashbrook, quizá incluso para acercarse a Rebecca.

Isabella parpadeó para deshacerse de las lágrimas volvían a escocerle en los ojos y se enfadó consigo misma. Tenía que quitarse todo eso de encima. Todos esos sentimientos irracionales y su vulnerabilidad. Sabía que no servían para nada.

¿No lo decía también la escritora Mary Wollstonecraft? Isabella había leído hacía dos años *Vindicación de los derechos de la mujer*, y le había impactado mucho lo que escribía la autora: «Las pasiones convierten a las mujeres en esclavas de su propio cuerpo».

«Y eso es lo que no va a volver a pasar.»

Pese a todo, había algo, una voz en lo más profundo de su ser, o tal vez fuera solo un sentimiento, pero le decía a Isabella que no podía rendirse. Pese a lo que mostraban los hechos, Alexander sentía algo por ella. Isabella lo había visto reaccionar ante la cercanía de su cuerpo. Sentía algo por ella, y tenía que aprovecharlo para salvar a Rebecca.

Miró hacia fuera, pero no vio mucho más que su propio reflejo deformado. El interior del coche estaba iluminado por una lámparas de luz muy tenue que repiqueteaban rítmicamente a medida que avanzaban por el camino. Betty y ella no necesitaban ir agarradas todo el tiempo a las paredes laterales para permanecer en los asientos. Eran casi las nueve cuando salieron, llegarían a la finca hacia las diez como muy pronto.

Isabella empezó a juguetear con el ribete de encaje negro de las mangas.

Alexander había insistido en que llevara un vestido nuevo el día de su boda. Por unos pocos días había tenido ocupadas a la mitad de las modistas y costureras de todo Bath, pues le había encargado un arcón entero de ropa nueva. Entre otras prendas, la túnica en un tono violeta intenso que llevaba puesta. La tela era de seda pesada, y el vestido se abría hacia delante y dejaba al descubierto una enagua a rayas, también de seda, en unos tonos más claros que el vestido. La cinta de terciopelo con un pequeño diamante que le adornaba el cuello y la máscara cubierta de terciopelo negro que tapaba la mitad superior del rostro de Isabella eran los complementos perfectos para el vestido.

Mientras tanto se había quitado la máscara, de lo incómoda que estaba. En general le costaba estar sentada en calma, igual que a Betty. Para su acompañante, la visita imprevista al baile del duque era mucho más embarazosa que para ella. Nunca había estado en una celebración así. Si Isabella se ponía nerviosa, ¿qué haría Betty?

Su amiga había estado a su lado muchas veces, tranquila y sensata, ahora le tocaba a Isabella asumir ese papel. Unió las manos en el regazo e intentó relajar los hombros.

—¿Cuál es la verdadera razón por la que viniste conmigo y dejaste la granja de tus padres? —preguntó Isabella, un poco para distraer a Betty pero también porque aún no le había dado una respuesta satisfactoria.

Betty le lanzó una mirada rápida, miró por la ventana y luego se encogió de hombros.

—A lo mejor no eras la única que deseaba tener otra vida. —Calló un momento y carraspeó, se veía que no le resultaba fácil hablar de ello—. Si me hubiera quedado en Lydford, no habría tardado mucho en casarme. Ya tengo veintiún años. Seguro que muchos hijos de granjeros me habrían pedido la mano, tal vez mi padre ya tuviera algunos candidatos. Porque mírame. —Se señaló el cuerpo con un pequeño gesto de desdén—. Soy fuerte, tengo la espalda ancha y seguro que podría dar a luz muchos niños. Sería mano de obra valiosa, ya lo era en la granja de mis padres, y eso es lo cuenta para nosotros. —Hizo otra pausa—. Pero ¡yo no quiero eso! ¿Me entiendes, Isabella? ¡Es que no quiero! Me gusta leer; revistas, libros… me gusta escribir cartas, como las damas nobles, me gusta usar la mente y no solo el cuerpo.

Isabella agarró de la mano a Betty y se la apretó.

—Lo harás. Te lo prometo, podrás leer y escribir todo lo que quieras.

No estaba segura de si había oído a Betty sorberse la nariz debajo de la máscara.

—El que… que aquel día en Lydford acudieras precisamente a mí con tu secreto y me preguntaras si quería acompañarte fue una señal del destino.

—A decir verdad, fue la pura desesperación lo que me llevó a la cabaña—confesó Isabella con una media sonrisa—. Pero no habría podido encontrar a nadie mejor que tú, Betty. Me alegro mucho de tenerte a mi lado. Y esto del baile lo vamos a arreglar ahora mismo, ¿de acuerdo?

La otra asintió en señal de aprobación, Isabella se apoyó de nuevo en el respaldo, pero no se sentía tan segura como pretendía.

¿Y si llegaban tarde? Cuanto más se alargaba el camino a Drayfield, más se inquietaba ella. Puede que Alexander hubiera detenido a Rebecca hacía rato, entonces… Isabella no sabía qué ocurriría después.

«Ni lo pienses. No puedes renunciar ni a Rebecca ni a tu relación con Alexander.»

Sin embargo, él debía entender que, si detenía a una de sus mejores amigas, no podría seguir conviviendo con él y cumplir con sus obligaciones conyugales… no podría.

«¿Qué quieres, divorciarte?»

Como mujer era del todo imposible. Se había casado con él, estaría atada a ese hombre hasta el fin de sus días. La única opción que tenía una mujer de divorciarse era demostrar ante un tribunal un maltrato físico grave por parte del marido, y durante un período superior a siete años. Eso implicaba que, en realidad, solo los hombres podían divorciarse.

Le pediría a Alexander que la dejara vivir sola. Podía quedarse en Bath, por ejemplo. Ella no tenía grandes pretensiones, incluso podría buscar trabajo para no ser una carga. De todos modos, su familia ya la despreciaba. Hacía semanas que su madre y su hermana no hablaban con ella. La situación no cambiaría mucho con un puesto de trabajo, algo impensable para una dama de la nobleza. Alexander se lo permitiría. Tenía que entender que no podía vivir bajo el mismo techo que él.

Isabella intentó tragarse la sensación áspera que notaba en la lengua.

Iba a vivir separada de su marido, con el que preferiría pasar cada minuto de su tiempo. La mera idea ya era como asomarse un instante al abismo. Como si ya estuviera de puntillas en el borde del precipicio, sintió un cosquilleo insoportable en todo el cuerpo, hasta en las puntas de los dedos.

No podía permitirlo. Estaba en juego el destino de Rebecca, y el suyo.

«Por eso luchas, y no vas a rendirte de nuevo, ¡maldita sea!»

Tenía que elaborar un plan.

Aún no habían pensado en qué ocurriría si los sirvientes las dejaban traspasar la puerta de Willow Hall sin enseñar una invitación por escrito. Si llegaban a entrar, habrían superado la primera dificultad, y luego ya verían.

—Primero tenemos que encontrar a Rebecca —afirmó Isabella cuando a su derecha distinguieron unas luces en el horizonte. Betty asintió con vehemencia, pero tras su breve conversación se había sumido de nuevo en su peculiar silencio. Se comportaba igual que unas semanas atrás, cuando llegaron juntas a Bath.

«Se siente tan insegura como aquel día.»

Era toda una proeza para ella, Isabella estaba a punto de meterla en un ambiente en el que nunca había estado y donde, como hija de granjero, tampoco se le había perdido nada. Llevaba el precioso vestido de color naranja que le encargó Rebecca, demasiado elegante para reuniones más informales. Gracias a los guantes de seda color crema que le cubrían los brazos y a la máscara del mismo color que había birlado del armario de Rebecca, los orígenes de Betty quedaban bien disimulados.

Las dos se habían recogido el cabello en un moño alto adornado con un pañuelo de seda y una pluma. También estaban en el armario de Rebecca, aunque en realidad no se podía llamar armario a lo que encontraron al lado del dormitorio.

Era un vestidor entero. Túnicas y vestidos de noche colgaban de las perchas, a cuál más bonito y elegante. Iban acompañados de una notable colección de zapatos, parasoles, abanicos; incluso habían encontrado máscaras bien colocadas en una cómoda. Isabella también contempló maravillada los numerosos corpiños de Rebecca. Eran de distintos colores, unos más largos, otros más cortos, y uno, que debía de ser muy nuevo, ni siquiera tenía almohadillas para las caderas en los costados. Sin embargo, lo que más había sorprendido a Isabella eran las almohadillas del tamaño de la palma de la mano que todos los corpiños tenían cosidas en el lado izquierdo. Isabella no lo había visto nunca. Era como si Rebecca quisiera proteger la piel de esa zona del cuerpo del material recio del corpiño. Se lo preguntaría a su amiga cuando surgiera la ocasión.

Isabella clavó la mirada en las luces, que desaparecían constantemente tras los arbustos, pero iban aumentando de tamaño. Hasta entonces habían viajado en plena noche cerrada, solo habían atravesado algunos pueblos y apenas tenían iluminación. Las velas eran caras, y los granjeros que vivían allí de todos modos dormían según el horario solar.

Sin embargo, en ese momento llegaron a una propiedad bien iluminada y, cuanto más se acercaban, más imponente se le antojaba el edificio a Isabella. De hecho, era un inmenso palacio de varias plantas y ni siquiera la oscuridad de la noche podía ocultar su fastuosidad.

Debía de ser Willow Hall, el domicilio familiar del duque de Somerville.

Bajo las ruedas del coche crujía la grava, y al final se paró justo delante de una puerta de entrada abierta de par en par. Se oía la música y las voces de los invitados. Desde fuera alguien abrió la puerta del coche.

Isabela le dio un último apretón en la mano a Betty porque incluso bajo la máscara veía la expresión de terror en sus ojos.

—Podemos hacerlo —repitió, y esperó a que su amiga asintiera de nuevo antes de aceptar la mano que le ofrecía un sirviente con librea y bajar del coche.

Respiró hondo cuando volvió a notar tierra firme bajo las suelas de los zapatos, sacó pecho y levantó la barbilla. Esa era la actitud de autosuficiencia, o más bien de arrogancia, que solía adoptar una dama de la nobleza. Además, procuró no mostrarse en absoluto impresionada por el lujo de la casa y no hacer caso de nada ni nadie.

Una dama nunca miraba alrededor con asombro, ni mucho menos intentaba establecer contacto con el servicio, en todo caso eran ellos los que debían esforzarse por llamar su atención con educación.

Cuando atravesaron el portal, Betty pegada a Isabella, oyeron un carraspeo por detrás.

—¿Señora? ¿Puedo preguntarle su nombre? —Un sirviente un poco entrado en años con una peluca perfectamente colocada y una levita color crema, caminaba presuroso tras ellas. Isabella notó que una primera gota de sudor le bajaba entre los omóplatos, pero lo ignoró.

—Por supuesto. Señora Isabella Wilkinson. Mi marido ya ha llegado. Y esta es la señorita Dubois, mi acompañante del Gran Ducado de Luxemburgo. Apenas habla inglés. La pobre tuvo que huir hace unos meses de los invasores franceses. Ya sabe la tragedia que se está viviendo allí… —Isabella se llevó a la nariz un pañuelo bordado.

—Claro, desde luego —la secundó el hombre enseguida.

En determinados temas quedaba prohibido por decoro insistir o incluso llevar la contraria. La guerra en Francia era uno de ellos, por ejemplo.

—Es terrible lo que está pasando. Bienvenidas, señoras. —El sirviente se inclinó, Isabella le correspondió solo con un gesto de la cabeza y luego siguieron caminando por el ancho corredor hacia el lugar de donde procedía la música.

Oyó los pasos de Betty por detrás, giró la cabeza y le guiñó el ojo.

—Está yendo bien.

—Ya… —exclamó Betty—. ¿Y si nos descubren?

—No nos descubrirán, confía en mí.

38

La noche no empezaba con buen pie. De hecho, el día no había ido mejor, reconoció Alexander.

—¿La has visto?

Tom negó con la cabeza. Ya llevaban dos horas allí y no había ni rastro de Rebecca. ¿Y si llevaba peluca o se había camuflado tan bien con su máscara que no la reconocían? ¿O tal vez alguien la había avisado y ni siquiera había ido? ¿El empleado del departamento de aduanas al que había sobornado? Alexander quedaría en ridículo si había hecho ir a los dos alguaciles hasta Bath para nada.

Bueno, puede que Rebecca no se dejara ver el pelo, pero a cambio se habían cruzado varias veces con otra persona.

Edward Parker.

Saltaba a la vista que él también había visto a Alexander, porque habían establecido contacto visual, lo había saludado educadamente con la cabeza e incluso había cruzado la sala en dirección hacia él.

Desde su altercado en la cena de Weymouth no había intercambiado ni una palabra con él, y Alexander estaba bastante seguro de que Phillip Parker tampoco le había contado nada a su hermano mayor de su breve conversación nocturna en Royal Crescent.

Parker se paró al lado de Alexander y observó el bullicio en la sala.

—Señor Parker —lo saludó Alexander al cabo de un rato. Ahora eran parientes, aunque Alexander habría preferido prescindir de la relación con el vizconde, y sobre todo con sus hijos.

—Así que se ha casado usted —apuntó Parker con aire de suficiencia y la misma arrogancia de siempre—. Enseguida tuve claro que estaba usted loco por la chica.

—La chica es ahora mi esposa, en realidad. Y, aunque de momento usted no se haya dignado mostrarle el más mínimo respeto, no voy a tolerar que hable así de ella en mi presencia.

—Es usted todo un caballero, ¿verdad? —Parker frunció los labios—. Fue toda una sorpresa que justamente Alexander Wilkinson cayera en la trampa de una de las damas con ansias de casarse que pasan la temporada en Bath.

—Cuidado con lo que dice —masculló Alexander.

Parker levantó las manos para disculparse.

—Tiene razón, Wilkinson. Hay que reconocer que se esforzó mucho por gustar a ese bufón de Shakleton. Y eso que desde el principio solo tenía ojos para usted. En Assembly Rooms, en la cena de Weymouth… tiene usted mucha suerte, ¿sabe? De tener a una mujer que lo quiera. Puede que ningún Parker sea tan afortunado.

—Mi matrimonio es fruto de la conveniencia, como el de la mayoría —repuso Alexander, y se cruzó de brazos. ¿Adónde quería ir a parar Parker con esa conversación?

—¡Es usted un idiota, Wilkinson! Solo conozco lo que me cuenta mi hermano menor, Phillip, pero aun así no me cabe duda. ¡Por supuesto que mi prima lo quiere!

Por un instante, Alexander no estuvo seguro de si Parker bromeaba. O si debería darle un puñetazo ahí mismo por su insolencia.

—¡No me mire con esa cara de pasmado! ¿No esperaba de mí tanta sinceridad? —Parker hizo girar la copa de champán entre los dedos, se la terminó y la dejó en la bandeja de un sirviente que pasaba por allí.

—No, no lo esperaba —admitió—. A decir verdad, me pregunto qué pretende en realidad con sus consejos bienintencionados. No me creo su amabilidad —contestó con una débil sonrisa que le costó un gran esfuerzo.

—No soy el monstruo que Isabella cree, aunque seguro que ella le ha dicho algo muy distinto. —Pescó con gran destreza la siguiente copa de champán de una de las bandejas que llevaba otro sirviente.

—Su prima no ha malgastado ni una palabra para referirse a usted. Me hago una idea yo solo. Por ejemplo, podría haber tenido la decencia de presentarse en la boda. No asistió nadie de la familia de Isabella, aunque usted y sus padres estaban en la ciudad.

Parker bebió un trago largo y dijo con voz ronca:

—No tiene ni idea de lo que aguantamos aquí.

—Pobre, ser el heredero del vizconde es un papel muy difícil.

El evidente sarcasmo en el tono de Alexander no irritó en absoluto a Parker. En general, ese hombre parecía otro. Los dos asintieron con educación cuando un grupo de jóvenes damas hizo una reverencia ante ellos entre risitas y luego un pelotón de madres y acompañantes mucho más serias las instó a seguir adelante.

—Casi había conseguido que mi madre se fuera de Bath, pero por desgracia el escándalo que ha provocado Isabella en nuestra casa aún no ha ido a más.

—¿Quería que fuera a más? —Alexander sintió que se le aceleraba el pulso, y la falta de respuesta de Parker confirmó su sospecha—. ¿Por qué odia tanto a Isabella? —exclamó. Se lo había preguntado muchas veces.

—Isabella me da igual, de hecho, incluso me impresionó la entereza con la que reaccionó cuando supo que había sido usted quien había revelado su secreto. Y antes, cuando Shakleton rompió el compromiso. Admita que lo tenía todo planeado desde el principio.

La conversación estaba adquiriendo tintes grotescos.

—Yo no planeé nada. Ni mucho menos que usted la echara como si fuera una delincuente —contestó Alexander con brusquedad. No iba a dejarse engatusar por la repentina sinceridad de Parker. Se había comportado como un cerdo con Isabella, y no había forma de compensar eso.

—Yo esperaba que todo esto saliera a la luz más tarde y que el escándalo obligara a mi madre a dejar el terreno libre aquí, en Bath.

—No entiendo nada.

—¿Sabe lo que significa tener a mi madre exigiendo siempre que esté a la altura de mis responsabilidades y que me busque un matrimonio ventajoso? ¿Que te arrastren día y noche por bailes, veladas o recepciones y acudir a una cita agotadora tras otra para al final descubrir que ninguna de las damas es lo bastante buena?

Parker sonaba indignado y, a pesar de que Alexander se resistía, empezó a sentir algo parecido a la compasión. Era uno de los aspectos que más apreciaba de su vida sin título, y por tanto también sin herencia ni responsabilidades: la independencia. Y la libertad para tomar decisiones que solo tenía que justificar ante sí mismo, a veces tal vez ante Tom.

—¡Pues no lo haga! —repuso Alexander, que se encogió de hombros pese a que sabía que estaba simplificando mucho.

—No conoce a mi madre. Y no tiene ni idea de lo que significa cargar sobre los hombros con la responsabilidad de una herencia centenaria y soportar desde la infancia la presión de estar a la altura. Ha sido así desde que tengo uso de razón.

—¿Entonces solo intentaba desacreditar a Isabella para que su madre se fuera de Bath y dejara de presentarlo en el mercado casamentero? —se cercioró Alexander.

—Es una manera de verlo. Había acordado con ella que después de esta temporada iba a hacer un viaje largo si no encontraba a una candidata adecuada. El *grand tour* por el continente, y no sabe cuánto tiempo llevo esperando este año de libertad. Y que James lidie con nuestra señora madre, que yo ya me habré librado de la carga.

—¿Es que no le da vergüenza? ¡Ha estado a punto de destrozarle la vida a una mujer joven!

—Pero resulta que eso no ha sucedido porque ahora tiene marido. Bien está lo que bien acaba, como decía nuestro amado Shakespeare, ¿verdad? Y ahora disculpe, el deber me llama.

Se ajustó el frac, se dirigió con paso un tanto inseguro hacia uno de los ventanales y le pidió ser su pareja de baile a una dama pelirroja.

—Por un momento he coqueteado con la idea de dar instrucciones a los dos alguaciles para que impidieran que te metieras en una pelea —murmuró alguien a su espalda.

Tom estaba justo detrás de él, y Alexander se preguntó molesto cuánto tiempo llevaba ahí.

—No te preocupes, me controlo —refunfuñó.

—Me alegro, y ahora ponte a bailar de una vez y aclara la situación, o nunca encontraremos a Rebecca.

Eso fue justo lo que hizo Alexander. Bailó varias polkas y mientras tanto intentó tantear a sus parejas de baile por si esa noche se podían comprar telas nobles. Preguntaba con discreción, por supuesto. Tal vez con demasiada, porque no obtuvo ni una sola respuesta útil.

Pese a todo, no se rindió y siguió bailando porque era lo que exigían los buenos modales. Un caballero no iba a un baile y simplemente deambulaba por ahí. Casi siempre había más damas que caballeros, y solo por eso imperaba la ley no escrita de que estaban obligados a bailar. Aun así, en cierto modo le parecía que estaba mal bailar con esas mujeres. Si Alexander bailaba, quería que fuera con Isabella y con nadie más.

«La has encerrado, pedazo de animal.»

Paró de bailar y se retiró en un extremo de la sala, atormentado por la mala conciencia, cada minuto que pasaba se sentía peor. Tal vez por eso estaba tan poco por la labor y no encontraba a Rebecca. No habría más de ciento cincuenta asistentes, ¿tan difícil era encontrar a una mujer que llamara la atención por atraer a invitados fuera del salón de baile?

—Deberías seguir indagando —dijo Tom, que volvía estar a su lado—. Y no te comportes como si un baile con una mujer guapa fuera el fin del mundo. Alégrate de poder bailar.

Tom estaba frustrado, y no era de extrañar. Le encantaba bailar, Alexander antes lo había visto mover las puntas de los pies y un poco el cuerpo al ritmo de la música. Debía de ser terrible para él pasar toda la velada allí sin poder bailar. Con el brazo vendado era imposible.

—Está bien —gruñó Alexander.

En ese momento lo paró un señor mayor que le impidió el paso. Tardó un segundo en reconocerlo.

—¡Doctor North! No lo esperaba entre los invitados del duque.

—Bueno, ya sabe que la flor y nata de Londres viene corriendo, no queda más remedio que dejarse ver. Sobre todo, si uno ya está en Bath. —Sonaba un poco fastidiado, y enseguida se ganó la simpatía de Alexander.

—Por cierto, he estado pensando en su ofrecimiento de la última vez que nos vimos. La joven dama de la que me hablaba… sí que me gustaría conocerla.

Alexander tardó uno o dos segundos en recordar.

—¿Para conversar con ella? —Qué pregunta más absurda, ¿para qué si no?

—Debo reconocer que el método que empleó en el vendaje de su amigo me ha picado la curiosidad. Sin embargo, mañana vuelvo a Londres, la Asociación de Cirujanos ha convocado una sesión extraordinaria, vamos… pero ¿qué estoy diciendo? Disculpe, seguro que no le interesa.

—Siga contándome con tranquilidad, necesito una pequeña pausa de tanto baile. —No era cierto, pero hizo caso omiso de la mirada penetrante que Tom, sin duda, le clavaba por detrás aunque no pudiera verlo—. ¿Una sesión extraordinaria, dice? —retomó la conversación.

—Exacto. Puede que la Asociación cambie de nombre, y el Museo de Anatomía John Hunters también podría pertenecer pronto a nuestra asociación; bueno, será emocionante, además, hace días que mi nieta no deja de insistir en que debería conocer a la joven dama experta en vendajes. Y seguro que sabe que, cuando a las señoras se les mete algo en la cabeza, ya no se les puede negar.

Alexander no lo sabía, pero, de todas formas, su corazón dio un salto de alegría. Por mucho que su matrimonio no atravesara un buen momento, el doctor North, miembro de la asociación de cirujanos más importante del país, se había declarado dispuesto a conocer a Isabella. Se pondría loca de contenta cuando se lo contara.

—Me pondré en contacto con usted, doctor North. —Alexander hizo una leve reverencia para despedirse y notó el codo de Tom en la espalda.

—¿Has olvidado por qué estamos aquí?

¿Desde cuándo era él el más formal de los dos?

—No te preocupes, ya voy.

Alexander buscó a una dama vestida con especial elegancia y la invitó a bailar. Tal vez había sido elegida también porque tenía el mismo color de pelo y altura que Isabella. Sin embargo, en ese momento no quería admitirlo. Intentó entablar conversación con su pareja de baile varias veces, pero resultó ser más difícil de lo que pensaba porque bailaba con una joven francesa. Por lo visto, era de una de las familias nobles que habían conseguido escapar de la revolución al exilio inglés, y era muy probable que también tuviera parientes aquí.

Alexander hablaba francés, pero lo tenía oxidado, por eso la conversación consistía en… monosílabos y, por más preguntas que hiciera, *mademoiselle* Georgette contestaba siempre con una sonrisa y moviendo la cabeza.

En un giro, Alexander sintió por un instante el miedo en el cuerpo porque le pareció ver una silueta femenina que guardaba un parecido desconcertante con la de Betty Hartley. Hasta la barbilla era parecida, pero era imposible, claro.

Era imposible que Betty estuviera en el baile del duque. Allí acudían solo la nobleza y otros dignatarios. En circunstancias normales, Alexander no habría recibido una invitación.

Se dedicó de nuevo a su pareja de baile y, cuando ya le había sonsacado que había encontrado un nuevo hogar en Hampstead junto a su familia, vio a Rebecca.

La barbilla un poco arqueada, los rizos oscuros y voluminosos recogidos en un precioso peinado. Las manos delgadas y la postura al salir de la sala con una pareja joven a rastras. No cabía ninguna duda, era Rebecca. Miró alrededor a toda prisa, estableció contacto visual con los dos alguaciles y les indicó con el brazo estirado que esa era la mujer y que la siguieran con disimulo. Rebecca y la pareja desaparecieron por la puerta después de atravesar media sala.

Él también empezó a andar. Le daba igual dejar sola en medio del baile a su pareja, *mademoiselle* Georgette superaría la decepción.

Tenía algo más importante que hacer, debía probar la culpabilidad de Rebecca. Alexander abandonó el salón y acabó de nuevo en la sala octogonal con cuatro puertas. Todas estaban cerradas.

39

COMO NO PODÍA ser de otra manera, Alexander fue lo primero en lo que se fijó Isabella.

Estaba de pie de espaldas a ella, pero aun así lo reconoció enseguida porque, como siempre que estaban en la misma habitación, era como un imán. Parecía que sus cuerpos hablaran sin que Isabella pudiera controlar el suyo de forma consciente.

Estaba deslumbrante con el frac negro, la camisa blanca inmaculada y la corbata. Llevaba una máscara negra que encajaba a la perfección en su rostro. Una ola de nostalgia invadió a Isabella. Se le aceleró el corazón a pesar de estar furiosa con él.

Cuando se giró, Isabella sintió una punzada en el pecho. Vio que su pareja de baile era preciosa y muy joven, y ambos empezaron a dar vueltas al ritmo de la alemanda que sonaba en ese momento.

La mujer era rubia, como ella, hasta la grácil silueta era parecida a la suya. Alexander se rio varias veces, por lo visto se lo estaba pasando en grande. A Isabella le pareció oír su voz por encima del barullo y la música. Se sentía tan herida y furiosa que estuvo a punto de acercarse a ellos y arrancar a su marido de los brazos de la joven.

La mano que Betty le puso en el brazo, con suavidad pero con firmeza, se lo impidió.

—Tenemos que encontrar a Rebecca —le recordó—. Ya nos ocuparemos de Alexander luego, ¿de acuerdo?

¿Por qué le sorprendía? Ya había quedado claro que se había casado con ella por sed de venganza, y tampoco debería sorprenderla que al poco tiempo anduviera fijándose en otras mujeres, ¿no?

Aun así, dolía verlo con otra.

Betty se la llevó hacia uno de los enormes ventanales que había en un lateral de la sala. Isabella se tapó la cara con el abanico, por si acaso, y evitó desviar la mirada hacia Alexander. De hecho, era lo mejor que les podía pasar. Si Alexander estaba distraído y divirtiéndose en vez de buscando a Rebecca, conseguirían avisar a su amiga y ponerla a salvo antes de que él la atrapara.

Isabella paseó la mirada por la sala. Seguro que había por lo menos cien invitados, todos llevaban máscaras y lucían vestidos elegantes, y algunos llevaban trajes extravagantes de países lejanos. Su aspecto era muy distinto que en el de los bailes en Assembly Rooms. Más distinguido, pero también más anticuado, pensó Isabella. La mayoría de los hombres, y también algunas mujeres, aún llevaban las pelucas altas empolvadas de blanco, y, además, parecía haber casi tantos sirvientes de librea como invitados. Los vestidos de las damas no estaban confeccionados con las telas ligeras y sencillas de muselina que cada vez abundaban más en Bath, sino que eran amplios y pesados, de seda, damasco y tafetán, como los que aún se llevaban en la corte de Londres. Al menos según contaban las revistas como *Gallery of Fashion* o *Lady's Monthly Museum*, que siempre informaban con todo lujo de detalles sobre los bailes de la aristocracia. Seguro que esa noche también había uno o dos periodistas entre la alta sociedad para informar del baile de máscaras del duque de Somerville. Además, ese hombre era un soltero de mala fama que solía provocar escándalos. Rozaba la treintena, por lo visto era de una belleza descarada y miembro de más clubs de caballeros de los que se podían contar con los dedos de las dos manos, según informaba *Ladies' Magazine*. Cambiaba de querida casi todas las semanas y era evidente que no consideraba que su misión en la vida fuera casarse y engendrar descendencia, sino más bien romperle el corazón a una dama tras otra. Además, Isabella recordaba haber leído que de vez en cuando llevaba barba. Una barba cerrada y rubia de verdad, como un escocés de las Highlands o un vikingo. Eso solo lo hacían los excéntricos, los radicales o algún que otro… bueno. Personas de vida disoluta.

Puede que ese fuera el motivo por el que sus bailes eran legendarios. Se notaba solo en la llamativa iluminación, que consistía, además de en los candeleros habituales, en farolillos de colores. Varias palmeras del tamaño de una persona colocadas en grandes tiestos le daban a la sala un aire exótico y exclusivo.

A Isabella el ambiente le pareció relajado y festivo, a pesar de que muchos de los asistentes pertenecían a la alta nobleza. No se mezclaban con otros, pero les gustaban las celebraciones. Los bailes se sucedían uno tras otro, y por todas partes se oían risas y se bebía. Una sala contigua, separada del salón por una cortina transparente decorada con hilos de oro en vez de por una puerta, hacía las veces de comedor, donde habían montado un bufé y se servían bebidas. Las danzas eran las mismas que en los bailes públicos, pero la orquesta estaba en un rincón de la sala y era un cuarteto. No había sitio para una formación más grande.

Isabella posó la mirada en un hombre que volcó por descuido un vaso de una mesita auxiliar con la mano derecha. El contenido se derramó en el suelo y un caballero le lanzó una mirada de reproche, pero él ni siquiera se dio cuenta.

Isabella siguió observando a los presentes, pero de pronto volvió a girar la cabeza hacia el hombre que había derramado la bebida. Estaba de perfil, llevaba peluca y la máscara le tapaba la mayor parte del rostro, pero la silueta erguida, el que pareciera no ver nada por el ojo derecho. Podía ser que…

—Ashbrook —susurró, en realidad para sí misma. Aun así, Betty la oyó y giró la cabeza hacia ella, intrigada.

No podía ser verdad.

No podía estar allí, justo cuando se había colado a escondidas en un baile sin que Alexander lo supiera… Todo acabaría en desastre.

Ashbrook miraba a su alrededor, aburrido, Isabella le dio la espalda y se escondió un poco más. Era infantil pensar que, si no lo miraba, él tampoco la vería, pero no se le ocurrió nada mejor.

«Llevas máscara y un vestido nuevo. No te reconocerá.»

No podía hablar con Ashbrook bajo ningún concepto ni llamar su atención.

¿Qué pasaría si Alexander la veía allí, y encima con Ashbrook…? Era impensable. Del todo impensable.

Levantó el abanico y se tapó de nuevo la cara. Volvió a mirar de reojo a Ashbrook, que se había alejado unos pasos para pedir otra bebida.

Desapareció tras otros asistentes al baile, y a Isabella se le escapó un suspiro.

—Ahí está —oyó que decía Betty a media voz. Isabella giró la cabeza hacia donde le indicaba, pero no veía nada más que a la multitud con máscaras, vestidos vaporosos y recogidos altos.

Betty se la llevó sin vacilar, atravesaron una sala rectangular pintada de blanco, siguieron a la derecha y entonces Isabella también la reconoció. La silueta esbelta, la melena castaña oscuro que llevaba recogida en un moño alto: era Rebecca. A su lado iba una parejita joven que charlaba animadamente con ella.

—¿Rebecca? —la llamó Isabella, al tiempo que aceleraba el paso para alcanzarla.

La aludida se dio la vuelta.

Isabella se tomó un momento para saludar con un gesto a los acompañantes de Rebecca, y luego soltó:

—¡Estás en peligro!

Al principio Rebecca se quedó petrificada, pero luego agarró a Isabella de la mano y la llevó detrás de una columna del amplio pasillo.

—Un momento. Quítate la máscara —exigió.

Isabella lo intentó, pero la cinta se le enredó en el peinado. Tiró de ella dos veces con impaciencia y estuvo a punto de dejarse la máscara colgando. A esas alturas ya todo le daba igual. Rebecca observó el juego que se traían entre manos, o eso le pareció a Isabella, porque tras la máscara de color rojo intenso con un brillo sedoso no la veía muy bien.

—¿Qué ha pasado? —preguntó Rebecca.

—Ahora no hay tiempo para eso. Tenemos que irnos de aquí, ahora. ¿Tienes coche?

—No.

—Entonces tenemos que escondernos en un sitio donde no nos encuentre nadie —se apresuró a decir Isabella.

Eso se le acababa de ocurrir. No estaba segura de si todo aquello tenía mucho sentido, pero primero tenían que huir de toda esa gente, y de Alexander.

—¡Viene alguien! —gritó Betty tras ellas. Rebecca miró a la parejita, les hizo una señal o les dio a entender que se fueran. Isabella no lo sabía con exactitud porque Rebecca se abrió paso y cruzó una puerta.

Betty se coló tras ellas por el resquicio y, justo cuando la cerraron y se quedaron en la penumbra del cuarto, oyeron unos pasos presurosos al otro lado. Era evidente que no era el ritmo de un invitado que paseaba relajado.

Debía de ser Alexander. Betty y ella habían llegado justo a tiempo. Rebecca estaba tomando aire para decir algo, pero Isabella le puso un dedo en los labios y siguió escuchando con atención. Los pasos se alejaron, Betty soltó un profundo suspiro y en ese momento Rebecca advirtió su presencia.

—¿Betty? —preguntó, incrédula.

—*Mademoiselle* Dubois —repuso Betty, que hizo una reverencia con una sonrisa de oreja a oreja que le descolocó un poco la máscara. Se la quitó enseguida, de todos modos, ese trasto no le quedaba bien, estaba hecho para Rebecca, que tenía la cabeza un poco más estrecha que la de Betty.

—Hemos cogido prestadas algunas cosas de tu armario y hemos pensado que no te importaría —aclaró Isabella, un poco cohibida.

—Claro. —Rebecca hizo un gesto de aprobación y luego dijo—: ¿Qué hacéis aquí?

—Rebecca. —Ahora a Isabella le costaba decirlo en voz alta. Respiró angustiada y luego preguntó a toda prisa—. Te dedicas contrabando de telas, ¿no?

Se hizo el silencio.

—¿De dónde lo has sacado? —preguntó Rebecca finalmente, y sonó un poco desafiante. Como una niña sorprendida haciendo algo prohibido que no quiere admitir. Ella también se quitó la máscara.

Era muy elaborada, llevaba hasta una pluma corta cosida en ambos lados.

—De Alexander, te está siguiendo la pista. Quiere que te detengan.

—¿En serio?

—El primer ministro en persona le ha encargado que destape a la banda de contrabandistas que trabaja en los alrededores de Bath, y de alguna manera ahora te tiene en el punto de mira —le explicó a toda prisa—. Todo eso no es verdad, ¿a que no?

No obtuvo respuesta.

—¿Rebecca? —insistió.

Rebecca había palidecido por completo, pero luego se enderezó y estiró los hombros.

—Es cierto —reconoció, pero no sonaba ni arrepentida ni compungida.

—Dios mío. —Isabella se desplomó en una de las butacas que tenían justo delante. Miró alrededor. Debían de estar en una especie de biblioteca porque al fondo de la sala vio varias librerías a rebosar y el enorme retrato de un hombre, un antepasado del actual duque seguramente.

—¿Y ahora qué hacemos? Te están buscando por todas partes —exclamó Isabella sin fuerzas—. ¿Hay pruebas? ¿Tienes telas aquí?

Rebecca se dio la vuelta hacia una mesa maciza de mármol, retiró una tapa y aparecieron un montón de ellas. Eran unas balas de tela magníficas, pesadas, terciopelo y tafetán, algunas con hilos de oro y plata entretejidos.

—Estamos perdidas —se lamentó Isabella.

—No va a pasar nada porque vamos a hablar con Alexander. —Rebecca sonaba tranquila, tan relajada como si mantuviera una charla agradable, pero la mano la delataba. Cuando volvió a guardar las telas le temblaban los dedos, tanto que dejó caer la tapa, asustada, y cerró los puños medio escondidos entre los pliegues de la falda. Sin embargo, Isabella lo había visto.

—Créeme, lo he intentado. Con ese hombre no se puede hablar —dijo, un poco también para relajar el ambiente al ver lo incómoda que se sentía su amiga.

Rebecca observó a Isabella con la cabeza ladeada.

—¿Qué ha pasado entre vosotros? ¿Después de que te llevara a rastras a su habitación? He estado a punto de enviar a uno de mis empleados a vuestra puerta, pero Betty se ha hecho cargo.

—¿Lo has oído todo? —Isabella se volvió hacia ella horrorizada.

—Solo las partes en las que hablabais más alto —confesó Betty.

—Es terrible. —Isabella abrió el abanico que se bamboleaba colgado de la muñeca y se dio aire—. Pero ahora mismo no se trata de eso. Tenemos que sacar a Rebecca de aquí.

—Huir no servirá de nada. Hablaremos con él —repitió Rebecca con vehemencia.

No sabía lo que estaba diciendo. Esa noche Alexander era como un toro bravo y había perdido el juicio.

—Olvidas que yo no soy su esposa, y también que no sufre unos celos insoportables por mi culpa.

—¿Alexander? ¿Celoso? Pero si le soy del todo indiferente. Incluso acabo de verlo bailar con una joven preciosa.

—Te quiere, Isabella, y tú a él también, y justo por eso vas a mantener la calma y no vas a decir ni una palabra cuando hable ahora con él. Tienes que prometérmelo.

Isabella murmuró a propósito una respuesta poco clara, pero cuando vio que Rebecca la fulminaba con la mirada, se dio por vencida.

—Está bien, si insistes…

«Te quiere.»

¿Cómo podía decir eso Rebecca? Ese hombre podía ser capaz de hacer muchas cosas, pero quererla seguro que no.

40

Rebecca abrió la puerta que daba al pasillo, encendió unas velas más del candelabro de patas doradas que estaba junto a los montones de tela, sobre la gran mesa de mármol, y esperó de brazos cruzados.

Mientras tanto, Isabella echó un vistazo con más calma. Igual que en el salón de baile, en la biblioteca los ventanales casi llegaban al techo. Unas pesadas cortinas de terciopelo granate las flanqueaban y conjuntaban de maravilla con los dos sofás situados uno frente a otro en medio de la sala. Igual que en las paredes, entre las ventanas también había estanterías con libros. Varios cuadros de tema paisajístico y algunos retratos con marco dorado rompían la uniformidad de las paredes revestidas de madera. Isabella nunca había visto tantos objetos dorados como en Willow Hall. Marcos, patas de mesas, copas de champán, hasta los tiestos colocados en la penumbra junto a las ventabas lucían un brillo sospechoso. A Isabella la casa entera se le antojaba como una única colección de arte.

No tardaron mucho en aparecer dos hombres corriendo por delante de la puerta, y, cuando ya casi habían pasado de largo, entendieron a quién acababan de ver. Volvieron, se plantaron con su altura imponente ante la puerta y uno de ellos soltó un silbido agudo.

Al poco tiempo apareció también Alexander.

Su mirada saltaba de una a otra de las presentes, tardó uno o dos segundos en comprender la situación. Se quitó la máscara de la cara a toda prisa, pero sin decir nada. Tenía algunos rizos morenos pegados en la frente por el sudor, y se los apartó a un lado. Si le sorprendía ver a Isabella allí, no lo dejó entrever. Aun así, clavó los ojos en ella, durante mucho tiempo y sin apartarlos, y fue como si Isabella leyera en ellos mil frases no pronunciadas. Todas las preguntas que se interponían entre los dos, la inseguridad, el arrepentimiento y también... la compasión.

«Ya lo ha decidido.» Ella no podía hacer nada, iba a detener a Rebecca.

Isabella tenía la sensación de que el mundo entero se había parado. Se quedó sin aire y se llevó la mano al corazón, como si así pudiera mitigar el dolor que sentía.

«Contrólate.»

Isabella seguía mirándolo a los ojos. Necesitaba disuadir a Alexander de sus intenciones. Tenía que saber que esa decisión cambiaría para siempre, además del futuro de Rebecca, el suyo en común. Si arrestaba ahora a su amiga, destruiría la poca confianza que se había creado entre ellos durante los últimos días; Isabella no sabía si sería capaz de recuperarla jamás.

Rebecca, que había presenciado el intercambio silencioso entre Alexander e Isabella, dijo:

—Tenemos que hablar.

Sonaba cautelosa y a la expectativa. Ella también debía de notar la tensión entre el matrimonio.

Alexander no contestó, y de pronto los dos hombres se pusieron en marcha como si hubieran interpretado su silencio. Alexander los paró alzando la mano.

Se acercó despacio a Rebecca sin quitarle el ojo de encima.

—No lo hagas —susurró Isabella, suplicante—. Por nosotros.

Alexander desvió la mirada un momento hacia ella, pero enseguida la volvió a fijar en Rebecca, como si quisiera obligarse a no hacer caso de nada que pudiera distraerlo. Sobre todo de Isabella.

—Rebecca, en nombre del rey Jorge III, quedas arrestada. Eres sospechosa de contrabando con telas de seda.

«No.»

Se dispuso a agarrar a Rebecca, pero Isabella fue más rápida. Se plantó a su lado de un salto y le apartó la mano. Él levantó las dos como si lo hubieran apuntado con una pistola en el pecho y se distanció dos pasos de ella.

—No voy a emplear la violencia. Ni contra ella ni contra ti —le dijo a Isabella.

—Pues tendrás que hacerlo si quieres arrestar a Rebecca. Tú eliges.

«Y te voy a dar otra oportunidad de cambiar de opinión. A favor de nuestro matrimonio y en contra de tu misión. Por favor.»

Betty también se abrió paso y se colocó entre Alexander y Rebecca. Las dos eran como un escudo humano, aunque Betty impresionaba mucho más que Isabella. Alexander parpadeó al comprender que en ese momento le resultaba imposible detener a Rebecca sin tirar por la borda sus principios y sin emplear la violencia. Contra su propia esposa.

En sus ojos se leía una pregunta: «¿Va en serio?», parecía reprocharle. Isabella contestó sin que él hubiera pronunciado esas palabras.

—Lo digo totalmente en serio. Si Rebecca cae, yo también.

Se le notó un temblor temeroso en la voz. Le dio la mano a Betty y entrelazaron los dedos con naturalidad.

—No hará falta llegar tan lejos —intervino Rebecca por detrás, y rodeó a sus dos amigas—. Hablemos, Alexander. Por favor. Todo esto no es necesario.

Isabella se apartó. Cedió el terreno a Rebecca porque ya le fallaban las piernas. Le temblaban las rodillas y se dejó caer en una de las sillas que había junto a las paredes. Alexander la miró, hasta pareció como si quisiera ayudarla, pero en el último momento se contuvo.

—Sí, me dedico al contrabando —admitió Rebecca sin tapujos, y esta vez hasta logró reprimir el ligero temblor que se le notaba en la voz—. Negarlo ahora sería infantil. Pero creo que no has entendido bien qué significa hacer contrabando. Lo que pasa de verdad con la mercancía.

—Sé perfectamente lo que pasa, Rebecca. La gente pierde su sustento. Hubo levantamientos en Londres cuando se desreguló el mercado. Puede que fuera hace treinta años, en algunos casos cincuenta, pero nuestros tejedores pasan hambre y acaban en la pobreza si no protegemos nuestros mercados de contrabandistas como tú.

—Por favor, unas cuantas cajas de telas que llegan desde Francia o la India a través de Bristol no le arruinarán la vida a ningún tejedor.

—Si todos los contrabandistas lo ven igual que tú, por supuesto que les arruinará la vida —insistió Alexander, y, en silencio, Isabella tuvo que darle la razón.

—No piensas más allá —repuso Rebecca. Estaba tan tranquila y juiciosa como si fuera diputada del Parlamento y todos los días participara en disputas. Ya ni le temblaban las manos que tenía ocultas bajo los brazos cruzados, seguro que no por casualidad. Se estaba jugando su sustento.

—¿A qué te refieres?

—¿De dónde sale el algodón y la seda que procesan los tejedores ingleses para convertirlos en telas nobles? —preguntó Rebecca.

—Una parte de la India, otra de las colonias...

—Las antiguas colonias. Querrás decir de Estados Unidos —lo corrigió Rebecca—. ¿Y quién cultiva el algodón allí? —siguió preguntando.

—Los dueños de plantaciones estadounidenses. ¿Qué es esto? ¿Una contraofensiva? —se acaloró Alexander—. Creo que hay algo que no has entendido bien: no soy yo quien debe justificarse.

—Solo intento aclararte algo. Entonces, dime, ¿quién lo cultiva en las plantaciones? —repitió Rebecca.

—Los trabajadores. Los... —Alexander se detuvo—. Los esclavos.

—Aunque no quieras verlo, el algodón británico está manchado de sangre. De mucha sangre.

—¿Y el contrabando de telas es el remedio? No seas ridícula, Rebecca. Además, el algodón es solo una pequeña proporción de los tejidos británicos. Son mucho más importantes las telas de seda con las que comercias ilegalmente —le reprochó.

Un grupito de invitados pasó por allí y se asomaron intrigados a la biblioteca. Alexander susurró algo a los dos alguaciles, que tomaron posiciones enfrente, en el pasillo, y cerró la puerta.

LO ÚLTIMO QUE necesitaba en ese momento Alexander era tener público. Esa situación ya duraba demasiado, y la conversación no iba por la deriva que él imaginaba. Sobre todo había ocurrido lo que más había querido evitar: Isabella estaba allí, y su mera presencia le recordaba la inevitable consecuencia de la detención.

La relación con su esposa se acabaría. Ella se lo reprocharía toda la vida y seguro que nunca volvería a confiar en él.

Hacía unos días que lo tenía claro, pero se había convencido de que aclararía la situación de alguna manera, que no sería para tanto; arrestaría a Rebecca y luego Isabella lo entendería todo si se lo explicaba bien.

En realidad era peor, mucho peor de lo que había imaginado.

Había tenido que controlarse al máximo para ignorar la presencia de Isabella cuando se plantó delante de Rebecca. La manera de mirarlo, el dolor, la rabia y la decepción que llevaba escritos en el rostro lo habían destrozado.

Y encima Rebecca empezaba a exponer argumentos, convincentes, eso debía admitirlo.

Solo le faltaba que el duque se diera cuenta de que se estaba produciendo una detención en su casa. El secretario de Pitt había hecho hincapié varias veces en que podía conseguir una invitación a Alexander para el baile, pero que debía actuar con discreción para que nadie notara nada, sobre todo el duque, cuyos innumerables amoríos podían ser clientas habituales de Rebecca. Sería un escándalo monumental, y esa no era la intención del primer ministro ni el tipo de acción que respaldaría.

Si algo salía mal, Alexander lo tenía muy claro, se quedaría solo y no contaría con el apoyo ni la protección del gobierno.

—Las telas de seda con las que yo hago contrabando por lo menos no se fabrican a costa de la vida de los esclavos. Igual que los tejedores británicos, los fabricantes de seda franceses y sobre todo los indios también quieren sobrevivir. Familias enteras se ganan la vida con ello desde hace generaciones —aclaró Rebecca.

Alexander cerró los ojos. ¿Por qué seguía escuchándola? ¿Por qué no detenía a Rebecca y ponía fin a esa discusión sin sentido?

«Porque pondrías a tu esposa en tu contra. Puede que para siempre.»

«Porque la quieres.»

Alexander tragó saliva, intentaba con todas sus fuerzas reprimir los sentimientos que le provocaba esa idea.

Quería a Isabella. Y el deseo que sentía en ese momento, delante de todos, de atraerla hacia sí, hundir la cara en su pelo, absorber su aroma y olvidar todo lo que lo rodeaba era incontenible.

«Concéntrate.»

¿Dónde demonios se había metido Tom? Tenía que haberse dado cuenta de que ni Alexander ni los dos alguaciles estaban en el salón de baile. ¿Por qué no los buscaba?

—Explícaselo a los tejedores la próxima vez que haya una sublevación en Londres —repuso Alexander, solo para no dejar que Rebecca se impusiera en la conversación.

—Tu razonamiento es interesante. Y, según tú, ¿por qué vale más la vida de un británico que la de un indio?

«Son paganos, no son como nosotros.» Sin embargo, Alexander se contuvo antes de pronunciar la frase. ¿De verdad quería decir eso? ¿Él, que había abjurado de Dios hacía tiempo? ¿Él, que juzgaba con dureza la arrogancia con la que la clase dominante trataba a las personas que eran distintas o tenían un aspecto diferente? ¿Él, cuyo mejor amigo era hijo de un lascar?

—Sé muy bien lo que estás haciendo, Rebecca. Intentas manipularme para que te deje libre.

—¿Manipularte? Eso ya lo ha hecho otro en mi lugar, y tú ni te lo imaginas. Seguro que Pitt ya sabía quién andaba detrás del contrabando de telas, o por lo menos lo intuía. Si yo perteneciera a una casa noble de alta alcurnia y tuviera un título o fuera uno de los muchos diplomáticos corruptos que habitan Londres y mercadean allí con grandes cantidades de tela que incluso yo envidio, Pitt jamás habría ido a por mí.

Alexander guardó silencio. ¿Qué iba a contestar a eso? Rebecca tenía razón.

—Desprecias a la nobleza y, en cambio, haces todo lo posible por que reciba un trato especial. Eres como un peón en el tablero de ajedrez, Wilkinson. Pitt te empuja y, si esta noche algo sale mal y se pone en contra a las casas nobles o a algún ilustre invitado, no dudará en convertirte en carne de cañón. Además, no se atreve a buscar él mismo a los contrabandistas porque ofendería a aliados importantes.

—Estás hablando de la Compañía Británica de las Indias Orientales.

—Muy perspicaz. —Rebecca se cruzó de brazos y lo miró con aire triunfal—. Pitt no puede permitirse ponerse en contra a la Compañía, créeme. Por eso te envía a ti. Si decido hablar e, hipotéticamente, sale a la luz que un alto funcionario de la Compañía participa en el contrabando en Somerset, él correrá a lavarse las manos. Por ejemplo, seguro que no llevas en el bolsillo una autorización del propio Pitt, sino de un insignificante Comisionado de la Paz.

Alexander se palpó sin querer el bolsillo interior de la levita. Rebecca tenía razón: en efecto, la orden de detención solo estaba firmada por un tal Harry Atwood, el comisionado local.

—Te avisé en el desayuno de la boda, Alexander, pero no quisiste escucharme. El enemigo es demasiado grande para ti.

Era una lástima que no hubiera diputadas en la cámara baja; con su capacidad para argumentar, Rebecca habría hecho una carrera fulgurante en Westminster, pensó Alexander, frustrado.

—Ah —oyó de pronto una voz a la espalda, y sintió que se le erizaba el vello del antebrazo—, qué reunión tan agradable.

Alexander giró la cabeza muy despacio. Era como una pesadilla. Ashbrook.

Estaba en la puerta, con Tom. El coronel lo tenía agarrado del cuello y, según parecía, en jaque.

—Parece que vamos a seguir con nuestra conversación de esta tarde. Solo que esta vez... —Alexander oyó un clic metálico—... soy yo el que tiene un arma.

Alexander vio la pistola que sujetaba Ashbrook debajo de la barbilla de Tom.

—¿Qué haces aquí? —preguntó Alexander, y procuró sonar lo más enfadado posible. No correspondía en absoluto a cómo se sentía porque el miedo por su amigo, en realidad por todos los presentes, lo estaba volviendo loco.

—Tengo que cumplir un encargo —dijo Ashbrook, echó un vistazo rápido al pasillo y cerró la puerta con pestillo. Los dos alguaciles no lo habían parado porque iba armado.

Le dio un golpe entre los omoplatos a Tom, que se tambaleó hacia delante con un leve gemido, pero se mantuvo en pie. En ese momento Alexander vio el fino reguero de sangre que le caía a Tom de la nariz.

—Christopher, ya basta. Esto es entre tú y yo. Deja que salgan todos. Tom, Isabella, Rebecca... no tienen nada que ver con esto. Lo solucionaremos entre nosotros —exigió.

Dar por hecho que Christopher quería vengarse era solo especular. Los golpes que le había propinado Alexander en el hostal y el descubrimiento de su relación con Ellen, ¿eran motivo suficiente para que Ashbrook pusiera en juego la vida de varias personas?

—Ya te gustaría a ti —repuso Christopher—. No, a todos les afecta. A estas alturas te conozco lo suficiente para saber qué es lo que más te duele: apuntar a las personas que son importantes para ti. Tu dulce esposa. —Señaló con el cañón de la pistola a Tom—. A este. Tal vez incluso a esa ramera contrabandista de ahí. Todos pagarán la deuda que tenemos pendiente tú y yo.

—Ni lo sueñes.

Alexander no sabía cómo parar a Ashbrook, iba armado y él no. Además, el otro estaba loco. O desesperado. En ninguno de los dos estados se podía mantener una conversación sensata.

—Claro que sí. —Sacó una segunda pistola del frac y tensó el mosquete. Luego entró tan tranquilo en la sala, con pasos lentos y meditados. Todos clavaron la mirada en Ashbrook y esperaron a ver qué hacía a continuación. Alexander se movió y levantó los brazos para proteger a las mujeres, pero acto seguido Christopher lo apuntó con la pistola. Alexander se paró en seco. No ayudaría a nadie si ahora Ashbrook empezaba a disparar, así que levantó las manos para calmarlo.

¿Qué otra cosa podía hacer? Un movimiento en falso y dispararía, Alexander lo veía claro en sus ojos. Ashbrook se detuvo delante de Isabella, y Alexander notó el corazón en la garganta.

—¡No la toques! —masculló, pero solo consiguió arrancarle una leve carcajada al coronel. Alexander deseó que se atragantara.

Ashbrook recorrió con la boca de la pistola el escote de Isabella hasta alcanzar la mandíbula. Ella no lo miraba a los ojos, mantenía la mirada gacha, Alexander vio lo mucho que le costaba contenerse. La idea de que Ashbrook cometiera una locura y apretara el gatillo, que pudiera perder a Isabella para siempre, fue para él un golpe duro e imprevisto. Se sentía como en clase de boxeo, cuando se dejaba la piel y tenía la sensación de no tener suficiente aire para respirar.

—Tu querida y pequeña Isabella quería llevarme por el buen camino. Sus amenazas de esta tarde casi resultaban tiernas. Debo admitir que tiene buenas dotes de observación porque enseguida vio mi herida. —Señaló con la punta de la pistola la cicatriz junto al ojo—. Por eso me he buscado una nueva fuente de ingresos. Desplumar a unas cuantas damas ingenuas y adineradas solo es un pequeño pasatiempo. Hace tiempo que trabajo para un bando que ni siquiera la astuta Isabella imagina.

—¿Qué bando? —preguntó Rebecca. Era lo primero que decía desde la llegada de Ashbrook, y su voz trasmitía tanta rabia y desprecio contenidos que hasta Alexander se sorprendió.

—Un amigo de la Compañía me pidió que… ¿cómo lo dijo? Que arreglara este desaguisado. Ahora mismo doy por terminada la colaboración con la señora Seagrave. Puedes detenerla, de todos modos la Compañía ya no confía en ella. —Se volvió hacia Alexander—. ¿Cómo era? Yo te quito de encima a la mujer airada y tú puedes llevarte a tu malhechora con total tranquilidad. No eres lo bastante hombre para contradecir a tu mujer. Siempre ha sido así. En cuanto las mujeres se vuelven importantes para ti, acabas sometido a ellas. Considéralo una pequeña muestra de amistad. —Le guiñó el ojo y esbozó una sonrisa de oreja a oreja.

Alexander notó que se le revolvía el estómago.

—¿Qué has dicho?

—No te lo mereces porque parece que sigues yendo contra mí, pero, bueno. Así todos obtenemos lo que queremos, ¿no? Yo habré cumplido mi misión para la Compañía y tú la tuya para… quienquiera que te haya hecho el encargo.

Entendía lo que Christopher estaba haciendo. Quería ofender a Alexander y amenazar a los demás para irritarlo hasta que perdiera el control y se abalanzara sobre él. Así firmaría su sentencia de muerte porque Ashbrook apretaría el gatillo y no fallaría. Más tarde diría que Alexander lo había atacado y nunca lo denunciarían por eso. Sin embargo, le daba igual. Antes muerto que ver cómo Isabella, Rebecca o cualquier otro de los presentes en la habitación volvía a salir perjudicado por culpa de ese hombre.

Alexander se decidió justo en ese momento.

Era arriesgado, de hecho, se jugaba la ida, pero no tenía elección. Miró a Tom, y él lo entendió enseguida. Intentó detenerlo sacudiendo la cabeza en un gesto apenas perceptible, pero conocía lo suficiente a Alexander para saber que no serviría de nada.

ALGO LE ESTABA pasando a Alexander. Isabella notó que cambiaba de postura, también vio la mirada que dirigió a Tom, igual que el gesto contenido de su amigo.

Se le aceleró el pulso. No pretendería en serio medirse con Christopher. Alexander no iba armado. No sobreviviría.

Isabella respiró hondo, quería decir algo que captara la atención de Christopher. O que detuviera a Alexander. No sabía qué, pero no podía quedarse mirando sin hacer nada. Puede que Ashbrook estuviera ciego de un ojo, pero había hecho carrera en el ejército y, a una distancia tan corta, no cabía duda de que acertaría.

Alexander se acercó despacio, sin que apenas se notara. «Distráelo.»

Ella se levantó, vacilante, clavó los ojos en Ashbrook y procuró no mirar a Alexander. Justo cuando iba a dirigirle la palabra, una voz masculina cálida y ajada preguntó desde el otro extremo de la sala:

—¿Qué está pasando aquí?

Delante de la estantería apareció un hombre como si hubiera salido de la nada.

Era alto, con los ojos azules y una mata de pelo rubio y desgreñado. Llevaba una peluca en la mano, se había apoyado como si tal cosa en uno de los sofás, como si aquello fuera una tertulia de café, aunque era imposible que le hubiera pasado por alto que Ashbrook iba armado. A pesar de todo, con una naturalidad propia de quien es dueño de cada metro cuadrado del suelo que pisa, se había convertido en el centro de atención.

No cabía duda, tenían delante al dueño de la casa: el duque de Somerville.

Interrogó con la mirada a unos y a otros, era evidente que esperaba una respuesta. Alexander fue el primero en reaccionar.

—Es una historia desagradable que afecta a la Compañía y hasta al primer ministro, vuestra merced. —Agachó un poco la cabeza, seguramente era la mayor muestra de respeto que Alexander era capaz de ofrecer.

—Muy interesante, y todo en mi casa, sin yo saberlo. —Fijó la mirada en Alexander con una mirada de reprobación. ¿Estaba ignorando a propósito a Ashbrook, que seguía con las dos armas en alto? ¿O es que se conocían?

—Jamás debería haber acabado con este… encuentro —aclaró Alexander. Isabella no estaba segura de qué quería decir con exactitud, y puede que esa imprecisión fuera plenamente consciente. Tal y como había comentado antes Rebecca, nada de lo que pasaba allí se había pregonado a los cuatro vientos. Ni siquiera el duque parecía saber que en su baile, en su casa, se iba a producir una detención.

—Mejor que tengamos testigos de alto rango. —Ashbrook intentó atraer de nuevo la atención.

—¿De qué, si no es mucho preguntar? —se interesó el duque con una amabilidad amenazadora, y se acercó a paso lento. Estaba tan tranquilo que Isabella no pudo más que admirarlo. Probablemente se debía a la naturalidad con la que la alta nobleza daba por hecho que los peligros no los afectaban, aunque procedieran de sujetos a todas luces perturbados como Ashbrook.

—La Compañía me pidió un favor. No quiere continuar con una colaboración. —Tal vez la espontaneidad con la que Ashbrook, hijo de un vizconde, rendía cuentas ante un duque se debía a su educación.

—Entonces la Compañía debería ponerse en contacto conmigo personalmente y no enviar a un chico de los recados —intervino Rebecca.

Sonaba hostil y lanzó a Ashbrook justo el tipo de mirada que él tanto detestaba. En ese momento el duque desvió la atención hacia Rebecca, y a Isabella le pareció ver un rastro de admiración en su rostro. Al acercarse, vio que las manos y la cara del duque estaban un poco bronceadas, como si pasara mucho tiempo al aire libre, en la naturaleza, y eso le daba un brillo aún más intenso a sus ojos azules.

—¿Chico de los recados? —repitió Ashbrook con brusquedad, y apuntó con las dos armas a Rebecca.

¿Por qué provocaba aún más a ese hombre, por el amor de Dios?

—Cada vez estoy más convencido de que no debo dispararle a este —señaló a Alexander—, sino a usted, señora Seagrave.

—Lástima que no pueda permitir que eso ocurra bajo mi techo. —El duque había avanzado hasta la parte delantera de la sala y había conseguido colocarse entre Rebecca y Ashbrook.

—Lo único que vas a hacer es salir de esta habitación y no volver a cruzarte con nosotros, Christopher —dijo Alexander.

Mientras tanto lo habían rodeado. Tom, Alexander y el duque, incluso de Betty estaba de pronto más cerca de Ashbrook.

—No creo que tú…

Ashbrook no llegó a decir nada más porque Alexander dio un salto y se abalanzó sobre él por detrás. Era lo que Isabella estaba esperando, y en ese mismo momento le dio un golpe fuerte por detrás de la rodilla. Ashbrook soltó un grito de sorpresa, se tambaleó bajo el peso de Alexander y los dos cayeron hacia atrás en el suelo.

Se oyó el estruendo ensordecedor de un disparo, un golpe sordo, gritos, gemidos y luego se impuso en la sala un silencio inquietante. Un humo intenso pendía en el aire, desde fuera se oían gritos, alguien forcejeaba con el pomo cerrado. En los oídos de Isabella resonaba el eco del disparo, mezclado con el latido de su corazón, que bombeaba miedo por las venas a un ritmo vertiginoso.

«¿Dónde está Alexander?»

Ashbrook consiguió levantarse, pero el duque y Rebecca se lanzaron sobre él, lo derribaron de nuevo y le quitaron las dos armas de las manos.

De pronto apareció también Betty y se plantó delante de Ashbrook, que ya estaba contra el suelo porque Rebecca le había clavado las rodillas entre los omoplatos y se retorcía y pataleaba en vano.

—¡No vas a disparar a nadie, cerdo! —gritó Betty, y le dio un puñetazo en la cara con toda su fuerza. Le dio tan fuerte que lo dejó inconsciente.

El duque miró perplejo a Betty, que sacudía la mano con una mueca de dolor, pero Isabella ya no vio nada más porque el humo se disipó y distinguió la silueta inmóvil de Alexander en el suelo.

—¿Alexander? —gritó. Una vez, y otra, mientras sacaba fuerzas de flaqueza para acercarse a él.

Seguía sin moverse, y poco a poco se fue formando un pequeño charco rojo debajo de la cabeza.

«No.»

No podía ser, era imposible.

Lo zarandeó por los hombros, pero no se movió.

El charco se fue agrandando, Isabella vio que la sangre se extendía hacia el cuello de Alexander. De prisa y con los dedos temblorosos le buscó el pulso en el cuello, primero en un lado, luego en el otro.

No notó nada. No tenía pulso.

Tragó saliva, de repente tenía sangre en las manos. ¿Por dónde sangraba?

Se le llenaron los ojos de lágrimas, le palpó el cuerpo con las manos, presa del pánico, insistió de nuevo en el cuello, pero le temblaban tanto las manos que no notaba nada.

¿De verdad el corazón de Alexander había dejado de latir?

41

Pasaron uno o dos segundos y se oían los gemidos apagados de Ashbrook. El miedo y el dolor que de pronto estallaron en el pecho de Isabella eran tan intensos que creyó que el corazón se le iba a romper en mil pedazos. Repitió su nombre como si estuviera poseída y le dio golpecitos suaves en las mejillas, una y otra vez.

Entonces Alexander empezó a moverse.

—Gracias a Dios —exclamó Isabella. Se inclinó hacia él, aliviada, y sus lágrimas cayeron sobre la frente de Alexander. Él abrió los ojos con los párpados temblorosos y miró asustado a derecha e izquierda como si intentara situarse. Al final fijó la vista en ella.

No dijo nada, solo la miró, luego la atrajo hacia sí casi con violencia y la estrechó entre los brazos. Los dos se quedaron tumbados en el suelo, el torso de Isabella sobre el de Alexander. A Isabella le pareció que estar tan cerca de él y notar el latido de la vida en su piel era la sensación más hermosa que había experimentado nunca.

—Pensaba que estabas muerto —susurró, y se secó las últimas lágrimas con un parpadeo.

Alexander se movió un poco debajo de ella, Isabella se apartó mientras él levantaba la cabeza y se la tocaba.

—No, creo que solo es una herida abierta, en la cabeza. ¿No deberías saberlo mejor que yo? —preguntó, y le enseñó a Isabella las puntas de los dedos ensangrentadas como prueba.

—¿Estás seguro de que no es nada más? Ha sido un disparo.
—Ella recorrió su cuerpo con las manos en busca de más sangre.

—No me ha dado. Me he caído y me he dado un golpe en la cabeza. Nada más.

Isabella siguió la mirada que Alexander dirigía hacia una de las estanterías que había entre los ventanales, donde se habían caído algunos volúmenes. En el fondo se veía el agujero de una bala, había algunas tapas de libros en el suelo, entre astillas de madera y páginas arrancadas.

Alexander seguía sonriendo, pero luego se puso serio de nuevo cuando se apoyó en el antebrazo y observó a Isabella con las cejas levantadas.

—Estabas preocupada —afirmó.

—Claro, ¿qué pensabas? —dijo más enfadada de lo que estaba. No quería admitir la increíble sensación de alivio que la había invadido cuando Alexander había vuelto a abrir los ojos.

—Pensaba que te daba igual. Que yo te daba igual, después de todo lo que ha pasado hoy —la tanteó sin apartar la vista de ella. Esperó a que Isabella lo negara.

Sin embargo, ella no pudo ni contestar porque de pronto apareció Betty a su lado y le tendió la mano a Alexander. Él la aceptó, y ella lo levantó. Al principio se tambaleó, pero luego recuperó el equilibrio enseguida. Tom también estaba con ellos, sacudió a Alexander por el hombro con la mano sana y gruñó:

—No vuelvas a hacer nunca semejante idiotez o seré yo el que te meta la siguiente bala entre las costillas.

Para entonces los dos alguaciles ya habían conseguido abrir la puerta que Ashbrook había cerrado con pestillo y entraron. También habían oído el disparo y los gritos. El arma que tenía Tom en la cabeza los había obligado a no actuar. Ahora detener y esposar al coronel les procuraba un placer especial.

—Lo llevaremos a un lugar seguro. —Rebecca le dio una patadita porque aún no se movía. Luego se llevó aparte a Isabella—. Hablad entre vosotros, por el amor de Dios —le rogó—. No salgáis de esta biblioteca sin haberlo hecho, ¿entendido?

El duque consiguió sacar del pasillo en un santiamén a los invitados que seguían allí. Ya había pasado la medianoche, solo quedaban los invitados más jaraneros y seguro que estaban tan borrachos que no recordarían casi nada, en el caso de que se enteraran de algo. De todos modos, el duque parecía decidido a evitar escándalos.

Ya solo quedaban Alexander y ella en la sala. Isabella cerró la puerta y observó cómo él presionaba el pañuelo que le había dado ella contra la herida de la nuca.

Los ojos de Alexander tenían un brillo especial cuando Isabella se acercó y se quedó a solo un paso de él. Isabella volvió a notar entre ellos la barrera invisible que Alexander había derribado con su abrazo en el fragor de la situación. Ahora reinaba de nuevo la calma, estaban solos, pero ella no se atrevía a acercarse más.

Tampoco quería hacerlo porque Alexander y ella tenían un problema, uno enorme, y no podían fingir que no había pasado nada.

Alexander bajó la mano y se guardó el pañuelo ensangrentado en el bolsillo con aire distraído.

—Pero aún te sangra la herida —protestó Isabella.

—Eso ahora me da igual —dijo él, y salvó los últimos metros que lo separaban de ella.

Le puso una mano en la mejilla y con el pulgar le secó las líneas húmedas que habían dibujado las lágrimas en su rostro. El roce provocó en Isabella una sensación cálida, un cosquilleo suave y agradable.

Lo deseaba, mucho, estar cerca de él y olvidar todo lo que había ocurrido entre ellos. Pero ¿sería capaz de hacerlo algún día?

—¿Por qué lo has hecho? Ocultarme que estabas persiguiendo a Rebecca, encerrarme. Alexander, me has encerrado mientras tú te ibas a bailar con desconocidas.

Él dejó caer de nuevo la mano, despacio, y respiró de forma audible. Se tomó su tiempo para contestar.

—Quería protegerte. No quería que te enfrentaras al mismo dilema que yo, y en ese momento no se me ocurrió nada mejor.

Por raro que pareciera, Isabella lo creía. La había encerrado en un arrebato, había actuado sin pensar. Pero ¿y todo lo que había pasado antes? Le había ocultado muchas cosas.

—¿Desde cuándo lo sabes, lo de Rebecca?

—Hacía tiempo que Tom y yo lo sospechábamos, pero hasta esta tarde no estuvimos del todo seguros. Un empleado de aduanas de Bristol la delató. Volvimos directos al White Lion para comentar los siguientes pasos a dar, y entonces me encontré a ese impresentable en la misma habitación que tú. Estaba tan... furioso contigo. En realidad, con Ashbrook; estaba fuera de mis casillas. —Levantó las manos, desconcertado. Era una explicación, pero no una disculpa.

—Ya entiendo —dijo Isabella.

Entonces, como si le leyera el pensamiento, Alexander añadió:

—Lo siento mucho, Isabella. Ojalá pudiera volver atrás. Yo... seguramente nunca me lo perdonaré. Solo me queda esperar que me perdones tú, porque diga lo que diga no me disculpa de nada.

Isabella lo miró a los ojos, vio el arrepentimiento y el miedo a que fuera demasiado tarde y que ya la hubiera perdido.

Isabella sintió que se le henchía el corazón y el deseo de volver a abrazarlo. Posó la mirada en sus labios un instante, y el recuerdo de la sensación de besarlo se apoderó de ella y le nubló el pensamiento. Notó que clavaba los ojos en la boca de Alexander y apartó la mirada. Él también se había dado cuenta y un brillo de esperanza se reflejó en sus ojos.

—¿Qué vas a hacer ahora con Rebecca? —preguntó, y se cruzó de brazos. Incluso puso de nuevo cierta distancia entre ellos, como si intentara levantar un baluarte contra Alexander y el remolino que provocaba en ella estar cerca de él. Como siempre.

—Nada —contestó él—. Entregaremos a Ashbrook a las autoridades. Si de verdad la Compañía le encomendó algo, como dice, que lo liberen ellos. O que lo dejen pudrirse en la cárcel. Francamente, yo no creo del todo lo que dice, pero de todos modos parece que los compinches de Rebecca en el contrabando ya no están en activo. Si me asegura que va a dejarlo, le comunicaré al primer ministro que la banda ha sido desarticulada, pero que no puedo dar nombres porque hay algunos implicados de alto rango. Si lo que Rebecca dice es cierto y Pitt no arma un escándalo, y sobre todo no quiere tener a la Compañía en contra, no seguirá insistiendo. Lo informaré de que cancelaré el encargo, Pitt no tendrá a nadie que llevar a juicio como culpable y... —Alexander se encogió de hombros—. Luego se acabó.

Isabella asintió y guardó silencio un rato. Todo aquello estaba muy bien, pero no cambiaba el paso que había dado para detener a Rebecca.

—Habrías renunciado a nosotros. Sabías perfectamente que destrozarías nuestro matrimonio si detenías a mi mejor amiga. Y lo habrías hecho de todas formas. Seguramente porque te casaste conmigo solo por sed de venganza.

Sonó duro, pero tenía que decirlo.

—¿Cómo dices?

—Querías vengarte de Ashbrook con nuestra boda, lo dijiste tú mismo.

—Lo que he dicho durante nuestra pelea de esta tarde eran tonterías. Pensaba en muchas cosas cuando te pregunté si querías ser mi esposa, pero te aseguro que en Ashbrook no.

El alivio se apoderó de ella como la luz de una vela recién encendida que poco a poco ahuyenta la oscuridad en una habitación.

—Y aun así habrías puesto en juego tu matrimonio. ¿Para qué?

—Pitt me prometió un pedido que le proporcionaría a nuestra empresa un volumen de ventas enorme durante décadas. Creo que ahora ha quedado anulado —admitió Alexander con la voz rota.

—Y ya está, ¿no? ¿Es más importante la prosperidad de tu empresa que tus amigos? ¿Incluso que tu esposa?

Era una idea horrible. ¿Era posible que Alexander tuviera tan poca conciencia y corazón para poner su éxito en los negocios por delante de todo? ¿Es que para él el bienestar de la gente que había confiado en él no significaba nada?

—¿Sabes? Aquella vez, cuando Ellen me engañó, me juré que no permitiría que nadie jugara un papel tan importante en mi vida como para influir en mis decisiones y anular del todo mi discernimiento. Cuando me ha ido mal de verdad, había una constante que me ha ayudado a pasar los malos momentos, y era mi negocio.

Observó el montón de telas que había dejado Rebecca y las acarició, abstraído. Incluso sacó una bala de un tejido de seda de color verde oscuro, la desenrolló un poco y la frotó entre los dedos para probar la calidad.

—Todo es previsible. Calculable. Controlable. El negocio no es como los sentimientos que te asaltan y te hacen perder la razón. Durante muchos años mi negocio de telas ha sido mi ancla, y vivía solo para el trabajo. Ahora eso ha cambiado. Cuando aquella mañana en el White Lion entraste en mi vida y te pusiste a discutir conmigo, todo cambió.

Se volvió de nuevo hacia ella, la miró y por un instante Isabella se perdió en sus ojos. Su expresión frágil y seductora la envolvió como el calor hogareño de una chimenea.

—Primero tengo que acostumbrarme —continuó—. Cuando me encuentro en una situación en la que me siento perdido y sin saber qué hacer, confío en lo que funciona y en lo que conozco. El negocio y mis logros. Y eso he hecho también esta vez. Me convencí de que todo se solucionaría porque lo más importante en mi vida era mi empresa y el pedido que me había prometido Pitt. Fue un error.

Se frotó la frente y dejó un rastro granate. Isabella lo miró un momento, pero luego se dejó llevar por un impulso, se acercó a él y le limpió la sangre con la palma de la mano. Pretendía retirarse de inmediato, pero se quedó petrificada.

—Seamos sinceros, Rebecca no es una santa. Lo que hace va contra la ley, y dudo que hubiera dejado su actividad si Christopher no hubiera irrumpido aquí y la situación no se hubiera descontrolado. Además, la Compañía Británica de las Indias Orientales, si lo que dice Ashbrook es cierto, tampoco habría interrumpido su colaboración con Rebecca. Empecé a investigar y a buscar pistas y, cuando averigüé que realmente era Rebecca, no hubo vuelta atrás.

—Siempre hay vuelta atrás, Alexander —aseguró Isabella con tristeza en voz baja.

—¿Qué quieres decir? —preguntó enseguida él.

Ella se limitó a sacudir la cabeza. Tenía un nudo en la garganta y le daba miedo que no le salieran las palabras; él había entendido perfectamente lo que insinuaba. Que hasta el sagrado vínculo del matrimonio podía romperse si la confianza quedaba destruida de manera irremediable.

—Hay recursos y maneras de evitarle lo peor a Rebecca —aclaró Alexander—. Por lo visto, la Compañía la ha protegido hasta ahora. Yo no quiero enviarla a la cárcel, créeme, Isabella.

¿Lo que decía era cierto? ¿De verdad se había encargado de que Rebecca volviera a ser libre? ¿Entonces por qué no había buscado antes otra solución y había puesto a Isabella al corriente?

—Me cuesta mucho creerlo. De verdad. Justo ese era el requisito para recibir el pedido de la Corona —insistió ella. Sin embargo, notó que el rencor que tenía fosilizado en su interior empezaba a desmoronarse.

—De todas formas, no lo habría hecho. Claro que no. Habríamos detenido a Rebecca, pero no habría acabado en esa prisión atroz que te imaginas. De eso me habría encargado yo. —Hizo una pausa, parecía que le costaba pronunciar las siguientes palabras—. Las últimas semanas, y también nuestra boda, muchas de las cosas que han pasado hace poco, han puesto mi mundo patas arriba.

—¿Como por ejemplo?

—Me casé, aunque me había jurado no hacerlo jamás. En particular, nunca quise tener vínculos con una familia que me despreciara por el mero hecho de no ser noble ni tener títulos —reconoció.

—¿Te refieres a la vizcondesa? Ella desprecia a todo el mundo, incluso a mí. Sobre todo a mí, si lo pienso bien. Sus hijos también, como bien sabes.

—Edward tenía otros motivos para tratarte así, ahora lo sé. Me refería más bien a tu padre. Contestó a mi carta de la petición de matrimonio con pocas palabras y muy frías. Me considera un advenedizo que quería casarse para entrar en una familia noble.

Isabella sintió una puñalada en el corazón, sorda, pero dolorosa.

—Ese no es el motivo por el que mi padre muestra tan poco interés. Aún no me ha perdonado la noche en el baile de la duquesa de Devonshire, y seguramente también está enfadado porque me marché hace unas semanas sin decirle nada, sin confiar en él. Además, es bastante probable que mi madre lo esté presionando para que no ceda demasiado pronto y me escriba —aclaró.

Alexander ladeó un poco la cabeza para poder ver mejor la cara de Isabella. Le apartó con ternura algunos mechones de la frente y se los colocó detrás de la oreja.

—Ya sé que el mundo entero te echará en cara la virginidad perdida. Que te consideran mancillada, y tú también. Pero, créeme, la persona a quien más debería importarle es a mí. Y para mí no tiene ninguna importancia.

Isabella se encogió de hombros, confundida.

—¿Entonces por qué hay siempre un problema entre nosotros?

Era cierto. Por mucho que él se empeñara en restarle importancia, no conseguía pasar página.

—El problema no es que te hayas acostado con alguien, sino con quién lo hiciste. Ashbrook, precisamente. Me siento como si el destino se burlara de mí.

—O te estuviera enseñando algo.

—¿El qué?

—A desprenderte del pasado, como me dijiste. Y a reconocer que no soy como Ellen y que nunca lo seré. No todas las mujeres son iguales. Por eso tampoco debes temer que lo que te ocurrió una vez se repita. Yo jamás te haría daño intencionadamente. Me da igual que seas un hijo bastardo, me da igual que no tengas título nobiliario y te ganes la vida con un trabajo, en vez de pasarte todo el día sentado sin hacer nada, como muchos nobles. Es más, te admiro. Quedé con ese hombre porque quería impedir que le destrozara la vida a otras jóvenes damas, como ha estado a punto de hacer con la mía.

Sintió la mano de Alexander apoyada en su zona lumbar, ligera como una pluma, pero perceptible.

—Espero que ahora el problema esté solucionado. Ashbrook no saldrá libre tan fácilmente. Imagino que el duque de Somerville se encargará de ello. No parecía muy contento con la conducta de Ashbrook.

Isabella asintió.

La presión de la mano de Alexander aumentó. Se había calmado y parecía concentrado.

—Te quiero, Isabella —dijo con firmeza, mirándola a los ojos—. Te quiero tanto que no quiero vivir ni un solo día más sin ti.

Ella estaba tan abrumada con su confesión que no sabía qué contestar. Abrió la boca para decir algo, pero no tuvo tiempo. Él la atrajo hacia sí y la besó. Isabella notó sus labios, el dolor y la desesperación que contenían, y le devolvió el beso con todo el deseo y el miedo que se le habían grabado en el alma durante las últimas horas. Lo rodeó con los brazos, subía y bajaba las manos por su espalda y no se cansaba de sentir su cuerpo.

—Yo también te quiero, Alexander —dijo cuando separaron los labios y apoyó la cabeza en su frente con la respiración agitada.

Isabella notó el temblor del pecho de Alexander cuando tomaba aire.

—Eres perfecta tal y como eres, Isabella. Con todos tus peculiares intereses y también con tu pasado. Te quiero justo por eso, y no tienes por qué esconderte de nadie.

—Podría darte mil motivos para contradecirte.

Alexander abrió los ojos y sonrió.

—Y seguramente tu familia, tus conocidos o vete tú a saber quién tendrán una lista con tus defectos, ¿tengo razón?

Nunca lo había pensado así. Todos sus miedos, la vergüenza y la falta de confianza en sí misma los tenía porque siempre se planteaba qué esperaban la sociedad y su familia de ella, y concluía que no estaba a la altura. Y también las veces que había decepcionado a tantas personas.

—Gracias a ti he aprendido algo, Isabella. —Alexander le posó las manos en los hombros, y el calor de su piel traspasó la tela del vestido—. Ser diferente no significa ser peor. Lo que nos convierte en alguien especial es el hecho de ser distintos. Me fascinas tanto porque eres diferente. Te gusta comer y beber café, tantas tazas al día que me mareo con solo pensarlo.

A Isabella se le escapó una risita.

—Te interesa la anatomía y la medicina, nos ayudaste a Tom y a mí, y nunca había conocido a una mujer capaz de hacerlo. —Se detuvo, le agarró ambas manos y se las puso en el pecho—. Y gracias a eso he aprendido también algo sobre mí. Por ejemplo, que nunca habría tenido éxito ni habría logrado tantas cosas si no me hubiera criado en circunstancias tan desfavorables. Mi pasado me ha convertido en la persona que soy hoy, y no borraría ni una sola de esas experiencias.

Isabella arqueó las cejas con expresión dudosa.

—Bueno, tal vez una o dos…

A Alexander le salió una carcajada de la garganta y fue liberador. Le dio un beso tierno, casi casto.

—Te quiero de verdad, mi maravillosa Isabella. Te adoro, a ti y tu valor, y me da la sensación de que mi amor irá creciendo con cada día que estés a mi lado.

Alexander la cogió de la mano, la llevó hasta una de las ventanas altas y juntos contemplaron el extenso parque de Willow Hall. Empezaba a amanecer, en el horizonte se formaba una primera franja color púrpura que se mezclaba con el azul oscuro de la noche, y había algo esperanzador y prometedor en esa imagen.

Atrajo a Isabella hacia sí y le plantó un beso en la raya del pelo.

—Por muchas experiencias oscuras que nos acechen desde el pasado, el futuro es nuestro, Isabella. Y eso nadie nos lo podrá quitar. ¿Me lo prometes?

—Te lo prometo —contestó ella y se arrimó más a él.

Era tan feliz que deseaba parar el tiempo y conservar ese momento para siempre en su corazón.

42

Isabella jugueteaba adormilada con los dedos de Alexander. El sol matutino entraba y le calentaba las nalgas desnudas que asomaban sin vergüenza bajo la manta.

Acaba de despertarse y, aunque Alexander odiaba levantarse temprano y era un ave nocturna, no le importaba que Isabella lo despertara pronto de vez en cuando.

Isabella se acercó mucho a él y le acarició el cuello con prudencia con la lengua. Él gimió medio dormido, pero un segundo después abrió los ojos. Sus labios dibujaron una sonrisa pícara y se le puso encima con un solo movimiento. Isabella soltó un grito ahogado de sorpresa.

—Señora Wilkinson, ¿qué hace?

—¿Despertar a mi marido?

Él se había apoyado en los codos y asentía pensativo, como si acabara de plantearle un complejo problema de aritmética.

—¿Para hacer qué exactamente? —preguntó con impaciencia, se incorporó despacio sobre las rodillas y le separó un poco las piernas. La colcha cayó al suelo y dejó al descubierto el vientre y los pechos desnudos de Isabella. Él la acarició con sus manos ásperas, le rodeó los senos pequeños y sensibles y, suavemente, le tiró con las yemas de los dedos de los pezones, que enseguida se erizaron.

—Me encanta sentir tus manos en mi cuerpo —susurró Isabella, que se estiró a gusto.

—Y a mí me encanta tocarlo. —Se inclinó sobre ella y le besó la barriga—. Todos y cada uno de sus rincones.

Isabella cerró los ojos y disfrutó de la embriaguez de sus besos y de la sensación de sus labios en la piel. Cuanto él siguió avanzando y tenía la mano en el regazo de Isabella, ella jadeó.

—Y sobre todo me gusta tu sabor —dijo él.

Antes de que Isabella pudiera moverse, Alexander metió la mano por detrás de las nalgas, con suavidad y firmeza, la levantó un poco y acarició con los labios la zona más sensible. La mordisqueó con suavidad mientras le introducía un poco un dedo.

—Ya estás húmeda, mi amor. —Isabella oyó su voz ronca a lo lejos porque estaba concentrada en la sensación, en el calor familiar que invadía su cuerpo cuando él la acariciaba con la lengua. Era hábil, acariciaba y lamía sin parar de introducirle en dedo, y ella temblaba con sus caricias.

—Alexander —dijo ella con la respiración agitada—, quiero...
—Él levantó la cabeza, sin parar de dibujar suaves círculos con el dedo, así que Isabella no llegó a terminar la frase.

—¿Sí? ¿Qué quieres? —preguntó él con una sonrisa, le divertía ver a Isabella tan desvalida entre sus manos.

—Quiero sentirte dentro de mí —logró decir al final—. Ahora mismo.

Como si estuviera esperando que le pidiera que la tomara de una vez, se incorporó, se colocó encima y la besó. Isabella sintió su propio sabor y, aunque intuía que era indecente y una locura, la excitaba besarlo y notar su sabor en la lengua de Alexander.

Un instante después él la penetró, mientras seguía bailando con la lengua dentro de su boca. Luego interrumpió el beso, gimió y volvió a salir de ella, despacio.

—¿Está bien así? —preguntó, pero, en vez de contestar, Isabella lo agarró del trasero y lo atrajo de nuevo hacia su vientre hasta que lo volvió a sentir en lo más profundo. Él movía las caderas en pequeños círculos.

—Para, Alexander. Si haces eso... —jadeó ella. Si no paraba, iba a alcanzar el orgasmo enseguida.

—¿Sí? ¿Qué pasará? —preguntó, y siguió moviéndose en círculos, frotó el pubis contra el de Isabella mientras se adentraba más en ella. Notó que se le contraía todo el cuerpo, el placer iba en aumento y se concentró en el centro.

—Que llegaré al orgasmo —susurró ella, y vio con los párpados entreabiertos que él la observaba.

—Quiero que llegues al orgasmo, quiero sentirlo mientras estoy dentro de ti, quiero formar parte. Isabella, cierra los ojos y hazlo por mí —ordenó, y siguió moviéndose en círculos, lentos y regulares.

Isabella no consiguió escapar de su cuerpo y su presencia. Arqueó la espalda con un grito ahogado y hundió la cabeza en la almohada al alcanzar el orgasmo. Alexander prolongó el clímax, la increíble sensación de volar, empujando con fuerza y exigencia, mientras ella gemía y se contraía. Unos instantes después eyaculó en su interior. Le dio besos tiernos en la mejilla, la frente y la nariz, con la respiración entrecortada, y se retiró indeciso, casi a regañadientes.

—Algún día me vas a hacer perder la cabeza —pronosticó Isabella, que recorrió la incipiente barba en el mentón y las mejillas de Alexander con las yemas de los dedos. Le encantaba acariciarlo, aunque no correspondiera en absoluto a la moda y Alexander se afeitara todas las mañanas.

Cuanto más se amaban, más intensas eran sus sensaciones y mayor su deseo. Lo hacían casi todas las mañanas, y también todas las noches, y a veces también por la tarde...

—Bien, entonces por fin te pasa como a mí, porque me da la sensación de que hace semanas que he perdido la cabeza —aclaró Alexander.

—Ah, ¿sí?

—Para ser exactos, desde el día que te conocí —continuó. Le plantó a un beso suave en la punta de la nariz, se apartó de encima, se arrimó a ella y la rodeó con el brazo—. Pero, aquí, en nuestro lecho conyugal, podemos perder la cabeza de vez en cuando, ¿no te parece?

Isabella se rio para sus adentros.

—No pasa nada, la cabeza la reservaremos para usarla fuera. —Se detuvo un momento—. Aunque tampoco creo que vaya a utilizarla... —Hizo una mueca de resignación.

—Sigues pensando que el doctor North no quiere enseñarte —murmuró Alexander contra la sien de Isabella, y la abrazó con más fuerza. Era como un abrazo de consuelo—. No se atrevió. Creo que le gustaría hacerlo, pero le dan miedo las objeciones a las que tendría que enfrentarse dentro de la Asociación de Cirujanos.

Isabella asintió con un gruñido. Alexander tenía razón, pero se llevó un chasco cuando el doctor North le había comunicado por escrito hacía unos días que por desgracia no podía colaborar con ella.

—De todas maneras, la conversación fue interesante—. Ya me imaginaba escribiendo a mi padre para contárselo. La cara que pondría.

Isabella seguía sintiendo que se le encogía el corazón al pensar en su familia. Semanas después de la boda, aún no habían dado señales de vida. Era raro, pero le dolía mucho menos que antes. Ahora tenía a Alexander a su lado, era su amor y su nueva familia, y sentía que no necesitaba nada más para ser feliz. Desde la noche del baile del duque algo había cambiado entre ellos. Habían empezado a confiar el uno en el otro. Ambos habían superado sus reservas, eran ellos mismos cuando estaban a solas y el miedo a lo que pensaría el otro se había esfumado.

—Pero he encontrado una alternativa para que puedas formarte.

Isabella se separó de sus brazos, sorprendida, y se sentó.

¿De verdad había buscado una opción para que ella pudiera acceder a una formación oficial?

—¿Has oído hablar del profesor Franz Anton Mai? —preguntó él, y saltaba a la vista que disfrutaba de la estupefacción de su esposa.

—Suena muy alemán, ¿no te parece?

Alexander pescó la colcha en el suelo y se la puso encima mientras apoyaba la espalda en las almohadas de la cabecera de la cama. Se tomó su tiempo para responder, mientras recorría con el dedo índice el hombro de Isabella. Sonreía para sus adentros, parecía alegrarse en secreto por algo.

—Lo es. El profesor Mai enseña a todo el mundo: mujeres, hombres, comadronas y cirujanos. No para ser médicos, sino enfermeros.

En la Universidad de Heidelberg. Ha fundado allí el instituto superior de obstetricia y enfermería... y todo el que cuente con la cualificación necesaria puede asistir a sus clases y hacer un examen al cabo de tres meses.

—Pero ¿dónde está Heidelberg? —intentó distraerlo Isabella. En realidad, estaba muy emocionada. Lo que Alexander le estaba diciendo sonaba demasiado bonito para ser verdad.

—Al sur del Sacro Imperio Romano Germánico. Muy lejos de aquí. Podríamos visitar la ciudad durante nuestra luna de miel...

No llegó a decir nada más porque Isabella se abalanzó sobre él con una sonrisa de oreja a oreja y ahogó la frase con un torrente de besos.

—Sería mi mayor sueño —confesó ella, y notó que se le saltaban las lágrimas. Se deshizo de ellas con un parpadeo.

—Lo sé. Y juntos lo haremos realidad.

—¡Pero para eso primero tengo que aprender alemán! —añadió ella.

—Pues será mejor que empieces ya. —Señaló un montón de libros que había a su lado, en la mesita. A Isabella la había sorprendido que, de repente, Alexander hubiera empezado a leer, pero no les había presado mucha atención. Entonces se fijó mejor en el montón. Eran manuales de alemán y obras de gramática—. Además, empezarás con tus primeras clases en Londres en cuanto nos mudemos. Te he encontrado un profesor muy cualificado —la informó con orgullo.

—Te quiero, Alexander Henry Wilkinson.

—Yo también te quiero, mi maravillosa y alocada Isabella.

—Entonces mañana empezaré a aprender alemán. Hoy tengo pensado algo mejor —dijo, y bajo la colcha deslizó despacio la palma de la mano por el pecho de Alexander hasta llegar al vientre. Él se puso tenso porque no se lo esperaba. Isabella admiró una vez más su musculatura y ahogó las fingidas protestas con un beso largo y apasionado.

Agradecimientos

DETRÁS DE CADA libro no hay solo una autora, sino todo un equipo que hace posible el proyecto. Por eso me gustaría dar las gracias a las numerosas personas que han participado en la creación de *Somerset*. En primer lugar, a mi fantástica agente Vanessa Gutenkunst, que siempre está dispuesta a escucharme, me incentiva, me ayuda para que mis historias sean mejores y más redondas y me apoya con consejos y hechos. Gracias también a mis dos geniales editoras, Anna Mezger y Anita Hirtreiter, que creyeron desde el principio en mi historia y le dieron su apoyo, y que han trabajado conmigo en *Somerset* con mucho olfato y entusiasmo.

Gracias, Aba, por tus infatigables lecturas previas y por soportar mis ataques de pánico los domingos por la mañana antes de las ocho, y por reírte de mí con tu optimismo sin desconcertarme. No sé qué haría sin ti.

Y gracias sobre todo a Can, el hombre que está a mi lado, que comenta conmigo a cualquier hora del día o de la noche mis ideas y personajes, lee mis textos, me ofrece apoyo incondicional y, cuando pierdo los estribos, me colma de amor y comprensión. *I love you*.

Por último, gracias a vosotros, queridos lectores y lectoras, autores de blogs y responsables de librerías, con los que he podido compartir la historia de Isabella y Alexander. ¡Espero que os hayáis divertido en esta pequeña excursión a Bath!

Otras novelas históricas con romance que te gustará leer

CORINA BOMANN

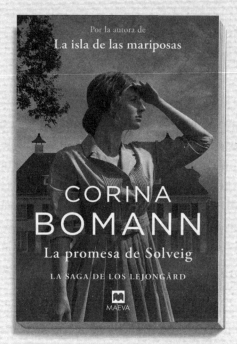

La promesa de Solveig

La Finca de los Leones debe adaptarse a los nuevos tiempos

A finales de 1967, Solveig, la hija de Matilda, pierde a su prometido en un fatídico accidente. Este suceso la empujará a refugiarse en la Finca de los Leones junto a su madre y su abuela, y luchará por ella con uñas y dientes cuando conozca su maltrecha situación económica.

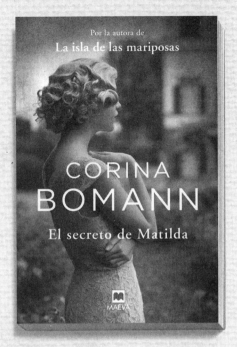

La herencia de Agneta

Una mujer fuerte siempre toma las riendas

Agneta, descendiente de una familia que se ha dedicado desde hace varias generaciones a la cría de caballos, consigue alcanzar su gran sueño: ingresar en la Academia de Bellas Artes. Pero un accidente truncará todos sus planes de futuro, y Agneta deberá asumir sus responsabilidades familiares y dejar de lado sus aspiraciones de ser pintora.

El secreto de Matilda

Las mujeres de la Finca de los Leones harán todo por controlar su destino

Matilda acaba de perder a su madre cuando la imponente condesa Agneta Lejongård se presenta en su escuela, le anuncia que es su tutora legal y la lleva con ella a la finca familiar. Es 1931, una nueva guerra amenaza Europa y Matilda debe buscar su lugar y hallar su propio camino mientras intenta encontrar el vínculo que la une a la familia Lejongård.

MELANIE METZENTHIN

La enfermera del puerto

**Una joven lucha por su futuro
y su historia de amor en plena
epidemia de cólera**

En 1892, Hamburgo vive uno de los episodios
más duros de su historia y el cólera se cobra miles
de vidas, entre ellas la de la madre de la joven
Martha. Con tan solo catorce años, hará todo lo
que esté en su mano para acceder a un puesto
de responsabilidad en el Hospital de Eppendorf,
donde trabajará duro y donde también
encontrará el amor.

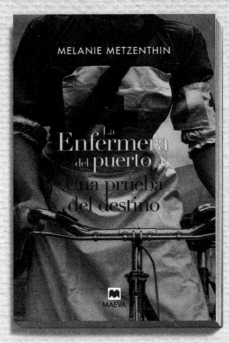

La enfermera del puerto

Una prueba del destino

1913. Martha tiene tres hijos, está felizmente casada con Paul y ambos tienen por delante un futuro prometedor. Pero el estallido de la Primera Guerra Mundial arrasa con todos los planes familiares; Paul es reclutado, y Martha deberá hacer frente en soledad a multitud de sucesos que harán que la paz familiar se tambalee.

MARTA GRACIA

La autora revelación de la novela histórica romántica

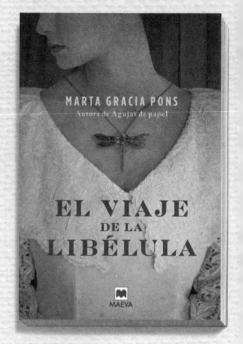

La musa de la flor negra

Nadie puede resistirse a la fragancia de la vainilla

Madrid, 1877. Celia trabaja en una prestigiosa confitería para ayudar a su familia en la delicada situación económica en que se encuentran después del fallecimiento de su padre. Pero su situación cambiará de un día para otro cuando aparece un antiguo conocido de la familia, y Celia se embarcará en un viaje lleno de descubrimientos.

El viaje de la libélula

Nadie puede dudar del poder del destino

En 1940, Blanca es la única heredera de la prestigiosa joyería Amat. En su lucha por que la empresa sobreviva a la posguerra, recibirá unas joyas muy especiales que la ayudarán a establecer vínculos con sus antepasados.